La Sage-femme d'Auschwitz

À la mémoire de Stanisława Leszczyńska et de tous ceux qui, comme elle, ont lutté pour maintenir un peu d'espoir aux pires heures de l'Holocauste.

Prologue

Avril 1946

Il y a des petits lits partout. Ils remplissent tout l'espace de cette salle bruyante, et chacun contient un bébé aux yeux grands ouverts. Ce n'est pas de l'espoir que l'on lit dans leurs yeux, ils sont encore trop petits pour ça, mais une sorte de besoin qui me va droit au cœur, et même plus profondément encore – jusque dans mon ventre. Voilà longtemps que je n'ai pas porté d'enfant, mais peut-être cette sensation ne nous quitte-t-elle jamais vraiment. Peut-être que tous les enfants que j'ai mis au monde ont laissé derrière eux un petit fragment de cordon ombilical qui me rend plus sensible au regard des bébés. Et peut-être que tous les enfants que j'ai aidés à venir au monde au cours de mes vingt-sept années en tant que sage-femme m'ont influencée de la même manière.

J'avance de quelques pas dans la pièce. Les lits d'enfant sont vieux et sommaires mais propres et faits avec soin. Dans l'un d'eux, un bébé pleure, et j'entends une voix de femme entonner une berceuse d'une voix douce et apaisante. Les pleurs s'arrêtent bientôt, ne laissant plus que la musique. Comme tout dans cette pièce, elle n'a rien de grandiose, mais elle est pleine d'amour. Je souris et prie pour que cet endroit soit celui que nous cherchions.

— Es-tu prête ?

Je me tourne vers la jeune femme qui se tient près de la porte ; elle en cramponne l'encadrement, et ses yeux sont aussi écarquillés que ceux des petits orphelins.

— Je ne suis pas sûre…

Je lui tends la main.

— Pardon, c'était une question idiote. Tu ne seras jamais prête, mais le moment est venu.

— Et si ce n'était pas… ?

— Dans ce cas, nous continuerons de chercher. Viens.

Je la prends par le bras tandis que l'infirmière en chef avance entre les petits lits, sourire aux lèvres.

— Vous êtes là. Quelle joie de vous voir. J'espère que le voyage n'a pas été trop pénible ?

Je réprime un petit rictus amer. Le trajet de ce matin a été simple, mais les années l'ayant précédé n'ont été qu'horreur et souffrance. Nul ne devrait avoir à emprunter un chemin aussi éprouvant pour parvenir dans ce lieu délabré où brille faiblement notre unique espoir. Nous y avons laissé toutes deux beaucoup de nos forces et, quoi que j'aie pu dire, je ne sais pas si elle ou moi aurions l'énergie d'aller plus loin.

L'infirmière semble comprendre. Elle hoche la tête en posant une main sur mon bras.

— Les années noires sont derrière nous, maintenant.

— Je l'espère.

— Nous avons tous beaucoup trop souffert.

Je tourne les yeux vers mon amie, qui s'est approchée du berceau le plus proche de la fenêtre. Il abrite une petite fille dont les cheveux blonds encadrent un visage grave, illuminé par le soleil. Voyant qu'on s'approche d'elle, l'enfant se redresse tant bien que mal sur ses petites jambes tremblantes mais déterminées. Mon amie presse le pas vers elle et tend une main à travers les barreaux du lit. La petite effectue le même geste, et l'émotion me submerge ; il y a eu trop de barreaux, trop de barrières, trop de ségrégation et de division.

— C'est elle ? dis-je dans un souffle.

— Son tatouage ressemble à ce que vous avez décrit, répond l'infirmière en haussant les épaules.

Ressembler… ce n'est pas suffisant. Je sens mon cœur chavirer et, soudain, c'est moi qui ne suis pas prête, et je voudrais à nouveau me retrouver sur ce chemin noir et âpre, car au moins, tant que nous marchons, l'espoir est encore permis.

Arrête ! Je suis à deux doigts de crier, mais le mot reste coincé dans ma gorge car ma jeune amie se penche déjà pour prendre l'enfant dans ses bras et son visage est empreint de plus de détresse, d'envie et de besoin d'amour que tous ceux de ces petits orphelins réunis. L'heure est venue de connaître la vérité. Et de voir si nos cœurs pourront guérir.

ŁÓDŹ

1

1er septembre 1939

Ester

L'horloge de la cathédrale Saint-Stanislas sonnait les douze coups de midi quand Ester Abrams s'assit avec soulagement sur ses marches. Elle offrit son visage au doux soleil d'automne, mais la pierre était froide sous ses jambes. Elle songea un instant à retirer son manteau pour s'en faire un coussin, seulement, il était neuf et d'une couleur bleu pâle – qui faisait ressortir celle de ses yeux, d'après sa sœur cadette –, et elle ne voulait pas prendre le risque de l'abîmer.

Ester rougit en y pensant. Cet achat avait été une folie, mais Filip était toujours tellement bien habillé. Sans extravagance – un apprenti tailleur n'était guère plus fortuné qu'une infirmière en formation –, mais toujours avec goût et soin. C'était l'une des premières choses qui avaient frappé Ester, ce jour d'avril, quand il s'était assis à l'autre bout des marches et qu'elle avait brusquement senti la sève monter dans tout son corps, comme les bourgeons devenus fleurs dans le cerisier d'à côté. Elle avait tout de suite baissé les yeux, naturellement, et avait grignoté lentement ses petits roulés aux champignons et au chou fermenté – la spécialité de sa mère – sans en sentir le goût.

Elle n'avait pas osé relever les yeux avant qu'il se lève pour partir. Elle revoyait encore sa longue silhouette élancée, presque dégingandée ; sa veste au tissu rêche mais coupée avec style ; sa kippa finement ourlée à l'arrière de sa tête. Elle le dévorait du regard quand, tout à coup, il s'était retourné et l'avait regardée droit dans les yeux ; ce fut alors comme si son corps entier rougissait à ce contact, qui aurait dû n'être qu'embarras mais s'apparentait davantage à… de la joie.

Le lendemain, elle était arrivée en avance, fébrile. Mais à midi, il n'y avait aucun jeune homme en vue, rien qu'un vieillard sous un chapeau mou, gravissant péniblement les marches à l'aide de sa canne. Elle s'était empressée d'aller l'aider, en partie parce que sa mère lui aurait dit de le faire, mais aussi dans l'espoir qu'une fois redescendue, elle verrait le jeune homme assis là. Hélas, il n'y était pas, et elle s'était vengée sur son bagel en y mordant avec hargne, une hargne tellement aveugle que ce n'était qu'à la moitié de son repas qu'elle s'était rendu compte qu'il était revenu, au même endroit que la veille. Il mangeait tranquillement son déjeuner en lisant un journal, à ceci près qu'il semblait plutôt regarder au travers que le lire vraiment.

Six longs jours durant, ils avaient mangé à chaque bout des marches tandis qu'à leurs pieds, les habitants de Łódź vaquaient à leurs occupations sur la rue Piotrkowska. Chaque jour, elle se repassait en boucle les phrases qu'elle voulait lui dire, et qui se réduisaient à des bribes insignifiantes au moment d'aller lui parler. Et puis, un jour, une femme était passée entre eux et avait émis un *tss-tss* plein de désapprobation. Lorsqu'ils avaient relevé les yeux, la dame poussait déjà la porte de l'église, et ils n'avaient pu faire autrement que de se dévisager.

Toutes les belles phrases d'Ester s'étaient envolées, et, quand il avait fini par formuler une remarque creuse sur le temps et qu'elle lui avait répondu encore plus bêtement, ils s'étaient souri comme s'ils venaient de conclure un débat du plus haut niveau – peut-être avait-il vainement préparé ses phrases, lui aussi s'était-elle dit ? Une fois ces premiers mots échangés, les autres vinrent plus facilement et, bientôt, ils avaient commencé non pas à bavarder – ni l'un ni l'autre n'était du genre bavard –, mais à parler simplement de petites choses de leur vie.

— J'aime bien ta kippa, avait-elle dit. La bordure est très jolie.

— Merci. Je l'ai brodée moi-même.

— C'est vrai ?

Il s'était empourpré et Ester avait remarqué que, s'il avait les cheveux bruns, ses yeux étaient aussi bleus que les siens.

— Je suis apprenti tailleur. On fait surtout des vestes, des pantalons et des chemises, mais j'aime beaucoup les…

Il avait tâté la bordure de sa calotte.

— Mon père appelle ça des « fioritures ». Il n'aime pas ça. Il trouve que la broderie, c'est pour les femmes.

— Tu le fais tellement bien qu'il doit sûrement se tromper.

Il avait ri, un peu nerveusement.

— Merci. Je pense que les vêtements devraient exprimer ce que l'on est.

Tout en se rappelant ce commentaire, qui l'avait beaucoup étonnée, Ester ajusta son manteau bleu clair autour d'elle. On lui avait appris que les vêtements devaient être propres, nets et modestes ; jamais qu'ils pouvaient parler d'autre chose que d'une maison bien tenue.

— Dis-m'en plus, avait-elle suggéré.

Ce qu'il avait fait avec plaisir, si bien qu'elle serait volontiers restée là tout l'après-midi, à l'écouter ; sauf qu'elle ne disposait que d'une demi-heure pour déjeuner, et que l'infirmière en chef de son service n'était pas du genre commode. Une seule minute de retard et l'on se retrouvait de corvée de bassin hygiénique tout l'après-midi ; en outre, ses parents avaient fait d'énormes sacrifices pour lui payer sa formation et elle avait à cœur d'honorer leur effort. Elle avait eu du mal à le quitter et à se concentrer sur son travail après cela, mais il serait là le lendemain, et le jour d'après, et elle avait vite chéri ces précieuses demi-heures de milieu de journée. Un rendez-vous qu'il ne manquait jamais. Alors, où était-il aujourd'hui ?

Ester scrutait la rue Piotrkowska avec anxiété. Peut-être avait-il été retenu à son travail, ou y avait-il eu un incident quelconque ? L'atmosphère était étrangement chargée ce matin, les gens plus agités que de coutume, les magasins plus fréquentés. Tous les passants portaient des sacs remplis de légumes, comme s'ils avaient soudain peur d'en manquer. Les vendeurs de journaux criaient plus fort que d'habitude, mais, depuis un mois, Ester avait entendu trop de fois ce fatras de mots angoissants – *nazis*, *Hitler*, *invasion*, *bombardements* – pour leur prêter encore attention. C'était une belle journée d'automne, même si les marches étaient froides. Il ne pouvait sûrement rien arriver d'affreux sous un ciel si bleu ?

Enfin, elle le vit : il se faufilait parmi la foule agglutinée devant la boucherie. Elle se leva à demi, puis se força à se rasseoir. Depuis trois mois déjà, ils se retrouvaient tous les midis au pied de la cathédrale Saint-Stanislas, s'asseyant de plus en plus près l'un de l'autre, pour manger leur déjeuner. Ils discutaient et gagnaient en confiance à chaque nouvelle information échangée. Elle connaissait son nom : Filip Pasternak. Bien entendu, elle y avait associé le sien, juste pour voir – Ester Pasternak – même si elle avait trouvé cela ridicule quand sa petite sœur, Leah, avait fait la même chose. Il était en apprentissage dans l'atelier de couture renommé de son père, n'y jouissait d'aucun traitement de faveur et disait en être heureux ; et qu'il n'était pas censé se marier prochainement, ayant d'abord « du travail à faire ».

La conversation s'était quelque peu grippée à cette déclaration. Ester avait bredouillé qu'il avait certainement beaucoup de talent à apporter à ce commerce, et Filip avait souri en haussant les épaules, avant d'ajouter d'un ton inhabituellement maussade que « les pères n'ont pas toujours raison sur tout ». Tous deux avaient alors regardé autour d'eux d'un air coupable, au cas où quelqu'un aurait entendu un tel blasphème, et l'horloge avait eu le bon goût de sonner la demi-heure, les faisant bondir sur place. Ester avait été de corvée de bassin hygiénique cet après-midi-là, mais peu lui importait – elle avait d'autres pensées dans la tête.

Elle était presque sûre que ses parents la jugeraient trop jeune pour se marier, ou au moins trop accaparée par sa formation d'infirmière. À vrai dire, elle-même leur serinait depuis deux ans qu'elle ne s'intéressait nullement aux garçons, et que cela n'arriverait probablement jamais. Le sourire entendu que sa mère arborait alors l'agaçait autrefois, mais la réconfortait aujourd'hui. Même s'il n'avait jamais été question de mariage, ou d'un simple dîner, d'une promenade dans le parc ou de quoi que ce soit d'autre qu'un déjeuner sur les marches de la cathédrale. Ce rituel était devenu une sorte de bulle rigide qu'ils étaient tous deux trop timides pour oser briser.

— Ester !

Il l'appela depuis la foule. Un tram arrivait et, l'espace d'un instant, elle crut que Filip allait essayer de traverser devant lui ; mais il recula au dernier moment, le regard hagard, et réapparut quelques secondes plus tard pour s'élancer sur les rails en l'appelant encore :

— Ester !

Elle se leva.

— Filip. Tout va bien ?

— Non ! Enfin, si. Je vais bien. Mais pas le monde, pas la Pologne.

— Pourquoi ? Que se passe-t-il ?

— Tu n'as pas entendu ?

Il se tenait deux marches plus bas qu'elle et, pour la première fois, leurs yeux se trouvaient au même niveau, de face.

— Je suppose que non, sinon tu ne poserais pas cette question, dit-il avant de soupirer.

— Eh bien, que s'est-il passé ?

— L'Allemagne nous envahit. La Wehrmacht a franchi nos frontières, plus aucun de nous n'est en sécurité.

— Tu vas devoir aller te battre ?

— Peut-être. S'il en est encore temps. Mais ils avancent vite, et se dirigent vers Cracovie et Varsovie.

— Et Łódź ?

— On ne sait pas encore, mais c'est possible. Nous avons une belle ville, avec beaucoup d'industries. Les Allemands aiment l'industrie.

— Mais ils n'aiment pas les Juifs.

— Non. Il paraît que certains font déjà leurs valises, rassemblent leur or et fuient vers l'est.

— Et ta famille ?

— Mon père ne quitterait sa boutique pour rien au monde. Et même s'il le faisait…

Il s'interrompit et regarda Ester droit dans les yeux, avec gravité.

— Eh bien… ? dit-elle.

— S'il le faisait, je ne partirais pas avec lui. Pas sans toi.

— Sans moi ? s'étrangla-t-elle.

Mais il lui prenait déjà les mains et se mit soudain à genoux devant elle sur les marches étroites.

— Ester Abrams, me ferais-tu l'immense honneur de devenir ma femme ?

Elle le dévisagea, médusée, tandis qu'autour d'eux, la rue Piotrokwska semblait se figer. Deux vieilles dames poussant une brouette remplie de sacs de course s'arrêtèrent pour les regarder. L'une d'elles hocha la tête en adressant un clin d'œil à Ester avant que ses yeux ne reviennent se poser sur le beau jeune homme à ses pieds.

— Je…

— Parce que c'est la guerre, Ester. Dès que j'ai appris la nouvelle, dès que j'ai pensé aux soldats, aux fusils et à l'ennemi marchant sur nous, une seule chose m'est venue à l'esprit : que cela risquait de me priver de toi. Et je me suis dit qu'il était déjà absurde que j'aie passé vingt-trois heures et demie de chaque jour de cet été sans toi, et que je ne voulais pas perdre une demi-heure de plus. Alors, Ester… tu veux ?

— T'épouser ?

— Oui.

— Oui !

Le mot jaillit de sa bouche, et ils tombèrent dans les bras l'un de l'autre, et leurs lèvres se rencontrèrent, et elle se dit qu'elle aussi avait perdu bien trop de temps jusqu'à ce moment. Le monde semblait danser une ronde de joie autour d'eux en même temps qu'un son puissant retentissait à ses oreilles, comme si Dieu faisait soudain chanter tous les anges du ciel. Mais si tel était le cas, il avait choisi un bien étrange chœur, car le son prit bientôt des accents de hurlement sinistre, et ce n'est qu'en s'écartant de Filip qu'elle comprit qu'il s'agissait de la sirène signalant une alerte aérienne par les haut-parleurs disposés dans la rue.

— Vite ! dit Filip en lui prenant la main pour l'emmener dans la cathédrale.

Au-dessus de leur tête, deux avions allemands sombres et menaçants fendaient le ciel bleu. Et Ester ne savait déjà plus si c'était le plus beau ou le plus terrible jour de sa vie.

Question qu'elle se poserait encore de multiples fois au cours des noires années à venir.

2

19 novembre 1939

Ana

Ana Kaminski prit le bras de son mari tandis que Filip puis Ester, le rose aux joues, étaient emmenés jusqu'à la Houppa par leurs parents avant de se faire face sous le dais nuptial. Elle sourit en les voyant se regarder – ils avaient l'air tellement heureux de se marier –, et sentit son âme s'apaiser. Elle avait bien fait de venir. Elle avait hésité, lorsque l'invitation lui était parvenue. Peut-être s'inquiétait-elle trop, maintenant qu'elle avait bien dépassé la cinquantaine, mais elle s'était demandé si Dieu approuverait le fait qu'elle assistât à une cérémonie juive. Bartek avait eu le bon sens de se moquer de ses craintes.

— Bien sûr que Dieu veut que tu voies ces jeunes gens célébrer leur amour et leur union ! Il y a bien trop de haine autour de nous en ce moment pour ne pas profiter pleinement d'une telle occasion, quel que soit l'édifice où cela se déroule.

Il avait raison, et elle avait eu honte de douter de la sorte. Les Juifs étaient des gens sérieux, gentils et respectueux, et cela comptait beaucoup, surtout à une époque où s'imposer aux autres semblait devenir la norme. Depuis deux mois et demi, les nazis avaient envahi la Pologne et imposé leurs lois et idéologies rigides à son peuple bien-aimé. Elle enrageait en voyant ces soldats pleins de suffisance parader dans sa ville, changer les panneaux indicateurs et établir de nouvelles règles sans le moindre respect pour les coutumes, les traditions, parfois même au mépris du bon sens et de la décence.

Jésus avait appris aux hommes à tendre l'autre joue, mais les nazis avaient débarqué en frappant les deux joues d'emblée, et il était difficile de pardonner une offense quand dix autres vous tombaient déjà dessus. En de tels moments, elle se sentait plus proche des chrétiens de l'Ancien Testament – avec leur ardeur pleine de fureur – que du Nouveau Testament, ce qui était assez cocasse pour une fervente catholique comme elle.

Elle balaya la synagogue du regard tandis que le rabbin entonnait un chant mystique et sourd qui résonnait entre les murs peints. À leur arrivée, les invités avaient trouvé le trottoir étincelant de givre devant l'édifice, mais le soleil s'immisçait maintenant par les hautes fenêtres et illuminait les piliers dorés et le mobilier, si bien que toute la salle semblait luire de l'intérieur. Elle devait bien admettre que tout cela n'était pas si différent de sa chère cathédrale Saint-Stanislas, et elle serra le bras de Bartek avec reconnaissance, heureuse qu'il l'ait incitée à venir. De tout l'automne, c'était le moment le plus paisible qu'elle ait vécu.

Ana regarda attentivement Leah, la jeune sœur d'Ester, l'accompagner pour décrire sept tours autour du futur marié, son doux visage empreint de solennité et les yeux rivés au sol – peut-être moins par piété que par souci de ne pas marcher sur la robe de sa sœur, songea-t-elle. Ana se rappela son propre mariage. Il avait beau s'être déroulé vingt-trois ans plus tôt, elle en conservait un souvenir vif. C'était en 1916, au beau milieu d'une autre guerre – la Grande Guerre, disait-on, censée être « la Der des ders »... mais non. Aujourd'hui encore, les forces arrogantes de chaque côté de la Pologne saccageaient ses paisibles villes et villages. Pourquoi ne les laissait-on pas vivre en paix ? Pendant des siècles, la Russie et l'Allemagne avaient considéré le pays natal d'Ana comme un territoire à s'approprier ; en 1918, la Pologne avait enfin retrouvé sa souveraineté. Et voilà que ses voisins la violentaient à nouveau, cette fois avec des chars et d'énormes pistolets-mitrailleurs.

Ana frémit et s'efforça de se concentrer sur la cérémonie. Ester était revenue se poster face à Filip, qui souleva délicatement le voile de sa promise pour signifier qu'il ne chérissait pas uniquement son corps mais aussi son âme. C'était un moment magique, une parenthèse d'amour dans cette période de frayeur, rappelant à tous que, quels que soient les combats auxquels se livrent les puissants, les gens simples n'aspiraient qu'à vivre normalement – à se marier, à avoir des enfants, à fonder une famille. Que pouvait-il y avoir de plus précieux au monde ?

Par réflexe, Ana effleura les papiers professionnels qu'elle gardait toujours dans un vieux tube de poudre dentaire au fond de sa poche. Elle ne savait jamais quand elle pouvait être appelée, et il était toujours préférable de rassurer les parturientes avant d'intervenir. Depuis vingt ans qu'elle exerçait sa profession de sage-femme dans cette ville, elle ne comptait plus les fois où elle avait été appelée pendant un repas, un verre avec des amis ou même au beau milieu d'une pièce de théâtre pour pratiquer un accouchement. De petites contrariétés qui s'effaçaient sitôt qu'elle se mettait au travail. Ce métier était un tel privilège à ses yeux. Chaque fois qu'elle contribuait à mettre un nouvel être au monde, un coin de son âme avait le sentiment d'être en train d'assister à la naissance du Christ, et ce miracle lui ôtait toute fatigue. Quel pouvoir possédaient les chars et les fusils en comparaison d'un tel renouveau ?

Ana contempla Ester et secoua la tête, ébahie par le passage du temps. L'adorable jeune femme qui se tenait devant son futur époux avait été l'un des premiers bébés qu'elle ait fait venir au monde. Elle sortait tout juste de l'école de sages-femmes de Varsovie et redoutait encore d'exercer seule. Appelée aux aurores dans la maison si bien tenue de Ruth, elle avait été accueillie par l'époux de celle-ci, Mordecai, qui l'attendait sur le seuil en tirant furieusement sur sa pipe. Il avait bondi en la voyant avant de lui prendre les deux mains :

— Dieu merci, vous êtes là. Ma chère Ruth a besoin de vous. Vous prendrez bien soin d'elle, dites ? Tout ira bien, n'est-ce pas ?

Il bredouillait comme un enfant, et elle avait senti le poids de son amour peser sur elle. Ce jour-là, tout leur bonheur reposait entre ses mains ; elle s'était rappelé que ces mains avaient été formées dans la meilleure école de sages-femmes de Pologne, et, après une brève prière à Dieu, s'était empressée d'entrer dans la maison.

Au bout du compte, elle n'avait eu aucun mal à exaucer le vœu de Mordecai, Ruth étant jeune, en bonne santé et accompagnée d'une mère pragmatique qui l'avait forcée à serrer les dents et à pousser dès qu'Ana le demandait. La petite Ester était arrivée en moins d'une heure, après quoi Mordecai s'était rué dans la chambre en la couvrant d'éloges. Ana lui avait assuré que c'était sa femme qui avait fait tout le travail avant de se mettre en retrait. Il avait alors embrassé tendrement son épouse puis avait pris le bébé dans ses bras comme si c'était la chose la plus précieuse au monde. Et aujourd'hui, ce bébé était une femme.

Ana écouta Ester jurer fidélité à Filip d'une voix claire et assurée. Ils formaient vraiment un beau couple tous les deux, aussi timides et passionnés l'un que l'autre par la voie qu'ils avaient choisie dans la vie. Elle retrouvait un peu d'elle-même en Ester. Celle-ci envisageait sa carrière d'infirmière avec le plus grand sérieux et espérait qu'à l'instar d'Ana, elle pourrait continuer de suivre sa vocation tout en ayant une famille à elle. Bientôt, ce fut au tour de Filip, fier et droit comme un I, de prêter serment face à sa future femme. Le seul avantage de cette Occupation, songea Ana, c'est que les jeunes hommes n'étaient pas encore appelés à se battre, raison pour laquelle Filip et son témoin, Tomaz, pouvaient être présents actuellement. Qui sait si ce Reich vorace n'allait pas un jour les mobiliser ? Mais Hitler ne devait tout de même pas être assez fou pour demander à ses ennemis de se battre pour sa cause, ce qui laissait au jeune couple une chance de vivre ces prochaines années côte à côte.

Malheureusement, le pauvre garçon ne pouvait plus travailler. La région de Łódź avait été annexée par le Reich et, deux semaines plus tôt, les Allemands avaient interdit aux Juifs de travailler dans les industries textiles ou du cuir – loi ayant mis instantanément presque cinquante pour cent de la communauté locale au chômage. L'apprentissage de Filip se trouvait du même coup terminé et son père avait été contraint de céder son cher atelier à un gros Allemand aux doigts boudinés, dénué de talent.

La ville n'en serait que plus pauvrement vêtue et, pendant ce temps, les nouveaux responsables de Łódź avaient émis un ordre de « travail obligatoire » pour les Juifs. Ils les arrachaient de leurs maisons et de leurs bureaux pour les envoyer détruire les monuments polonais, balayer les trottoirs et changer les panneaux de signalisation. L'autre jour, Ana avait croisé deux hommes qui pleuraient ouvertement en arrachant les nobles panneaux de la vieille rue Piotrkowska pour les remplacer par de nouveaux indiquant *Adolf-Hitler-Strasse*. Les nazis faisaient de même dans toutes les rues de la ville, effaçant les noms séculaires au bénéfice de noms allemands arrogants. Aucun bon Polonais n'utiliserait les nouveaux noms, mais ils étaient là à les narguer, tout de même.

Et puis, il y avait les brassards. L'ordre était tombé il y avait quelques jours à peine : tous les Juifs devaient porter un brassard jaune de dix centimètres de large juste sous l'aisselle, un emplacement choisi pour créer un maximum d'inconfort. C'était comme si le Moyen Âge recommençait. Tant de chefs despotiques avaient imposé le port d'un insigne particulier aux Juifs au cours des siècles, afin d'éviter tout « brassage accidentel » – comme si les gens ne se parlaient pas, ne connaissaient pas les familles ou les histoires des autres ; comme s'il était du ressort de l'État de décider qui pouvait épouser qui.

Ana avait croisé Ruth et Leah dans la rue l'autre jour ; les deux sœurs s'inquiétaient de l'impact de cette décision sur les tenues de mariage qu'elles avaient soigneusement choisies, et priaient pour que ce maudit décret ne soit appliqué qu'après le grand jour. Mais non. Les SS – les représentants les plus terribles et les plus sadiques des nazis – avaient arpenté les rues toute la semaine, pointant leurs armes sur tout Juif non marqué en jaune… et appuyant parfois sur la gâchette. Le vieil Elijah Aarons, le meilleur boulanger de la ville, ne ferait plus de *kołaczki* ou de *szarlotka* pour ravir ses innombrables clients ; il avait été abattu dans sa propre boutique, pour avoir argué qu'il n'avait pas encore trouvé suffisamment de tissu jaune pour entourer son considérable biceps. Tous les membres de la congrégation réunie ce jour, à l'exception d'Ana et de Bartek, se trouvaient donc contraints de subir cette humiliation. Même la pauvre Ester avait dû s'y plier, bien que quelqu'un de malin – Filip, très certainement – ait cousu d'étincelantes bandes dorées autour de ses deux bras, lui conférant un style de reine plus que de paria.

La cérémonie touchait à sa fin. Ana s'arracha à ses sombres pensées pour revenir à l'instant présent, cependant que le voile d'Ester se soulevait à nouveau et que le rabbin prenait un verre afin que les époux y boivent à tour de rôle. Une fois le verre vidé, il le glissa dans un sac de velours, tira sur le cordon et le posa au sol devant Filip. Le jeune marié regarda Ester, qui sourit pour l'encourager et lui prit la main. La communauté avança tandis que Filip levait le talon et l'abaissait brusquement sur le verre. Ana entendit le premier craquement avant qu'il ne soit noyé parmi les acclamations de « Mazel tov » et, se joignant au groupe, elle se dit que toutes les cultures pouvaient se sentir unies dans la bénédiction d'un mariage heureux, quelles que soient les langues ou les religions.

Elle se tourna pour embrasser son propre mari alors que, tout autour d'eux, les gens bavardaient joyeusement, s'embrassaient et se pressaient pour soulever les mariés et les faire défiler dans la synagogue. La fête aurait lieu dans la salle derrière l'édifice, mais on aurait juré qu'elle commençait déjà en voyant tous ces brassards jaunes tournoyer en un cerceau d'or autour du jeune couple. Ana vit Ester rire aux éclats lorsque sa main fut arrachée de celle de Filip par Tomaz, qui la hissa sur des épaules prêtes à l'accueillir, avant de jucher Filip sur les siennes. Alors que le couple était porté sous les vivats dans la synagogue, et que les applaudissements des invités prenaient un rythme exubérant, les portes s'ouvrirent tout à coup avec fracas et des coups de feu résonnèrent dans le bâtiment. La foule se figea lorsque des soldats SS firent irruption en criant en allemand : « *Raus, raus !* » Sortez.

Ana vit les SS pointer leur fusil sur Ester, encore perchée sur les épaules qui la portaient, et s'interposa sans réfléchir :

— S'il vous plaît, dit-elle en allemand. C'est un mariage.

L'officier la regarda, surpris. Elle avait appris cette langue étant enfant et la parlait couramment. Cela lui avait été fort utile au fil des ans, car nombre de ses patientes étaient des Allemandes ayant émigré en Pologne ; mais jamais elle n'aurait cru devoir un jour l'employer avec des soldats.

— Un mariage ?

Tout en scrutant la foule, l'officier leva un bras pour retenir ses hommes derrière lui, ce qui laissa à Ester et Filip le temps de remettre les pieds sur terre. Il eut un rire mauvais.

— Un mariage juif ! C'est exactement pour empêcher ça qu'on est là, madame. Pas question de laisser cette vermine se reproduire. Il y en a déjà bien assez.

Il la regarda de haut en bas, avisant son beau manteau dénué de brassard.

— Qu'est-ce que vous faites ici ?

— Je célèbre l'amour, affirma-t-elle fièrement.

Le rire se fit cette fois plus sombre, plus menaçant. Du coin de l'œil, Ana vit Tomaz monter la garde tandis que Ruth et Mordecai faisaient sortir les mariés par la porte de derrière. Elle était heureuse qu'ils puissent s'enfuir, mais le reste de la communauté était toujours en danger. Les parents de Filip, Benjamin et Sarah, s'efforçaient de calmer tout le monde et de contenir la panique qui montait.

— Que voulez-vous, monsieur ? demanda-t-elle avec un effort surhumain pour rester polie.

— Ce que je veux ? Détruire ce sale bâtiment et tous ces salauds de Juifs avec, voilà ce que je veux, madame. Eh, toi ! Ne bouge pas !

L'homme venait de repérer la porte de derrière par laquelle d'autres invités essayaient maintenant de s'éclipser. Il s'y dirigea à grands pas et ramena à l'intérieur la demoiselle d'honneur d'Ester. Ana sentit son cœur se serrer. Du haut de ses quatorze ans, Leah paraissait presque adulte quand elle était entrée derrière sa sœur, avec son chignon blond sur le haut de la tête et un soupçon de maquillage rehaussant ses traits ; mais elle ressemblait maintenant à une petite fille terrorisée, et pour cause : les fusils étaient si gros, vus de près, si affreusement puissants. Si les SS décidaient de s'en servir ici, les invités de Ruth et de Mordecai ne pourraient y échapper.

— S'il vous plaît, répéta Ana. Laissez-les partir. Il y a des personnes âgées ici, et des enfants.

— Des enfants *juifs* !

— Des enfants tout de même.

Il la toisa, le visage déformé par la haine.

— Ce n'est pas pareil, grogna-t-il. Les Juifs sont un fléau sur cette terre, et il est de notre devoir de les éradiquer.

Ana en eut le souffle coupé. Elle avait vu des Juifs forcés de remplir des trous avec du sable, de fermer leurs boutiques et de se terrer chez eux, mais, jusqu'à cet instant, elle n'avait pas pris la pleine mesure de la haine des nazis contre eux. Il ne s'agissait pas d'un simple mépris ; c'était une animosité fanatique. Soudain prise de vertige, elle sentit le bras fort de Bartek se poser autour de sa taille comme il avançait :

— Et nous vous en remercions, intervint-il avec calme dans un allemand moins parfait mais tout à fait compréhensible. Simplement, quels sont vos ordres pour aujourd'hui ?

Ana faillit s'indigner de cette apparente complicité avant de voir que les mots de son mari faisaient mouche : l'officier sembla tout à coup perdre un peu de son assurance. Les ordres. Bartek visait juste. C'était à ça que répondaient ces automates.

— Nous avons l'ordre de détruire toutes les synagogues de Łódź.

— Mais pas les gens ?

— Pas encore, jeta-t-il avec un soupçon d'hésitation.

— Dans ce cas, pour l'heure, vous devriez les faire sortir d'ici afin que, de la rue, ils puissent voir leur lieu sacré s'écrouler devant eux.

— Absolument ! s'écria l'officier. Ce sera une humiliation et un avertissement de la puissance du Reich ! *Raus !* beugla-t-il, avant que ses hommes ne reprennent l'injonction avec zèle.

Leah ouvrit la marche vers les portes et tous se bousculèrent pour s'enfuir avant que le bâtiment ne soit détruit au-dessus de leurs têtes, comme cela avait eu lieu tant de fois dans l'histoire. Bartek se laissa tomber contre un pilier, la tête entre les mains.

— Mon Dieu. Qu'est-ce que j'ai dit ? gémit-il. C'était horrible.

— C'était malin et courageux et tu viens de sauver la vie de tous ces gens, le réconforta Ana.

— Pour l'instant, peut-être.

Elle savait qu'il avait raison, pensait Ana comme ils se précipitaient tous vers la rue Piotrkowska – désormais Adolf-Hitler-Strasse. Les envahisseurs avaient pris leur ville, et maintenant, ils allaient diviser sa population. Simplement parce qu'un imbécile avait décidé que la petite fille qu'elle avait fait venir au monde, dix-huit ans plus tôt, nue et innocente, avait moins de valeur qu'une autre et devait être éliminée de la surface de la terre, ainsi que tous ses semblables. Ce n'était pas seulement la guerre, mais la fin de la civilisation et, tandis qu'elle rentrait chez elle, toute la beauté de cette magnifique cérémonie disparut de son esprit, remplacée par un terrifiant pressentiment. Il ne lui restait plus qu'à prier pour qu'Ester et Filip passent quelques jours heureux ensemble car ils auraient besoin de toutes leurs forces dans les semaines et mois à venir.

3

8 février 1940

Ester

— Filip ! Je suis rentrée !

Oh, comme Ester aimait dire cela ! Jamais elle n'aurait cru que le simple fait de franchir une porte puisse être si merveilleux. L'appartement avait beau être petit et sommairement meublé, en haut d'une impressionnante quantité de marches, c'était leur nid à eux et elle l'aimait autant que s'il s'agissait d'un palais.

— Le repas est presque prêt, répondit Filip.

Elle accrocha son manteau et sourit en le voyant aux fourneaux, un tablier autour de la taille, son beau visage empourpré par la vapeur montant de la marmite.

— Ça sent bon, dit-elle en se lovant dans ses bras ouverts pour l'embrasser.

— C'est du bigos. Enfin, c'est censé en être. Ma mère m'a donné sa recette mais je n'ai trouvé presque aucun des ingrédients dans les magasins. Il devrait y avoir plein de viandes différentes mais celui-ci n'en a que deux et, pour être honnête, je ne sais même pas si celles-ci peuvent encore être appelées de la viande.

— Ce sera parfait, Filip, ne t'en fais pas. Merci.

Il lui sourit, reconnaissant de son indulgence.

— J'ai dû faire la queue pendant des heures et quand mon tour est venu, on m'a renvoyé en bout de file.

— Et tu n'as rien dit ?

— Avec les SS à chaque coin de rue ? J'imagine bien de quelle manière ils m'auraient aidé…

Ester grimaça. Depuis des mois, ses amis et sa famille étaient régulièrement molestés par des nazis, selon leur bon plaisir. L'autre jour encore, une amie d'Ester, Maya, était venue chez eux en pleurant et en implorant son aide. Les nazis avaient forcé son vieux père à porter des briques à mains nues d'un côté à l'autre de la rue pendant toute la matinée, avant de lui ordonner de les remettre où elles se trouvaient auparavant. Il avait les mains en sang, le dos brisé et des bleus plein les côtes pour s'être pris une pluie de coups de pied chaque fois qu'il tombait.

Ester avait fait de son mieux pour nettoyer et soigner les blessures du vieil homme, mais, le lendemain, les SS étaient venus frapper à leur porte en exigeant que ce « vieux flemmard » reprenne le boulot, et le cauchemar avait recommencé. Le père de Maya était maintenant à l'hôpital et sa fille brûlait de se venger, mais que pouvait-elle faire ? Les Allemands étaient partout, armés jusqu'aux dents. Le reste du monde s'était mis en guerre pour la Pologne, mais en attendant, la Pologne n'avait qu'à serrer les dents et prier pour qu'on vienne à son secours. Nombre de jeunes hommes étaient partis à l'étranger afin de rallier une armée ; si Ester pouvait comprendre cela, elle était heureuse que Filip ait pu rester auprès d'elle.

— C'est un peu le monde à l'envers, non ? dit-il. Toi qui sors travailler, et moi qui reste à m'occuper de la maison.

— Ça me plaît bien, dit-elle avec un sourire espiègle. Et le tablier te va à ravir.

Il fit une petite révérence et elle rit avant de l'attirer contre elle pour lui donner un baiser plus long. Elle avait du mal à croire que moins d'un an s'était écoulé depuis qu'elle avait rencontré cet homme formidable sur les marches de la cathédrale, et qu'ils étaient désormais mariés, vivant ensemble. Elle avait déjà presque oublié ce qu'était sa vie avant lui et avait la conviction que jamais elle ne se lasserait de ses bras.

— C'est prêt ? demanda-t-elle.

Il goûta la sauce épaisse, les sourcils froncés de concentration.

— Je crois qu'une petite demi-heure de plus ne ferait pas de mal.

— Parfait ! dit-elle en lui prenant la main pour l'entraîner vers la chambre.

— Madame Pasternak, seriez-vous en train de me séduire, par hasard ?

— Tout à fait, approuva-t-elle joyeusement.

La dimension physique de leur mariage n'avait pas pris le meilleur des départs après l'irruption des SS dans la synagogue. La famille de Filip avait réservé aux jeunes mariés un charmant chalet pour quelques jours dans une forêt, mais tous deux étaient si chamboulés, la première nuit, qu'ils n'avaient fait que se blottir devant le feu, rongés d'inquiétude pour leurs proches.

Après avoir enfin gagné leur lit, ils s'étaient apaisés en dormant l'un contre l'autre et, au petit matin, leur désir avait pu s'éveiller. Ester se sentit comblée dans les bras de son époux, et elle découvrit rapidement qu'elle n'avait aucune raison de se montrer timide avec lui. La confiance qu'elle accordait à Filip était totale ; en outre, ils étaient entrés dans cette union aussi innocents l'un que l'autre et avaient entamé cette merveilleuse découverte ensemble. Elle espérait que ce ravissement durerait de nombreuses années encore.

— Au lit, alors ? demanda-t-elle en arquant un sourcil.

Les yeux de Filip s'assombrirent.

— Oui, avec plaisir. Mais j'ai quelque chose à te dire.

— Ça ne peut pas attendre ? Oh ! Mais…

Elle ouvrit les draps, prête à se glisser entre eux, mais vit que le matelas était couvert des vêtements.

Filip les rassembla à la hâte et les roula en boule dans un sac en toile de jute.

— Des retouches, expliqua-t-il. Les gens perdent du poids à toute allure et ont besoin de faire reprendre leurs vêtements. Apparemment, le bruit court que je suis partant pour le faire. Ils payent en liquide ou en nourriture, ce qui est encore mieux, mais…

— Mais tu dois les cacher, termina Ester tandis qu'un frisson la parcourait à l'idée de ce qui arriverait en cas de perquisition à leur domicile.

Travailler le textile, même chez soi, leur était désormais interdit.

— Je peux arrêter de le faire, si tu préfères, dit Filip en la serrant contre lui.

Elle fit non de la tête. Ils pouvaient plaisanter du tablier qu'il portait, mais elle savait que Filip vivait mal son désœuvrement forcé et que ce petit travail l'aidait à garder le moral. Et puis, les gens en avaient besoin. Le brassard avait été remplacé par une étoile de David qui devait être cousue sur la poitrine et le dos de chaque vêtement. Les comptes bancaires des Juifs étant désormais gelés et les retraits d'argent limités, il devenait de plus en plus difficile de se vêtir correctement, mais personne ne voulait renoncer à sa dignité. Alors, si des tailleurs comme Filip pouvaient contribuer à cette minuscule victoire, tant mieux.

— De toute façon, tu ne fais que coudre des étoiles, n'est-ce pas ?

— C'est ça, confirma-t-il.

C'était la seule chose permise, et les Juifs les plus fortunés en avaient même commandé de beaux modèles afin de conjurer le malheur, avant que les Allemands ne mettent un terme à cette pratique. Cette nouvelle mesure avait entraîné des commandes supplémentaires pour Filip, qui devait maintenant les remplacer par l'insigne hideux exigé par l'ennemi ; mais s'il était en même temps appelé à refaire une couture, broder un ourlet ou ajouter un volant, qui le saurait ?

— Dans ce cas, de quoi les Allemands se plaindraient-ils ? Ils sont déjà assez occupés à nous embêter, ils ne vont pas en plus nous retirer nos habits ?

— Écoute, fit Filip en s'écartant un peu d'elle. J'ai vraiment quelque chose à te dire.

— Ah. Ce n'était pas cette histoire de vêtements ?

— Non.

— Et ça ne peut pas attendre ? demanda-t-elle, tout en sentant que, de quoi qu'il puisse s'agir, l'ambiance était déjà gâchée. Bon, vas-y, je t'écoute.

— Non, non. Ça attendra. Viens.

Il commença à déboutonner l'uniforme d'Ester mais ses doigts tremblaient et elle l'interrompit gentiment.

— Allez, dis-moi ce qu'il y a. Tu te sentiras mieux après avoir parlé.

— J'en doute, grommela-t-il, l'air sombre.

Elle sentit son cœur faire un bond dans sa poitrine.

— Qu'y a-t-il ? C'est l'appartement ? Est-ce que le propriétaire… ?

— Non, non, pas du tout. Attends un instant, tu veux ?

Sur ce, il partit dans la cuisine et en revint en brandissant le *Lodscher Zeitung*. Lentement, il ouvrit le journal et le passa à Ester. On y voyait une carte de la ville, avec une zone hachurée autour du marché de Baluty, sous laquelle était écrit *Die Wohngebiet der Juden.*

— *Wohngebiet* ? demanda-t-elle à Filip.

— Zone de résidence, traduisit-il avant d'ajouter amèrement : un ghetto, quoi.

Elle s'assit sur le lit et tenta de déchiffrer les mots en allemand. L'article, rédigé dans le style impérieux de l'Occupant, déclarait que les Juifs étaient « une race manquant de propreté » et qu'il y avait une urgence sanitaire à les séparer des « bons citoyens » de la ville avant qu'ils ne puissent les contaminer. Ester relut ces lignes à plusieurs reprises, ayant du mal à y croire.

— « Manquant de propreté » ? finit-elle par dire. Comment osent-ils dire une chose pareille ?

Elle regarda autour d'elle ; l'appartement était un peu vieux, un peu défraîchi, mais d'une propreté irréprochable.

— C'est absurde, murmura Filip.

— Bien sûr que c'est absurde ! De quel droit peuvent-ils déclarer ce genre de chose ? Il existe bien des lois contre la diffamation, non ? Pourquoi est-ce que personne n'empêche ça ?

Filip se mordit la lèvre.

— Ils nous ont envahis, mon amour. Ce qui signifie qu'ils peuvent faire ce qu'ils veulent.

— Y compris nous parquer dans un ghetto ?

— On le dirait bien.

— Quand ?

Il déglutit avec peine.

— Il nous reste trois jours.

Elle leva vers lui des yeux horrifiés puis sortit de la chambre pour se rendre dans la cuisine. En passant devant son manteau accroché à la patère, elle se rappela sa joie de rentrer, quelques minutes plus tôt, et en voulut un instant à Filip de l'avoir laissée essayer de l'entraîner au lit en sachant cela.

— Qu'est-ce qu'on va faire ? geignit-elle.

Il vint la rejoindre et l'enlaça tendrement avant de déposer un doux baiser dans son cou.

— S'accrocher encore plus l'un à l'autre, mon amour. J'aime cet appartement autant que toi, mais je me sentirai chez moi partout où nous serons ensemble, et si les Allemands croient pouvoir nous briser en nous forçant à déménager, ils se mettent le doigt dans l'œil. Allez, mangeons ce bigos, allons nous coucher et demain, nous irons voir nos familles et nous nous ferons un nouveau chez-nous – mieux que n'importe quel palais allemand, parce qu'il sera rempli d'amour, et non de haine.

Ils firent de leur mieux tous les deux, mais ils ne purent ni savourer le bigos ni dormir, sachant que c'était peut-être leur dernière nuit dans leur nid d'amour, au point que ce fut un soulagement lorsque le jour s'immisça, gris et humide, entre les rideaux de leur chambre. Ils entendaient déjà des cris dans les rues et se blottirent l'un contre l'autre, profitant de leurs derniers instants de sécurité. Mais bientôt, des coups à la porte annoncèrent l'arrivée des parents et de la sœur d'Ester, et ils furent contraints de se lever pour affronter le cauchemar.

Tout le monde était en proie à la panique. Apparemment, le ghetto serait établi dans la zone entourant le grand marché de Baluty, au nord de la ville, où vivaient déjà de nombreux Juifs. Les autres n'avaient aucune idée de l'endroit où aller.

— Il y a un bureau du logement sur la rue Południowa, vint leur dire Tomaz.

Mais lorsqu'ils s'y rendirent, une foule était agglutinée devant l'adresse.

— Comment va-t-on faire, pour l'école ? s'inquiéta Leah, seule parmi eux à voir tout cela comme une aventure, du haut de ses quatorze ans.

— L'école ? se gaussa un Allemand passant près d'eux. À quoi ça sert, pour des gens comme vous ? Les bons profs ont autre chose à faire.

Leah planta ses poings sur ses hanches fraîchement formées.

— Je vous signale que je suis première de ma classe.

— Ah, oui ? Eh bien, viens donc par là, que je te donne le genre d'éducation utile à celles de ton espèce.

Il eut un geste obscène, faisant rire ses camarades. Leah fit un pas vers lui, furieuse, mais Ester la retint.

— Laisse-les dire, Leah. Ça n'en vaut pas la peine.

— Mais ils ne peuvent pas nous parler comme ça ! s'indigna la jeune fille.

Ester lui coula un petit sourire triste. Que pouvait-elle dire ? Leah avait raison, seulement, la vérité de l'Occupation changeait la donne. L'envahisseur prenait tous les droits, y compris celui de leur parler comme bon lui semblait.

— Allez, prenons notre place dans la queue.

Ils durent attendre des heures avant d'atteindre les guichets du bureau du logement. Les guichets étaient tenus par des employés à l'air abattu, travaillant sous la houlette de Chaim Rumkowski, déclaré président du Conseil juif par les Allemands le mois précédent, et chargé de gérer le ghetto. L'homme avait de beaux cheveux blancs et un sourire encourageant, mais son regard était vif et acéré comme il scrutait la foule des « siens », flanqué de deux SS. Ester fut soulagée quand on leur indiqua le guichet tenu par une jeune femme, loin du fauteuil du « président ».

— Nous avons besoin d'une petite maison pour mon mari et moi, et d'une autre pour mes parents et ma sœur, dit-elle.

La femme la regarda et eut un petit rire avant de se rembrunir.

— Vous allez bien ? s'enquit Ester.

— Autant qu'on le peut quand on doit annoncer de mauvaises nouvelles à tout le monde, répondit l'employée. Vous devrez partager un logement.

— Nous tous ?

La femme soupira.

— Vous tous, et d'autres.

— Vous voulez nous faire habiter avec des inconnus ?

— Désolée, mais le ghetto compte deux fois moins de logements que le nombre de familles que nous avons à loger. Et la plupart sont encore occupés par les Polonais qui habitent là.

— Que va-t-on faire d'eux ?

— Ils vont être relogés.

Ester regarda Filip, consternée. Leur appartement était petit, mais il n'était qu'à eux. Et maintenant, ils allaient devoir partager leur toit avec des inconnus.

— Mes parents, dit Filip. Si nous ajoutions mes parents ?

— Vous seriez donc sept ? demanda la femme.

Ils opinèrent du chef. Les deux familles se connaissaient peu, mais la présence d'Ester et de Filip les aiderait à se lier.

— Dans ce cas, j'ai une maison sur Kreuzstrasse.

— Où ça ?

La femme se pencha et chuchota :

— C'était la rue Krzyzowa, avant. Elle a deux chambres.

— Deux ?

— Et un grenier.

— Nous la prenons, déclara Filip avant de chuchoter à l'oreille d'Ester : Un grenier, c'est romantique.

Ester appréciait son optimisme, mais, alors qu'on leur remettait les clés d'une demeure inconnue où ils allaient devoir s'installer avec leurs parents, elle ne put s'empêcher de penser qu'à ses yeux, il n'y avait rien de moins romantique que cette situation. On allait donner leur précieux appartement à un couple allemand quand eux seraient forcés de rejoindre le ghetto. Et c'est le cœur brisé qu'elle quitta le bureau pour rentrer une dernière fois chez eux, en serrant douloureusement la main de Filip dans la sienne.

4

9 février 1940

Ana

Boum, boum, boum !

Ana sortit à regret de son lit et attrapa à tâtons son uniforme, toujours accroché à l'arrière de sa porte de chambre. La lueur ténue s'infiltrant autour des rideaux indiquait les prémisses de l'aube, mais elle ne se sentait absolument pas la force d'affronter la journée à venir. Beaucoup de bébés semblaient tenir à arriver la nuit. Un jour, quelqu'un lui avait dit que le corps procédait ainsi afin d'éviter l'effervescence des tâches de la journée, hypothèse qui paraissait se tenir. En dépit de l'amour qu'elle avait pour lui, Ana regrettait parfois que Dieu ne fût pas une femme – auquel cas, la grossesse et les accouchements auraient peut-être été mieux organisés.

— J'arrive ! lança-t-elle comme on recommençait à tambouriner à sa porte.

Une mère en détresse devait avoir besoin de ses services ; elle se repassa mentalement la liste de ses patientes presque à terme. Elle n'attendait personne cette semaine, mais les bébés étaient ainsi – ils arrivaient quand ils étaient prêts, pas vous. Elle enfila ses bas les plus chauds tout en se demandant si elle ne devrait pas plutôt porter des pantalons, comme le faisaient certaines sages-femmes plus jeunes. Ce devait être bien plus pratique, mais elle craignait que cela ne paraisse déplacé sur une femme comme elle, sage et vieillissante, qui peinait désormais à sortir du lit au petit matin.

— J'arrive ! cria-t-elle encore.

Elle informait systématiquement les couples qu'il lui faudrait quelques minutes pour ouvrir sa porte en pleine nuit, mais les pères paniqués s'en souvenaient rarement. Ils ne pensaient qu'à leur précieuse épouse et à l'enfant à venir, ce qui était bien normal. Enfin, elle fut prête et se dirigea vers l'escalier. Bartek frémit et lui envoya un baiser depuis son oreiller avant de refermer les yeux. Quel chanceux. Il avait encore deux heures devant lui avant de se rendre à l'imprimerie où il travaillait comme typographe – un choix de carrière bien plus raisonnable. Malgré tout, Ana éprouva un pincement d'excitation à l'idée de la nouvelle vie qu'elle allait mettre au monde ; on ne ressentait pas cela en posant des lettres sur une planche.

Elle sourit en direction de la porte fermée de la chambre de leurs fils. Bronislaw et Aleksander avaient choisi de faire médecine, comme elle ; Bron exerçait en tant que médecin pour sa première année, et Zander faisait encore ses études. Le plus jeune, Jakub, avait demandé à Bartek de le prendre en apprentissage, ce qui avait ravi le père, enchanté qu'un de leurs trois enfants suive la même voie que lui.

Ana jeta un œil à la photo de famille trônant dans l'entrée. Quelle histoire ç'avait été, cette séance de pose ! Mais cela en valait la peine. Ils étaient tous un peu raides et gênés face à l'objectif du photographe, loin de leur joie et de leur agitation habituelles. Mais leur image était désormais immortalisée.

— Ouvrez ! beugla une voix rauque derrière la porte.

Elle hésita un instant. Était-ce vraiment un mari venu pour sa femme sur le point d'accoucher ? Elle attrapa tout de même son manteau, sa sacoche médicale et tourna la clé dans la serrure. La porte s'ouvrit alors brusquement et elle recula face aux deux hommes qui s'imposaient chez elle.

Ils portaient l'uniforme des SS, mais elle se rappela que les Allemandes faisaient des enfants, elles aussi – elle en avait déjà aidé plus d'une à accoucher – et s'efforça de garder son calme.

— Puis-je vous aider, messieurs ?

Les deux hommes parurent surpris.

— Où est votre mari ?

— Dans notre lit.

— Il vous laisse ouvrir la porte en pleine nuit ? dit l'un avant de couler un regard narquois à l'autre. Ah, ces Polonais !

— C'est *moi* qui ai décidé d'aller ouvrir, parce que c'est toujours pour moi quand on frappe à cette heure. Je suis sage-femme.

Ils reculèrent d'un pas et la scrutèrent de pied en cap, avisant sa sacoche et son uniforme. Le plus vieux lui adressa une étrange petite révérence.

— Nos excuses, madame. Un noble métier que le vôtre.

— Merci.

Le plus jeune regarda son compagnon, perplexe.

— Ma mère est sage-femme, aboya son aîné. Marche arrière.

Tous deux revinrent vers la porte laissée ouverte, qui laissait s'engouffrer l'air glacial de cette nuit de février.

— Que puis-je faire pour vous ? demanda Ana, toujours nerveuse.

— Ah. Oui. Euh…

Le soldat le plus âgé paraissant hésiter, son compagnon avança et brandit un papier devant Ana.

— Vous allez être relogés.

— Pardon ?

— Vous déménagez. Vous ne pouvez pas rester dans cette maison.

— Mais… pourquoi ? J'habite ici depuis presque trente ans. Mon mari et moi en sommes propriétaires. Et nous avons fini de la payer.

— Le Reich la réquisitionne.

Ana se mit à trembler de la tête aux pieds et chercha appui contre le mur. Sa main tomba sur le portrait de famille, qu'elle poussa de travers avant de le remettre droit.

— Pour quelle raison ?

— Vous êtes dans la zone destinée à devenir le quartier réservé à la vermine juive.

— Ce n'est pas possible.

Ana avait lu un article sur le ghetto dans le journal, la veille. Bartek et elle avaient été choqués par le ton brutal, l'organisation sans pitié mise en place et surtout par l'idée générale de ségréguer des êtres humains sur des critères arbitraires de prétendue « pureté raciale ». Elle s'était sentie profondément navrée pour les Juifs qu'on allait chasser de leur domicile pour être regroupés autour du marché de Baluty, à quelques rues de là, mais jamais il ne lui était venu à l'esprit qu'elle puisse à son tour être chassée du sien.

— S'il vous plaît. Que pouvons-nous faire ? Est-ce une question d'argent ? Nous pouvons…

— Il ne s'agit pas d'argent, madame. Ce sont nos ordres. Votre maison est dans la zone de relogement, donc vous devez partir. Ne vous en faites pas, on vous attribuera une autre maison. Peut-être mieux que celle-ci – certains Juifs se sont beaucoup enrichis en suçant le sang des habitants de cette ville.

— En suçant leur sang ? Je vous signale que la moitié des habitants de cette ville seraient nus comme des vers sans les tailleurs juifs.

Le jeune soldat gloussa, s'attirant un regard noir de son aîné.

— Foutaises, jeta-t-il. Il y aurait juste plus de place pour nos excellents tailleurs allemands. Et les polonais, ajouta-t-il comme en manière de concession.

Ana sentit que son sang commençait à bouillir et fut soulagée d'entendre la porte s'ouvrir en haut de l'escalier. Bartek les rejoignit quelques instants plus tard, en robe de chambre, et passa un bras protecteur autour d'elle.

— Que se passe-t-il ?

— Nous allons être « relogés », lui annonça-t-elle.

— Où ça ?

— Quelque part en ville, répondit le soldat, préférant visiblement s'adresser à un homme. Vous avez deux jours pour faire vos valises, et vous devez vous rendre au bureau du logement le 12 février entre... (Il avisa son carnet.) Dix heures et midi. Vous nous donnerez vos clés et on vous remettra celles d'un autre logement. Un logement propre.

— C'est propre, ici.

— Ça ne le sera plus quand vous serez cernés par les Juifs.

Ana le dévisagea, sidérée.

— Vous croyez vraiment ce que vous venez de dire ?

Le soldat se rembrunit.

— C'est la vérité, madame. Nos plus grands scientifiques ont mené de nombreuses expériences.

— Des expériences sur la façon dont les mères juives tiennent leur maison ?

— Non, cela va beaucoup plus loin que ça. Il s'agit du sang, de la pureté de la race. Vous ne comprendriez pas.

— Et pourquoi donc, je vous prie ?

Ana sentit la main de Bartek se crisper sur son épaule tandis que ses garçons la regardaient maintenant avec inquiétude, mais elle ne pouvait pas s'en empêcher.

— Parce que vous êtes une femme.

— Je suis peut-être une femme, mais j'ai une formation médicale.

— Seulement concernant les bébés. Pas la vraie science.

— Pas la vraie... ! Jeune homme, permettez-moi de vous dire que sans ma branche de la science, vous seriez peut-être mort dans le ventre de votre mère avant même d'avoir vu le jour. Ou bien, vous seriez venu au monde tout bleu, étranglé par le cordon ombilical, ce qui aurait gravement endommagé votre cerveau. Mais finalement, c'est peut-être ce qui vous est arrivé, si vous croyez que...

— Ça suffit, Ana.

La voix de Bartek était ferme. Les deux SS, rouges de colère, avaient porté la main à leur arme. Bartek leur prit le papier et l'agita entre eux tel un drapeau blanc.

— Merci, messieurs. Nous lirons ceci attentivement.

— Suivez bien les instructions, maugréa le soldat plus âgé, sinon, il y aura des conséquences. Je dis ça pour votre bien, même si… (Il posa sur Ana un regard acéré.) Même si vous êtes trop bête pour vous en rendre compte. Bonne journée.

Ils sortirent alors de la maison et Ana claqua violemment la porte derrière eux avant de se plaquer contre elle, comme pour faire barrage de son corps à cette intrusion barbare.

— Comment peuvent-ils faire ça ? gémit-elle. Comment peuvent-ils nous expulser de chez nous ?

— Visiblement, ces gens-là font ce qu'ils veulent, répondit Bartek avec amertume. Allez, viens. On mange un morceau, puis on commence à faire nos valises.

Les deux jours suivants furent extrêmement pénibles. Aucune concession n'étant faite pour s'absenter de son travail, Ana, Bartek et les garçons passèrent le plus gros de ces deux nuits à empaqueter vêtements et linge de maison, ustensiles de cuisine et autres objets. Si le Reich leur fournissait un nouveau logement, aucune aide n'était prévue pour le déménagement, si bien qu'ils durent dépenser une partie de leurs maigres économies pour louer une charrette à bras – à un prix exorbitant – afin de transporter leurs meubles.

Ana pleurait en enveloppant sa vaisselle de mariage dans des tracts annonçant la création du ghetto. En théorie, ils allaient tous être relogés dans un « quartier résidentiel » polonais, mais leurs voisins se voyaient attribuer des logements aux quatre coins de Łódź, ce qui laissait planer le doute sur la pérennité de cette installation. Mais comment pourraient-ils s'installer s'ils vivaient sous la menace d'un nouveau déménagement ? Un foyer devait être un endroit stable, où l'on se sente en sécurité avec sa famille ; et voilà qu'à présent, les nazis leur enlevaient aussi cela.

Pour leur dernier soir dans la maison, ils s'assirent entre les caisses de déménagement et mangèrent du pain et du fromage avec une bonne bouteille de vin que Bartek réservait pour une occasion spéciale. Ana avait espéré la boire à l'occasion d'une fête – les fiançailles de Bronislaw, par exemple –, mais Bartek décréta que cette soirée devait célébrer la force et l'union de leur famille.

— Nous allons en avoir besoin, dit Ana sombrement, mais les garçons ne tardèrent pas à la dérider et ils veillèrent tard, tous ensemble, évoquant les jours heureux dans cette maison et se promettant d'en vivre d'autres quand toute cette folie serait derrière eux.

— On a battu l'Allemagne la dernière fois, disaient les garçons avec l'optimisme de la jeunesse. Ce sera pareil cette fois-ci.

Ana faillit objecter que les Allemands ne possédaient pas de gros chars, à la dernière guerre, mais elle s'en abstint. Il n'aurait servi à rien de démoraliser ses enfants.

À l'heure prévue, ils prirent leur charrette hors de prix et se rendirent au bureau du logement. Une femme SS au visage dur leur prit les clés des mains sans même les regarder en face et cocha une ligne d'un air satisfait sur sa longue liste. Elle sortit alors un autre jeu de clés et le leur tendit.

— Ostpreussenstrasse, dit-elle sèchement. Nettoyez les lieux à fond avant de vous installer. Ce doit être répugnant.

Bartek entraîna Ana avant qu'elle ne réplique et ils partirent tous les cinq pour se mettre en route vers leur nouvelle maison. De l'autre côté de la route, des files de Juifs terrorisés, avec des charrettes aussi chargées que la leur, attendaient l'autorisation de pénétrer dans le ghetto. Ana les regarda, se demandant qui parmi eux allait vivre dans sa maison – quel couple allait dormir dans sa chambre ce soir, quels enfants allaient courir dans sa cuisine. Elle pria Dieu pour qu'ils fussent heureux là-bas, mais il était clair qu'il y avait déjà beaucoup plus de monde à entrer dans le ghetto qu'à en sortir, si bien qu'ils risquaient de ne guère avoir de place pour courir. On forçait déjà des hommes à ériger d'immenses barrières et, alors qu'ils avançaient sur la route, ils croisèrent un camion rempli de rouleaux de fil barbelé. Ana tira sur le bras de son mari.

— Ce n'est pas juste, Bartek. On ne devrait pas faire ça. On ne devrait pas plier devant eux. Et si l'on disait non, tout simplement ? Si nous nous rassemblions tous pour protester en pleine rue, au lieu d'obéir sans broncher à une idéologie qui ne cherche qu'à nous diviser ? Il y a bien plus de Polonais que d'Allemands.

Il regarda autour de lui, songeur, et vit tout de suite les rangs de SS bordant la route, leurs énormes fusils à l'épaule et leurs ceintures de munitions sur la poitrine.

— Nous n'avons pas d'armes, Ana. La plupart d'entre nous mourraient.

— Mais les autres seraient libres.

— Jusqu'à ce qu'ils envoient des renforts, après quoi les autres seraient dispersés à leur tour et les Allemands auraient toute la ville pour eux.

— Donc il ne nous reste qu'à obtempérer ?

Il déposa un petit baiser triste sur ses lèvres.

— Pour l'instant, oui. Mais il y a d'autres façons de résister, ma chérie. Plus lentes, qui demandent plus de patience.

Ana soupira. La patience n'avait jamais été son fort. Elle avait beau la pratiquer chaque jour dans son métier – car les bébés avaient leur propre conception du temps –, il lui était toujours aussi dur de faire preuve de cette qualité dans le reste de sa vie.

Bronislaw se pencha vers sa mère et chuchota :

— Je suis déjà en contact avec des gens, maman.

— Des gens ?

— Chut ! Nous sommes nombreux à penser comme toi, tu sais. L'obéissance n'est qu'une protection. En apparence, on fait profil bas devant ces ordres ridicules, mais en secret…

Il lui sourit, et Ana sentit l'émotion l'envahir – un mélange de fierté, de soulagement et de peur en même temps.

— Ce sera dangereux…

Il haussa les épaules.

— C'est la guerre, et tout ne se joue pas uniquement sur les champs de bataille. Allez, maman, dit-il plus fort comme ils passaient devant deux SS. Allons découvrir cette merveilleuse nouvelle maison que les autorités ont eu l'amabilité de nous réserver.

Les soldats leur jetèrent un regard soupçonneux mais Bronislaw s'inclina devant eux et ils le laissèrent passer sans le brutaliser. Bartek les pressa un peu car ils n'avaient la charrette que pour deux heures, après quoi elle devrait servir à d'autres malheureux déplacés. Il ne leur fallut pas bien longtemps pour arriver à Ostpreussenstrasse – nom inscrit à la peinture noire sur l'ancien en polonais, Bednarska –, et pour franchir le seuil du foyer autrefois chéri par une autre famille. Décidément, plus rien n'avait de sens.

5

30 avril 1940

Ana

Ana dit au revoir à la maman encore un peu ronde et au nouveau venu au sein de sa progéniture déjà considérable. Sitôt sortie de leur maison sur Gartenstrasse, elle pressa le pas en avisant la teinte rosée du ciel. Il ne tarderait pas à faire nuit, et il valait mieux éviter de se trouver dehors à la nuit tombée ces temps-ci, quelle que soit votre profession. Ce soir tout particulièrement, car ce serait Walpurgisnacht, la fête des ténèbres où les esprits malins étaient censés envahir le ciel toute la nuit avant que l'aube ne se lève sur le printemps. Ana se moquait de ces vieilles superstitions, mais les jeunes Allemands y adhéraient. Pour l'occasion, ils arboraient des costumes tachés de sang et portaient des couteaux ou des fusils miniatures évoquant ceux de leurs nazis de pères, et la violence pouvait éclater d'un rien. Ana se rappela le visage de la mère quand elle avait mis son bébé entre ses bras et se réfugia dans cette image. L'amour d'une mère, voilà bien une chose contre laquelle les nazis ne pourraient jamais rien.

Elle pensa à ses fils, déjà grands mais aussi chers à son cœur que s'ils étaient encore des nouveau-nés, et marcha encore plus vite. Finalement, sa famille s'était assez bien habituée à ce changement de logement. Leur nouvel appartement avait de hauts plafonds et de grandes fenêtres à guillotine à l'est, qui laissaient entrer le soleil du matin. Il y avait aussi une grande cheminée, une cuisine bien aménagée et même une troisième chambre, que Bronislaw avait revendiquée. Ce n'était pas chez eux et, chaque jour, elle avait encore la désagréable impression de s'imposer parmi les souvenirs de quelqu'un d'autre, mais l'endroit était sûr, chaleureux, et rien que pour eux – ce qui était loin d'être le cas dans le quartier juif.

Elle jeta un coup d'œil en direction du ghetto. Gartenstrasse était bordée d'un espace vert traversé par le ruisseau de la Lodka, mais, de l'autre côté, on voyait se dresser d'horribles barrières en bois surmontées de barbelés – et surveillées tous les vingt mètres par des gardes aux longs fusils. Ce coin près du ruisseau était mal éclairé et les tours de guet suffisamment éloignées, de sorte qu'Ana put s'en approcher discrètement ; elle vit alors qu'on était en train de fixer deux grilles géantes au bout de la rue. Un souffle indigné lui échappa au moment où une Polonaise passait près d'elle avec deux enfants. La femme s'arrêta à son niveau et la regarda.

— Ils les enferment, ces pauvres diables.

— Totalement ?

La femme acquiesça d'un hochement de tête.

— Aucun Juif ne peut plus ni entrer ni sortir. Même les grandes rues qui traversent le ghetto sont barricadées, le passage ne sera autorisé qu'à des heures précises. L'autre jour, j'ai entendu dire que les nazis les forcent à construire des ponts afin qu'ils ne « contaminent » pas les routes normales.

— Quelle folie, murmura Ana.

— De la folie furieuse, renchérit la femme avant de lever des yeux inquiets vers les tours de guet et de se remettre en route.

Ana s'approcha un peu plus des barrières et, entre les planches, regarda les gens de l'autre côté. Une fois encore, elle se demanda qui pouvait vivre dans sa maison cependant que, de leur propre chef, ses pieds l'emmenaient déjà plus loin le long du ruisseau. Là, son niveau était encore bas, ce mois d'avril ayant été inhabituellement sec, et elle put le franchir d'un bond pour se retrouver directement face à la barrière, dissimulée par des buissons. D'une main, elle éprouva la surface du bois de mauvaise qualité – une bien piètre barrière pour les pauvres gens enfermés de l'autre côté. Derrière elle, deux petits Allemands portant des capes de diable déboulèrent soudain en chahutant ; elle sursauta mais resta sur place, captivée par le tableau réellement diabolique devant elle.

— Ana ?

La voix avait beau être douce et amicale, elle la fit sursauter plus encore que les enfants déguisés. Elle vit alors une silhouette émerger de la foule contenue dans le ghetto.

— Ester ? C'est toi ?

— C'est moi, oui, dit Ester en s'approchant pour lui prendre la main à travers la barrière.

— Est-ce que tu vas bien ?

— Autant que possible. Filip et moi habitons avec nos parents et Leah, mais nous avons un grenier rien que pour nous, ce qui est assez… romantique.

Sa voix trébucha sur le dernier mot, fendant le cœur d'Ana.

— Ça ne me paraît pas très romantique, tout ça.

— L'important, c'est que Filip et moi soyons ensemble, dit Ester d'une voix plus assurée.

Ana baissa les yeux vers les lignes noires de la barrière.

— Et… ils vous enferment, c'est ça ?

— Oui, enfin, ils « sécurisent le ghetto », comme ils disent. Comme ça, on ne verra plus de Juifs souiller les rues de Litzmannstadt.

Toutes deux grimacèrent à ce nom. Les nazis avaient rebaptisé Łódź en lui donnant le nom d'un héros militaire allemand et effaçaient peu à peu toute trace de la langue polonaise dans la ville. Initiative fort déplaisante mais beaucoup moins terrible que le fait d'effacer toute trace de ses habitants juifs.

— Êtes-vous… en sécurité ?

Les mains d'Ester tremblaient malgré elle, mais elle acquiesça courageusement.

— Nous avons créé notre propre hôpital, je peux donc à nouveau exercer comme infirmière. Et Filip a repris sa machine à coudre, ce qui est une bonne chose aussi. Rumkowski dit que nous devons travailler pour survivre, car les Allemands nous garderont uniquement si nous leur sommes utiles.

— Et ensuite… ?

Ester frémit, et Ana se maudit de ne pas avoir tenu sa langue. Elle s'empressa d'ajouter :

— Je suis sûre que vous aurez plein de travail. Les nazis adorent les beaux uniformes et leurs femmes raffolent des vêtements chics.

— Donc, tant que nous apportons du confort à leurs vies, ils nous autorisent à garder la nôtre ? Comme ces gens sont aimables.

— Oh, Ester…

Le ton acerbe que prenait sa jeune amie désola Ana. Ester était une fille si gentille, si douce – mais cet endroit, ce ghetto, risquait fort d'endurcir même les plus tendres natures.

— Puis-je faire quelque chose pour vous aider ?

— Je ne sais pas trop. Nous aurions besoin de…

— Eh, toi, là, la youpine ! Écarte-toi de cette barrière !

Ester bondit en arrière comme si elle s'était déjà pris une balle.

— Je dois y aller. Prends soin de toi, Ana.

Et elle disparut dans la foule.

— Et vous, grogna l'Allemand à l'intention d'Ana, éloignez-vous de cette barrière si vous ne voulez pas avoir d'ennuis.

Une balle partit et se ficha dans le sol à moins d'un mètre d'elle. Le cœur battant, Ana fit demi-tour et partit en courant le long du ruisseau, où elle dérapa et tomba dans la vase. Le garde éclata de rire et tira un nouveau coup de feu derrière elle tandis qu'elle repartait en titubant. Sa cheville lui faisait mal, mais ce n'était rien en comparaison de son cœur, qui hurlait de douleur pour les pauvres gens enfermés là, à la merci de cette bande de monstres.

6

Juin 1940

Ester

— Bonne soirée, Mme Pasternak.

— Mais…

— Bonne soirée. Rentrez chez vous, allez retrouver votre famille. Et dormez.

Ester lâcha un soupir qu'elle n'avait même pas conscience d'avoir retenu et sourit au docteur, reconnaissante. Elle était au travail depuis bien trop longtemps, une fois encore, et se sentait si fatiguée qu'elle n'avait plus les idées claires, mais il lui était difficile de partir. Le docteur Stern était un homme âgé, avec une épaisse touffe de cheveux blancs sortant de sous sa kippa ; à son âge, il aurait dû profiter d'une retraite bien méritée, seulement, il n'y avait pas assez de médecins au sein du ghetto et il avait été appelé à reprendre du service. Ester avait l'impression de le laisser tomber en rentrant chez elle, mais il lui pressa le bras affectueusement.

— Il faut voir les choses ainsi : en prenant soin de vous, vous pourrez mieux prendre soin des autres.

Il tourna la tête vers les rangées de malades entassés dans la salle et Ester opina tristement. Le temps plus chaud avait d'abord été perçu comme une bénédiction dans le ghetto – l'occasion de sortir un peu pour échapper aux logements surpeuplés –, mais avec lui étaient arrivés les poux, les puces, et maintenant, le typhus. La maladie avait fait des ravages dans les rues, au point qu'une personne sur deux avait fini par souffrir d'atroces maux de ventre et d'une fièvre incontrôlable en ces journées brûlantes de juin 1940.

Il y avait constamment la queue aux pompes à eau, de sorte que certains avaient commencé à creuser leurs propres puits. Engendrant bientôt une épidémie de diarrhées. Comme le ghetto ne disposait pas du tout-à-l'égout, les plus pauvres de ses habitants, ceux qui n'avaient pas d'autre travail, avaient été chargés d'évacuer les excréments dans des charrettes. Le système fonctionnait à peu près avant que la population ne double et que le typhus vienne aggraver les choses. Depuis lors, c'était un chaos sans nom. La puanteur et la saleté étaient partout, entraînant toujours plus de maladies. Ester avait habitué sa famille à laver, récurer et désinfecter régulièrement leur petit foyer, et jusqu'ici, ils avaient échappé au pire ; mais le désinfectant se faisait rare et les restrictions imposées dans le ghetto ne permettaient pas d'en avoir davantage. Depuis peu, ils ne pouvaient plus recevoir de courrier provenant de l'extérieur et une monnaie interne, le « ghetto mark » – surnommé Rumki, d'après le nom de Rumkowski, son créateur – avait vu le jour, à des taux de change rédhibitoires. Les conditions allaient de mal en pis sans que personne semble s'en préoccuper.

Ester prit son chapeau et, résistant à l'envie de se pincer le nez, s'élança dans la rue. Il était presque neuf heures du soir. Tout le monde était chez soi, conformément au couvre-feu instauré par la nouvelle police juive de Rumkowski. Cette force interne était censée faire régner l'ordre de manière plus douce que la police allemande, mais la moitié des nouveaux officiers étaient déjà enivrés par leur autorité et profitaient de leur petit pouvoir avec autant de brutalité que les SS. Ils ne possédaient pas de fusils mais jouaient facilement de la matraque et, avec les réseaux familiaux et amicaux au sein du ghetto, étaient bien plus ouverts à la corruption. Il était déjà clair que quantité des meilleures denrées franchissant les grilles allaient directement à quelques privilégiés, de sorte que le ressentiment envers eux croissait.

Ester balaya les environs du regard, heureuse d'avoir son uniforme d'infirmière en guise de laissez-passer. Le soleil était bas dans le ciel et une lumière dorée se répandait dans les rues, leur conférant un charme trompeur. Un peu ragaillardie, elle leva les yeux vers le ciel, y cherchant Dieu. Il n'était pas facile à trouver, ces temps-ci. Les synagogues avaient toutes été détruites et, même si Rumkowski avait pu obtenir l'autorisation d'ouvrir des maisons de prière, peu s'y rendaient régulièrement – les lieux étaient trop sales et trop exigus, et les gens craignaient davantage les puces que la colère de Dieu. Comment leur en vouloir, quand ils se sentaient déjà presque en enfer ?

D'un pas rapide et déterminé, elle marcha en direction de chez elle, espérant y parvenir avant que quelqu'un l'interpelle. L'autre jour, un jeune homme avait bondi du pas de sa porte pour la prendre par le bras, implorant son aide. Sa femme avait des contractions, mais l'unique sage-femme du ghetto avait été tuée dans une échauffourée pour des pommes de terre, quelques jours plus tôt ; il avait supplié Ester de venir l'aider.

— Je ne suis pas formée aux accouchements, avait-elle dit.

— Mais vous êtes infirmière. S'il vous plaît.

Il semblait si désespéré qu'elle n'avait pas eu le courage de lui dire non. Par chance, ce n'avait pas été un accouchement compliqué. Le principal problème de la jeune parturiente était sa peur. Dès qu'Ester l'eut rassurée, tout s'était passé aussi bien que possible et le couple l'avait abondamment remerciée avant de lui offrir une miche de pain frais. Le jeune père travaillant à la boulangerie, il pouvait en « prélever » quelques-unes de temps en temps ; depuis, Ester en avait reçu deux ou trois de plus. Elle leur en était reconnaissante, seulement, le bruit avait couru qu'elle était une formidable sage-femme et elle craignait à présent d'être sollicitée pour un accouchement moins facile. Elle avait donc fait passer un mot à Ana par l'intermédiaire des jeunes garçons polonais qui osaient soudoyer les SS de l'autre côté de la barrière en leur proposant de l'argent – du véritable argent, pas leur Rumki sans valeur. Dans ce mot, elle lui demandait un livre, ou même de simples conseils de base, mais n'avait rien reçu jusqu'à ce jour.

Elle s'arrêta dans l'entrée quelques instants. Dans la cuisine, Ruth et Sarah débattaient vivement de la meilleure façon d'attendrir la viande de bœuf – comme si cela importait actuellement !

— Ester ! Tu es rentrée.

Filip dévala l'étroit escalier et la prit dans ses bras. Il y avait une telle joie dans sa voix qu'elle sentit les larmes lui monter aux yeux avant de déborder. Il la regarda et les effaça d'un geste tendre.

— Ne pleure pas, ma beauté. Tout va bien puisqu'on est ensemble maintenant, pas vrai ?

Il la serra de plus belle contre lui et elle lui rendit son étreinte avec force. Leurs difficiles conditions de vie n'avaient pas altéré le désir qu'ils avaient l'un pour l'autre. La seule crainte d'Ester était de tomber enceinte, car même si elle adorait l'idée d'avoir un enfant de Filip, cet ignoble ghetto n'était pas un endroit pour donner la vie. Il partageait son point de vue et, la semaine précédente, il était rentré de son atelier avec des « protections ». Leur usage s'était révélé un peu délicat, mais elle était ravie qu'il s'en fût soucié, et put apprécier d'autant plus l'acte d'amour.

— On monte tout de suite au grenier ? murmura-t-elle.

Il lui donna un long baiser.

— J'aimerais beaucoup, mais nos mères attendent ton retour depuis des heures. Nous avons de la viande !

— De la viande !

Ester sentit l'eau lui venir à la bouche à cette simple évocation.

— Dans ce cas…

— Si je comprends bien, une côte de bœuf te fait plus envie que moi ?

— Une simple bouchée de bœuf me ferait plus envie que toi ! le taquina-t-elle.

Il porta une main à son cœur.

— Je suis profondément blessé.

Elle rit, oubliant un instant les tourments du ghetto.

— Une chance que je sois infirmière, alors, car je vais pouvoir te soigner.

— Ah, oui ?

— Après la viande !

Il lui donna un petit baiser et lui prit la main pour l'entraîner dans la cuisine.

— Ah ! Ester !

Son arrivée suscita une vague d'enthousiasme, et tous se mirent immédiatement à table, les coudes serrés, comme à l'accoutumée – mais ce soir, personne ne s'en souciait. Les yeux écarquillés, ils regardèrent Ruth servir religieusement son ragoût, dont les patates et navets habituels étaient cette fois accompagnés de sauce et de gros morceaux de bœuf. Sarah fit passer des tranches de pain – visiblement, le jeune papa avait encore pensé à Ester. À la vue d'un tel festin, elle sentit ses yeux s'emplir à nouveau de larmes.

— Comment se fait-il qu'on ait de la viande ? demanda-t-elle tout en plongeant sa cuillère dans la sauce, délicieusement riche.

— Le nouveau travail de ta sœur se passe très bien ! répondit Ruth.

Elle se tourna vers Leah. À quinze ans, celle-ci venait d'obtenir un poste dans les services administratifs du quartier de Baluty. Cela avait inquiété toute la famille, car ces bureaux grouillaient d'Allemands, mais elle s'y était vite habituée et était heureuse de travailler dans un bâtiment propre et confortable, loin des conditions de travail habituelles du ghetto.

— Tu as été payée en… viande ?

— Mais non, andouille ! dit Leah en riant. Je suis payée en Rumki de merde, comme tout le monde.

— Surveille ton langage, tu veux ? siffla sa mère.

— Pardon, maman. Tout le monde parle mal, au bureau.

— Ce n'est pas une raison pour en faire autant. Gardons nos bonnes manières, tout de même.

Leah coula un regard en biais à Ester, qui se retint de rire.

— Et donc, si tu n'as pas été payée en viande, reprit celle-ci, comment l'as-tu eue ?

Son assiette se vidait affreusement vite et elle se força à ralentir le rythme de son coup de fourchette. Son père avait déjà terminé et contemplait la sienne comme s'il hésitait à s'en emparer pour la lécher mais redoutait une atteinte aux « bonnes manières ». De son côté, Filip savourait chaque bouchée tandis que ses parents poussaient leurs derniers morceaux avec du pain et jetaient des regards avides sur la marmite – désormais vide. Leah sourit tout en enfournant sa dernière cuillérée.

— C'est Hans qui me l'a donnée.

Ester se figea.

— Hans ?

— Un collègue de bureau. Enfin, mon chef, plus exactement. Il est allemand, mais très gentil. Je veux dire, moins méchant que les autres.

Ester tourna les yeux vers sa mère, qui évita son regard.

— Et quel âge a-t-il, ce Hans ?

— Oh, il est vieux. Trente ans, au moins.

Sarah faillit s'étouffer avec son morceau de pain.

— Mais ne vous inquiétez pas, reprit Leah, il n'a aucune arrière-pensée. Il a juste dit que je travaillais très bien et que je méritais une récompense.

— Que tu travaillais très bien ?

— Absolument ! s'indigna Leah. J'en suis capable, tu sais, tu n'es pas la seule à avoir des talents !

— Bien sûr, bien sûr. C'est formidable, bravo Leah.

— Merci.

Ester regarda sa sœur et se rendit soudain compte à quel point celle-ci était devenue belle. Elle avait des traits doux et fins, et des cheveux encore plus blonds que ceux d'Ester. Héritage d'un grand-parent danois d'après leur mère. Rien d'étonnant à ce que ce Hans soit enclin à lui accorder des faveurs.

— Et quel genre de travail as-tu fait pour impressionner ton chef de la sorte ?

Ester sentit l'ambiance se tendre légèrement autour de la table, mais Leah ne remarqua rien.

— Il dit que je tape avec grâce et qu'il adore me regarder faire l'archivage.

— Ah, oui ?

— Il dit aussi que c'est moi qui m'habille le mieux dans tout le bureau – ce qui est un peu absurde, parce que certaines femmes ont de très beaux vêtements alors que moi, je porte tout le temps la même chose. Mais c'est gentil de sa part, n'est-ce pas ?

Ester lança un nouveau regard oblique à sa mère. Ruth s'éclaircit la voix.

— Oui, ma chérie, mais n'oublie pas que c'est un Allemand. Et garde tes distances.

— Pourquoi ? Ce serait bête. S'il peut nous donner de la viande, j'ai tout intérêt à être gentille avec lui, non ? Vous êtes tous bien contents d'en avoir mangé ce soir, pas vrai ? Pourquoi s'en priver une autre fois ?

Ruth ouvrit la bouche mais ne parvint apparemment pas à trouver les mots.

— C'est une question de prix à payer, Leah, dit Ester prudemment.

— Il ne m'a rien fait payer.

— Pas encore, commença-t-elle, mais Leah paraissait maintenant très irritée, et ce fut un soulagement pour tous quand ils entendirent soudain frapper à la porte.

Avant que la peur ne les gagne.

— Qui est-ce que ça peut être ? demanda Mordecai en se levant.

Benjamin en fit autant, mais Filip fut le premier à la porte. Tous échangeaient des regards inquiets quand Filip revint avec un jeune garçon portant un petit paquet.

— C'est pour toi, Ester, dit Filip. De la part d'Ana.

Ester se leva d'un bond et prit le paquet avant d'offrir la dernière tranche de pain au jeune livreur pour le remercier. Il la dévora sur-le-champ, préférant visiblement se repaître ici avant de rejoindre les siens dans les ténèbres du ghetto. Ester ouvrit le paquet : c'était un petit volume intitulé *Le Guide de la sage-femme*, accompagné d'un petit mot. Elle leva les yeux vers la pendule après l'avoir lu.

— Ana me dit qu'elle sera de l'autre côté de la barrière à dix heures. Je dois y aller.

— Mais… c'est le couvre-feu, protesta Ruth. C'est trop risqué.

— Accoucher sans sage-femme est risqué aussi, répliqua Ester. J'ai besoin de conseils si je veux pouvoir aider les femmes du ghetto.

— Ce n'est pas ton métier.

— Il faut bien que quelqu'un le fasse, alors pourquoi pas moi ? Et puis, si nous avons d'autres papas reconnaissants, peut-être aurons-nous moins besoin de la reconnaissance de certains Allemands ?

Ruth parut peinée mais acquiesça, après un bref regard vers Leah.

— J'y vais avec elle, déclara Filip.

— Tu n'as pas de laissez-passer, objecta Ester.

— Et toi, tu n'as pas d'escorte. Je t'accompagne.

Elle lui sourit, pleine de gratitude, car la nuit était tombée et le ghetto recélait quantité d'ombres inquiétantes. Après avoir remercié sa famille pour ce délicieux repas, elle prit Filip par le bras et tous deux quittèrent l'appartement.

— À quelle heure allons-nous enfin pouvoir retrouver notre grenier ? soupira-t-elle en marchant.

Elle était recrue de fatigue, mais au moins avait-elle le ventre plein maintenant. Rassemblant ses forces, elle pressa le pas vers le sud du ghetto, là où elle avait vu Ana la première fois. Son uniforme pâle ressortait dangereusement au clair de lune, et elle accepta de prendre le manteau de Filip afin de moins se faire remarquer.

Une fois parvenue à l'endroit prévu, elle vit trois SS dans la tour la plus proche, assis autour d'une lanterne avec une bouteille de vodka et un jeu de cartes. Par chance, cette occupation semblait les accaparer.

— Ana ? murmura-t-elle au travers de la barrière.

— Ester ?

Son amie émergea d'un buisson et tendit une main. Leurs doigts se touchèrent quelques instants.

— Tu as reçu le livre ?

— Oui. Merci infiniment.

— Il t'exposera les bases, mais le métier est avant tout une question d'intuition. Il faut savoir comprendre la mère, l'apaiser, sentir quand elle entre dans une nouvelle phase.

— Une nouvelle phase ? demanda Ester, déjà perdue.

Filip se tenait à quelques pas, faisant le guet, mais ils avaient peu de temps devant eux. Comment pourrait-elle apprendre un métier nécessitant deux années d'études pratiques avec quelques phrases échangées à travers une barrière ?

— Le moment où la femme souffre le plus et est le plus agitée, c'est juste avant qu'elle doive se mettre à pousser. C'est là que tu dois regarder si tu aperçois la tête du bébé. Si oui, elle peut commencer à pousser. Ne la laisse jamais le faire en dehors des contractions. Entre les contractions, il faut qu'elle se repose. Ça peut prendre cinq minutes ou cinq heures – souvent, quelque part entre les deux. Le plus important, c'est de ne pas paniquer.

— Qui, la mère ou moi ?

— Les deux, répondit Ana avec un sourire dans la voix. Si le bébé est lent à venir, tu peux l'aider avec tes mains, mais il faut y aller très doucement, et faire bien attention au cordon ; il ne faut pas qu'il soit entouré autour de son cou.

— Sinon… ?

— Sinon il peut l'étrangler.

Ester déglutit à vide.

— Je ne suis pas sûre de pouvoir faire ça, Ana. Pas sans toi. Je ne suis pas sage-femme. Et si j'aggravais les choses ?

La main chaude d'Ana se referma sur la sienne, rassurante.

— Tu ne peux rien aggraver, Ester. S'il doit y avoir des problèmes, il y en aura de toute façon, tu ne pourras que faciliter les choses. Les bébés sont doués pour naître, et c'est un miracle à chaque fois.

Ester garda le silence quelques instants.

— Il ne faut surtout pas que cela te retienne, ma belle. C'est un acte de bonté et de courage, et Dieu t'en remerciera.

— Ton dieu ou le mien ?

— Les deux, puisque c'est le même au bout du compte – nous avons juste des manières différentes de l'écouter.

À quelques mètres d'elles, un éclat de voix se produisit chez les gardes – l'un d'eux devait avoir gagné une main aux cartes. Les deux femmes se figèrent.

— Tu devrais y aller, souffla Ester à Ana. C'est dangereux pour toi de t'approcher autant de nous.

— Non. C'est dangereux pour moi de m'approcher autant d'*eux*, rectifia Ana.

Elle tourna les yeux vers la tour de garde avant de reculer prudemment. Ester sentit une vague de chagrin l'envahir. Toutes deux avaient tant de choses à se dire, et elle avait tellement à apprendre. Elle restait plantée là, fixant l'endroit d'où son amie s'était évaporée, quand Filip la tira par le bras pour l'entraîner précipitamment derrière un bâtiment alors qu'un garde faisant sa ronde approchait. Le cœur battant, elle se serra contre lui jusqu'à ce que la voie soit à nouveau libre.

— Je t’aime, murmura-t-elle en contemplant le visage de celui qu’elle aimait.

— Je t’aime aussi. Alors… on y va, dans ce grenier ?

Ester hocha la tête avec vigueur et ils repartirent vers chez eux. En chemin, Ester pensa au fait d’avoir un enfant ; elle aurait aimé pouvoir donner cette preuve d’amour à Filip, mais non, décidément, ce n’était pas le moment. Pour l’heure, elle était déjà très heureuse de l’avoir, lui.

7

Veille de Noël 1940

« *Stille Nacht, heilige Nacht…* »

Le chant de Noël qui montait de la rue au pied de l'appartement d'Ana était en allemand, mais charmant tout de même. Elle s'approcha de la fenêtre et regarda les choristes dont l'haleine formait de petits nuages dans le froid, et soupira. Ils avaient un air si innocent, les yeux rivés sur l'immense sapin dressé au bout de la rue. Ce n'étaient pas des nazis, mais des Allemands ordinaires venus faire leur vie à Łódź paisiblement, avant que les soldats débarquent et leur inculquent qu'ils étaient supérieurs aux autres. Qui n'aurait pas envie d'entendre cela ?

Elle ne leur pardonnait pas pour autant. Ce n'étaient peut-être pas eux qui avaient changé le nom de la ville, imposé de nouvelles lois et parqué tous les gens différents derrière des fils barbelés, mais ils ne s'insurgeaient pas contre ceux qui le faisaient. Jamais ils ne disaient « Non, c'est mal, ce n'est pas chrétien ». Oh, que non ! Même en entonnant leur chant de Noël, ils étaient bien contents de se trouver du bon côté d'une guerre qui allait mettre le monde à leurs pieds, quoi que cela puisse coûter aux autres. Serrant les dents, Ana se détourna de ces hypocrites pour revenir près des siens.

Elle eut un pincement au cœur en voyant la table dressée derrière elle. Ils avaient jeûné toute la journée, mais maintenant, le festin traditionnel les attendait. La table était couverte de paille sous un tissu blanc, afin de symboliser l'étable. On y avait disposé douze plats pour représenter les apôtres, et l'eau lui vint à la bouche en avisant la soupe de betteraves, les *pierogi*, le hareng à la crème et, au centre, la classique carpe farcie. Le poisson de fête avait été difficile à trouver cette année, mais, hier, Jakub était rentré à la maison en courant pour annoncer que le père de l'ami d'un ami en vendait quelques-uns qu'il gardait dans une baignoire du côté de Karolew (désormais rebaptisé Karlshof). Bartek s'était précipité à l'adresse indiquée. Ils avaient ensuite chouchouté leur « prise » dans leur baignoire, la nuit dernière, et celle-ci reposait maintenant au centre de leur table, dorée et appétissante.

Les garçons étaient si beaux dans leurs habits du dimanche qu'Ana ne put s'empêcher d'aller les étreindre un à un, en dépit des protestations de Jakub qui craignait que sa mère ne le décoiffe. Il était soucieux de son apparence depuis qu'il travaillait à l'imprimerie, peut-être en raison des filles du service dactylographie – elle espérait avoir bientôt une bonne nouvelle de ce côté-là. Ce n'était pas la période idéale pour un mariage, comme l'avait prouvé celui d'Ester et de Filip, mais il fallait se réjouir de toutes les occasions joyeuses.

— C'est magnifique, maman, dit-il en s'approchant de la table.

— Toute cette nourriture…

Ils n'étaient plus habitués à une telle opulence, avec les privations qu'ils subissaient depuis un an. Tout était soumis au rationnement, et les Polonais étaient toujours relégués en bout de queue, après les Allemands, de sorte qu'ils n'avaient pas grand-chose à se mettre sous la dent. Mais elle n'oubliait pas que la condition des Juifs dans le ghetto était bien, bien pire que la leur. Eux en étaient réduits à manger des pommes de terre pourries et autres légumes défraîchis ne présentant plus d'intérêt pour les Allemands. Avec des températures en dessous de zéro, c'était loin d'être suffisant. En outre, avec la pénurie de combustible, ils ne pouvaient pas toujours les cuire et devaient donc les consommer crus. Des enfants creusaient le sol dans un terrain vague de Marysin, au nord du ghetto, espérant y trouver des bouts de charbon ; d'autres devaient brûler leurs meubles pour se réchauffer un peu. Ana contempla la carpe, presque gênée.

— C'est Noël, maman, dit Jakub. Et nous n'avons rien mangé de la journée.

— C'est vrai, convint-elle pour ne pas gâcher ce moment.

Elle avait investi tant d'efforts dans ce repas qu'il serait dommage de laisser le remords l'emporter. Mais malgré tout…

— Cela dit, nous avons la chance d'avoir pu manger chaque jour de la semaine, ajouta-t-elle.

Jakub s'arrêta derrière sa chaise.

— Tu penses aux Juifs ?

Ana opina et Aleksander, le plus sérieux de ses fils, vint à ses côtés.

— Je les vois quand je passe en tram, dit-il.

Dernièrement, les nazis avaient fait venir de nombreux étudiants allemands dans les hôpitaux ; on avait dit à Zander qu'il ne travaillerait plus désormais que trois jours par semaine, si bien qu'il avait pris un deuxième travail de poinçonneur dans le tramway. Bartek déplorait que son fils exerçât une activité en dessous de ses qualifications, mais Zander prétendait que cela lui permettait de « se tenir au courant ». Ana le soupçonnait d'avoir des amis dans la Résistance, et elle en était fière, mais elle n'avait pas osé le questionner à ce sujet.

— Les conditions sont-elles aussi mauvaises qu'on le dit ? demanda Bartek à son fils.

— Pire que ça. Les rues sont dans un état de saleté inconcevable et quand ils essaient de les nettoyer, l'eau gèle, et le passage devient une patinoire. Seuls les plus robustes s'y aventurent encore, et ils ne sont plus très nombreux. Je vois les charrettes de nourriture arriver… Des légumes tellement pourris qu'on ne les donnerait même pas au bétail. Et pourtant, ces pauvres gens se battent pour en avoir avant même qu'ils soient déchargés. Le typhus ne sévit plus, avec ce froid, mais la tuberculose avance, ça tousse partout dans les rues. Mais le pire…

Il regarda autour de lui, comme s'il craignait d'être espionné dans sa propre maison.

— J'ai entendu dire que ça va plus loin : apparemment, ils envoient maintenant des Juifs à la mort.

— Tu veux dire… qu'ils les tuent ? demanda Jakub, choqué.

— Oui. Avec du gaz. En tant que médecin, ou presque, ça me rend fou de poinçonner les tickets de ces bourgeois d'Allemands pendant qu'ils traversent tranquillement la zone où ces gens sont retenus en cage, comme des animaux, alors que je pourrais être parmi eux, à les aider. C'est d'une barbarie sans nom.

Ana lui pressa le bras. C'était sa faute. Elle avait abordé le sujet du ghetto, et maintenant, ils se sentaient tous coupables autour de leur beau repas de Noël.

— On s'assoit ? suggéra-t-elle.

Jakub fut le dernier à s'asseoir, et tous avisèrent avec embarras la sixième place, traditionnellement disponible lors du réveillon de Noël pour un voyageur ou un vagabond passant par là.

— Nous devrions les aider, lança Bronislaw. Je peux prendre des médicaments à l'hôpital, si nous trouvons un moyen de les faire passer en douce.

— On pourrait demander à Ester, dit Ana. Si ce n'est pas trop dangereux.

— Que veux-tu dire par *trop* dangereux ? demanda Zander.

— Tu crois qu'ils pourraient la tuer pour ça ?

— C'est possible. (Il se mordit la lèvre.) Mais ça peut marcher, si elle est prudente. Je connais des gens.

Il dit cela si bas qu'Ana n'était pas sûre d'avoir bien entendu.

— Des gens… Tu veux dire, à l'intérieur du ghetto ?

— À l'intérieur et à l'extérieur. De braves gens qui veulent aider.

— Et faire un bras d'honneur à ces bâtards de nazis, ajouta Jakub.

— Jakub ! s'indigna son père.

— Eh bien, quoi ? Ça ne te démange pas, toi ?

Ana regarda son mari, visiblement mal à l'aise au bout de la table. La conversation prenait une tournure glissante, loin de l'idée qu'elle s'était faite de ce repas.

— Leur « faire un bras d'honneur », pas spécialement, répondit Bartek. Mais… les faire disparaître de nos vies, oui.

Rarement Ana avait entendu son pacifique de mari s'exprimer avec tant de conviction. Il la regarda, et elle lut dans ses yeux tout un mélange d'émotions – la peur, peut-être, ainsi que de la fierté, de la détermination et un besoin d'approbation. Elle lui sourit.

— Les faire disparaître de Pologne, au moins.

— Tout à fait, ma chérie. De Pologne, mais aussi d'Allemagne et de tous les pays où les braves gens ont envie de vivre paisiblement. Pourquoi tant de haine ? Jésus n'a-t-il pas dit d'aimer son prochain ? Ne nous a-t-il pas invités à être comme le Bon Samaritain, à aider ceux qui en ont besoin, quelle que soit leur croyance ? N'est-il pas venu pour apporter la paix sur la Terre ?

Tous se regardèrent. Entre eux brillaient le rouge rubis de la soupe et l'or de la carpe. Il y avait tant de richesses sur leur table quand, à quelques rues de là, d'autres mouraient de faim. Jakub se leva brusquement.

— Allez. Nous savons tous ce que nous avons à faire.

Ils dévisagèrent le jeune homme qui, quelques minutes auparavant, se frottait les mains en contemplant le festin devant lui.

— C'est-à-dire ? demanda Ana, ébahie.

— On emballe tout ça et on l'apporte au ghetto. C'est Noël, le moment du partage, et jamais il n'y a eu autant de gens dans le besoin près de nous. Et puis, ajouta-t-il sous les yeux médusés et admiratifs de sa famille, de toute façon, je ne pourrais plus apprécier ce repas maintenant.

Bartek se leva à son tour et étreignit son cadet.

— Tu es un bon garçon. Vous êtes tous de bons garçons. Allons-y. Les SS n'oseront pas nous tirer dessus, un soir de Noël.

Il avait vu juste. Les gardes étaient en effectifs réduits dans les tours de guet, et ceux présents, peut-être amadoués par les chants de Noël s'élevant partout dans les rues, détournèrent le regard quand la famille approcha des barrières avec ses paquets de nourriture. Ils en avaient confectionné autant que possible en partageant tous les plats. La soupe avait dû rester à la maison, mais ils avaient ouvert la boîte de chocolats envoyée par les parents de Bartek et en avaient mis un dans chaque paquet. Quand tout avait été prêt, ils avaient formé un cercle, Bartek les avait bénis et ils s'étaient engouffrés dans la nuit, non sans une certaine appréhension.

Ils n'étaient pas les seuls. Beaucoup de personnes se rendaient aux barrières avec des paquets similaires, et Ana eut du baume au cœur en voyant toutes ces bonnes volontés rassemblées pour aider le ghetto. Tel était l'authentique esprit de Noël, et elle était heureuse que leur précieuse carpe finisse dans le ventre des Juifs plutôt que dans le sien. Elle vit bientôt qu'Alekzander saluait quantité de gens et s'efforça de les repérer mais, comme ils atteignaient les barrières, une foule s'agglutina de l'autre côté, tendant des mains désespérées au travers des planches, et elle se concentra sur la distribution. Les paquets disparurent en quelques instants.

— Ana ! lança Ester en courant vers elle. Quelle joie de te voir ! Je reviens juste d'un accouchement, assez difficile. Le bébé était en présentation postérieure, mais j'ai réussi à le faire pivoter et tout s'est bien passé.

— Bravo, c'est formidable !

Ester eut un sourire radieux.

— Un vrai miracle de Noël, dit-elle. Ou plutôt, de Hanukkah, pour nous. Si seulement nous avions des bougies pour pouvoir le fêter… Mais au moins, nous avons à manger ce soir. Dieu doit se réjouir de voir ça. Merci !

Elle eut un geste en direction des gens retournant chez eux avec leurs paquets de nourriture, et Ana se sentit soudain consternée.

— Oh, Ester, je suis désolée… il ne me reste plus rien.

La jeune fille balaya sa gêne d'un geste de la main.

— Ne t'en fais, nous avons ce qu'il faut. Leah a… des contacts dans l'administration, et nous apporte de quoi tenir le coup.

— Des contacts ?

Ester s'empourpra.

— Un officier allemand a le béguin pour elle. Ça ne me plaît pas beaucoup, mais jusqu'ici il n'a fait que lui donner de la nourriture, rien de plus, et je pense que cela aggraverait les choses si elle refusait. Nous n'avons plus qu'à prier pour que Dieu la protège.

Elle leva les yeux vers le ciel étoilé. Ana lui prit les mains.

— Je prierai pour vous.

— Merci.

Ester lui sourit mais, pour une fois, elle craignit que sa foi ne suffît pas. Ana vit alors Zander en grande conversation avec trois jeunes hommes et prit une profonde inspiration.

— Et nous allons vous aider, dit-elle.

— Comment ?

— Je ne sais pas encore. Pourrait-on vous faire sortir, Filip et toi ?

Ester secoua la tête.

— On a besoin de moi à l'hôpital et Filip a du travail dans son atelier, où son père est en sécurité. On ne pourrait pas quitter nos parents et Leah.

Ana acquiesça. Elle comprenait.

— Nous ferons notre possible pour vous aider, je te le promets. Essaie de repérer mon fils, dit-elle en lui montrant Zander. Il travaille dans le tram et a moyen de faire passer des choses dans le ghetto – de la nourriture, du combustible, des médicaments.

Le visage d'Ester s'illumina comme si l'on venait de lui lister les biens les plus précieux au monde, et un doute mêlé de culpabilité assaillit Ana – et si elle ne pouvait tenir cette promesse ?

— Faites ce que vous pouvez, ce sera toujours apprécié, dit Ester. Mais est-ce que ce ne sera pas trop dangereux ?

— Qu'est-ce que ça veut dire, *trop* dangereux ? répondit Ana avec légèreté, faisant écho à la phrase de son fils.

Brusquement, les gardes semblèrent décider que tout cela suffisait et brandirent leurs armes. Des coups partirent en l'air et la foule se dispersa. Ester eut juste le temps de presser la main d'Ana avant de disparaître. Mais Ana avait pris sa décision.

Plus tard, la famille se retrouva autour de la soupe de betteraves dans une ambiance bien plus calme et solennelle.

— Zander, je veux rencontrer tes amis, dit Ana.

— Moi aussi, renchérit Bartek.

— Moi aussi.

— Moi aussi.

Tous se regardèrent. Ana tendit les mains et ils répondirent immédiatement à son geste en y joignant les leurs, formant un cercle.

— Nous devons être sûrs de notre engagement, déclara Ana. En entrant dans la Résistance, nous risquons tous de perdre la vie.

— Ou de perdre notre âme si nous n'y entrons pas, répondit Bartek.

Ce n'était pas une compétition. Tous inclinèrent la tête humblement devant Dieu et se firent le serment de combattre le mal.

8

Octobre 1941

Ester

— Poussez-vous. Laissez-moi de la place, s'il vous plaît, cette femme est en train d'accoucher !

Ester prit sa voix la plus autoritaire (elle progressait tous les jours en la matière), et les occupants de la maison reculèrent. Pas suffisamment, certes, mais force était d'admettre qu'ils n'avaient guère de marge de manœuvre. Elle tapa du pied par terre.

— Certains vont devoir partir. Vous ne pouvez pas tous vous installer ici ; plus tôt vous le comprendrez, mieux ce sera.

Les nouveaux arrivants la regardèrent, mais il n'y avait que de l'épuisement dans leurs yeux et Ester devina qu'ils ne se rendaient pas bien compte de la situation. Il s'agissait de personnes bien habillées, portant des bagages de luxe, qui ne parvenaient pas à comprendre les privations du ghetto de Litzmannstadt, même quand elles s'y retrouvaient coincées. Ces gens tournaient en rond, désœuvrés, revendiquant leurs droits et attendant qu'un gentil fonctionnaire avec un bloc-notes vienne les sortir de là. Ç'avait été la même chose toute cette première semaine d'octobre 1941. Rumkowski avait annoncé qu'il y aurait « quelques nouveaux arrivants » en provenance de plus petits ghettos, à l'est, qui avaient été démantelés ; mais le « quelques » de Rumki s'élevait en réalité à des milliers de personnes.

Ces pauvres gens sortaient de trains surpeuplés en gare de Marysin et étaient dirigés vers le centre du ghetto, où le bureau du logement était tellement débordé que, la plupart du temps, on leur disait simplement d'aller se chercher eux-mêmes un endroit où habiter. Naturellement, tous se dirigeaient d'abord vers les plus belles maisons, comme celle dans laquelle cette femme tentait d'accoucher ; là, ils se rendaient compte que – comme ici – les lieux étaient déjà pleins à craquer. Et les résidents déjà installés n'étaient guère enclins à renoncer à leur maigre espace de vie, ce qui entraînait de nombreuses altercations.

Chez eux, Ester et Filip avaient déjà dû accueillir les parents de ce dernier dans leur précieux grenier. Si Filip avait installé un vieux rideau entre leurs lits, la promiscuité n'en demeurait pas moins affreusement gênante. Toute protection était vaine car aucune nuit ne se prêtait à faire l'amour quand vos beaux-parents couchaient à moins de deux mètres de vous.

La parturiente poussa un cri de douleur et Ester perdit patience.

— Bon ! Vous cinq, prenez cette chambre, là. Les deux qui y sont actuellement, vous partez à l'étage. Je sais, je sais, mais tout le monde doit partager, alors faites un effort. Les autres, vous feriez bien d'aller voir ailleurs avant que toutes les places soient prises aussi. Allez, zou ! Partez d'ici !

Elle les repoussa comme un troupeau de moutons récalcitrants et ils commencèrent à traîner les pieds vers la sortie afin d'aller harceler d'autres habitants.

— Bien.

Ester tourna le dos aux retardataires pour se pencher sur son travail. La pauvre mère avait commencé le travail il y avait plus d'une journée et devenait de plus en plus faible, mais le bébé ne semblait toujours pas décidé à se montrer.

— Attendez une seconde ! cria-t-elle en se retournant vers les derniers intrus. Avez-vous quelque chose à manger ? demanda-t-elle à une femme avec deux enfants.

— Non.

La femme voulut s'éloigner, mais Ester la retint.

— Je crois que si. Aucune mère ne voyage sans provisions.

— Nous en avons besoin.

— Autant qu'elle ?

Ester désigna la femme couchée sur le lit, dont le ventre formait une boule contrastant affreusement avec le reste de son corps émacié. La nouvelle arrivante soupira.

— Pas autant qu'elle, non.

Elle ouvrit son sac et en sortit une pâtisserie – écrasée, mais parfaite pour l'occasion.

— Merci, lui dit Ester. Merci infiniment.

La femme parut hésiter.

— Avez-vous besoin d'aide ?

— Vous êtes sage-femme ?

— Non, mais j'ai mis au monde tout un paquet de neveux et de nièces.

— Alors oui ! s'exclama Ester. Bien volontiers.

— Très bien. Je m'appelle Martha.

— Et moi, Ester. Enchantée de vous connaître, Martha, vraiment.

Martha alla à la porte et cria dans la rue :

— Noah, ramène le petit. On a un truc à faire.

Noah parut surpris mais, visiblement habitué à obéir à sa femme, fit sagement demi-tour. C'était un homme séduisant, grand et de belle carrure, coiffé d'une tignasse de boucles brunes. Il sourit au futur père, décomposé d'effroi, et l'emmena dans la cuisine avec ses trois enfants. Là, Ester l'entendit dire :

— Ne vous inquiétez pas, les femmes savent y faire pour ce genre de choses. Vous auriez une bière ? Non ? Pas une ? Il n'y en a pas, dans ce quartier ?

Ester ne sut s'il fallait rire ou pleurer de la naïveté de cet homme. La bière était le cadet de leurs soucis, dans le ghetto. Le bruit courait que des tickets de rationnement allaient bientôt leur être distribués, mais ils ne serviraient à rien étant donné le peu de denrées disponibles – qu'il s'agisse de nourriture, de vêtements, de couvertures ou de combustible. Et c'était uniquement grâce à Ana et à sa famille qu'Ester parvenait à obtenir du matériel pour l'hôpital, les nazis se moquant bien de l'approvisionner pour les Juifs.

Ils avaient mis en place un système : Ana et son fils Bronislaw obtenaient des médicaments de base grâce à la gentillesse de certains médecins de l'hôpital dans la partie libre de la ville, et Zander lançait les paquets à des jeunes du ghetto postés sur les ponts quand le tram passait. Si un garde les voyait, c'était perdu – Zander ne pouvait rien faire ; certains jeunes patientaient là des heures, à attendre le moment propice. Ester avait conscience des risques que prenait la famille Kaminski en aidant ainsi les Juifs du ghetto et lui en était infiniment reconnaissante. Sans eux et les quelques autres agissant de la même manière, la souffrance des reclus serait bien pire encore, surtout avec les rigueurs de l'hiver.

Mais pour l'heure, elle devait se concentrer sur la tâche qui l'attendait, et commença à donner de petits morceaux du gâteau de Martha à sa patiente. Le sucre sembla la revigorer instantanément et la jeune mère se redressa sur les coudes pour regarder les deux femmes avec de grands yeux hagards.

— Par pitié, mesdames, faites sortir ce petit le plus vite possible !

Son moral était fort, mais son corps encore faible. Elle se mit à pousser et la tête de l'enfant apparut, entraînant un cri de triomphe chez Ester et Martha ; hélas, l'effort sembla épuiser ses dernières forces et elle s'effondra sur le lit, comme vaincue.

— Le cordon ! s'écria Martha. Il est autour de son cou.

Se rappelant les conseils d'Ana, Ester sut qu'il fallait agir vite. Elle s'agenouilla, laissant Martha parler à la pauvre mère pour tenter de lui redonner des forces, et, le plus délicatement possible, elle passa les mains autour du petit corps glissant. Par chance, le bébé était petit et elle parvint bientôt à défaire le cordon, mais il fallait encore faire sortir l'enfant.

— Poussez ! cria-t-elle en voyant le ventre se contracter. Poussez encore une fois, et vous pourrez prendre votre bébé dans vos bras.

Dans un hurlement déchirant, la mère poussa. Ester tira alors aussi fort qu'elle le pouvait sur le petit corps, en priant pour qu'il ne fût pas trop tard ; et soudain, dans un jaillissement de fluides, le bébé surgit.

— C'est une fille ! Vous avez une jolie petite fille !

Un sanglot ému s'échappa de la gorge de la mère tandis qu'Ester, horrifiée, regardait le bébé bleu et inerte devant elle.

— Allons !

L'instant suivant, Martha attrapait l'enfant et le retournait avant de lui donner trois tapes sur les fesses. Choquée, Ester se demanda si celle-ci n'était pas devenue folle mais, soudain, le tout petit être inspira avant de pousser un long cri puissant.

— Vous avez réussi.

Ester regarda Martha prendre l'enfant dans ses bras.

— Oui, j'ai réussi, approuva Martha, visiblement tout aussi surprise.

— Vous ne saviez pas si cela allait fonctionner ?

Martha haussa les épaules.

— J'ai vu une sage-femme procéder comme ça une fois avec un des fils de ma sœur Johanna, mais je ne l'avais jamais fait. De toute façon, nous n'avions rien à perdre à essayer. Dans quoi allons-nous l'envelopper, maintenant ?

L'air navré, Ester lui passa une vieille chemise. Martha eut un bref froncement de sourcils mais emmaillota l'enfant d'une main experte avant de le passer à sa mère. Immédiatement, le bébé chercha le sein et, à la surprise d'Ester, parut y trouver du lait. Elle lâcha un soupir de soulagement ; la résilience du corps des femmes ne cessait de l'étonner.

— Merci mille fois, dit-elle à son assistante improvisée alors que le placenta sortait. Vous avez un travail.

— Mais pas de maison, répondit Martha.

Ester soupira.

— Venez avec moi.

Après tout, ils avaient encore un salon, à la maison ; et personne chez eux ne serait assez égoïste pour vouloir se préserver un espace de loisir alors que, dehors, tant de gens étaient à la rue.

En traversant la ville, Ester et Martha passèrent par Baluty, où un attroupement attira leur attention dans le square. Un pupitre avait été dressé, et Chaim Rumkowski s'apprêtait visiblement à prendre la parole. Quelques personnes le huaient, d'autres l'acclamaient, mais la plupart attendaient sans rien dire l'annonce à venir. Ester observa le président du Conseil juif, essayant de mieux le cerner. À première vue, il avait l'air d'un aimable vieillard, mais il était difficile d'ignorer sa tenue impeccable et ses joues rebondies, suggérant qu'il n'était pas soumis aux mêmes privations que ses concitoyens.

Il avait chapeauté l'ouverture de multiples ateliers, répétant à l'envi que le travail, c'était la vie. Ce qui était peut-être juste, sachant que les nouveaux arrivants avaient tous été expulsés de ghettos jugés non utiles, tandis que celui de Litzmannstadt l'était encore. Ester s'en réjouissait et, malgré de difficiles conditions de travail, Filip était heureux d'avoir repris la couture. Certes, il se voyait contraint de confectionner des uniformes de la Wehrmacht, chauds et richement festonnés, tandis que leurs propres vêtements s'usaient lentement, mais lui et son ami Tomaz avaient été promus « meilleurs ouvriers », ce qui leur donnait accès à un privilège vital entre tous – un supplément de soupe au déjeuner. En conséquence de quoi, Filip pouvait se permettre de céder son repas du soir à sa mère et à celle d'Ester, lesquelles, sans emploi, n'avaient droit qu'à des rations qui auraient à peine suffi à nourrir une souris.

Le père de Filip travaillait avec son fils et déclarait humblement que ce grand atelier lui rappelait la période où il était apprenti. Mordecai, lui, avait trouvé un poste stable et précieux :

il épluchait des légumes dans une usine, ce qui lui permettait d'apporter quelques extras à la maison. Grâce à cela et aux cadeaux que l'inquiétant Hans faisait régulièrement à Leah, la famille s'en sortait. La plupart des autres, bien moins fortunés, voyaient maintenant d'un mauvais œil leur chef désigné, chic et bien nourri, devant eux. Ester voulut s'avancer pour mieux entendre mais Martha la retint.

— Qu'est-ce qu'il va dire ?

— Je ne sais pas, mais ça ne doit pas être de bonnes nouvelles. Ce ne sont jamais de bonnes nouvelles, dans ces cas-là.

Rumkowski s'éclaircit la voix et s'approcha du micro avec un air de suffisance.

— Mesdames et messieurs. J'ai de bonnes nouvelles.

— Vous voyez, fit Martha avec un petit coup de coude à Ester.

— Moi, président des Juifs, j'ai vu et entendu vos plaintes concernant le manque d'espace, et je suis heureux de vous annoncer que j'ai trouvé une solution. Très bientôt, il sera possible à certains de quitter Litzmannstadt pour aller s'installer dans des camps en campagne. Les Allemands m'ont parlé d'un de ces camps, appelé Auschwitz, où il y a plus de place, un air plus sain, et davantage de travail en plein air.

Une rumeur incertaine se répandit dans la foule avant que Rumkowski ajoute, d'une voix plus forte :

— Et plus de nourriture.

Ce dernier élément parut retenir l'attention.

— Plus, dans quelle mesure ? demanda quelqu'un dans l'assemblée.

— Beaucoup plus. Vous travaillerez dans des fermes, donc tout viendra directement des champs.

— Ce sera plus frais que ce qu'on mange ici ?

Rumkowski eut un petit sourire.

— Absolument. Les premiers trains partiront dans deux jours. Rendez-vous au bureau central demain pour réserver vos places. Premiers arrivés, premiers servis.

— Pourquoi pas dès aujourd'hui ? lança quelqu'un.

Et d'autres de renchérir sur-le-champ en même temps que la foule amorçait un mouvement vers l'avant. Ester préféra s'écarter et sortir du square.

— Ça me paraît intéressant, non ? dit Martha à son mari.

Noah avait l'air moins convaincu.

— J'ai entendu parler de ces camps de travail, dit-il en passant une main dans ses boucles brunes. Et apparemment, c'est loin d'être le paradis. Il s'agit plus de construire des routes et de casser des cailloux que de faire pousser de beaux légumes – et encore, si on a de la chance. Je préfère attendre.

Ester était du même avis. Le ghetto avait beau être exigu et sous-approvisionné, au moins y était-on en sécurité – pour le moment.

— Voilà, c'est ici, annonça-t-elle gaiement en guidant Martha dans leur rue. Chez nous.

C'était une façon de parler, sachant que des inconnus s'étaient déjà installés dans la chambre des parents de Filip et qu'une autre famille allait maintenant se joindre à eux. Tout le monde se décomposa en voyant Ester arriver avec cinq personnes de plus, mais ils se radoucirent quand Noah ouvrit une valise et en sortir plusieurs boîtes de haricots blancs et – miracle ! – une tablette de chocolat.

— Quel festin ! s'écria Filip en leur ouvrant les bras, mettant du baume au cœur d'Ester.

— Martha m'a aidée lors d'un accouchement un peu compliqué aujourd'hui, lui dit-elle alors que les autres essayaient de faire de la place aux nouveaux venus. Je croyais que le bébé allait mourir, vraiment, et puis elle a…

Elle s'interrompit en voyant soudain Leah débouler dans la pièce, les cheveux en bataille et les yeux rouges. Ruth se précipita vers elle.

— Leah, qu'est-ce qui t'arrive ?

— C'est… Ha… Han… Hans, bredouilla-t-elle.

Leur père se dressa immédiatement, les poings serrés.

— Qu'est-ce qu'il t'a fait ?

La jeune fille semblait peiner à reprendre son souffle.

— Il a essayé de m'embrasser. Il a dit qu'il allait être muté à Berlin et que j'allais lui manquer, alors évidemment, pour être polie, je lui ai dit qu'il me manquerait aussi… Mais à ce moment-là, il m'a poussée contre les étagères dans la remise et a essayé de m'embrasser. Je l'ai repoussé. Je ne sais pas comment j'ai fait, parce qu'il est bien plus grand que moi, mais ça a dû le surprendre. Je pense qu'il croyait que je serais… honorée qu'il s'intéresse à moi. Sauf que, non. J'avais peur, alors je l'ai poussé, il a trébuché et est tombé à la renverse. Il était furieux. Là, il s'est relevé d'un bond et a voulu se jeter sur moi, mais j'ai été plus rapide et je me suis enfuie dans le couloir avant qu'il puisse m'attraper.

Tous la dévisageaient, horrifiés.

— C'est un haut gradé ? demanda Benjamin.

— Qu'est-ce que ça peut faire ? rugit Mordecai. Haut gradé ou pas, je vais lui casser la figure.

— Certainement pas, objecta Ruth. Dieu sait ce qui pourrait nous arriver à tous, si tu faisais cela.

— Mais il part à Berlin, n'est-ce pas ? intervint Ester en s'efforçant de garder son calme. C'est ce que tu as dit Leah, pas vrai ?

Leah opina du chef.

— Oui. Il part ce soir.

— Donc tout va bien.

— Pour l'instant.

— Comment ça ?

Tous l'interrogeaient du regard. Martha et ses enfants semblaient encore plus affolés que les autres, semblant se demander sur quelle planète ils avaient atterri.

— Que veux-tu dire par là, Leah ? insista Ester.

— C'est que… Il m'a alpaguée une seconde fois, au moment où j'allais partir. J'essayais de rester avec les autres filles, mais il a dit qu'il « avait besoin de me voir »… J'ai été obligée d'y aller.

— Et qu'a-t-il fait ? gronda Mordecai.

— Rien, s'empressa de répondre Leah. Je ne l'ai pas laissé faire, papa. Je n'ai pas…

— Ce n'est pas ta faute, Leah, dit Ruth en lui caressant les cheveux. Rien de tout cela n'est ta faute.

C'était parfaitement vrai, songea Ester. Leah était trop jeune pour se méfier, mais le reste de la famille avait compris le danger depuis le début. Seulement, ils avaient été trop heureux de manger du bœuf pour la mettre en garde comme il l'aurait fallu.

— Eh bien, que t'a-t-il dit ? relança gentiment Filip.

Elle le regarda, les lèvres tremblantes.

— Il m'a traitée de cul-bénit et de… de petite…

Elle rougit jusqu'aux oreilles.

— Ce n'est pas la peine de préciser, l'interrompit Ester. C'était absurde, quoi qu'il ait pu dire.

Leah lui adressa un regard plein de reconnaissance.

— Et après… il m'a dit d'attendre un peu l'année prochaine, quand il reviendrait de Berlin. Qu'il serait haut gradé à ce moment-là, et qu'il me « germaniserait ». Qu'est-ce que ça veut dire, Ester ? Comment fait-on ça ?

Ester serra sa sœur dans ses bras tout en regardant les autres, cherchant quoi répondre à cela. Sarah avança vers elles.

— Cela veut sûrement dire qu'il changera ton nom, Leah. Comme ils l'ont fait pour Łódź.

Leah soutint son regard un long moment avant de secouer la tête.

— Non, je ne pense pas que ce soit ça. Je l'ai senti, à la façon dont il me tenait et me regardait. C'est autre chose, n'est-ce pas ?

Ester la serra encore plus fort contre elle.

— Oui, c'est autre chose, avoua-t-elle tout en pensant que sa sœur avait eu beaucoup de chance d'échapper à ce Hans – ce qui ne serait sûrement pas le cas quand il reviendrait. Je pense qu'il serait plus prudent que tu partes d'ici.

— Par les trains, peut-être ? suggéra timidement Martha.

Ester réfléchit quelques instants. Elle avait envie de croire le beau discours de Rumkowski, avec son travail en plein air et ses légumes frais, mais il y avait quelque chose de suspect dans tout cela.

— Nous avons le temps, dit-elle. Attendons un peu. Bronislaw pourra peut-être se renseigner sur ce qui se passe dans ces camps, après quoi, nous aviserons. D'accord ?

Et tous d'approuver d'un hochement de tête.

— Je n'ai pas envie de vous quitter, dit Leah en se cramponnant à Ester. Ni d'aller dans un camp.

— Aucun d'entre nous ne part dans un camp, la rassura Ester. Allez, mangeons, maintenant.

Martha ouvrit les boîtes de haricots mais, pour la première fois depuis leur installation dans le ghetto, aucun membre de la famille n'avait faim.

9

Janvier 1942

Ana

Ana sortit de la belle maison sur la rue Piotrkowska (jamais elle ne pourrait l'appeler Adolf-Hitler-Strasse) en serrant la liasse de marks qu'on lui avait laissée en pourboire. Elle essayait de garder à l'esprit toute la beauté de cet accouchement – des jumelles en pleine santé, nées d'une solide jeune femme déjà mère d'un petit de deux ans. L'enfant avait accouru dans la chambre peu après la naissance et était littéralement tombé en extase devant ses deux petites sœurs. Spectacle pour le moins touchant. Le fait qu'il s'agissait d'une famille d'Allemands, fraîchement arrivée d'Autriche, à qui l'on venait d'attribuer cette maison parce que le père était un éminent professeur de chimie, n'aurait pas dû entrer en ligne de compte.

Et pourtant, si.

Ana tourna les yeux vers les fenêtres dont s'échappait une lueur chaleureuse dans la nuit enneigée. Il y a peu de temps encore, cette maison était le foyer chéri d'une famille juive qui devait maintenant s'entasser avec dix autres dans le ghetto – peut-être dans la propre maison d'Ana. Il était difficile de ne pas être empli d'amertume en regardant les nombreuses familles allemandes qui jouaient dans les parcs nouvellement créés, se rendaient dans les nouveaux théâtres ou remplissaient les nouvelles écoles. Parfois, en dépit de ses cinquante-six ans, Ana avait envie de se jeter au milieu de cette maudite Adolf-Hitler-Strasse, de taper des pieds en serrant les poings comme un enfant de deux ans et de hurler : « Ce n'est pas juste ! »

Ses clients de ce soir s'étaient montrés charmants. Exception faite de l'obligatoire portrait du Führer, rien chez eux n'indiquait de sympathie particulière pour le parti nazi, et le mari était un homme doux et poli. Le couple était ravi que leur sage-femme sache parler allemand et que, entre deux contractions, elle veuille bien évoquer l'histoire de leur nouvelle ville. Il s'agissait juste d'une famille ayant eu de la chance, mais Ana aurait parié que jamais ils ne s'étaient rendus un peu plus au nord, pour voir la souffrance du peuple qui leur avait permis de jouir de ce nouveau confort. Elle avait failli leur dire quelque chose, failli leur demander s'ils trouvaient normal que certains souffrent à ce point quand d'autres vivaient dans le luxe, mais la question n'était-elle pas aussi vieille que le monde ?

Pas de cette manière-là, non.

Jamais le contraste entre nantis et démunis n'avait été aussi marqué. Les Juifs étaient systématiquement spoliés de tous leurs biens au bénéfice du Reich, et l'on disait maintenant qu'on allait jusqu'à prendre leur vie. Ana frémit et resserra son manteau sur elle comme la neige commençait à tomber. Il y en avait déjà une épaisse couche sur les trottoirs depuis des semaines. Les Allemands avaient passé ces premiers jours de 1942 à se gaver de beignets et de vin chaud aux épices dans le charme de cette blancheur immaculée, avant de s'empresser de retourner dans leurs maisons bien chauffées, autour de leurs tables bien garnies. Pendant ce temps, dans le ghetto, les Juifs brûlaient leurs lits pour ne pas geler dans leurs logements. L'ignorance n'était pas une excuse.

Elle fut soudain prise d'un élan de haine si puissant qu'il faillit lui couper les jambes. Un couple approchait – une femme en grand manteau de fourrure et un homme en uniforme de SS.

Comme ils passaient près d'Ana, l'homme dit quelque chose à la femme, qui éclata de rire, et Ana eut envie de se jeter sur lui, de le frapper et de lui ouvrir les yeux sur l'atrocité que lui et ses comparses imposaient au monde.

Le souffle court, elle porta une main au chapelet à sa taille et en égrena les perles en murmurant un *Je vous salue Marie*. Mais, pour une fois, la prière familière ne suffisait pas à l'apaiser. Dieu lui pardonne, elle se sentait bouillir de haine.

Désemparée, elle regarda autour d'elle et se sentit bientôt soulagée en voyant les lumières colorées projetées sur la neige à quelques pas de là. La cathédrale Saint-Stanislas ! Elle ferma les paupières quelques instants et remercia Dieu, qui avait perçu son désespoir et lui envoyait ce signe. Cramponnant sa sacoche médicale, elle gravit en toute hâte les marches où Ester et Filip avaient pris l'habitude de déjeuner, l'année dernière. Elle les apercevait de loin en loin à cette période, quand elle se rendait à son travail, et avait assisté à la timide et lente évolution de leur idylle. Tous deux méritaient le meilleur, et elle espérait qu'ils puissent continuer à recevoir des denrées dans le ghetto jusqu'à ce que toute cette folie soit terminée.

L'église était calme. Ana s'agenouilla avec gratitude et commença à prier. Un religieux entonnait le psaume 37 et, tandis qu'elle inclinait la tête en laissant la musique l'envahir, il cita le verset 11 : « Mais les humbles posséderont la terre, et ils jouiront d'une paix profonde. »

— Sainte Marie, mère de Dieu, faites que ce soit vrai, murmura-t-elle. Veillez sur ceux qui servent les autres, qui s'entraident, qui ne cherchent pas à imposer au monde leur vision malsaine, cruelle et maléfique…

Elle s'interrompit et essaya de se concentrer sur les humbles plutôt que sur les oppresseurs, mais l'exercice était ardu. Ouvrant les yeux, elle contempla l'autel, espérant que le spectacle de la Maison de Dieu l'aiderait à s'apaiser. Ici, au moins, il n'y avait pas de soldats, car les nazis ne croyaient qu'en leur maudit Führer. Leur religion, c'était eux-mêmes ; ils adoraient leur propre sentiment de supériorité. Ils…

— Les humbles… dit-elle à haute voix avant de rougir en voyant quelqu'un froncer les sourcils sur le banc voisin.

Juste ciel, de quoi avait-elle l'air maintenant ? D'une vieille femme parlant toute seule ? Il faudrait être plus prudente désormais, sinon on risquait de l'interner et les nazis pourraient bien l'« euthanasier » – terme soigneusement choisi pour dissimuler l'ignoble vérité sous un vernis de compassion.

— Comment osent-ils… ?

Voilà qu'elle marmonnait encore. Elle devrait rentrer chez elle… mais était-ce encore chez elle ? Intranquille, elle se releva et marcha lentement jusqu'à l'autel en levant les yeux vers le Christ en croix. Lui qui était mort pour tous les hommes, comment supportait-il de les voir commettre de tels actes ? Ce devait être affreusement décevant. Le cœur en lambeaux, Ana se détourna, furieuse de ne pas parvenir à trouver la paix que Dieu lui avait clairement offerte en lui montrant sa lumière sur la neige, dehors. C'est alors qu'elle remarqua le petit groupe.

Ils se trouvaient dans la chapelle dédiée à la Vierge et chuchotaient avec colère, comme elle, quelques instants plus tôt. Deux d'entre eux tenaient un exemplaire d'un journal – *La Revue polonaise bimensuelle*, un journal clandestin, lut-elle à la lueur des bougies. Elle avança vers eux. Plusieurs levèrent des yeux coupables à son approche, mais un jeune homme qu'Ana reconnut être un ami de Zander avança vers elle et lui sourit.

— Madame Kaminski, soyez la bienvenue.

Les autres murmurèrent un salut tandis que le journal disparaissait derrière le dos de l'un d'eux. Elle se rapprocha.

— Vous permettez que je regarde ?

— Pardon ?

— Je peux voir le journal ?

— Quel…

— S'il vous plaît, montrez-le-moi. Je veux savoir ce qui se passe dans le monde ; ce qui se passe *vraiment*, pas ce que les nazis nous racontent.

Les jeunes se regardèrent et l'ami de Zander haussa les épaules.

— On peut lui faire confiance. Elle travaille avec le groupe du ghetto.

Ana éprouva un élan de fierté avant de se réprimander. Son ego n'avait pas de place ici ; il s'agissait uniquement de sauver des gens.

— Ce n'est pas joli joli, vous savez, dit une jeune femme en la regardant avec un air grave.

Ana croisa les bras.

— Mademoiselle. Tous les jours, j'extirpe des bébés sanglants et gluants du corps de leur mère. Je n'ai pas besoin de quoi que ce soit de « joli ».

La jeune fille laissa échapper un petit rire gêné et lui tendit le journal clandestin. Ana le prit cependant qu'un garçon se positionnait de façon à surveiller l'entrée de l'église.

« Des camions à gaz à Chelmno », lisait-on en gros titre. L'article expliquait, témoignages de témoins oculaires et photos à l'appui, comment les Juifs partant de Litzmannstadt étaient parqués dans des camions hermétiquement fermés, puis gazés au monoxyde de carbone émis par les moteurs. Ces chambres de la mort roulaient alors tranquillement jusqu'en forêt, où les corps étaient jetés dans des fosses et carbonisés avant que leurs restes ne soient répandus dans la rivière. En moins d'une heure, des milliers de vies humaines disparaissaient ainsi au fil de l'eau.

— Est-ce que… c'est la vérité ? balbutia Ana en balayant le groupe du regard.

Elle comprit à leur expression qu'eux aussi avaient eu du mal à y croire, mais qu'il ne s'agissait nullement d'une rumeur. Le village de Chelmno était devenu le centre de ces opérations barbares et, si beaucoup d'habitants étaient terrorisés par les nazis qui s'étaient imposés chez eux par la force des armes, quelques-uns avaient tout de même osé parler et témoigner. Les récits étaient tous les mêmes : on amenait les Juifs en train, on les enfermait dans des granges, puis on les mettait dans les camions de gazage.

— Ils les exterminent, murmura la jeune femme. Ils les exterminent de manière systématique et efficace, et c'est la même chose dans cet endroit qu'ils appellent Auschwitz. Il n'y a *pas* de camps de travail, madame Kaminski. Ou s'il y en a, ce ne sont pas les gens de Łódź qu'on y envoie. Eux, on les envoie directement à la mort.

Ana se signa et se retourna vers le Christ en croix. C'était donc pour cela que Dieu avait guidé ses pas vers cette église – non pour trouver la paix, mais la vérité. Elle se rappela tous ces Juifs du ghetto, qui avaient levé la main pour prendre le train et aller travailler dans ces prétendues fermes, alors qu'ils prendraient un billet pour la mort. Il n'y avait même plus de mots pour qualifier une pareille manœuvre.

Le visage d'Ester s'imposa à la mémoire d'Ana. Sa jeune amie avait beaucoup maigri, mais elle avait encore le regard vif, animé de son désir ardent d'aider les siens. Plusieurs fois, Ana avait tenté de la convaincre de laisser la Résistance l'exfiltrer du ghetto. En vain. Ester demeurait catégorique : elle avait un travail à faire là-bas, et elle s'y tiendrait. Ana était convaincue du bien-fondé de cette décision – ces pauvres gens avaient grand besoin d'âmes courageuses et généreuses comme Ester. Mais elle, que deviendrait-elle ?

Au moins envisageaient-ils désormais de faire sortir Leah. Ana se souvenait qu'Ester lui avait parlé de train et d'un officier allemand qui les menaçait. Elle n'y avait pas prêté assez d'attention sur le moment, trop concentrée qu'elle était sur les questions d'ordre professionnel d'Ester. Mais il fallait lui en parler, maintenant, et vite. Lui dire qu'elle ne devait en aucun cas laisser sa sœur monter dans un de ces trains ; et trouver une autre manière de faire sortir la jeune fille du ghetto, quel qu'en soit le prix.

— Merci, dit-elle aux jeunes résistants en leur serrant la main tour à tour. Merci pour ce que vous faites. C'est absolument vital. Les nazis pensent avoir gagné avec leurs chars, leurs fusils et leur promotion de la haine, mais nous les vaincrons par la patience, l'entraide et notre profonde détermination. Que Dieu vous bénisse tous.

Elle sortit alors de la cathédrale et rentra retrouver Bartek et les garçons, afin de trouver un plan pour aider les Juifs à échapper à leurs persécuteurs.

10

Février 1942

Ester

— Un colis pour vous, madame.

— Pour moi ? Mais je n'ai…

Elle s'interrompit sous le regard insistant de l'officier d'ordonnance et prit le paquet. Essayant de faire comme si de rien n'était, elle partit dans le couloir de l'hôpital et entra dans une réserve où, une fois la porte bien fermée, elle ouvrit le paquet. À l'intérieur se trouvaient les médicaments habituels, ainsi qu'une lettre. Ester ouvrit l'enveloppe, déplia l'étrange papier raide et se figea.

« Certificat de décès » pouvait-on lire en haut de la page, et, juste en dessous, de l'écriture ferme et à peine lisible d'un médecin, le nom de Leah Kaminski.

— Leah ! s'exclama-t-elle en essayant de comprendre ce que cela pouvait signifier.

Sa sœur était à la maison ce matin, s'apprêtant à aller travailler. Elle était très nerveuse ces derniers temps, redoutant le retour de Hans, mais rien ne l'annonçait jusqu'ici. Ils étaient des milliers à s'en être allés cet hiver, et chaque fois qu'un train partait, la famille s'était demandé si cela ne vaudrait pas mieux pour Leah, avant de se dire qu'il était plus raisonnable de rester tous ensemble. Ils avaient prié Dieu de veiller sur elle et, jusqu'à présent, leur prière avait été entendue ; seulement, l'année 1942 était bien entamée désormais, et si Hans devait revenir, le temps leur serait compté. Ester relut ces mots horribles et incompréhensibles, les mains tremblantes. Les nazis ne pouvaient tout de même pas tuer quelqu'un et annoncer officiellement sa mort en moins de deux heures ?

Retenant son souffle, elle sortit un autre papier de l'enveloppe. La lettre jointe était écrite en majuscules impressionnantes, à l'instar de son contenu :

CE CERTIFICAT EST LE BILLET DE SORTIE DU GHETTO DE TA SŒUR. ELLE NE DOIT PAS PARTIR EN TRAIN, C'EST UN PIÈGE. DES GENS VONT VOUS AIDER. DANS DEUX JOURS UNE CHARRETTE ARRIVERA À L'USINE DE TON MARI POUR Y PRENDRE UNE GROSSE COMMANDE D'UNIFORMES DE LA WEHRMACHT. CACHEZ TA SŒUR SOUS CES VÊTEMENTS, NOTRE CONDUCTEUR LUI PERMETTRA DE FRANCHIR LES PORTES. VOUS PRÉSENTEREZ CE CERTIFICAT AUX AUTORITÉS ET AFFICHEREZ VOTRE DEUIL, MAIS GARDEZ UN CŒUR LÉGER CAR NOUS VEILLERONS PERSONNELLEMENT À SA SÉCURITÉ EN LUI FOURNISSANT DE NOUVEAUX PAPIERS ET UN ENTOURAGE BIENVEILLANT JUSQU'À CE QUE, SI DIEU LE VEUT, VOUS PUISSIEZ TOUS LA RETROUVER EN PAIX ET EN TOUTE SÉCURITÉ. QUE DIEU SOIT AVEC VOUS.

Ester relut plusieurs fois la lettre. *Cachez ta sœur sous les uniformes... Présentez ce certificat... Affichez votre deuil...* Seraient-ils capables de faire cela ? *Gardez un cœur léger...* Bien sûr qu'ils le pourraient.

Incapable de se concentrer sur ses tâches, Ester quitta l'hôpital dès qu'elle put trouver une excuse et courut chez elle, où elle rentra en trombe à l'appartement. Sa mère était là.

— On peut faire sortir Leah, dans deux jours, annonça-t-elle sans détour. Il faut la prévenir immédiatement, dis-lui de se faire porter pâle et de rentrer. Et nous devons parler à Filip.

La peur envahit sa mère. Ester pouvait le comprendre, mais on leur offrait là une planche de salut qu'ils ne devaient pas laisser passer. Elle fit asseoir Ruth et lui lut la lettre aussi doucement que possible avant de la déchirer en petits morceaux et de les enfouir parmi les cendres de leur feu hebdomadaire ; elle cacha ensuite le certificat de décès au-dessus d'une poutre dans le grenier. Deux jours ! Ils n'avaient plus que deux jours. Son cœur battait la chamade, et il lui semblait que cela ne s'arrêterait pas avant qu'elle voie la fameuse charrette dissimulant sa sœur franchir les grilles du ghetto sans être inquiétée.

Ils établirent leur plan ce soir-là. Ruth s'était rendue au bureau de Leah en lui soufflant de se mettre à tousser, juste après que Leah avait entendu deux officiers évoquer le retour imminent de Hans. Elle était donc presque réellement malade quand son chef l'avait renvoyée chez elle, irrité de l'entendre tousser et de la voir enveloppée dans une vieille couverture, l'air tellement abattue qu'Ester elle-même avait failli y croire en la voyant arriver.

— Il va falloir être courageuse, Leah. Courageuse et calme. Très, très calme. Tu t'en sens capable ?

Sa sœur leva sur elle ses beaux yeux gris effarés mais acquiesça.

— Oui, j'y arriverai. Est-ce que je serai seule ?

— Juste un petit moment. Dès que tu seras sortie du ghetto, Ana s'occupera de toi.

Leah opina une nouvelle fois.

— Sortie du ghetto… répéta-t-elle dans un murmure.

— Seulement si nous faisons tout comme il faut, tempéra Mordecai en se tordant les mains.

— Nous y arriverons, dit Filip posément. J'en suis certain.

Mais l'entreprise n'avait rien de facile. Deux jours plus tard, sans savoir à quel moment arriverait la charrette, Ruth et Ester accompagnèrent Leah à l'arrière de l'atelier de couture, bras dessus, bras dessous.

— Tu devras rester allongée, totalement immobile, lui recommanda Ester. En respirant à peine.

— À peine, mais en respirant tout de même, ajouta Ruth. Continue de respirer, tous les jours de cette maudite guerre, ma fille.

Leah serra sa mère contre son cœur.

— Viens avec moi, maman. On n'a qu'à y aller toutes les deux. On sera heureuses, ensemble.

Ruth fit non de la tête.

— Une brindille comme toi passera inaperçue sous tous ces manteaux, mais deux personnes, non. Ce serait trop risqué. Et je serai heureuse ici, Leah, rien que de te savoir en sécurité ailleurs. Et puis, quand ce sera fini, quand ces monstres auront perdu la partie, nous nous retrouverons et serons encore plus heureuses ensemble.

Leah acquiesça, les larmes aux yeux, et Ester les pressa d'avancer. Il ne s'agissait pas d'attirer l'attention en pleine rue alors que Leah était censée être à moitié mourante à la maison.

— Par ici.

La porte de l'usine était entrouverte, comme Filip avait promis d'y veiller.

— Nous y sommes, dit-elle en posant les mains sur les bras de sa sœur. Tu sais ce que tu dois faire, n'est-ce pas ?

— Me glisser à l'intérieur et me cacher derrière la troisième porte sur la gauche jusqu'à ce que quelqu'un vienne me chercher.

— Bien.

Elles entendirent alors du fracas derrière elle et virent une grande charrette arriver sur la route criblée de nids-de-poule et se diriger vers l'usine. C'était celle qui emmènerait Leah hors du ghetto. Ester étreignit sa sœur de toutes ses forces, mettant tout son amour dans ce geste, mais elles n'avaient plus le temps, et c'est presque avec rudesse qu'elle la poussa vers la porte de l'atelier. Le visage de Leah était strié de larmes.

— Je vous aime, dit-elle.

— Nous aussi, on t'aime. Allez, file !

Leah s'exécuta. Elle se glissa par la porte entrouverte, qu'elle referma derrière elle sans un bruit. Ester et Ruth restèrent plantées là quelques instants, dans la neige fondue, à fixer le froid rectangle de métal. Elles avaient fait leur part, c'était maintenant à Filip de jouer. Ruth tomba alors à genoux, les mains jointes, les yeux levés vers le ciel. Mais ce n'était pas le moment de se morfondre ni même de prier, et Ester la releva pour l'entraîner.

— Laisse-moi regarder, supplia Ruth. Laisse-moi la regarder partir, Ester. Je veux voir si elle part en sécurité.

Ester considéra sa mère. Elle aussi aurait aimé voir, mais elles ne pouvaient se permettre de mettre leur plan en péril. Il y avait plus d'une vie en jeu.

— Tu ne dois pas pleurer, maman. Sois forte, et calme.

— Je sais. (Ruth se redressa, essuya ses larmes et ajusta son foulard sur sa tête.) Je sais.

Leurs tickets de rationnement à la main, elles rejoignirent la file d'attente à la boulangerie la plus proche des portes du ghetto ; pour une fois, la lenteur avec laquelle avançait la file les arrangeait bien. De là, elles pouvaient scruter la route sortant de l'usine et, bientôt, la charrette apparut, chargée d'uniformes soigneusement emballés. La main de Ruth se serra sur le bras d'Ester mais, à part cela, elle ne laissa rien paraître de son émotion. Quant à Ester, son cœur battait si fort qu'elle était sûre que les gardes pouvaient l'entendre à vingt mètres de distance.

La charrette s'approcha des grilles et quatre SS avancèrent à sa rencontre. Le conducteur produisit des papiers qu'un des gardes examina tandis que les trois autres faisaient le tour du véhicule. L'un d'eux poussa les paquets du haut et en souleva quelques-uns sans grande conviction. Ester retint son souffle. Le premier rendait maintenant les papiers et faisait signe aux hommes postés aux portes, qui commencèrent à les ouvrir. Ça allait marcher ! Mais soudain, alors que le conducteur reprenait les rênes, Ester aperçut du mouvement dans la charrette.

— Oh, non, souffla-t-elle.

Un garde pointa un doigt.

— Halte !

Le conducteur obtempéra, et Ester vit ses épaules se crisper. Le deuxième garde se tourna, retira son fusil de son épaule et y inséra calmement sa baïonnette. Ester s'imagina Leah quelque part au milieu de tout ce tissu. À quelle profondeur se trouvait-elle ? Et à quelle profondeur irait la lame ? Elle était si près du but, et maintenant...

Un cri s'éleva alors dans la file derrière elle, la faisant sursauter.

— Mon Dieu, votre pauvre mère ! Aidez-la !

Ruth s'était écroulée et convulsait affreusement dans la boue. Ester tomba à genoux près de sa mère et se pencha sur elle.

— Fais du tapage, chuchota Ruth à son oreille. Fous le bordel, le plus gros bordel possible.

C'était la première fois de sa vie qu'Ester entendait sa mère employer des mots grossiers ; cela la galvanisa littéralement.

— Au secours ! se mit-elle à hurler en se relevant pour courir vers les gardes. Aidez-nous ! Ma mère fait une attaque !

— Une attaque ?

Le garde à la baïonnette regarda autour de lui en faisant la moue.

— Saletés de youpins. Quand ils ne crachent pas leurs poumons ou ne se chient pas dessus en pleine rue, ils font des attaques, maintenant !

Il passa son fusil à son compagnon et avança vers elles, le visage rouge de colère.

— Tu sais comment je les soigne, les attaques, moi ? grogna-t-il.

Ester secoua la tête, impuissante, cependant que les autres gardes, moins intéressés par l'incident que par l'exécution de leur tâche, faisaient signe à la charrette d'avancer. Ester la regarda se remettre en branle et s'éloigner de l'usine, s'éloigner du ghetto, avec sa sœur à son bord.

— À coups de pied, voilà comment je les soigne, moi.

— Non !

Ester s'interposa devant sa mère au moment où le coup partait. Il la toucha au bras, entraînant une douleur fulgurante, mais son intervention ne fit qu'exaspérer davantage l'officier. L'attrapant par le bras, il la poussa violemment de côté et, cette fois, son pied frappa sa cible. Ruth se recroquevilla tandis que les gens faisant la queue reculaient, horrifiés et pétrifiés. Les coups de pied redoublèrent sur la frêle silhouette jusqu'à ce que, enfin satisfait, l'homme se détourne dans un éclat de rire.

— Et voilà ! lança-t-il par-dessus son épaule. Fini, l'attaque ! Un vrai miracle.

Ses camarades ricanèrent avec lui et tous les autres retournèrent aux portes, laissant Ruth brisée dans la boue. Ester courut la prendre dans ses bras.

— Maman ?

Ruth avait le regard embrumé par la douleur, mais elle respirait encore.

— Leah est sortie ? demanda-t-elle dans un souffle. Elle a réussi à passer ?

— Oui, répondit Ester en lui écartant tendrement des mèches du visage.

— Alors ça en valait la peine, dit Ruth avec un sourire avant que ses yeux ne se révulsent et que son corps ne devienne soudain inerte entre les bras d'Ester.

Ana

De l'autre côté de la ville, Ana courut vers la charrette qui s'engageait dans une petite rue sombre.

— Leah, chuchota-t-elle. Leah, tu es là ?

Pas de réponse.

— Leah, c'est Ana. Tout va bien. Tu peux sortir.

Autour d'elle, Bartek et les garçons commençaient à dégager les paquets du dessus. Il y en avait beaucoup, et ils semblaient lourds. Et s'ils avaient écrasé la jeune fille ? S'ils l'avaient étouffée ? Si…

— Ana ?

— Leah !

Ils s'empressèrent de soulever d'autres paquets et Leah apparut soudain, titubante mais entière. Elle regarda autour d'elle, comme si elle se trouvait dans un pays imaginaire.

— Je suis sortie, Ana ? Je suis vraiment sortie ?

— Oui, la rassura Ana. Et on va tout de suite t'emmener hors de cette ville. Tiens.

Elle lui tendit un jeu de nouveaux papiers d'identité, tout droit sortis des presses secrètes de Bartek.

— Tu es Lena Kaminski maintenant, ma petite-cousine, qui aide ta tante Krystyna à produire autant de légumes que possible pour l'honorable Reich dans sa petite propriété à la campagne.

Leah – désormais Lena – avisa les papiers en s'efforçant d'assimiler toutes ces nouveautés.

— Quand est-ce qu'on part ?

— Maintenant.

Les garçons avaient déjà rechargé la charrette, qui reprenait son chemin vers la gare où les uniformes seraient transportés jusqu'au front. Les Allemands avaient surpris tout le monde en envahissant l'Union soviétique, l'année passée, et leurs pauvres petits soldats avaient maintenant besoin de vêtements chauds pour affronter l'hiver russe. Ana regretta de ne pas pouvoir brûler tout ce chargement pour les laisser mourir de froid, mais elle devait s'en tenir strictement au plan élaboré par son réseau. Laissant les uniformes s'éloigner, elle emmena Leah vers une autre charrette, plus petite.

— Tu as apporté des légumes en ville, conformément aux quotas exigés par le conseil local, et maintenant tu rentres chez toi avec ton cousin Alekzander, que tu vois ici.

Leah leva des yeux inquiets vers Zander, assis bien droit, les rênes en main, et vêtu d'habits de fermier.

— Il n'est pas aussi rustre qu'il en a l'air, lui souffla Ana. Alekzander est mon fils, et il est médecin.

— Médecin ?

Ana lui sourit.

— L'habit ne fait pas le moine en ce moment, tu sais.

Sur ce, elle sortit de sa poche une paire de ciseaux et entreprit de défaire les fils retenant la hideuse étoile jaune sur le manteau de Leah. Celle-ci baissa les yeux vers sa poitrine, ébahie, et Ana déposa un baiser sur sa joue.

— Allez, file, ma jolie. Sois libre, fais attention à toi et sois aussi heureuse que possible. Et essaie de ne pas trop t'inquiéter pour ta famille : ils remercieront le ciel tous les jours pour ta liberté.

Leah hocha la tête, les larmes aux yeux, et monta dans la charrette aux côtés de Zander, qui lui donna une couverture pour se protéger du froid. Quoique celle-ci fût loin d'être neuve, Ana vit la jeune fille en caresser l'étoffe avec émerveillement, et elle maudit une fois de plus les nazis d'infliger de telles souffrances à des innocents. *Les humbles posséderont la terre*, se rappela-t-elle, tout en sachant qu'ils n'y parviendraient pas sans aide. Sans *son* aide, entre autres. Aujourd'hui, ils étaient parvenus à mettre Leah en sécurité, et c'était déjà une petite victoire, mais il y avait encore bien trop de gens de cloîtrés dans le ghetto, et, avec les camions de la mort qui les attendaient, l'heure n'était pas venue de se satisfaire de si peu. Il fallait en faire beaucoup, beaucoup plus.

11

1er septembre 1942

Ester

Ester retira délicatement les derniers points de suture sur la jambe du vieux M. Becker et admira la fine cicatrice.

— Ça cicatrise très bien, monsieur Becker.

— Grâce à vos talents de couturière, ma chère.

— Et au fil fourni par la Résistance.

Il lui fit un clin d'œil.

— Pas facile de mettre un Juif en pièces, hein ? Ils devraient pourtant le savoir : personne ne se débrouille mieux que nous avec une aiguille. Et hop, nous revoilà en un seul morceau !

Ester sourit et hocha la tête – si seulement cela pouvait être vrai ! À l'hôpital, ils sauvaient peut-être un Juif sur vingt frappés par le froid, la malnutrition ou, comme ce pauvre M. Becker, par les coups d'un officier ayant envie de se distraire ou de se défouler. Et puis, il y avait ces déportations…

Ana leur avait fait parvenir un mot peu après le départ de Leah : celle-ci était en sécurité à la campagne avec sa cousine Krystyna, et adressait à Dieu des prières de remerciement tous les jours depuis lors. Il y en aurait peut-être au moins une parmi eux à voir la fin de la guerre vivante, mais le conflit n'avait montré aucun signe d'amélioration au cours de l'été 1942, et, les Allemands semblant maintenant sur le point de prendre Stalingrad, on commençait à croire qu'ils allaient gagner cette guerre. Or, si les nazis venaient à dominer le monde, ce serait sûrement la fin du peuple juif.

On en apprenait tous les jours un peu plus sur les « fermes » d'Auschwitz vantées par Rumkowski, avec leur prétendu air frais et leur nourriture abondante. Quelques Juifs en bonne santé y étaient peut-être envoyés afin d'y travailler, mais tous les autres partaient directement dans les chambres à gaz. Il n'y avait plus de volontaires au départ, mais, avec tous ceux déjà partis, on jouissait de davantage de place dans le ghetto. Si Martha, Noah et leurs trois enfants occupaient encore le salon, l'autre famille avait quitté la chambre de Benjamin et Sarah, de sorte que Filip et Ester étaient à nouveau seuls dans le grenier.

Cela faisait trois ans aujourd'hui que Filip l'avait demandée en mariage, et ils avaient l'intention de fêter cela ce soir. Depuis deux semaines, ils économisaient et troquaient leurs rations afin de pouvoir se refaire des bigos et de les manger ensemble dans leur chambre. Ils avaient même un petit roulé frais ainsi qu'une demi-bouteille de vin, cadeau d'un père reconnaissant avec une cave bien cachée. Ester avait hâte d'y être.

— Et voilà, monsieur Becker, dit-elle en finissant de nettoyer la cicatrice avec un soupçon de précieux antiseptique. Vous êtes comme neuf.

— Et vous, vous êtes un ange. Je n'en connais pas beaucoup qui prendraient un tel soin d'un vieux rebut prêt à passer au camion à gaz.

— Monsieur Becker ! Ne dites pas ça !

Il haussa les épaules.

— C'est pourtant vrai. Si je ne reprends pas le travail, les soldats m'embarqueront à la première occasion.

— Ne dites pas de bêtises, gronda-t-elle, plus pour elle que pour lui.

En apparence, sa pauvre mère s'était remise du passage à tabac qu'elle avait subi en janvier, mais Ester craignait qu'elle ne souffrît de blessures plus insidieuses, car Ruth peinait toujours à respirer et n'avait guère d'appétit.

— Quelle chance, de ne pas avoir faim, disait-elle avec légèreté en mettant la part de sa mère dans l'assiette de Filip – mais tous savaient pertinemment qu'il n'en était rien.

Ruth avait le teint gris et perdait ses cheveux. Il lui avait fallu se cacher dans sa chambre tout l'été pour échapper au typhus et, à l'approche de l'hiver, Ester redoutait que la tuberculose n'emportât sa mère. Sarah se portait un peu mieux, mais elle aussi paraissait usée et bien plus vieille que ses cinquante ans. Filip lui avait trouvé un poste dans la fabrique de matelas qui avait été créée dans une ancienne église ; malheureusement, les plumes et la sciure qu'ils employaient pour garnir la literie sommaire des soldats s'immisçaient en permanence dans les poumons des ouvriers, et Sarah trouvait ce travail très éprouvant.

Un système s'était mis en place : chaque fois que la police juive appelait des « volontaires » pour la prochaine déportation, on cachait les plus vieux et les plus fragiles à quelques rues de distance des agents, sous la houlette de quelques jeunes postés aux angles qui les faisaient circuler discrètement jusqu'à ce qu'ils rentrent chez eux, après les fouilles des logements. Le système était loin d'être parfait et quantité se faisaient attraper malgré cela, mais jusqu'à présent, Ruth et Sarah avaient réussi à échapper à la déportation. Toutefois, depuis quelque temps, personne ne se couchait plus ou ne partait de chez soi sans avoir prononcé un au revoir affectueux à ses proches, au cas où.

Ester regarda l'horloge : il n'était pas encore midi. Elle devrait encore attendre de longues heures avant de rejoindre son mari dans le grenier. Ses mains accomplissaient son travail machinalement tandis qu'elle imaginait déjà Filip l'attendant autour de la petite table qu'il avait bricolée et qu'elle avait recouverte d'un bout de drap usé. Elle n'avait pas de cadeau autre qu'elle-même à lui offrir mais, comme ils avaient enfin retrouvé leur intimité, elle savait que cela les satisferait tous deux.

— Infirmière !

C'était Mme Gleb qui l'appelait maintenant depuis son lit, ayant certainement besoin d'être à nouveau soulagée. Ester s'arracha à sa rêverie, qui deviendrait réalité dans quelques heures, et revint à sa tâche. Mais Mme Gelb n'avait pas besoin d'aller aux latrines. Assise dans son lit, elle gesticulait avec frayeur en direction de la fenêtre ouverte. Avant même qu'Ester puisse voir de quoi il s'agissait, elle entendit « *Raus ! Raus !* ». En bas, au rez-de-chaussée de l'hôpital, des portes s'ouvrirent avec fracas et le bruit caractéristique des bottes ennemies se fit entendre sur le carrelage.

— Debout ! Tout le monde dehors ! Allez, sortez !

— Pour aller où ? demanda Mme Gelb.

Personne ne répondit, mais tous savaient. Jusqu'à présent, les hôpitaux avaient échappé aux rafles en vue des déportations, mais ce temps semblait révolu. Ester se figea en entendant les pas gravir l'escalier. Quelques instants plus tard, quatre SS entraient dans la salle.

— *Raus ! Raus !*

Le docteur Stern avança vers eux.

— Qu'est-ce que ça veut dire, messieurs ? Que voulez-vous à ces pauvres malades ?

Leur chef se pencha au-dessus du petit docteur, si près qu'il lui postillonna au visage :

— Nous voulons nous en débarrasser.

— Mais… Ils sont souffrants.

— Exactement ! Or, il se trouve que nous sommes dans un ghetto de travail, pour les gens capables de travailler.

Le docteur redressa bravement ses vieilles épaules.

— Ils travailleront dès qu'ils iront mieux.

— Ah, oui ? Et dans combien de temps ? Vous n'êtes pas très efficace, me semble-t-il, docteur.

— Parce que nous manquons de matériel, de médicaments et de…

L'officier le coupa en lui décochant une gifle retentissante qui envoya valser le vieil homme.

— Bien. Allez, vous autres, qu'est-ce que vous attendez ? Debout ! Tout de suite !

Plusieurs patients commencèrent à sortir péniblement de leur lit. Les SS entreprirent alors de leur faire accélérer la cadence et les poussèrent comme du bétail en direction de l'escalier. Une pauvre femme trébucha et s'écroula dans la bousculade. Une autre, qui boitait en raison d'une jambe cassée, fut tout bonnement poussée en haut des marches, qu'elle dévala tête la première pour demeurer inerte en bas du mur.

— S'il vous plaît, intervint Ester. Laissez-nous faire. Ce sera plus… efficace, dit-elle en choisissant bien ses mots.

L'argument fit mouche. L'officier opina et le personnel soignant s'empressa d'aller aider les invalides à descendre l'escalier. C'était un sentiment terrible que d'accompagner ainsi ces gens vers leur mort probable, mais au moins conservaient-ils un semblant de dignité.

— Vous aussi ! aboya une voix allemande derrière elle. Allez !

Ester se retourna et vit M. Becker assis dans son lit, les bras croisés, un air de défi sur le visage.

— Non.

— Non ? fit le SS, médusé. Comment ça, non ?

— Non, je ne vous suivrai pas. Je n'ai pas envie de mourir asphyxié dans un camion à gaz. Je préfère être tué par balle ici, dans mon lit.

— Par balle ? dit l'Allemand en riant. Je ne perdrai pas une balle pour toi, sale Juif. Allez, debout maintenant.

— Non.

Paralysée d'effroi et d'admiration pour le courage de M. Becker, Ester vit l'officier avancer vers lui à grands pas pour le tirer de force de son lit.

— Tu ne veux pas prendre cet escalier, c'est ça ?

— Absolument, s'obstina le vieil homme d'une voix tremblante.

— Très bien. Dans ce cas, tu passeras par la fenêtre.

Sur ce, il souleva M. Becker, marcha vivement jusqu'à la fenêtre et, dans un même élan, le jeta dehors. Ester ferma les yeux, ce qui ne l'empêcha pas d'entendre l'horrible bruit des os se brisant sur le pavé. Il ne lui restait plus qu'à prier pour qu'il soit mort sur le coup.

— Qu'est-ce vous faites plantée là, vous ? lança le SS à Ester. Vous voulez suivre le même chemin que lui ?

Elle secoua la tête et s'empressa de descendre avec les autres. Dehors, le chaos régnait dans les rues. Il n'y avait pas que les patients de l'hôpital ; toutes les personnes âgées étaient regroupées et dirigées à travers la ville en direction des quais ferroviaires bordant le quartier de Marysin. L'air était saturé de pleurs et de cris appelant à la pitié, par pur réflexe de survie – car chacun savait que les nazis n'avaient aucune pitié. Ester pensa immédiatement à sa mère et partit en courant par une petite rue lui servant de raccourci pour rentrer chez elle. Sur le palier, elle tomba nez à nez avec sa voisine Delilah – une gentille femme autrefois grasse comme un loukoum, dont la peau pendait maintenant un peu partout sur son corps.

— Je les ai cachées.

— Pardon ?

— Vos mamans, Sarah et Ruth. Je les ai cachées avec la mienne. Mon mari Ishmael est charpentier, il a fabriqué un placard secret. Elles sont dedans, et j'espère que personne ne remarquera rien, mais il vaut mieux ne pas attirer l'attention vers notre logement.

— Bien sûr, dit Ester en lui étreignant la main. Merci mille fois.

— Nous devons nous serrer les coudes. C'est notre seule chance d'en sortir vivants.

Sur ce, elle retourna à l'intérieur. Ester pria pour que les hommes soient en sécurité au travail avec Filip et loua le ciel une fois de plus d'avoir mis Leah à l'abri de tout cela, mais Martha surgit soudain de l'appartement, l'air affolée, ses trois enfants accrochés à ses jupes.

— Où allez-vous ? lui demanda-t-elle.

— Il va y avoir un discours. Rumkowski va nous dire ce qui se passe. Mon Dieu, Ester… que va-t-il nous annoncer ?

Ester repensa à la naïveté de Martha écoutant le président du Conseil juif le jour de leur rencontre, après l'accouchement. Elle l'avait aidée avec calme incomparable lors de nombreuses naissances depuis lors. Mais aujourd'hui, elle semblait totalement paniquée, et Ester eut un brusque haut-le-cœur en comprenant pourquoi. C'est un ghetto de travail, avait déclaré le SS à l'hôpital, pour les gens capables de travailler. Et à part les vieux et les malades, qui ne travaillait pas ? Les enfants.

Ils ne feraient pas ça, se dit-elle avant de se rappeler la façon impitoyable dont l'officier avait balancé le corps de M. Becker comme on jetterait une eau de vaisselle. Ces gens-là étaient capables de tout. Elle prit dans ses bras le plus petit des trois enfants de Martha pour se diriger avec elle vers le square.

Presque tous les habitants du ghetto étaient là. Elle chercha Filip dans la foule, mais il y avait bien trop de monde et, déjà, Rumkowski montait à son pupitre et s'éclaircissait la voix dans le micro. Cette fois, même lui semblait abattu. Ester caressa les doux cheveux de la petite Zillah en attendant que le responsable du Conseil juif prenne la parole.

Il leva une main et le silence se fit.

— Aujourd'hui, dit-il gravement, le ghetto a reçu un coup dur.

Il balaya la foule du regard, les mains cramponnées au pupitre comme pour s'empêcher de tomber.

— Ils veulent maintenant ce que nous avons de plus cher : les vieillards et… les enfants.

— Non ! s'écria Martha en même temps que des milliers d'autres.

Ester regarda son amie, ne sachant que dire. Ça ne pouvait pas être vrai. Elle s'efforça de se concentrer sur ce que disait Rumkowski, mais les paroles qu'il prononçait relevaient toujours du pire cauchemar :

— Du haut de mon grand âge, je suis contraint de vous supplier : « Frères et sœurs, donnez-les moi ! Pères et mères, donnez-moi vos enfants ! »

Martha tomba à genoux en serrant ses enfants contre elle et en gesticulant frénétiquement pour récupérer Zillah. Ester se pencha pour lui passer la petite, n'écoutant plus qu'à moitié Rumkowski ; celui-ci expliquait avoir reçu l'ordre d'évacuer plus de vingt mille Juifs, et que son Conseil avait pris cette terrible décision pour pouvoir répondre à l'ordre.

— Ce qui a guidé notre raisonnement n'est pas « Combien allons-nous en perdre ? », mais « Combien allons-nous en sauver ? », poursuivit-il en forçant sa voix par-dessus la clameur désespérée. Je ne peux vous apporter aucun réconfort aujourd'hui. Je suis venu ici comme un voleur, pour vous enlever ce que vous avez de plus précieux. Je suis obligé de diriger cette terrible opération, en coupant des membres pour que le reste du corps puisse survivre. Je dois donc vous prendre vos enfants. Si je ne le fais pas, d'autres seront pris en plus.

Il continua de plaider ainsi sa cause, essayant d'expliquer qu'il avait tout fait pour dissuader les nazis, sans que personne l'écoute. Tout ce que les gens entendaient désormais, et qui résonnait dans leur tête telle une sirène de l'enfer, c'était : « Donnez-moi vos enfants, donnez-moi vos enfants, donnez-moi vos enfants. »

12

12 septembre 1942

Ester

Un silence surnaturel régnait sur le ghetto. C'était le jour de la fête de Roch Hachana, mais personne ne la célébrait. Il n'y avait plus de familles autour des tables, et personne n'avait d'appétit. Aucun enfant ne courait dans les rues, ne jouait à la corde ou ne jetait de cailloux sur une marelle tracée dans la boue. Aucune vieille dame n'était assise sur son seuil, à surveiller les petits ou à éplucher sa maigre ration de légumes. Aucun bébé ne pleurait, et les seules larmes qui coulaient étaient celles des mères à qui on les avait arrachés.

Toute la semaine, la police juive et leurs maîtres de la SS avaient terrorisé le ghetto, évacuant tous ceux qui n'étaient pas aptes au travail. Ils avaient vidé des maisons, rayé des noms sur des listes, sorti des enfants de greniers, de tonneaux, extrait des bébés de tiroirs, de puits et de tout autre endroit pouvant servir de cachette. Ils avaient enfoncé leurs baïonnettes dans le moindre canapé, le moindre matelas, avaient fait des trous dans les murs et lâché des chiens dans les caves et les remises. Les rues menant à Marysin étaient remplies d'enfants terrifiés tenant la main de vieillards hagards et, chaque jour, un train puis un autre les avait tous emportés.

Les seuls bruits qu'on entendait désormais étaient ceux des machines à coudre ou à embosser le cuir et des métiers à tisser, cependant que le ghetto travaillait pour vivre une vie qui n'avait plus grand intérêt pour personne. À quoi bon vivre sans une génération pour montrer le chemin, et une autre pour prendre la relève ? À quoi bon travailler encore, s'il s'agissait uniquement de prolonger de quelques jours cette existence misérable ?

Certains avaient survécu. Ruth et Sarah étaient sorties de leur cachette la veille et revenues chez elles, mais Martha était partie, refusant de laisser ses enfants prendre le train sans elle ; depuis, Noah restait dans un coin, où il tirait sur ses boucles brunes en pleurant. Il avait essayé de suivre sa famille, mais avait été repoussé des wagons à bestiaux bondés – ses larges épaules valant trop aux yeux des nazis pour le laisser filer.

La famille Pasternak-Abrams était réunie autour de la table. Personne n'avait envie de manger.

— Ils nous auront, la prochaine fois, dit Ruth d'une voix chancelante mais sur un ton définitif.

— La prochaine fois, oui, répéta Sarah en regardant le sol. Tu devrais partir, Ester. Partez donc, Filip et toi, comme on l'a fait pour Leah. Je serais prête à mourir pour que vous puissiez le faire, sincèrement.

— Moi aussi, renchérit Ruth. Sans une hésitation.

Les maris posèrent un bras sur les épaules de leur femme en hochant la tête solennellement.

— Nous avons survécu, dit Mordecai. Nous avons été jeunes, nous avons eu des enfants, nous avons été heureux de nombreuses années, mais vous… vous êtes jeunes. Ester, essaie donc d'entrer en contact avec Ana et Bartek. Partez d'ici et vivez – pour vous, pour nous, et pour les enfants qui perpétueront nos lignées.

Il ouvrit les mains devant lui et conclut d'une voix tremblante :

— Je vous en prie. Il faut que vous essayiez. Faites-le pour nous.

Ester regarda Filip. Elle résistait à l'envie de partir depuis longtemps déjà, convaincue qu'on avait besoin d'elle dans le ghetto. Mais à quoi servirait une infirmière sans patients désormais ? Une sage-femme sans futures mères ? Pourtant, elle se sentait coupable à la simple idée d'envisager la fuite. Filip passa un bras chaud et rassurant autour de sa taille et déposa un petit baiser sur sa joue.

— Il est temps, en effet, dit-il. N'est-ce pas, Ester ?

Elle fit non la tête, les yeux embués de larmes ; mais la vérité, c'était qu'elle ne savait plus du tout que faire, alors que cela paraissait si clair pour ses proches.

— Oui, il est temps, concéda-t-elle.

13

Février 1943

Ana

Ana déplia le papier cartonné et en lut le contenu pour la centième fois. On y voyait le visage grave d'Ester au-dessus de son nouveau nom bien polonais : Emilia Nowak. Emilia était désormais une bonne catholique de Łęczyca, travaillant comme infirmière à Varsovie. Ana ayant conservé des contacts de l'époque où elle faisait ses études de sage-femme, elle avait trouvé un poste à Ester/Emilia afin que « Filip Nowak » et elle aient un lieu où aller dans la capitale. Ils avaient longuement réfléchi au fait de déclarer Filip comme tailleur, la plupart des ouvriers du textile de Łódź étant juifs, mais il avait besoin de travailler et l'on comptait quantité d'entreprises textiles renommées à Varsovie ; il était donc devenu un natif de Varsovie voyageant à Łódź pour affaires. La seule chose qui manquait sur leurs cartes d'identité était leurs empreintes digitales, qu'ils ajouteraient eux-mêmes une fois sortis du ghetto – s'ils parvenaient un jour à en sortir.

Ana replia la carte et la rangea dans une boîte en fer en soupirant. C'était la quatrième fois qu'ils prévoyaient une évasion pour le jeune couple, et ç'avait encore été un échec. Un ingénieux charpentier membre de la Résistance avait confectionné un double fond dans l'une des charrettes transportant des denrées dans le ghetto ; si de nombreuses personnes avaient pu s'échapper par ce moyen ces deux derniers mois, l'entreprise n'avait rien de simple. Habituellement, les charrettes entraient dans le ghetto chargées de légumes et en ressortaient avec les articles fabriqués dans les ateliers, mais, au vu du nombre d'évasions lors de ces deux premiers mois de 1943, la police juive et les officiers nazis avaient renforcé leur surveillance, si bien qu'il était souvent impossible de trouver un moment pour faire monter les fuyards dans le compartiment secret.

Quatre fois, Ana avait attendu avec anxiété l'arrivée de la charrette dans la ruelle ; et quatre fois, le conducteur s'était approché en secouant tristement la tête. Elle commençait à croire que jamais ils n'y arriveraient, alors que la situation devenait de plus en plus critique. Au sein de la Résistance, on disait que les exécutions avaient cessé à Chelmno. Ce qui semblait être une bonne nouvelle, jusqu'à ce qu'ils aient vent de rumeurs d'activités encore plus inquiétantes dans les camps de concentration, et notamment celui d'Auschwitz. On disait que les Allemands y construisaient des crématoriums géants, ce qui ne pouvait signifier qu'une seule chose : que les nazis ne se contentaient plus de « contenir » la population juive et commençaient à l'éliminer à grande échelle. Un peu partout en Pologne, on démantelait les plus petits ghettos ; les plus grands ne tarderaient pas à voir leur tour venir, quelle que soit la force de travail de leurs occupants. Il fallait absolument faire sortir Ester et Filip, et vite.

— Peut-être qu'on devrait trouver un autre procédé s'ils surveillent les véhicules à ce point, dit Alekzander.

— Comme quoi ?

— Une fille est dans un groupe qui travaille sur le creusement d'un tunnel à partir d'une vieille cave. Ça va prendre du temps avant de parvenir à sortir du périmètre, mais si nous pouvions le finir, cela permettrait de faire passer beaucoup de gens. Je me renseigne pour en savoir plus.

Ana eut un pincement au cœur. Son cadet avait une détermination de fer, et elle l'admirait pour cela, mais elle avait aussi très peur pour lui.

— Tu seras prudent, Zander, hein ?

— Bien sûr. Ne t'inquiète pas pour moi, maman. Jakub fait un travail formidable avec les cartes d'identité, alors c'est à moi de trouver le moyen pour que les gens puissent s'enfuir et s'en servir.

Jakub lui sourit. Il était effectivement devenu expert en faux papiers et avait créé seul une réplique presque parfaite du timbre officiel. Le problème majeur restait de parvenir à exfiltrer les gens.

— Ne t'en fais pas, maman, renchérit-il. On va faire sortir Ester et Filip sans tarder, et ils pourront aller à Varsovie pour dire adieu à cette maudite guerre. Les Russes se battent très bien de leur côté et font reculer les nazis. Le vent tourne, j'en suis certain. Encore un an, et nous pourrons tous aller voir Filip « Nowak » pour lui demander de nous confectionner de beaux costumes afin de fêter la victoire des Alliés.

Ana sourit à ses deux fils.

— Vous êtes de bons garçons. Je sais que Dieu vous aime autant que votre père et moi. Maintenant, cachons bien ces papiers, en espérant qu'ils puissent servir bientôt.

Alekzander se leva et alla détacher une latte du parquet mais, au moment même où Ana allait loger la petite boîte en fer dans le compartiment en dessous, on frappa vigoureusement à leur porte.

— Vite ! chuchota Jakub.

— Ouvrez ! cria une voix avec un fort accent allemand. Ouvrez, tout de suite !

Ana glissa la boîte dans sa cachette.

— J'arrive ! lança-t-elle en marchant bruyamment vers la porte avant de se mettre à triturer la serrure, le temps de laisser les garçons remettre en place la latte du parquet.

La porte tremblait encore sous les coups quand elle l'ouvrit enfin.

— Désolée, mes doigts ne sont plus aussi agiles qu'autrefois, dit-elle dans un allemand impeccable.

Cela prit les hommes au dépourvu et celui posté en premier se découvrit même devant elle, mais il n'était pas seul ; quatre SS d'un coup, ce n'était pas une visite de courtoisie.

— Que puis-je faire pour vous ?

Un officier plus âgé passa devant.

— Frau Kaminski, nous pensons que vous êtes en contact avec des membres de la Résistance. Nous pensons que votre famille est au cœur d'une opération de falsification qui est illégale au regard de la loi polonaise, et constitue en outre un acte de sabotage délibéré envers le Troisième Reich.

— Du sabotage ? Moi ? fit Ana en s'efforçant de ne pas trembler.

— Votre famille, rectifia l'officier avant d'entrer brusquement et d'ordonner à ses hommes : Fouillez ce logement.

Les trois autres entrèrent à leur tour et se mirent à tout retourner et inspecter, sans la moindre précaution. Ana était livide. Cet appartement n'était peut-être pas le leur mais ils s'y étaient attachés depuis deux ans qu'ils vivaient là, et elle avait mal au cœur de le voir ainsi malmené par ces monstres de SS. Une nouvelle vague de haine monta en elle, qui lui donna la force de s'interposer :

— Il n'y a aucune fraude dans cette maison, messieurs. Nous sommes tous d'honnêtes gens, qui vivons dignement de notre travail.

— Quel travail, au fait ? Vos papiers, je vous prie.

Il regarda Ana, puis Zander, mais s'attarda plus longuement sur Jakub.

— Vous travaillez à l'imprimerie ?

— Oui.

— Et qu'est-ce que vous imprimez, là-bas ?

— Toutes sortes de choses. Des livres, des documents…

— Des cartes d'identité ?

— Nous en avons fait, en effet, quand elles nous étaient demandées par le Reich.

Le soldat attrapa Jakub par le col et le plaqua contre le mur.

— Ou par des clandestins.

— Non, suffoqua Jakub. Seulement par le Reich, monsieur.

Du coin de l'œil, Ana vit qu'un des SS se trouvait tout près de l'endroit où la boîte était dissimulée sous le parquet. Elle se força à en détourner le regard afin de ne pas attirer l'attention sur cet emplacement. Si par malheur ils trouvaient les photos d'Ester et de Filip, ils se mettraient à leur recherche et les tueraient sans hésiter. Il ne restait plus qu'à espérer que Zander ait eu le temps de tout bien remettre en place.

L'officier relâcha Jakub aussi brutalement qu'il l'avait empoigné.

— Alors ? Vous avez trouvé quelque chose ? demanda-t-il à son équipe.

Ses hommes firent non de la tête et, à son grand soulagement, Ana vit que le soldat s'était éloigné du coin critique du parquet. Ils partirent à pas lourds vers les chambres. S'il n'y avait rien d'agréable à l'idée que ces brutes fouillent dans leurs affaires personnelles, c'était tout de même mieux que de risquer de trouver des pièces compromettantes.

— Cela dit, ce n'est pas si important, dit l'officier principal en tournant autour d'eux comme un prédateur. Nous avons déjà des informations selon lesquelles votre famille est impliquée dans des malversations. Ça nous suffit.

— Des informations venant d'où ? demanda Zander.

— D'une source. Une source bien informée.

— Une source rouée de coups, j'imagine, jeta Zander.

Ana voulut prendre la main de son fils pour le calmer, mais l'officier arbora un petit sourire en coin.

— C'est incroyable comme les gens peuvent parler quand on les… encourage un peu, dit-il avant de se planter face à Zander. Comme vous l'apprendrez bientôt par vous-même.

Ana vit Jakub jeter un coup d'œil en direction de la porte et se prit à souhaiter qu'il s'enfuie tout de suite. Avec les trois autres SS dans les chambres, celui-là ne prendrait sûrement pas le risque de la laisser seule avec Zander pour le poursuivre. Semblant lire dans ses pensées, l'officier la prit soudain par le bras, qu'il lui tordit dans le dos, lui arrachant un cri de douleur.

— Un seul geste de travers, les garçons, et votre mère est morte.

Il sortit un pistolet de l'étui accroché à sa ceinture et le pointa sur la tête d'Ana. Un frisson la parcourut au contact de cet objet de mort, mais après tout, quelle importance ? Elle en mourrait, si ses garçons se faisaient embarquer. Mais pour l'heure, les trois officiers revenaient des chambres et tout n'était pas perdu. Et puis, par chance, Bartek et Bronislaw n'étaient pas là.

— Alors ? aboya le chef à ses hommes.

— Juste ça, chef : des outils un peu bizarres…

L'un d'eux brandit la sacoche médicale d'Ana et en sortit les forceps, qu'il fit claquer en l'air.

— Ça sert à extraire un bébé du corps de sa mère, dit Ana, qui eut presque envie de rire en le voyant soudain lâcher l'objet comme s'il était brûlant. Et ça, continua-t-elle avec un signe de tête vers son couteau, c'est pour couper le cordon ombilical afin que le bébé puisse être emmailloté et que le placenta puisse être éjecté.

Les quatre hommes affichèrent une moue de dégoût, qui ne fit qu'attiser la haine qu'Ana ressentait pour eux.

— Vous êtes tous passés par là, poursuivit-elle, quand vous étiez de beaux et innocents nouveau-nés, quand…

— Ça suffit !

Le chef pressa à nouveau son arme sur elle, plus fort.

— Sainte Marie, mère de Dieu, murmura-t-elle pour tenter de se rasséréner.

Mais sa prière lui valut uniquement un coup de pied dans la jambe.

— La ferme, avec ces bondieuseries. C'est le Reich, maintenant. C'est fini, ces superstitions débiles ! Allez, dehors !

Il la poussa en direction de la porte et Ana, en dépit de la vigueur de sa haine, se sentit brusquement faiblir sous le coup de la peur.

— Où allons-nous ?

— Aux cellules. Peut-être qu'une nuit ou deux aux bons soins de la Gestapo vous remettront les idées en place.

— Mais elle n'a rien fait ! protesta Jakub. Emmenez-nous, mais laissez-la. Ce n'est qu'une vieille dame, et une sage-femme. Elle est innocente.

— Dans ce cas, elle n'a rien à craindre, ironisa le chef. Allez, on sort !

Il poussa Ana dans l'escalier où elle sentit tout de suite la morsure du froid.

— Mon manteau, dit-elle. Je peux prendre mon manteau ?

L'officier poussa un grognement tandis qu'un de ses hommes décrochait le manteau pendu à la patère en le palpant. La mine victorieuse, il sortit un petit tube en fer-blanc d'une des poches et le tendit à son chef.

— Ah ah ! Qu'est-ce que c'est que ça ?

À son grand soulagement, il lui lâcha le bras pour retirer le minuscule couvercle de la boîte à poudre dentaire.

— Ce sont mes papiers médicaux, répondit-elle. Je les garde au sec dans cette boîte.

— Bien sûr, bien sûr, grinça-t-il avant d'en extraire les papiers attestant effectivement de sa qualification de sage-femme.

Il se rembrunit en les lisant, les remit dans la poche sans plus de commentaires et jeta son manteau à Ana.

— Allez, dehors, maintenant ! répéta-t-il avec hargne.

Ana dut alors descendre les marches et rentrer dans un fourgon, talonnée par ses deux fils. Des voisins inquiets observaient la scène depuis leurs fenêtres, et elle pria pour que quelqu'un aille prévenir Bartek et Bronislaw, afin qu'ils ne tombent pas dans le prochain piège des SS. Lorsque les portes du fourgon se refermèrent sur eux, elle se demanda si elle reverrait un jour son cher mari.

La seule bonne nouvelle, c'était qu'ils n'avaient pas découvert la boîte dans la cachette. Au moins Filip et Ester n'avaient-ils pas été trahis. Mais ils n'étaient toujours pas sortis du ghetto et, avec la menace des camps d'extermination planant sur eux, ce nouvel échec lui fit l'effet d'un coup de couteau dans le cœur, aussi douloureux que les souffrances qui ne manquaient pas de l'attendre dans les redoutées cellules de la Gestapo.

Auschwitz-Birkenau

14

Avril 1943

Ester

— Tiens, maman. Essaie de boire ça, ça te donnera des forces.

Ester porta le bouillon aux lèvres de sa mère, mais celle-ci était si faible que le simple fait d'avaler quelque chose semblait désormais représenter un trop gros effort pour elle. L'infirmière mobilisa toute sa patience. On l'attendait à l'hôpital, mais cette patiente-là était encore plus précieuse que les autres à ses yeux.

— C'est bien, maman. Prends ton temps, tu vas y arriver.

Les yeux de Ruth étaient éplorés dans son visage affreusement émacié. Ester vit qu'elle faisait de son mieux pour essayer de boire le bouillon et lui sourit.

— Voilà, c'est bien. Très bien.

Elle parvint à avaler quelques gorgées, et Ester s'autorisa un soupçon d'espoir. L'hiver avait été long et dur avec l'épidémie de tuberculose sévissant dans le ghetto. Ils avaient perdu leur chère Sarah début janvier, emportée par une toux si violente que tous avaient été témoins de ses souffrances, nuit après nuit, si bien que ç'avait presque été un soulagement lorsque Dieu avait fini par la rappeler à lui. Ester avait pleuré cette belle-mère qu'elle n'avait connue qu'en des temps troublés, et tenté de réconforter Filip en le serrant dans ses bras, le soir, quand il laissait jaillir son chagrin dans le noir. Par miracle, Ruth, elle, avait passé l'hiver et, le printemps arrivant, Ester avait la conviction que sa mère pourrait aller mieux – si seulement elle mangeait.

La chose qui leur manquait le plus cruellement était le temps. Les évacuations du ghetto s'étaient interrompues pendant l'hiver – peut-être ces pauvres soldats allemands n'aimaient-ils pas emmener des gens à la mort les pieds dans la neige ? –, mais, depuis la semaine passée, elles avaient repris, et tous ceux qui ne travaillaient pas étaient menacés. Un travail en or attendait Ruth dans une boulangerie – une faveur accordée à Ester par la grand-mère reconnaissante d'un bébé né le premier jour de Hanouka. Si elle parvenait à la sortir de son lit, tout irait donc relativement bien.

— Allez, maman, finis ça, s'il te plaît.

Ruth leva les yeux au ciel mais s'exécuta.

— Je ne sais pas pourquoi tu t'embêtes autant avec moi, ma chérie.

— Parce que je t'aime, maman.

Une larme brilla à l'œil de Ruth, qui tendit un bras maigre pour étreindre sa fille avec une force surprenante.

— Tu es merveilleuse, Ester. Si seulement on pouvait te faire sortir d'ici.

— Je suis contente d'être là, sans quoi je n'aurais pas pu m'occuper de toi.

C'était vrai, mais Ester devait admettre qu'elle avait parfois le cœur serré en pensant que Filip et elle avaient été à deux doigts de s'échapper de cet enfer. À quatre reprises, ils s'étaient cachés dans l'usine de Filip, espérant pouvoir sauter dans une charrette ; mais à chaque fois, la police juive avait fait du zèle, ne leur laissant pas un seul instant pour se glisser à bord du véhicule. Puis était arrivé le terrible message : « Annulé ».

Ester ignorait toujours ce qui s'était passé. Elle n'avait plus aucune nouvelle d'Ana depuis, et son fils Zander ne travaillait plus dans le tram. Tous les soirs, Filip et elle priaient dans leur grenier pour la famille Kaminski, mais elle craignait le pire. Si la Gestapo avait découvert qu'ils aidaient des Juifs, ils n'auraient aucune pitié pour eux, et Ester tremblait à l'idée que ces gens si bons aient péri pour elle.

— Nous devons vivre, à tout prix, lui dit un jour Filip. Pour leur rendre honneur.

Et ils luttaient pour cela, jour après jour, mais cela n'avait rien de simple quand la vie se résumait à s'éreinter chaque jour au travail pour simplement survivre.

Le seul endroit où ils trouvaient encore peu de joie était leur lit. Ester rougit en se rappelant les caresses de Filip, la nuit précédente. « Tu es mon festin, Ester », avait-il murmuré contre sa peau. « Tu es mon concert et ma fête, mon jour et ma nuit. Je n'ai besoin de rien d'autre que toi. »

— Ester !

Elle sursauta, s'arrachant à ce doux souvenir en entendant crier son nom depuis l'escalier. Sur le palier, elle vit Delilah, leur voisine, qui la regardait, les larmes aux yeux.

— Ils arrivent. La police arrive, avec une liste, dit-elle.

Ester sentit son sang se figer.

— Où sont-ils ?

— Derrière chez moi, mais ils avancent vite. On n'aura pas le temps de mettre Ruth dans le placard caché. Elle peut se lever ? Vera a une cave, elle pourrait… Oh !

Horrifiée, Ester vit un policier empoigner Delilah et la pousser violemment sur le côté.

— Ester Pasternak ? demanda-t-il.

Elle acquiesça sans un mot.

— Bien. J'ai ici une liste de personnes qui sont des parasites pour le Reich.

— Des quoi ?

Le jeune policier juif eut la décence de rougir, mais il la toisa et continua d'exécuter sa sinistre mission.

— Des parasites pour le Reich. L'Allemagne ne peut pas se permettre d'entretenir les habitants du ghetto qui ne contribuent pas à la rentabilité économique de la communauté.

— Pardon ?

— Des travailleurs, quoi. Vous le savez bien. S'il vous plaît, ne rendez pas les choses plus difficiles qu'elles ne le sont.

— Pour qui ? rétorqua Ester. Pour vous ? Parce que ça vous fait mal, peut-être, d'envoyer à la mort des personnes sans défense ? À moins que ça vous ennuie juste de faire des heures supplémentaires et de rentrer un peu tard pour vous remplir la panse dans vos maisons bien chauffées, tout cela fourni par les nazis devant lesquels vous faites des courbettes ?

— Ester ! s'affola Delilah derrière l'homme.

Mais elle semblait ne plus pouvoir s'arrêter :

— Pourquoi ? demanda-t-elle en descendant les marches pour se camper face à lui. Pourquoi faites-vous cela ? Pourquoi vendez-vous votre propre peuple à l'ennemi ?

— L'Allemagne n'est pas notre ennemi, affirma le policier. La Patrie est là pour nous protéger.

— C'est ce qu'ils vous ont raconté, n'est-ce pas ? Pouvez-vous m'expliquer en quoi gazer des gens dans des camions serait-il les protéger, je vous prie ?

Il eut un haussement d'épaules.

— Parfois, il faut savoir sacrifier l'individu pour le bien commun.

— Le sacrifice ? Est-ce là ce que notre foi nous enseigne ? Est-ce ce que nous dit la Torah ?

— Eh bien, je…

— Je vais vous rappeler exactement ce que dit la Torah : « Tu te lèveras devant les cheveux blancs, et tu honoreras la personne du vieillard. » Lévitique 19, verset 32. Alors, dites-moi, est-ce honorer les vieillards que de les tirer de leur lit de malades pour les envoyer aux oubliettes par trains entiers ?

Delilah commençait à reculer, craignant sûrement de subir les foudres du policier en même temps qu'Ester. Mais celle-ci ne pouvait pas laisser sa mère partir vers la mort sans opposer un minimum de résistance.

— Écoutez, reprit-elle en se forçant à baisser d'un ton. Ma mère a un emploi dans une boulangerie. Elle doit commencer la semaine prochaine, elle a juste besoin de quelques jours de repos supplémentaires pour récupérer ses forces.

C'était un mensonge, et ils le savaient tous les deux. Mais le policier hésita et Ester se jeta à genoux devant lui.

— Je vous en supplie. Je suis infirmière, je sais comment la soigner. Donnez-nous juste une semaine. Si vous ne la voyez pas à la boulangerie à ce moment-là, vous pourrez la remettre sur votre liste.

Le jeune homme baissa les yeux sur son bloc-notes, prit son stylo et, l'espace d'un instant, Ester crut qu'il allait rayer le nom de sa mère. Mais un officier SS arriva soudain, et le policier se raidit et remit son stylo dans sa poche.

— Tout se passe bien ? lui demanda l'officier allemand.

— Très bien. Je demandais à cette jeune femme d'aller chercher sa mère, qui va être évacuée.

— Parfait.

Le nazi posa ses yeux bleus perçants sur Ester et mit une main menaçante sur son arme.

— Dépêchez-vous. Nous avons autre chose à faire.

Ester le fusilla du regard en même temps qu'une voix frêle s'élevait derrière eux :

— Je suis là, messieurs. Je suis prête.

Elle se retourna et vit sa mère descendre péniblement l'escalier en se tenant à la rambarde.

— Maman ! (Elle courut l'aider.) On ne peut pas les laisser faire, lui souffla-t-elle. Il ne faut pas…

— Il ne faut pas prendre le risque qu'ils t'emmènent, ma chérie, déclara Ruth calmement. Dis à ton père que je l'aime et prends bien soin de lui jusqu'à ce que je le retrouve de l'autre côté.

— Maman, non…

— Allons-y, s'il vous plaît, dit le policier avec sévérité tout en jetant un regard en coin au SS. Ne traînez pas.

Une lente parade défilait dans la rue, encadrée par des nazis armés de matraques. Le policier poussa Ruth vers les autres. Elle trébucha et tomba par terre.

— Debout ! aboya le SS en lui décochant un coup de pied.

Ester explosa.

— Laissez-la tranquille ! cria-t-elle en passant devant eux pour aller aider sa mère. Ça ne vous suffit pas de l'envoyer à la mort, il faut aussi que vous l'empêchiez de marcher jusque-là avec un minimum de dignité ?

— Oh, elle a du tempérament, celle-là, fit le commandant. Une vraie petite panthère juive.

— Je vais la dresser, chef, dit un sous-fifre avec un rictus tout en maniant sa matraque.

Ester recula en serrant sa mère contre elle.

Le commandant ricana.

— Ne vous salissez pas les mains. Toi, dit-il en pointant son arme vers Ester, si tu tiens tellement à ce que ta mère aille à la mort avec dignité, tu n'as qu'à l'accompagner.

— Non ! hurla Ruth. Ester, non, ne fais pas ça. Excuse-toi. Va-t'en, retourne à la maison. Ne viens pas avec moi, je t'en prie. Ne viens pas.

— Trop tard, grinça le commandant. Allez, rentre dans le rang, maintenant.

— Mais…

— J'ai dit, dans le rang !

Il braqua la pointe de son fusil dans le dos d'Ester et mit le doigt sur la gâchette. Elle pressa aussitôt le pas pour rejoindre la triste procession, entraînant Ruth avec elle.

— Gentille petite bête… Bon voyage ! dit le commandant avec un geste de la main comme elles partaient en direction de Marysin.

— Ne t'inquiète pas, murmura Ester à sa mère. Je m'en irai, à la gare. Je dirai que je t'emmenais simplement jusqu'au train. Ils me laisseront partir en voyant mon uniforme.

Mais alors qu'elles avançaient lentement, Ester vit le policier sortir son stylo et, au lieu de barrer le nom de sa mère, ajouter le sien sur sa liste. Il ne serait pas facile de faire entendre qu'elle ne devait pas monter dans ce train.

À la gare, c'était le chaos et Ester fut choquée de voir quantité de jeunes gens parmi les vieux et les infirmes. Elle ne connaissait aucun d'entre eux et supposa qu'il devait s'agir de Juifs en transit venant d'autres ghettos, mais leur présence ici signifiait qu'elle ne sortirait pas du lot comme elle l'avait espéré, et la terreur commença à s'emparer d'elle. Combien de fois avait-elle vu des foules comme celle-ci être poussées et entassées dans des wagons à bestiaux ? Et aujourd'hui, elle allait faire partie de ces convois de l'horreur.

— Filip ! s'écria-t-elle soudain.

Elle ne pouvait pas le laisser ; elle ne pouvait pas mourir. Elle imagina son visage quand il rentrerait chez eux et se rendrait compte de son absence, et ne supporta pas l'idée de lui faire une chose pareille. Hier soir encore, ils étaient si étroitement enlacés qu'ils ne savaient plus où commençait l'un et où finissait l'autre ; et maintenant, ils allaient être séparés, parce qu'elle avait été inconséquente. Pourquoi diable avait-elle choisi ce jour pour ouvrir sa grande bouche et se rebeller de la sorte ? Elle regarda Ruth, faible et terrifiée à côté d'elle, et se rappela pourquoi. Elle n'aurait pas pu laisser sa mère partir seule avec ces monstres.

— Où allons-nous ? demanda-t-elle à l'un des policiers qui les dirigeait vers les wagons.

Il était jeune, avait les yeux noirs et ne cessait de boire à une flasque, comme pour s'anesthésier contre la souffrance.

Elle n'éprouva pas de pitié pour lui mais se dit qu'elle pourrait peut-être profiter de cette faiblesse.

— Allons-nous à Chelmno ? insista-t-elle.

— Non, pas à Chelmno.

— Où ça, alors ?

Il posa sur elle des yeux vitreux.

— À un endroit appelé Auschwitz. C'est un camp.

— Un camp ? s'alarma-t-elle. Quel genre de camp ?

Il haussa les épaules et se détourna, mais Ruth le saisit par le bras.

— Ma fille ne devrait pas être ici. C'est une infirmière. Une infirmière importante.

Il eut un rire sans joie.

— Elle est juive tout de même. Aucun Juif n'est important à leurs yeux.

— Est-ce qu'on pourrait juste voir… ?

Mais l'homme s'était déjà éloigné, et elles étaient presque parvenues aux trains. Les wagons à bestiaux se trouvaient à un mètre du sol et ne contenaient pas de marches. De chaque côté des portes, deux SS se penchaient pour attraper les gens et les hisser à l'intérieur. Instinctivement, Ester souleva Ruth afin de lui éviter cette manipulation brutale. Sa mère resta assise au bord quelques instants, ses jambes pendant dans le vide comme celles d'un enfant, et Ester fut prise d'un intense élan d'amour pour cette femme qui lui avait donné la vie ; mais, déjà, on la poussait vers l'intérieur du wagon pour y entasser encore plus de monde.

— Va-t'en, lui lança Ruth. Recule et sauve-toi, vite. Va retrouver Filip.

Ester opina tout en luttant contre le mouvement de la foule. Son cœur se brisa une nouvelle fois à l'idée d'abandonner sa mère, mais elle ne pouvait plus rien faire maintenant, à part essayer de sauver sa propre peau. Les pieds fermement campés au sol, elle laissa les autres monter à bord devant elle en priant pour qu'il n'y ait bientôt plus de place, ce qui lui laisserait le temps de plaider sa cause. Leur wagon était le dernier du train et, soudain, le moteur se mit en marche et on entendit retentir un sifflet aussi strident que sinistre. Les gardes se mirent à crier et à pousser les derniers, mais il était clair que tout le monde ne pourrait pas entrer dans le wagon.

— File ! cria Ruth une dernière fois avant d'être avalée par la foule.

Ester hocha la tête, les joues striées de larmes. Au même instant, elle aperçut quelqu'un que le mouvement de la foule compressée refoulait vers les portes.

— Ana ?

Elle devait se tromper. La femme en question ressemblait à sa vieille amie, mais elle était si maigre et avait un visage si abattu qu'elle ne pouvait en être sûre. Et puis, que ferait-elle dans ce train, parmi tous ces Juifs ?

— Ester ?

Elles échangèrent un long regard, qui confirma à Ester qu'il s'agissait bien de la sage-femme.

— Qu'est-ce que tu fais là ? lui cria-t-elle.

Les gardes essayaient maintenant de repousser Ana pour refermer les grandes portes. Sans réfléchir, Ester bondit vers son amie, qui poussait un cri de douleur. L'instant d'après, quelqu'un saisissait Ester par la taille et la poussait dans le wagon avec force.

— Non ! hurla-t-elle en se débattant.

Mais la porte se refermait déjà, la pressant contre la masse des corps comprimés dans cet espace sombre, nauséabond et terrifiant. La panique la saisit. Son cœur s'emballa dans sa poitrine. Son souffle se fit court et haletant. Elle pensa à Filip et sentit ses jambes céder sous elle ; mais les pauvres gens entassés autour d'elle étaient trop serrés pour qu'elle eût seulement la place de s'effondrer.

— Pardon, mon amour, sanglota-t-elle. Oh, pardon, pardon !

Suffoquée par les larmes, elle sentit sa tête tourner en même temps qu'un haut-le-cœur la saisissait. Un bras se glissa alors autour d'elle, un bras bienveillant cette fois, qui venait la soutenir.

— Je suis avec toi, Ester, dit la voix d'Ana dans l'obscurité. Je suis avec toi et je ne te lâcherai pas, où que nous allions.

15

Avril 1943

Ana

— Viens, Ester.

Ana prêta main-forte à sa jeune amie qui tentait de descendre du train tout en tenant contre elle le corps de sa mère. Ruth Pasternak était morte pendant la nuit ; leur seul soulagement, c'était qu'elle était partie dans les bras réconfortants de sa fille. Lorsque le train s'était éloigné de Łódź, les gens avaient peu à peu pu changer de place dans le petit espace confiné. Quelqu'un avait réussi à détacher une planche latérale du wagon, laissant pénétrer un peu d'air frais et de lumière, ce qui avait permis aux deux femmes de retrouver Ruth. Cette dernière avait déjà commencé à s'éteindre, et Ana avait prié à leurs côtés tandis qu'Ester accompagnait sa mère dans son ultime voyage. Juste avant son dernier souffle, Ruth avait effleuré le bras d'Ana.

— Vous vous occuperez d'elle ? avait-elle imploré. Vous veillerez sur ma fille ?

— Bien sûr. Avec tout mon cœur.

Ruth avait hoché la tête.

— C'est votre fille, maintenant.

Après quoi, elle avait déposé un ultime baiser sur la joue d'Ester et poussé son dernier soupir. Ester avait pleuré longuement, sans bruit ; en dépit de son inconfort, le long trajet lui avait au moins permis de laisser jaillir son chagrin et d'entamer son deuil.

— Pose ça par terre, aboya un SS à Ester en désignant avec mépris le corps de sa mère.

— Je dois l'enterrer, monsieur.

— L'enterrer ! s'esclaffa-t-il. Où veux-tu qu'on l'enterre ? On est à Birkenau, alors laisse-la ici et elle ira à la fosse, avec le reste.

— Le reste ? répéta Ester tout en avisant la foule qui se déversait des wagons autour d'elle.

— Ne pose pas de questions, lui chuchota Ana. Pardon, Ester, mais il faut que tu la laisses maintenant. Et qu'on avance.

Le train semblait les avoir déposés au milieu de nulle part, et les déportés étaient poussés sur une route, cernés par des chiens hargneux qui ne cessaient d'aboyer. Voyant qu'elles attiraient déjà trop l'attention, Ana prit le corps de Ruth des bras d'Ester et le déposa par terre. Elle retira son foulard et en couvrit le visage de la défunte avant de prendre le bras d'Ester pour l'emmener. *C'est votre fille, maintenant.* Malgré tout l'amour qu'elle avait pour ses garçons, Ana avait toujours désiré une fille. Ce n'était certes pas les circonstances idéales pour en avoir une, mais son vœu venait d'être exaucé. Les voies du Seigneur étaient décidément impénétrables.

Le fait de penser à ses enfants ébranla Ana, qui se cramponna à Ester, autant pour la soutenir que pour bénéficier de son soutien. Elle ignorait ce qui était arrivé à Bartek et à Bronislaw, et ne pouvait qu'espérer qu'ils aient pu s'enfuir de Łódź. Lors du repas du soir, ils discutaient parfois à voix basse de ce qu'ils feraient au cas où on les surprendrait, et Bartek avait pris attache avec des cellules de la Résistance à Varsovie, censées les protéger en cas de besoin. Elle aimait croire qu'ils étaient désormais tous deux à la capitale et les imaginait dans son ancienne école de sage-femme. C'était absurde, elle le savait, mais cette partie de la ville demeurait la plus nette dans son souvenir, et cela l'aidait à garder vivante l'image de sa famille.

Elle ignorait tout autant où l'on avait emmené Zander et Jakub. Les nazis l'avaient harcelée à leur sujet dans la salle d'interrogatoire : « Dites-nous tout ce que vous savez, sinon ils vont le payer cher. » Lors de ces discussions chuchotées autour du repas, ils étaient convenus de ne jamais parler s'ils se faisaient prendre, et surtout de ne jamais livrer de nom. À vrai dire, Ana ignorait si elle aurait la force d'affronter la brutalité des méthodes nazies, mais Dieu avait été à ses côtés dans cette sinistre salle, et sa lumière l'avait aidée à tenir bon. Ses tortionnaires avaient fini par jeter l'éponge en lui assénant qu'elle n'était qu'une vieille chouette stupide et ignorante, et qu'elle serait mieux dans un camp où on lui donnerait « une bonne éducation, à l'allemande ». Aujourd'hui, elle y était.

La route s'étendant devant elles traversait une zone marécageuse avant de s'enfoncer par une entrée en arche dans un grand bâtiment en brique flanqué de gigantesques doubles clôtures. Les féroces fils de barbelé étaient soutenus par de gros piliers de béton, et surveillés à intervalles réguliers par de hautes tours de guet en bois. De grands panneaux accrochés aux clôtures annonçaient un risque d'électrocution. Ana frémit à l'idée de se retrouver enfermée là. À côté de cet endroit, le ghetto de Łódź avait l'air d'une aire de jeux pour enfants.

— C'est donc ça, le camp ? demanda Ester en relevant enfin la tête. Birkenau ? Je croyais qu'on allait à Auschwitz.

— Auschwitz-Birkenau, lança un garde près d'elle avec un rictus. C'est un magnifique camp, tout beau, tout neuf, et super efficace.

Il eut un petit rire sardonique et les força à se mettre en rang avec trois autres femmes. Ana vit qu'on les rangeait en deux colonnes, hommes et femmes séparés, tous en rangs de cinq, pour entamer leur marche inexorable vers les barbelés. Elle avait envie de reculer, de résister, mais les Allemands leur imposaient un rythme soutenu et continu et frappaient ceux qui traînaient ou trébuchaient. Il n'était pas aisé de tenir la cadence, car ils n'avaient eu ni eau ni nourriture dans le train, et Ana se sentait dangereusement fébrile. Pendant quelques instants, elle envia presque Ruth d'avoir échappé à cet enfer, avant de se morigéner de cette faiblesse. Il y avait une raison à sa présence ici ; simplement, Dieu ne la lui avait pas encore révélée.

De toute évidence, la route sur laquelle ils marchaient était destinée à devenir une voie ferrée. Des ouvriers se tenaient sur les bords, formant un étrange comité d'accueil, leurs pelles posées sur leurs frêles épaules. Ana nota leurs silhouettes émaciées et leurs regards fiévreux, et fut une fois encore tentée d'interrompre cette marche forcée. Pourquoi ces gens se laissaient-ils tous maltraiter avec une telle docilité ? Pourquoi laissaient-ils les nazis les enfermer dans des ghettos et dans des camps ? Il y avait beaucoup plus de prisonniers que de gardes ; si tous se révoltaient, ils pourraient mettre un terme à cette infamie.

Mais il lui suffit d'aviser les fusils qui l'entouraient pour savoir que ce n'était pas vrai. Les Allemands abattraient les insurgés, les jetteraient dans la fosse avec Ruth et « le reste », et qu'auraient-ils gagné, au bout du compte ? Rester en vie était la seule arme dont ils disposaient pour le moment. Elle échangea un regard avec un prisonnier tandis que leur misérable colonne s'arrêtait devant les portes. L'homme fit un petit pas vers elle.

— Essayez d'avoir l'air d'être en bonne santé, lui souffla-t-il, à son grand étonnement. Il *faut* avoir l'air d'être en bonne santé. Surtout elle, ajouta-t-il en désignant l'étoile jaune sur le manteau d'Ester.

Ana vit qu'il avait lui-même un triangle jaune de cousu sur son uniforme, assorti d'un numéro. Avisant la ligne des ouvriers, elle constata que la plupart d'entre eux arboraient le même signe – seuls quelques-uns avaient des triangles rouges ou verts. Ils étaient tous affreusement maigres et affublés de ridicules uniformes à rayures, bien trop fins pour le froid qu'il faisait.

— Sinon, quoi ? demanda-t-elle.

En guise de réponse, il eut un signe de tête en direction du fond du camp, où cinq hautes cheminées dépassaient de la cime des arbres. Ana retint son souffle, comprenant tout à coup que c'était là ce que sous-entendait le soldat quand il avait parlé d'un camp « super efficace ». Elle se souvint alors des rumeurs évoquant les fours crématoires que l'on construisait à Auschwitz, et la fameuse « solution finale » inventée par les nazis pour résoudre la prétendue « question juive ». C'était l'une des raisons pour lesquelles elle avait redoublé d'efforts afin de faire sortir Ester du ghetto ; et à présent, par un étrange revirement du destin, voilà qu'elle se retrouvait précisément là, avec elle.

C'est votre fille, maintenant.

Ana regarda derrière elle et fut saisie d'une brusque envie de courir vers la dépouille de Ruth, de la secouer pour la ramener à la vie et de lui dire que non, elle n'y arriverait pas, elle ne pourrait pas sauver sa fille. Ce qui était totalement absurde, naturellement. Les portes venaient de s'ouvrir avec un bruit sinistre et, déjà, les déportés pénétraient dans l'enceinte du camp. Elle scruta les lieux, la curiosité l'emportant quelques instants sur l'angoisse. Le camp était immense. Devant eux, la voie par laquelle ils arrivaient se divisait, bifurquant vers diverses zones où l'on posait des rails – de toute évidence, les Allemands se préparaient à réceptionner quantité de nouveaux convois à l'intérieur de l'enceinte.

Sur la gauche, de longues rangées de baraquements s'étendaient parallèlement à la voie, derrière de nouvelles clôtures de barbelés. Ils semblaient être groupés par six, les trois premiers en bois, les autres en brique, chacun devant peut-être pouvoir abriter une cinquantaine de personnes. Ana essaya de calculer la population que pouvait contenir cet enfer, mais elle ne parvenait pas à voir jusqu'où se prolongeaient les baraquements en direction des arbres, et renonça vite à sa comptabilité.

Sur la droite, le camp était au moins cinq fois plus grand. Là, les baraquements avaient été érigés perpendiculairement à la voie, et répartis en sections clôturées s'étendant à perte de vue. Entre ces zones, la terre était retournée et boueuse, mais la totalité des lieux se révélait étrangement déserte. Elle jeta un coup d'œil à la montre au poignet de son amie : il était neuf heures du matin. Peut-être les gens étaient-ils au travail ? Cette idée lui redonna de l'espoir, mais elle se rappela le conseil de l'ouvrier – avoir l'air d'être en bonne santé – et tourna les yeux vers l'autre côté du camp, où le vert éclatant et printanier des arbres contrastait avec le reste de ce lugubre décor. Les cinq cheminées crachaient une épaisse fumée grise, et elle reconnut dans l'air une odeur de chair calcinée.

— Dieu nous garde, murmura-t-elle en serrant plus fort le bras d'Ester. Redresse-toi, Ester. Aie l'air saine et forte.

— Quoi ?

L'esprit encore embrumé par le chagrin, Ester la regarda sans comprendre.

— Fais ce que je viens de dire, lui intima Ana.

Leur groupe venait d'arriver devant un homme en uniforme de SS décoré de galons. Il scrutait attentivement chaque prisonnier que l'on poussait devant lui puis, du bout de sa matraque, lui indiquait s'il devait aller à droite ou à gauche. Tout le monde comprit rapidement que ceux aiguillés à droite étaient jugés inaptes au travail. Ana regarda une nouvelle fois la fumée grise et se força à se redresser, la tête haute. Comme dans le ghetto, les nazis gardaient uniquement ceux qui pouvaient leur être utiles.

— Vous !

Son cœur bondit dans sa poitrine comme on la poussait en avant. L'homme la dévisagea avec curiosité et avisa l'hématome sur sa joue.

— Elle a l'air un peu vieille, Herr Doktor, dit quelqu'un derrière lui.

Ana sentit tout de suite que l'instant était décisif.

— Vieille, mais forte, lança-t-elle, heureuse d'entendre sa voix sortir sans trembler. Je suis infirmière, monsieur, et sage-femme.

— Sage-femme !

Le sous-fifre ricana mais le docteur la toisa avec un supplément d'intérêt.

— Pouvez-vous le prouver ?

Le cœur battant, Ana sortit de sa poche son petit tube de fer-blanc et essaya – vainement – de l'ouvrir. Le docteur claqua des doigts. Son subalterne prit le tube des mains d'Ana et l'ouvrit ; les papiers en sortirent et le docteur les déplia pour les lire avant de hocher la tête.

— Très bien. À gauche, dit-il en tournant les yeux vers son aide de camp. Bloc 17.

— Mais, Herr Doktor…

— J'ai dit, bloc 17 ! aboya-t-il.

— Bien, Herr Doktor.

Ana prit son courage à deux mains et demeura quelques instants de plus face au docteur. Elle remarqua que ses mains tremblaient légèrement et que ses yeux avaient la légère patine de celui qui a bu. À cette heure de la matinée, cela signifiait probablement que cette tâche lui était pénible. Croisant les doigts derrière son dos pour avoir l'aide de Dieu, elle reprit la parole :

— Cette jeune femme est mon assistante.

— Celle-là ?

Il agita une main et son subalterne poussa Ester en avant.

— Elle est très maigre, commenta-t-il.

— Et très douée.

— Très bien. À gauche.

Le sous-fifre devint écarlate.

— Herr Doktor…

— Ça suffit ! rugit son chef. Il y a de nouvelles directives que tu ne connais même pas, imbécile. Alors laisse-moi faire mon boulot, maintenant.

L'homme enrageait visiblement, mais Ana ne s'en souciait guère. Elle prit le bras d'Ester et s'empressa de partir vers la gauche, navrée de ne pouvoir aider ceux qui étaient relégués de l'autre côté, mais consciente que leur propre survie était déjà une petite victoire. La question, maintenant, était de savoir ce qui se passait dans le bloc 17.

— Vous ! Les deux sages-femmes, là !

La femme SS les poussa toutes deux dans le dos en même temps qu'elle ricanait.

— C'est un noble métier, ça, pas vrai, Klara ?

Une forte femme aux bras comme des jambons et au visage peu avenant avança vers la porte et s'approcha d'elles à grands pas.

— Très noble, en effet, Aufseherin Grese, approuva-t-elle avec un rictus. La vie est sacrée, et tout ce charabia.

Ana essaya de voir l'intérieur du baraquement derrière elle, mais elle remplissait littéralement l'encadrement de la porte.

— Voici Schwester Klara, leur dit Grese. Elle est sage-femme aussi. Du moins, elle l'était.

— On m'a retiré ma licence, déclara fièrement Klara. Pour infanticide.

Ana sentit son sang se figer.

— Infanticide ? murmura-t-elle.

— Avortements, dit Klara sans la moindre émotion. C'est un crime – mais pas de l'avis des femmes dont je me suis occupée, je précise. Pourquoi renoncer à sa propre vie pour élever un morveux de plus ?

— Absolument, approuva Grese avec un sourire sournois à Ana et Ester. Schwester Klara a pu parfaire son art ici, à Auschwitz-Birkenau.

— C'est exact, commenta l'intéressée avec un air de suffisance. Je suis capable de faire passer n'importe quel bébé, maintenant.

Ana jeta un regard à Ester, mais toutes deux demeuraient impavides. Elles commençaient déjà à apprendre comment fonctionnait ce camp. Leur arrivée jusqu'ici avait été un premier exercice de soumission à l'humiliation. On les avait menées dans un grand bâtiment vers le fond du camp, non loin de ceux avec les cheminées ; là, on leur avait ordonné de se déshabiller. Les officiers – des hommes, majoritairement – n'avaient pas hésité à accélérer la manœuvre en faisant claquer leurs fouets, et elles n'avaient eu d'autre choix que de se débarrasser de tous leurs vêtements pour rester devant eux entièrement nues.

Ensuite, avec une lenteur insupportable, on les avait fait défiler sous les regards goguenards des soldats, et des prisonniers munis de grands ciseaux les avaient tondues, avant de raser tout le reste de leur corps avec des rasoirs affreusement tranchants. Ana, qui avait eu trois enfants, avait simplement fermé les yeux en prenant sur elle, mais elle avait vu la honte et l'indignation outrée dans les yeux d'Ester et avait dû lutter pour ne pas laisser exploser sa rage. Heureusement, la tâche avait été accomplie rapidement, et elles s'étaient vite retrouvées devant un petit prisonnier muni, lui, d'une aiguille.

— Le bras.

— Pardon ? avait-elle demandé, ne comprenant pas.

— Donnez-moi votre bras.

Il avait pris son bras avec une douceur surprenante, mais l'avait tenu fermement, le temps de tatouer un numéro sous sa peau : 41401. Il y avait donc plus de quarante mille femmes qui avaient franchi ces sinistres portes avant elle, s'était-elle dit. Combien étaient encore vivantes ?

La question la hantait toujours quand on les mena dans une salle sombre pour « prendre une douche ». À Łódź, la rumeur prétendait que les chambres à gaz fonctionnaient comme des salles de douche ; Ester et Ana s'étaient agrippées l'une à l'autre lorsque les portes s'étaient fermées avec fracas tandis qu'un bruit de tuyauterie se faisait entendre. Toutes deux avaient poussé un gémissement de soulagement quand de l'eau, froide mais saine, avait commencé à pleuvoir sur leur corps.

Sitôt cette étape finie, elles s'étaient remises en file indienne pour se faire attribuer des hauts et des jupes grossières à rayures. Celle d'Ester était bien trop grande pour sa petite taille, mais elle n'avait pas le droit à une ceinture ou à un lien, si bien qu'Ana avait fini par effectuer une sorte de nœud en haut de la jupe afin qu'elle cesse de lui tomber sur les chevilles. On ne leur avait fourni ni sous-vêtements ni chaussettes – juste des sabots en bois rudimentaires qui leur faisaient déjà mal aux pieds, le temps de marcher jusqu'au bloc 17. Et maintenant, elles avaient face à elles une sage-femme meurtrière.

— Personnellement, je suis entrée dans le métier pour sauver la vie des bébés et des mères, osa répondre Ana.

Schwester Klara la regarda de haut.

— Comme c'est mignon, dit-elle avant que son expression se durcisse. Eh bien, le moment est venu de te reconvertir, *blöde Kühe*.

Ana avait entendu de pires insultes que « vache stupide » au cours de sa vie, et elle ne comptait pas laisser cette femme aigrie l'intimider ainsi.

— Dans ce cas, montrez-nous les lieux.

— Ça ne va pas tarder.

La nommée Klara recula enfin et, avec un geste de la main très exagéré, les invita à entrer dans le baraquement. Ana fit quelques pas à l'intérieur avant de se figer, horrifiée. La puanteur était infâme – un mélange de sang, de sueur, d'excréments et d'autres odeurs corporelles. Quelque chose courut soudain devant elles et Ester poussa un hurlement.

— Un rat !

Klara le chassa à coups de pied – des pieds chaussés de grosses bottines probablement très confortables, nota Ana.

— Cette vermine adore cet endroit, dit-elle, presque avec tendresse. C'est qu'il y a plein à manger, comme vous pouvez le voir.

Elle tendit le bras vers une rangée de couchettes. S'adaptant peu à peu à l'obscurité, Ana vit alors qu'il y avait là une centaine de femmes entassées les unes sur les autres – peut-être à cinq ou six par double couchette. La plupart étaient à un stade avancé de grossesse, et leur ventre formait une protubérance obscène sur leur corps émacié. Elle s'approcha et constata que l'une d'elles luttait déjà contre de violentes contractions.

— Cette femme est en plein travail ! s'exclama-t-elle.

— Ça arrive, dit Klara tout en examinant la saleté qu'elle avait sous les ongles.

— Sortez-la de cette couchette.

— Pour quoi faire ?

— Parce qu'il faut qu'elle bouge pour soulager la douleur, évidemment. Ester.

Ester accourut et toutes deux aidèrent la pauvre femme à s'extraire de la couchette. Les autres levèrent à peine les yeux pour les regarder, et Ana se sentit au désespoir face à la résignation qu'elle sentait chez elles.

— Venez, dit-elle à la parturiente, marchez un peu avec moi. Ça apaisera les contractions.

La femme la considéra avec étonnement mais s'appuya volontiers sur son bras pour faire quelques pas. Le couloir entre les couchettes bondées était étroit et le baraquement ne devait pas compter plus de quarante pas mais, lorsqu'elles eurent effectué l'aller et retour, la femme marchait déjà un peu plus facilement.

— Où est-ce qu'elles accouchent ? demanda Ana à Klara, qui la suivait des yeux avec un air amusé, adossée contre un mur.

— Là où ça tombe.

Ana se mordit la lèvre et regarda autour d'elle. Il n'y avait qu'une seule chaise, sur laquelle était affalée une femme. Son uniforme de prisonnière était curieusement serré et décolleté, révélant une poitrine basse et généreuse. Ses cheveux longs et épais détonnaient parmi les crânes rasés autour d'elle, d'abord en raison de leur simple présence, mais aussi de leur couleur d'un roux éclatant. Elle arborait un triangle noir la désignant comme une « asociale » – une prostituée, probablement.

— Pourriez-vous vous lever, s'il vous plaît, lui dit Ana. Nous avons besoin de cette chaise.

— Pour quoi faire ? répondit la femme d'une voix traînante.

— Pour cette pauvre femme qui a des contractions.

— Pour cette pauvre *Juive* qui a des contractions, corrigea-t-elle, son joli visage soudain déformé par la haine.

— Ça ne change rien à l'affaire.

— Ah, vous croyez ?

Elle se carra dans sa chaise, rejetant en arrière sa chevelure rousse dans un mouvement théâtral.

— Vous entendez ça, Klara ? « Ça ne change rien à l'affaire ». C'est qui, ces deux *Dummköpfe* ?

Ana ne se laissa pas impressionner.

— La chaise, s'il vous plaît.

Klara poussa un soupir exagéré.

— Allez, laisse donc la *Dummkopf* prendre cette chaise, Pfani, et voyons un peu ce qu'elle va en faire.

Pfani se leva plus lentement que nécessaire, prit la chaise et la planta devant Ana.

— Merci.

Ana lui tourna le dos et fit asseoir la parturiente avant de lui montrer comment se pencher en avant pour soulager la pression de son dos. Les contractions étaient rapprochées ; de toute évidence, l'enfant ne tarderait pas à arriver. Ana s'accroupit face à elle.

— Respirez, lui dit-elle. Comme ça.

Elle lui montra la façon dont il fallait haleter pour lutter contre la douleur et vit une lueur d'espoir s'allumer dans ses yeux comme la femme semblait répondre à la recommandation.

— C'est bien. Très bien. Comment vous appelez-vous ?

— Elizabet, haleta la femme.

— Quel joli nom. Maintenant, Elizabet, quand la douleur s'arrêtera, je vais regarder où vous en êtes.

— Merci, souffla-t-elle avant de pousser un cri de douleur déchirant.

Ester s'approcha et invita la femme à s'asseoir tout au bord de la chaise avant de relever sa jupe.

— Le bébé arrive, dit Ana en voyant la couronne.

Tout s'effaça alors autour d'elle – le baraquement infâme, l'uniforme rêche et trop grand, les ampoules aux pieds dans ses sabots.

— À mon signal, vous allez pousser, Elizabet. Trois, deux, un… poussez !

Elizabet se cramponna à Ester et, dans un rugissement, poussa. Autour d'elles, les femmes s'étaient assises dans leurs couchettes et les encourageaient timidement.

— Bravo, fit Ana. La tête est sortie. C'est presque fait. Reposez-vous quelques instants, et on recommence. Trois, deux, un… poussez !

Elizabet se leva à demi en se tenant toujours à Ester et poussa de toutes ses forces.

— Ça vient, dit Ana. Le bébé arrive. Encore une poussée et vous pourrez le prendre dans vos bras.

Derrière elle, elle entendit Pfani et Klara ricaner, mais Klara ordonna à la prostituée d'aller chercher le seau, ce qui lui laissa supposer qu'elles se préparaient peut-être à les aider.

— Allez, une dernière poussée.

Elizabet lâcha un nouveau rugissement et son bébé apparut, petit mais parfait.

— C'est une fille ! s'écria Ana en cherchant un linge autour d'elle – avant d'essuyer le bébé sur sa jupe, ne trouvant rien d'autre. Félicitations, vous avez une jolie petite fille.

Elizabet se laissa retomber sur la chaise et sourit, exténuée.

— Merci, souffla-t-elle. Merci infiniment.

Elle tendit les bras vers son enfant et Ana chercha des ciseaux pour couper le cordon. Pfani lui tendit un couteau. Il était émoussé et légèrement rouillé mais, en l'absence d'alternative, Ana l'essuya sur sa jupe pour tenter de le nettoyer un peu, puis elle serra les dents et entreprit de trancher le cordon.

— Excellent, chère collègue, dit Klara. Très… instructif. À mon tour de vous montrer, maintenant.

Sur ce, elle prit le nouveau-né des mains d'Ana et le lâcha sans ménagement dans un seau rempli d'eau.

— Attention ! s'indigna Ana. Vous allez la noyer ! Sœur Klara… Arrêtez !

Elle se redressa d'un bond et saisit l'un des bras dodus de Klara tandis qu'Ester lui empoignait l'autre, mais la femme était forte et maintenait fermement le petit être sous l'eau. Ana eut la sensation que ses propres poumons étaient en train de se remplir de liquide. Derrière elle, elle entendait la mère hurler ; autour d'elle, les femmes dans les couchettes regardaient la scène, les yeux écarquillés d'horreur ; et devant elle, Klara continuait de pousser ce magnifique bébé de plus en plus loin au fond du seau, jusqu'à ce que les bulles cessent de remonter à la surface et que l'eau ne bouge plus.

Ana la lâcha et se laissa tomber contre une couchette, le souffle coupé.

— Je vous avais bien dit qu'il faudrait se *reconvertir*, railla Klara.

Elle pêcha alors le petit corps dans l'eau, fit cinq grands pas vers la porte et le jeta dans la boue. Ana chercha à tâtons la main d'Ester, se sentant soudain prise de vertige. Elle craignait qu'Auschwitz fût un enfer, mais jamais elle n'aurait pu imaginer que l'enfer puisse être aussi ignoble et dépourvu d'humanité.

Elizabet pleurait, et c'est avec stupéfaction qu'Ana vit des mains la soulever pour la ramener dans une couchette où des bras l'accueillirent avec son chagrin – chagrin d'autant plus terrible qu'il était pétri de résignation. Ana n'avait fait que lui offrir un douloureux moment d'espoir, qui avait été balayé en même temps que la vie de son bébé.

— Non !

Le cri venait du plus profond de ses entrailles ; elle n'aurait pas davantage pu le contenir qu'elle n'aurait pu empêcher ce malheureux enfant de venir au monde.

— Non ? répéta Klara sur un ton menaçant tout en se postant devant elle, les bras croisés.

— Non, insista Ana. Vous ne pouvez pas faire ça, ma sœur. Vous n'avez pas le droit de trahir ainsi notre profession. Vous avez pour mission de faire venir la vie, pas de la supprimer.

— Quand est-ce que tu vas comprendre, *Dummkopf* ? On est à Auschwitz-Birkenau ici, et c'est un monde à part. On suit ses règles ou on crève.

— Non.

— Je vois…

Klara claqua des doigts et Pfani accourut à ses côtés.

— On a une rebelle au sein du bloc, Pfani. Or les rebelles perturbent le groupe, et nous ne pouvons le tolérer, n'est-ce pas ?

— En aucun cas, approuva Pfani en se frottant les mains. On va lui apprendre à mieux se tenir.

— Non !

Cette fois, ce fut Ester qui s'interposa devant Ana ; mais Klara l'attrapa par le poignet et le tordit jusqu'à ce qu'elle se laisse tomber au sol, terrassée par la douleur, avant de la pousser du pied.

Par réflexe, Ana chercha son chapelet du bout des doigts, mais on le lui avait pris avec tout le reste et elle se trouvait désormais à la merci de la perverse kapo du bloc.

— Sainte Marie, mère de Dieu, murmura-t-elle.

Klara gloussa.

— Dieu ne pourra rien pour toi, ici. Maintenant…

Elle arma son poing et leva le bras mais, au même instant, la porte s'ouvrit et un bruit de bottes résonna sur le plancher.

— Qu'est-ce qui se passe ici ? gronda une voix grave.

Klara pivota sur ses talons et s'inclina avec respect.

— Délit d'insolence, Doktor Rohde.

C'était l'homme de la route, celui qui les avait envoyées à gauche, Ester et elle. Ana commençait presque à le regretter ; dans le cas inverse, peut-être serait-elle déjà en chemin vers le ciel, dans la fumée des cheminées, ce qui lui aurait évité de voir les horreurs du bloc 17. Ce moment arriverait peut-être bientôt, mais en attendant, au moins allait-elle pouvoir faire entendre la voix de la justice. Elle fit un pas en avant.

— Herr Doktor, dit-elle avec assurance en allemand. Je viens d'aider une mère à accoucher, et cette, cette… *femme* (le mot était indigne de la personne désignée, mais elle se força à l'employer) vient de noyer l'enfant sous nos yeux. C'est une trahison de notre métier, et contraire en tout point au serment d'Hippocrate que, comme vous, nous avons prononcé.

Le docteur Rohde la regarda en clignant des yeux.

— Le serment d'Hippocrate ? répéta-t-il comme s'il se rappelait soudain un lointain souvenir.

— Pourquoi assassine-t-on les bébés ? demanda-t-elle sans ambages.

Autour d'elle, les femmes dans les couchettes retenaient leur souffle face à ce choix de vocabulaire, mais le docteur sembla lui accorder son attention.

— C'est un camp de travail, répondit-il. Par conséquent, les personnes ici présentes doivent travailler. Ce que ne peut faire une mère avec un bébé.

— Bien sûr que si. Pendant les récoltes, on voit souvent des femmes dans les champs avec leur bébé attaché dans le dos.

La réponse parut le décontenancer.

— C'est vrai, concéda-t-il. J'ai vu cela, quand j'étais jeune.

Ses mots semblaient empreints de nostalgie, comme si c'était un vieillard qui les prononçait alors que l'homme devait avoir une quarantaine d'années tout au plus. Il secoua la tête.

— Seulement, il ne s'agit pas de ramasser du maïs, ici. Il faut travailler à la ferme, construire des routes, poser des rails… Il n'y a pas de place pour les bébés à Auschwitz.

Si Ana ne pouvait qu'approuver ce dernier point, ce n'était pas une raison pour les envoyer de vie à trépas en les noyant dans un seau.

— Une sorte de crèche pourrait sûrement…

Klara et Pfani émirent un nouveau gloussement sonore. Le docteur leur jeta un regard noir.

— Ça suffit ! aboya-t-il, les réduisant immédiatement au silence. Il se trouve justement que nous venons de recevoir une nouvelle directive de Herr Himmler en personne. Dorénavant, le programme d'euthanasie ne doit s'appliquer qu'aux déficients mentaux. Le Reich a besoin de force de travail, et nous ne pouvons plus nous permettre de perdre des femmes enceintes. À partir de maintenant, ni elles ni leurs bébés ne seront… supprimés.

Klara avait l'air furieuse.

— Les bébés doivent rester en vie ? demanda-t-elle avec une incrédulité funeste.

— Les bébés ne doivent pas être *tués*, rectifia le docteur Rohde.

Il jeta un regard circulaire dans le bâtiment crasseux. Même Ana, au bout de quelques heures seulement dans ce lieu maudit, savait déjà qu'aucun nouveau-né n'avait de réelle chance de survie dans pareil environnement. Mais elle sentit alors la main d'Ester se glisser dans la sienne pour la serrer, et se dit que c'était peut-être un début.

— Merci, Herr Doktor, dit-elle.

Il lui adressa un bref hochement de tête.

— Vous pouvez faire votre travail de sage-femme. Et vous, ajouta-t-il à l'endroit de Klara, vous allez changer de façon de faire le vôtre.

Obligée de se soumettre, Klara fusilla Ana du regard.

— Bien, Herr Doktor.

Ana éprouva un petit sentiment de triomphe. C'était donc pour cela qu'elle était ici. Telle était la mission que Dieu lui avait assignée, et elle allait s'employer à l'honorer. Quoi que cela lui coûte, elle devait maintenant se battre pour préserver la vie de tous les bébés qui naîtraient à Auschwitz-Birkenau. Elle coula un regard à Ester et osa lui adresser un petit sourire. Elles feraient cela ensemble.

Mais Klara n'en avait pas encore fini avec elles.

— Ça ne concerne quand même pas les Juifs, Herr Doktor ? lança-t-elle alors que son supérieur regagnait la porte.

Le docteur Rohde regarda autour de lui.

— Non, approuva-t-il après un instant d'hésitation. Les Juifs mourront.

16

Juin 1943

Ester

— Allez, debout ! Debout, *dumme Kühe* !

Ester s'éveilla péniblement cependant que Klara faisait claquer sa matraque chérie sur les couchettes, extirpant tout le monde d'un demi-sommeil difficile pour revenir à un état de veille plus difficile encore. Il était quatre heures du matin. Même en ce début d'été, le soleil ne pointait pas encore à l'horizon et le bloc 17 était plongé dans le noir. Ester posa les poings sur ses yeux pour refouler ses larmes, toujours prêtes à jaillir ; elle ne pouvait pas se permettre de perdre une seule goutte d'eau.

— Sainte Marie, mère de Dieu, entendit-elle Ana murmurer dans l'obscurité.

Cette prière familière lui apporta un bref réconfort. Au début, elle trouvait ces mots étranges mais, dernièrement, elle les laissait l'imprégner de leur résonance, au même titre que l'incantation d'un rabbin dans une synagogue. Trop éprouvée, elle ne savait plus très bien si Dieu veillait encore sur eux à Birkenau ; elle avait cependant la conviction que, si tel était le cas, il devait être en larmes, lui aussi.

Elle s'étira douloureusement contre les autres femmes avec lesquelles elle partageait sa couchette en bois brut et éprouva, comme chaque jour, le manque du corps de Filip. Le reverrait-elle jamais ?

— Allez, bande de sales feignasses ! Debout !

Ester chassa son mari de ses pensées et se força à se lever. Klara détestait se lever tôt et se vengeait de ce désagrément quotidien en malmenant les infortunées placées sous son autorité. La kapo était la prisonnière 837 – un numéro si bas dans la séquence du camp qu'il faisait d'elle, à leur connaissance, la plus ancienne femme à y être détenue. Passée directement d'une prison allemande au camp de Birkenau en 1942, elle avait été jugée assez sadique pour occuper un poste de kapo et, à ce titre, elle avait droit à une petite chambre rien que pour elle, avec un matelas et une couverture – un véritable luxe. Ce qui ne l'aidait malheureusement pas à avoir meilleur caractère.

— C'est un jour spécial, aujourd'hui, lança-t-elle en frappant au hasard les femmes qui descendaient tant bien que mal des couchettes à trois niveaux.

— Est-ce votre anniversaire ? s'enquit une dame qui se prit aussitôt un coup de matraque sur les cuisses.

— Dommage que personne ne l'ait noyée à la naissance, celle-là, chuchota quelqu'un, arrachant un petit sourire à Ester.

— Ou ne se soit montré gentil avec elle, suggéra Ana.

Ester eut un peu honte. Dans l'absolu, son amie avait raison, mais il ne restait plus qu'elle pour croire encore à la gentillesse, dans l'univers où elles vivaient.

Il leur était tout aussi impossible de concevoir ce que pouvait signifier un « jour spécial ». La routine du camp semblait à tout jamais figée : d'abord l'appel, puis cette eau de vaisselle qu'ils osaient appeler du café, le travail, une soupe rance, encore le travail, un nouvel appel, et une tranche de pain sec censée faire office de dîner et de petit déjeuner à la fois. Quant aux soirées, elles comprenaient des réjouissances comme faire la queue pour se rendre aux latrines, se retirer les poux des cheveux et se battre pour obtenir une petite place dans une couchette en bois. Au moins Ester n'avait-elle pas à sortir du camp pour aller travailler dans l'une des nombreuses fermes des environs ; ces femmes-là rentraient chaque soir à bout de forces. Cela dit, sa tâche d'infirmière était très éprouvante sur le plan émotionnel. Ana et elle travaillaient dans les quatre baraquements servant d'hôpital et, avec le typhus qui sévissait parmi les femmes et en l'absence presque totale de médicaments, de désinfectant, voire d'eau, essayer de prendre soin des malades se révélait totalement démoralisant. Ce qui était exactement le but recherché par les nazis.

Tout ce que faisaient leurs tortionnaires – du rasage des cheveux au port d'uniformes hideux, en passant par l'usage de matricules au lieu des noms – avait pour objectif de les faire passer du statut d'êtres humains à celui de simples éléments de comptabilité. Si des femmes mouraient dans la nuit, leurs camarades devaient les sortir à l'appel du matin afin qu'elles puissent être comptabilisées puis jetées dans les charrettes où s'entassaient les dépouilles devant partir aux fours crématoires. Ester était certaine que les SS les laissaient là plus longtemps que nécessaire, afin de rappeler aux vivantes que leur existence n'avait aucune valeur et ne tenait qu'à un fil. Elle luttait tous les jours pour ne pas se soumettre à cette manipulation.

Mettant un pied devant l'autre pour se rendre à l'appel, elle tenta de rassembler ses forces malgré la faim qui la tenaillait. Une fois en place dans la file, elle ferma les paupières face aux rangs de femmes décharnées, aux SS qui se pavanaient avec leurs chiens ne cessant d'aboyer, tandis qu'on transportait le corps des défuntes pour les comptabiliser. Elle mobilisa alors toute son imagination et s'envola jusque sur les marches de la cathédrale Saint-Stanislas. Brusquement, elle sentit la chaleur du soleil sur sa tête et le froid des marches sur ses cuisses. Il y avait quantité de passants sur la rue Piotrkowska, faisant leurs courses, allant déjeuner avec des amis ou léchant les vitrines en quête d'une belle paire de souliers.

Elle pensa au déjeuner qui l'attendait. Ce matin, Ruth avait enveloppé dans du papier un de ses délicieux bagels fourrés au fromage twarog ; Ester n'avait plus qu'à le déballer lentement et à en manger une bouchée. Elle resta dans ce tableau, ignorant les cris, les gémissements et les aboiements qui menaçaient de rompre sa douce rêverie, et savoura le goût du fromage sur sa langue avant de s'accorder la plus douce sensation entre toutes – relever les yeux et le voir, Filip, courant vers elle, les cheveux en bataille, sa sacoche battant contre ses longues jambes, un grand sourire sur son visage si doux et si ouvert.

— Filip, murmura-t-elle en levant à moitié une main comme pour le toucher à travers l'espace et le temps.

À la place, elle reçut un coup de coude dans les côtes.

— Ester !

Rouvrant les yeux, elle vit qu'Ana la regardait avec affolement.

— Numéro 41400 ?

— Présente ! s'empressa-t-elle de répondre.

La gardienne étrécit les yeux et marcha vers elle. Ester s'aperçut avec effroi qu'il s'agissait de la SS-Aufseherin Irma Grese, une femme dont la parfaite beauté aryenne n'avait d'égale que sa cruauté.

— Tu es sûre, 41400 ? demanda Grese en arquant un sourcil. Parce que j'avais plutôt l'impression que tu étais absente, moi.

— Présente, Auseherin, dit Ester et s'efforçant de se tenir aussi droite que possible.

Grese détestait toute forme de faiblesse. On disait dans le camp qu'il n'y avait qu'une chose qu'elle détestait plus encore : la beauté des autres. Comme si cela menaçait sa propre perfection. Il était notoire qu'elle avait un jour écorché les seins d'une belle femme, par pure jalousie ; pour une fois, Ester était contente d'avoir perdu presque tout signe de sa féminité, après trois mois de peur et de privations. Heureusement, Grese avait visiblement la tête ailleurs ce matin, et elle se contenta de décocher une gifle à Ester. La lourde chevalière qu'elle portait lui entama la joue, mais Ester se força à ne pas broncher et, avec un petit grognement, la gardienne se détourna d'elle.

— J'espère. Parce qu'une journée bien remplie vous attend. Vous déménagez.

— Déménager ?

La question venait d'une femme derrière Ester. Grese plissa les yeux et, avec un cri presque animal, elle bondit sur sa proie.

— Comment osez-vous remettre ma parole en question ?

Sa matraque s'abattit sur le dos de la pauvre femme, encore et encore, sous le regard indifférent des autres SS. Ester prit la main d'Ana, trop consciente qu'elle aurait pu elle-même subir le déferlement de violence de cette furie. Elle avait hâte de retourner à Saint-Stanislas, où Filip venait d'arriver, mais n'osa pas reprendre sa rêverie. Elle avait besoin de toute sa présence d'esprit.

Grese finit enfin par se fatiguer et alla rejoindre ses camarades, laissant à terre sa victime brisée par les coups. Ester dut lutter pour ne pas se pencher et aller aider la pauvre femme. Birkenau leur interdisait même de faire preuve de ce genre d'humanité. Comme Ana le lui disait souvent, leur seule arme désormais était de rester en vie. La gentillesse était devenue un mouvement clandestin.

La supérieure de Grese, la Lagerführerin Maria Mandel, avança devant elles et tout le camp tendit l'oreille.

— Aujourd'hui est un jour de réorganisation, commença-t-elle.

Les femmes se raidirent, craignant qu'il ne s'agisse là d'un nouvel euphémisme désignant une sélection. Régulièrement, les SS, soit pour répondre à l'exigence de quotas, soit pour leur simple amusement, profitaient de l'appel pour procéder à une « sélection » de prisonniers qui finiraient dans les terribles cheminées du camp. S'il n'y avait pas encore assez de place libre dans leurs immenses fours, ils les parquaient dans le redouté bloc 25, « l'antichambre des fours crématoires », où ils les laissaient sans eau ni nourriture jusqu'à ce qu'il y en ait suffisamment pour effectuer une « pleine fournée ».

Les plus chanceux mouraient avant d'avoir eu le temps de se rendre dans le fond du camp, car même si l'issue était connue, nul ne savait exactement ce qui se passait là-bas. De temps en temps, des hommes étaient amenés dans le Sonderkommando – unité de travail – des crématoriums, mais on les gardait à l'écart des autres prisonniers, de sorte qu'il n'en ressortait que des bribes d'information. Certains disaient qu'un gaz létal était livré dans des ambulances de la Croix-Rouge, volées à cet effet ; d'autres prétendaient que les nazis poussaient simplement les gens dans les fours où ils brûlaient vifs. On faisait croire aux « chanceux » nouveaux arrivants qu'on y envoyait directement qu'ils allaient prendre une douche, mais les détenus de plus longue date n'avaient pas le luxe d'y croire. La mort planait au-dessus du camp sous forme de nuages bien réels, souillant l'air même qu'ils respiraient d'une odeur infâme qui n'avait de cesse d'écœurer Ester.

— Aujourd'hui, poursuivit Mandel, les hommes déménagent de l'autre côté des rails, ce qui signifie que nous allons avoir deux fois plus de place pour les femmes.

Une rumeur proche de l'excitation parcourut la foule des prisonnières à l'idée d'avoir « deux fois plus de place ».

— Celles en assez bonne forme pour travailler s'installeront en B I b.

Elle eut un geste vers la gauche, à l'autre bout du camp, où l'on voyait maintenant des files d'hommes sortir de leurs baraquements pour traverser la route et se rendre de l'autre côté.

— Les parasites du Reich qui ont besoin de temps pour se rendre à nouveau utiles resteront ici, en B I a. Vos kapos vous donneront plus de détails. Faites comme elles vous disent, et faites-le vite. Aucune nourriture ne sera distribuée avant que tout soit terminé. Allez !

Les femmes échangèrent des regards affolés.

— Retournez dans vos blocs, *Schweinedreck*, qu'on vous indique ceux où vous irez.

Et toutes de partir en se bousculant. Le soleil se levait maintenant, embrassant les clôtures de Birkenau d'un joli rose trompeur. En contemplant le ciel, Ester n'y vit pas la splendeur de la nature mais la soif qu'une journée à déménager sous le soleil ne manquerait pas d'apporter. Déjà ses lèvres étaient sèches et sa bouche pâteuse en raison du manque d'eau ; et sans la tasse de prétendu café qu'on leur servait habituellement après l'appel, la journée promettait d'être difficile.

— Faites vos valises, leur ordonna Klara (en manière de plaisanterie, probablement, les femmes ne possédant rien d'autre qu'une portion de couverture immonde à se partager). Nous partons au bloc 24.

— À l'hôpital ? demanda Ana.

— L'un d'eux, oui. Je vais être kapo principale, et vous aurez un service maternité.

— C'est vrai ?

Ester vit les yeux d'Ana s'illuminer – ce qui n'échappa pas à Klara non plus.

— Mais bien sûr. Ce sera tout confort. Avec des sols tout propres, des petits berceaux bien douillets, du matériel stérilisé…

Elle partit alors dans un fou rire, et la lumière s'éteignit dans les yeux d'Ana. Ester se sentit fulminer. Leur demander d'apporter des soins médicaux dans de telles conditions, c'était comme demander à un homme de creuser un puits à mains nues. Ce qui n'aurait finalement pas été si surprenant de la part des nazis, puisque tout ce qu'ils faisaient avec les prisonniers se réduisait à une vaste entreprise de sape. Tout ce dont Ana disposait pour s'occuper de ses patientes, c'étaient des couvertures crasseuses infestées de vermine, de l'eau sale et une paire de ciseaux à manucure rouillés. Chaque naissance dans le camp était une minuscule victoire, une bulle d'air dans ce cloaque, et si cela se terminait mal pour le nouveau petit être venu au monde, au moins y avait-il eu quelques instants de joie.

— Tes mains sont le seul confort dont a vraiment besoin une femme qui accouche, murmura Ester à Ana. Viens, allons voir notre nouveau lieu de travail.

Le bloc 24 grouillait littéralement de femmes. Certaines gisaient dans leur lit, dévorées par le typhus, les autres ayant apparemment été enrôlées pour « intensifier l'élagage », comme le dit Ana. Il s'avéra que trente couchettes devaient être déplacées dans le fond afin de former un coin maternité ; seulement, il ne serait pas aisé de déplacer aussi les dizaines de malheureuses qui oscillaient entre la vie et la mort. Quelqu'un – probablement Klara – avait assigné à Ana la zone occupée par les plus malades. Celles-ci étaient si faibles qu'elles ne pouvaient rien faire d'autre que demeurer étendues dans leurs fluides corporels – et ceux de leurs voisines. Il y avait un semblant de matelas dans les couchettes, mais ils étaient trop fins pour apporter le moindre confort et le tissu ne faisait qu'absorber et retenir les souillures.

— Il nous faut de l'eau, dit Ester à une Klara hilare, qui dépêcha Pfani.

Cette dernière revint avec un seau devant contenir plus de saleté que d'eau. En outre, le vieux récipient était percé et perdait déjà la moitié de son contenu sur le sol en terre battue.

Ana tomba à genoux, semblant se vider elle aussi de tout courage. Ester vint passer une main tendre dans son dos.

— À quoi bon ? dit la sage-femme en levant les yeux vers son amie. À quoi bon prendre la peine d'essayer de faire quoi que ce soit ?

— Parce que si nous ne le faisons pas, ils auront gagné, dit Ester en s'accroupissant à côté d'elle.

— Ils ont *déjà* gagné.

— Non, pas encore, dit Ester avec vigueur.

Tant qu'elle gardait encore l'image vivante de Filip dans son esprit, elle avait quelque chose pour quoi se battre et ne comptait pas renoncer à la moindre chance de le revoir un jour.

— Allez, viens.

Elle aida Ana à se relever. Au même moment, une femme vint vers elles. Elle arborait une blouse blanche presque propre et, plus rare encore, un sourire aux lèvres.

— Ana Kaminski ? demanda-t-elle en polonais en lui tendant la main. Je suis enchantée de vous connaître. J'ai beaucoup entendu parler de vos compétences.

— Ah, oui ? bredouilla Ana dans leur langue.

— Absolument. Dans un tel endroit, il n'est pas commun de faire venir la vie plutôt que la mort, et je vous admire pour cela. Je suis le docteur Węgierska, Janina Węgierska. J'étais médecin généraliste à Varsovie, avant. On m'a envoyée ici pour avoir commis le « crime » de trop m'occuper des Juifs – et j'ai bien l'intention de continuer ! J'essaie de remettre un peu d'ordre dans les baraquements hospitaliers. Seriez-vous prête à m'aider ?

Ana regarda Ester et, à son grand soulagement, Ester vit son amie se redresser pour de bon.

— Nous en serions ravies.

Toute la matinée, elles nettoyèrent les couchettes avec de l'eau que Janina avait miraculeusement pu se procurer, et déplacèrent les patientes, libérant lentement de la place afin que les femmes puissent marcher un peu, aérer leurs corps fiévreux et être un tant soit peu soulagées des puces et des poux. Les SS gardaient leurs distances, redoutant la contamination, et, pour la première fois depuis son arrivée à Birkenau, Ester eut presque l'impression d'œuvrer pour le bien commun. Aux alentours de midi, elles atteignirent les couchettes du milieu, où plusieurs femmes étaient recroquevillées sur elles-mêmes.

— Nous sommes là pour vous aider, leur dit Ester en tendant une main.

Elles reculèrent, comme si elles craignaient les coups. Ester les regarda avec curiosité. Ces femmes avaient la peau mate, des yeux noirs, et se parlaient dans une langue qu'elle ne connaissait pas.

— D'où venez-vous ? demanda-t-elle dans un allemand hésitant.

Pas de réponse. Elle essaya de nouveau, en polonais, sans obtenir plus de réponses.

— Elles ne comprennent pas, dit alors une voix derrière elle en parlant polonais avec un fort accent étranger. Elles sont grecques.

Ester se retourna et vit une jeune femme au beau visage ovale et aux magnifiques yeux verts, dont les cheveux courts formaient déjà des débuts de boucles.

— Je m'appelle Naomi, dit-elle en posant deux seaux d'eau pour tendre la main à Ester. Matricule 39882. Je suis grecque aussi, mais ma mère était polonaise, alors j'ai cet avantage par rapport à mes pauvres amies. J'ai passé du temps à Cracovie avec mes grands-parents, si bien que je supporte mieux qu'elles le climat d'ici.

Ester tourna les yeux vers la fenêtre par laquelle le soleil brillait, et Naomi se mit à rire. Ce son était tellement insolite dans le camp qu'il fit rire Ester à son tour, et ces petites bulles de joie dans sa gorge lui furent aussi savoureuses que le meilleur de tous les champagnes.

— Aujourd'hui, ça peut aller, concéda Naomi, mais le temps était vraiment affreux quand nous sommes arrivées. Nous venons de Salonique, et on n'avait jamais vu autant de pluie.

— Je vous envie.

Naomi lui sourit.

— Dans ce cas, il faudra venir nous voir quand tout ça sera terminé.

Ester la dévisagea, sidérée par son optimisme.

— Merci, Naomi. Vous avez raison.

— Si seulement ma mère pouvait vous entendre…

Son sourire s'effaça quelques instants et Naomi eut un bref regard en direction des hautes cheminées, avant de reprendre une expression positive.

— Elle disait tout le temps que j'étais un peu idiote, et je pense que c'était vrai. Mais peut-être que c'est une chance d'être un peu bête, parfois.

— Vous ne me semblez pas être idiote du tout, Naomi.

— Oh, je fais pourtant tout ce que je peux pour l'être, croyez-moi, parce que si l'on se met à penser rationnellement dans cet endroit, ne serait-ce qu'une minute, il y a de quoi devenir complètement fou.

— C'est vrai, approuva Ester. J'aime bien m'en échapper, quand je peux.

— Vous en échapper ? Et comment ? demanda Naomi avec de grands yeux.

Ester s'empourpra légèrement.

— Oh, pas dans la réalité. Juste dans ma tête.

— Et où allez-vous ?

La jeune fille manifestait un intérêt si sincère qu'Ester se surprit à lui répondre :

— Sur les marches d'une cathédrale dans ma ville natale.

— Une cathédrale ? Vous n'êtes pas juive ?

Ester désigna le triangle jaune sur son uniforme.

— Oh, si, je suis bien juive, mais la cathédrale était proche de l'hôpital où je travaillais et j'allais m'y asseoir le midi pour manger mon déjeuner et regarder les passants dans la rue. Et puis, un jour, un jeune homme est venu prendre ses repas ici, lui aussi…

— Et vous vous êtes parlé, et vous êtes tombés amoureux !

Le sourire d'Ester s'élargit, faisant craquer ses lèvres desséchées.

— Eh bien, ça a pris un peu de temps, car nous étions tous deux assez timides, mais… oui !

— Comme c'est romantique. Comment s'appelle-t-il ?

— Filip.

Ce fut une telle joie pour Ester de prononcer le nom de Filip à voix haute qu'elle en eut les larmes aux yeux ;

— Est-ce qu'il… il est ici ? s'enquit Naomi.

Ester secoua la tête.

— Non. Enfin, je ne sais pas vraiment. Je ne sais rien du tout, même. Mais je l'imagine tout le temps et je me dis que tant que je peux encore faire ça, il doit encore être vivant. Mais c'est absurde, n'est-ce pas ?

— Pas du tout. Si vos âmes sont liées, alors elles se parlent.

— Vous croyez ?

— Je le sais, même, affirma la jeune Grecque. Mais si vous voulez en savoir plus, je pourrais parler à Mala.

— Mala.

— Mala Zimetbaum. Vous la connaissez peut-être ?

— Non.

— Oh, Mala est une femme merveilleuse…

Naomi regarda furtivement autour d'elle, mais les SS restaient à distance et Klara était dehors, assise au soleil avec Pfani, en train de surveiller le nettoyage des couvertures.

— C'est une Juive polonaise, mais elle a longtemps vécu en Belgique et parle plein de langues. C'est aussi une femme très raffinée, et les Allemands se servent d'elle comme interprète et messagère. (Elle baissa encore la voix.) Ce qui veut dire qu'elle fait constamment des allers et retours dans les bureaux de poste, et que quand elle y est, elle peut… faire passer des lettres.

— Des lettres ?

Ce mot ressemblait à une promesse magnifique.

Naomi hocha vigoureusement la tête.

— L'autre jour, elle m'en a apporté une avec une photo de ma famille. Sans ma mère, évidemment, dit-elle tandis qu'une ombre revenait brièvement dans ses yeux, mais avec mon papa et mes sœurs. Ils ont réussi à s'enfuir quand les nazis sont arrivés. Moi, je travaillais dans une usine, alors ils m'ont cueillie tout de suite, mais papa a eu le temps d'emmener mes petites sœurs dans les collines. Ils sont en Suisse maintenant. En sécurité.

— C'est incroyable. Ils vous ont écrit ? Ici ? Et c'est arrivé ?

— Oh, oui. Tout arrive ici. Les Allemands adorent ça, parce que les gens envoient de l'argent et de la nourriture, qu'ils se gardent pour eux. Les non-Juifs peuvent recevoir leur courrier – certains, du moins –, mais pas nous. Mala, en revanche, peut mettre la main dessus. Comment vous appelez-vous ?

— Ester Pasternak. C'est mon nom d'épouse. Celui de Filip.

— S'il vous a écrit, Mala le saura. Je lui en parlerai demain, promis.

— C'est très gentil de votre part.

— Comment résister à une belle histoire d'amour ? J'aimerais tellement être amoureuse.

Ester balaya du regard le baraquement rempli de femmes.

— J'ai bien peur que vous deviez attendre un peu.

— Oui, en effet. Les seuls hommes ici sont des nazis, quoique certains d'entre eux ne soient pas si mal…

— Naomi ! fit Ester avec un regard outré. Ils sont tous horribles !

— Certains jeunes sont jolis garçons.

— Quels jeunes ? Où ça ?

Elle haussa les épaules.

— J'ai un boulot à l'entrepôt du Kanada, et ils sont parfois assez gentils, là-bas, surtout s'ils pensent que tu as trouvé quelque chose d'intéressant. L'un d'eux m'a laissée garder un tube de rouge à lèvres, l'autre jour.

Elle fit une moue comique et Ester constata qu'en effet, la jeune fille avait un reste de rose vif sur les lèvres. Elle avait entendu parler des gens travaillant au « Kanada » – le grand ensemble de blocs situés à côté des fours crématoires, où l'on triait les vêtements et les biens des nouveaux arrivants. C'était une tâche enviable, effectuée sous un toit et recélant d'infinies possibilités de « ravitaillement » pour qui avait le courage de prendre ce risque. Naomi ne semblait pas en manquer, mais, en la regardant de plus près, Ester se rendit compte qu'elle était tout de même très jeune.

— Quel âge avez-vous, Naomi ?

— Seize ans, dit-elle fièrement en dressant le menton.

Ester eut l'intuition qu'elle avait moins que cela mais n'insista pas ; l'adolescente lui rappelait un peu sa sœur Leah, et elle avait déjà envie de la protéger.

— Ne parlez pas aux nazis, Naomi, même s'ils ont l'air gentils. N'oubliez pas qu'il s'agit des hommes qui vous retiennent prisonnière contre votre gré, vous affament et assassinent votre famille et vos amis.

Naomi se rembrunit.

— Je suppose qu'ils ne font qu'obéir aux ordres, dit-elle d'une petite voix.

— Non, affirma Ester avec assurance. Ceux qui sont ici sont de la SS ou de la Gestapo – d'authentiques membres du parti nazi. C'est grâce à des hommes comme eux qu'Hitler est arrivé au pouvoir. C'est grâce à leur adhésion à ses idées délirantes sur la pureté raciale que ceux comme vous et moi sont jugés « inférieurs » et parqués et exploités comme des bêtes. C'est grâce à…

— J'ai compris !

Naomi leva les deux mains et Ester se tut.

— Pardon. Je me mets en colère.

— C'est bien normal.

Sur ce, Naomi enlaça Ester et la serra contre elle avec tant de spontanéité et de sincérité qu'Ester en eut les larmes aux yeux.

— Oh… Ne pleurez pas.

Ester se frotta les yeux.

— Je ne peux pas m'en empêcher. Ça m'arrive tout le temps… Quand je n'ai pas envie de pleurer, j'ai envie de vomir.

— C'est à cause de cet endroit, dit Naomi en la serrant à nouveau contre elle.

Mais Ana sentit alors qu'on les regardait et se retourna brusquement. Par chance, ce n'était qu'Ana.

— Ana. Je te présente Naomi. Elle nous apporte de l'eau.

— Je vois. Merci, Naomi.

Ana offrit un demi-sourire à la jeune fille mais son regard s'attarda sur Ester.

— Envie de pleurer et de vomir, tu disais ? lui demanda-t-elle.

Ester acquiesça.

— Ce doit juste être à cause de la faim et de la fatigue. N'est-ce pas ? dit-elle en sondant le visage de son amie.

— Bien sûr, s'empressa d'approuver Ana. Certainement. Alors, on la nettoie, cette couchette ?

Ester se remit à la tâche, mais elle avait perçu l'hésitation dans le ton de son amie et porta une main anxieuse à son front. Avait-elle le typhus ? Cela n'aurait rien d'étonnant, entourée de malades comme elle l'était, mais, jusqu'ici, elle y avait échappé. Elle regarda les malheureuses femmes se tordant de douleur dans la salle et pria – son dieu, celui d'Ana ou n'importe quel dieu susceptible de l'entendre parmi les cris et les pleurs – pour rester en bonne santé.

L'optimisme et l'énergie de Naomi lui avaient redonné un peu d'espoir. Sa vieille brosse à récurer en main, elle poursuivit sa tâche, l'image de Filip plus nette que jamais dans son esprit. Elle sentit son corps se remplir d'amour et lutta farouchement contre la nausée. Elle *allait* rester en bonne santé, elle *allait* rester en vie, et elle *allait* sortir d'ici, d'une manière ou d'une autre.

17

Juin 1943

Ana

— Encore vivant ? Intéressant.

Le nouveau docteur nota quelque chose dans son petit carnet en cuir, et Ana résista à l'envie de lui arracher des mains son beau stylo-plume pour le lui planter dans un œil. Le sujet « intéressant » était un nourrisson, né quatre jours plus tôt de Mme Haim, une Juive qui avait perdu ses trois autres enfants dans les chambres à gaz dès leur arrivée. La femme étant d'ample constitution, sa grossesse avait d'abord été bien cachée, jusqu'à ce que cinq mois de dur labeur dans l'élevage de poissons voisin du camp lui ait fait fondre assez de graisse pour que son ventre devienne protubérant. Il avait été question un temps de la livrer au docteur Nierzwicki, qui menait d'épouvantables expériences pour faire avorter et stériliser les femmes, et puis ce nouveau médecin l'avait vue et elle avait été désignée pour participer à d'autres expérimentations, différentes mais non moins cruelles.

Le docteur Josef Mengele, médecin en chef du camp des Roms de l'autre côté des rails, désirait savoir combien de temps un nouveau-né pouvait survivre sans nourriture et suivait l'état du fils de Rebekah Haim depuis la naissance de celui-ci.

Depuis peu, les bébés nés de femmes non-juives étaient enregistrés comme détenus des camps et se voyaient eux aussi attribuer un matricule, que leur tatouait sur la cuisse une Pfani semblant prendre un étrange plaisir à cette tâche. D'après les observations d'Ana, il ne s'agissait pas tant d'un plaisir lié à la douleur infligée aux bébés que d'une sorte de fascination artistique. Parfois, à ses heures perdues, Pfani dessinait des motifs sur sa propre peau ou sur celle de ceux assez fous pour la laisser faire ; quoique simples, ses « œuvres » possédaient toutefois un certain style. « Le style Auschwitz », comme l'appelait la prostituée artiste.

Les numéros qu'elle imprimait dans la peau des bébés ne leur servaient pas longtemps. Peu de mères parvenaient à les maintenir en vie plus d'une semaine ou deux, ce qui était déjà beaucoup plus que ne pouvaient l'espérer les petits Juifs. Klara et Pfani avaient encore la permission – et même l'ordre – de tuer tous les bébés juifs à la naissance, et rôdaient dans le bloc 24 dès qu'elles savaient qu'une femme approchait du terme de sa grossesse. De loin en loin, Ana avait pu cacher un enfant né en pleine nuit, lorsque le duo despotique ronflait dans leurs chambres privées, mais seulement un jour ou deux – ces harpies repéraient les bébés comme les rats sentent l'odeur de la viande en décomposition.

Seul le bébé de Rebekah avait été gardé pour l'étude diabolique de Mengele ; plus rageant encore, la femme qu'il avait choisie, à la différence des autres mères épuisées, semblait avoir quantité de lait à offrir. Constatant cela, Mengele lui avait bandé la poitrine si étroitement qu'on se demandait comment la pauvre femme parvenait encore à respirer. Mais au bout de quatre longs jours, la mère et l'enfant étaient toujours vivants.

Mengele inclina la tête sur le côté, tapota son stylo contre ses dents parfaites et déclara soudain :

— C'est assez. Bloc 25.

Ana déglutit à vide à l'évocation de « l'antichambre des fours crématoires ».

— Pardon, Herr Doktor ? essaya-t-elle.

Il la dévisagea.

— J'ai dit : envoyez-les au bloc 25, infirmière.

— Je suis sage-femme, Herr Doktor.

Il inclina la tête de l'autre côté.

— Ah, oui ? Comme c'est curieux.

Il avisa son uniforme et le triangle vert qui la classait parmi les « criminels ».

— Vous n'êtes pas juive ?

— Non, Herr Doktor. Je suis chrétienne et je crois au caractère sacré de toute vie humaine.

— Vraiment ? Quelle absurdité. Pensez-vous qu'un rat vaille autant qu'un cheval ?

Elle vit tout de suite le piège. Les chevaux étaient de belles et nobles créatures, et les rats de la vermine à exterminer. Chaque jour, elle leur faisait la chasse pour les écarter des patientes, dont ils cherchaient avidement à grignoter la chair, se souciant peu que leur proie soit morte ou vivante. Mais là n'était pas la question.

— Je suppose que même les rats se battraient pour défendre les leurs, dit-elle prudemment.

Mengele eut un petit rire.

— Excellente réponse. Votre nom, je vous prie ?

— Ana Kaminski, répondit-elle avec surprise, peu habituée qu'elle était désormais à s'identifier autrement que par son matricule.

— Et vous êtes ici pour ?

— Suspicion de résistance, Herr Doktor.

— Je vois. Eh bien, cela témoigne d'une force de caractère, je suppose. (Il la regarda de bas en haut et eut un petit sourire en coin.) J'imagine aussi que vous êtes celle qui a empêché Schwester Klara de noyer les bébés.

— En effet, confirma-t-elle, même si l'assertion était incomplète.

Chaque fois qu'Ana confirmait une grossesse chez une Juive, son cœur se brisait. Neuf mois, c'était bien long pour porter la graine d'une vie qui serait fauchée sitôt éclose. Elle avait en outre un nouveau motif de préoccupation : Ester n'allait pas bien depuis un moment et Ana connaissait trop bien ces signes pour les ignorer, même si cela l'aurait arrangée. Il fallait qu'elle fasse quelque chose.

Ravalant sa peur, elle croisa les mains devant elle et dit :

— Supprimer la vie ne figure pas dans le serment d'Hippocrate, Herr Doktor.

— C'est exact, madame Kaminski. Mais il ne nous demande pas non plus de sauver des rats. Vous, filez au bloc 25.

Il se détourna d'Ana pour regarder Rebekah Haim tandis qu'elle se relevait de sa couchette, son bébé accroché à sa poitrine bandée, et se dirigeait vers la porte. Ana mit une main sur son bras.

— Dieu vous garde, Rebekah.

La pauvre femme posa sur elle un regard éploré.

— Pardon, Ana, mais je crois que Dieu nous a oubliés depuis longtemps déjà.

— Mais…

— Ce n'est pas grave. Je vais l'emmener retrouver ses frères et sœurs, loin de tous ces démons.

Sur ces mots, elle cracha sur les bottes parfaitement cirées de Mengele avant de partir rejoindre le bloc 25, la tête haute. Mengele frappa du pied en jurant et, dès qu'il fut parti, Ana alla se poster devant la fenêtre donnant sur la cour du bloc tant redouté. S'il y avait une spirale de l'enfer à Birkenau, le bloc 25 se trouvait tout en bas. On y voyait parfois des femmes désespérées sucer les brins d'herbe qui sortaient de la boue, essayant d'étancher leur soif alors qu'on les laissait attendre des jours et des jours, le temps qu'il y ait suffisamment d'autres malheureux à les rejoindre. Rebekah aurait plus de « chance », car le baraquement et la cour étaient déjà presque pleins, et les camions n'allaient sûrement pas tarder à les emmener.

Habituellement, Ana évitait de regarder de ce côté. Mais aujourd'hui, elle ne pouvait quitter Rebekah des yeux. Elle la vit bientôt s'asseoir au soleil, son bébé sur ses genoux, et, lentement mais avec détermination, dénouer le tissu qui oppressait sa poitrine. Enfin libérée, elle souleva le bébé et le mit à son sein. Celui-ci parut d'abord trop faible pour le prendre, mais Rebekah recueillit elle-même quelques gouttes de son lait, qu'elle déposa tendrement sur les lèvres de l'enfant. Et soudain, miracle : il trouva la force de téter. Au moins ces deux-là auraient-ils la consolation de ce dernier moment de lien intime, songea Ana. Pourtant, la perte à venir de ces deux nouvelles vies lui parut insupportable, et elle s'écroula contre le mur en pleurant.

— Seigneur, gémit-elle entre deux sanglots. Pitié, faites qu'Ester ne soit pas enceinte.

Voir Rebekah Haim partir ainsi vers la mort était difficile ; voir Ester finir de la même manière lui serait insoutenable. « C'est votre fille, maintenant », avait dit Ruth. Ana se devait de la protéger, par tous les moyens possibles.

Et si tout ce qui était possible ne suffisait pas ?

Elle se prit la tête entre les mains, regrettant que Bartek ne soit pas là. Combien de fois, au cours de leur mariage, l'avait-il écoutée calmement avant de lui caresser les cheveux et de remettre les choses en perspective, quand elle rentrait trop chamboulée par son travail ? Elle tenta d'imaginer ce qu'il pourrait lui dire s'il était là – ou, mieux, si elle était ailleurs avec lui. Elle porta la main à sa taille et y trouva le réconfort d'un vieux chapelet. Naomi l'avait récupéré au Kanada, et Ana le gardait sous sa jupe, où la sensation des perles en bois, patinées par les années de prières d'un ou d'une inconnue, l'apaisait. Elle entama un *Je vous salue Marie* en se rappelant que son cher mari était toujours vivant.

Le paquet magique était arrivé quelques jours auparavant. Une prisonnière de grande taille, aux traits durs et arborant le triangle vert des criminels, était entrée dans le bloc en criant « Courrier pour Ana Kaminski ». Toutes avaient d'abord pensé à une plaisanterie de mauvais goût, mais lorsqu'Ana s'était fait connaître, la femme lui avait bel et bien tendu un paquet – ou plutôt, ce qu'il en restait – avec son nom inscrit dessus, d'une écriture si familière qu'elle avait failli s'évanouir en la reconnaissant.

— Merci, avait-elle dit dans un filet de voix en tendant la main pour le prendre.

Mais la femme avait retenu le paquet.

— Il y a un prix à payer.

— Je n'ai rien, avait répondu Ana en montrant ses mains vides.

— Oh, mais si.

La prisonnière avait alors ouvert le paquet, déjà déchiré et probablement pillé par les Allemands du bureau de poste, et avait fouillé à l'intérieur.

— Je prendrai ça, avait-elle dit en brandissant une barre de chocolat, petite mais infiniment précieuse, avant de la mettre dans sa poche.

Après quoi, elle avait enfin donné le paquet à Ana avant de tourner les talons pour s'éloigner avec sa récompense.

— Pourquoi est-ce qu'elle a un colis, *elle* ? avait lancé une voix hargneuse depuis les couchettes.

La « postière » s'était lentement retournée pour répondre :

— Parce qu'elle n'est pas juive, *elle*, espèce de chienne galeuse.

Elle était alors partie, et tous les yeux s'étaient braqués sur Ana. Pendant quelques instants, elle s'était sentie comme une souris face à un chat, et presque soulagée que toutes les femmes rassemblées ici fussent trop faibles pour pouvoir lui sauter dessus.

— Je partagerai la nourriture, leur avait-elle dit, même si ce qu'il restait ne devait pas peser bien lourd.

Mais peu lui importait. Ce n'était pas tant la conserve de viande sèche que les nouvelles qui comptaient à ses yeux. La lettre avait été lourdement censurée, griffonnée à coups de marqueur noir oblitérant bien trop des précieux mots de son mari, mais elle avait déchiffré « Varsovie », « Bron est avec moi » et « en sécurité », ce qui lui suffisait amplement. Bartek et Bron étaient en vie, bien portants, et devaient se battre pour la liberté ; cette pensée l'emplissait de joie depuis lors.

En regardant Rebekah Haim attendre la mort, Varsovie lui parut cependant bien, bien loin. Même le village d'Oświęcim, presque visible du camp, lui paraissait incroyablement lointain, comme si les clôtures de fer, chargées d'un courant mortel la nuit, délimitaient les frontières du monde connu. Tout pouvait se produire à l'extérieur – ici, ils n'en sauraient rien. Leur existence était circonscrite par les trains arrivant à un bout du camp et la fumée qui en sortait à l'autre bout ; entre les deux, il n'y avait que les limbes.

— Debout. Tout le monde !

Schwester Klara revenait d'on ne savait où, et, au son de sa voix, elle semblait d'excellente humeur. Ce qui n'était jamais de bon augure. Un frisson parcourut l'échine d'Ana comme elle se relevait en dissimulant son chapelet sous les plis de sa jupe.

— Ah, Schwester Ana.

Cela surprit fort Ana. Jamais Klara ne lui avait donné autre chose que du *alte Kühe* – vieille vache – pour l'interpeller.

— Ces officiers sont ici pour honorer certains de nos bébés, annonça la kapo.

— Les… honorer ?

Ester venait d'arriver de la cour pour voir les nouveaux arrivants, mais paraissait aussi perplexe qu'Ana. Il y avait là deux officiers, un homme et une femme, tous deux en uniforme de la SS garnis d'assez de galons et d'insignes pour indiquer un rang supérieur expliquant le comportement inhabituel de Klara.

— Ils sont venus sélectionner des bébés pour le programme Lebensborn.

— Lebensborn ? s'étonna Ana.

Autant qu'elle sache, cela signifiait littéralement « source de vie », mais cela ne l'aidait guère à comprendre.

— Il s'agit d'un programme mis en place par le Troisième Reich afin de s'assurer que tous les bébés valables soient en sécurité et élevés dans des familles de bons citoyens allemands.

Ana avait encore du mal à comprendre.

— Vous allez emmener les mères et les enfants en Allemagne ?

Cela paraissait trop beau pour être vrai.

— Nous allons emmener les *enfants* en Allemagne, rectifia la femme SS.

— Mais, les mères…

— Les mères resteront ici à travailler, conformément à ce qui était prévu lors de leur déportation. Ne vous inquiétez pas, il y a quantité de bonnes familles qui s'occuperont d'élever ces enfants. Et beaucoup, beaucoup mieux que ces femmes ne sauraient le faire.

Elle plissa le nez en balayant du regard le coin maternité. Ana, Ester et le docteur Węgierska avaient fait de leur mieux pour aménager leur « service ». Les femmes enceintes étaient séparées des malades par un rideau de fortune fait de vieux draps récupérés au Kanada et, avec trente couchettes disponibles, les femmes n'étaient la plupart du temps que deux ou trois par double couchette. Les matelas étaient si fins qu'elles auraient aussi bien pu dormir à même les planches, mais Ana avait obtenu la permission de prendre de l'eau dès qu'elle en avait besoin, ce qui leur permettait au moins de les nettoyer, de contrôler les invasions de puces et de boire à leur gré.

Le principal avantage, ici, était la « salle de délivrance », un espace doté d'un long poêle en brique faisant la largeur de la pièce, alimenté par un feu à chaque extrémité. On ne faisait jamais de feu en été, mais la zone était spacieuse, accessible des deux côtés et surélevée – une grande amélioration par rapport à l'unique chaise dont elles disposaient au bloc 17. En dépit de cela, les lieux devaient paraître pitoyables aux yeux d'un nouveau venu, et Ana eut soudain une idée ; si ces officiers tenaient tellement à avoir leurs bébés, ils pourraient peut-être les aider.

— Les conditions sont très dures ici pour les mères, dit-elle.

La femme hocha la tête avec raideur.

— Raison pour laquelle les bébés valables doivent en partir aussi vite que possible. Nous reviendrons régulièrement, et Schwester Klara me garantit que nous pourrons sauver tout enfant prometteur.

— Prometteur ? interrogea Ana.

— Blond, précisa la femme.

Ana regarda Ester, qui porta instinctivement la main à sa chevelure blond clair, qui repoussait lentement. Dieu aurait-il entendu sa prière ?

— Vous voulez tous les bébés blonds ? Même les juifs ?

— Ne dites pas de bêtises, Ana, aboya Klara. Pourquoi voudraient-ils…

Mais l'homme officier leva une main autoritaire, la réduisant au silence.

— Un bébé qui est blond ne peut pas être juif, décréta-t-il sur un ton péremptoire.

C'était absurde mais Ana ne dit rien.

— Et les mères ? osa-t-elle demander.

Il secoua la tête avec une mine de dégoût.

— Oh, non, pas les mères. Elles sont trop imprégnées de l'ignoble influence juive pour pouvoir espérer retrouver leur liberté. Nous sommes ici pour briser ce cycle. (Gonflé d'arrogance, il jeta un regard circulaire autour de lui.) Je suis sûr que toutes les mères juives ici présentes seront ravies que leur bébé puisse partir pour vivre en bon Allemand dans la liberté du Reich.

Les mères en question – ainsi que toutes leurs camarades polonaises, russes et grecques, juives ou non – baissèrent la tête devant leurs couchettes, démentant ces paroles, mais il ne parut pas le remarquer.

— Alors, voyons un peu ces bébés, dit-il avec délectation. Faisons notre choix.

Les femmes échangèrent des regards anxieux mais, déjà, Klara avançait dans l'allée et sortait des couchettes les enfants peu visibles, quand elle ne les arrachait pas des bras de leur mère pour les brandir devant les deux SS qui la suivaient, tels deux inspecteurs sur une ligne de production. Impuissantes et horrifiées, Ana et Ester ne purent que regarder ce sinistre spectacle.

— Celui-ci ! dit l'homme en désignant un petit Polonais de quatre jours aux cheveux couleur de paille.

Klara prit l'enfant des bras de sa mère et suivit le SS tandis que la pauvre femme s'effondrait dans les bras d'une amie.

— Et celui-ci.

C'était une petite fille russe. Cette fois, la mère résista et se débattit, mais il était évident que Klara aurait préféré arracher une jambe au bébé plutôt que d'y renoncer et la mère fut contrainte de céder.

— Oh, et celui-ci, assurément.

L'homme prit le bébé lui-même – une autre petite fille née le matin même, avec des cheveux d'un blond presque blanc. La mère était juive, et c'était uniquement grâce à la passion de Klara pour les bains de soleil, qui l'emmenaient fréquemment dehors, que l'enfant avait pu lui échapper et survivre jusqu'ici. Et voilà que maintenant, ce bébé allait partir, non dans un seau vers la mort, mais pour vivre dans une famille allemande. L'officier posa un regard presque tendre sur le nouveau-né, puis considéra la mère avec curiosité – une femme brune, encore épuisée par un long travail, qui tremblait comme une feuille devant lui.

— Comment avez-vous pu faire un enfant pareil ? demanda-t-il brusquement.

— Mon… mon mari est norvégien, bredouilla-t-elle.

— Ah ! Un bâtard. Eh bien, tant mieux pour vous. Ne vous en faites pas. Il ira dans une bonne maison.

Il lui donna une petite tape sur la tête comme s'il venait de lui prendre un simple colifichet, et poursuivit son inspection.

— Non, ça non, surtout pas. Hmmm…

Il était presque parvenu au bout de la ligne, et encore visiblement loin du compte. S'arrêtant devant un bébé aux cheveux blond foncé, il fronça les sourcils.

— Qu'en pensez-vous, Aufseherin Wolf ?

La femme officier tira sur les cheveux de l'enfant, comme pour vérifier qu'ils étaient vrais, et haussa les épaules.

— Ça fera l'affaire, Hauptsturmführer Meyer. Ses cheveux seront peut-être plus clairs quand on l'aura débarrassé de tous ces poux caractéristiques des Juifs. De toute façon, Himmler veut le maximum d'enfants depuis que ces saletés de Rouges tuent tous nos hommes, alors peut-être qu'ils ne seront pas trop regardants, au centre… Allez, on le prend.

Sur ces mots, elle prit le bébé en le tenant loin d'elle, comme s'il risquait de la souiller – ce qui était effectivement possible puisque le service maternité n'avait jamais obtenu de langes pour les enfants. Le petit garçon ne réagit pas mais la mère se jeta sur Wolf et s'accrocha à ses jambes, manquant de la faire tomber.

— Je vous en prie, supplia-t-elle. Ne me prenez pas mon bébé.

— Vous tenez vraiment à le garder ici ? demanda Wolf en avisant les lieux avec une moue dégoûtée.

— Je veux le garder avec moi. Il est à moi.

Wolf eut un haussement d'épaules.

— Et vous, vous êtes à moi, malheureusement. Maintenant, lâchez-moi avant que nous devions faire usage de la force.

Mais la pauvre femme ne lâchait pas, et, Klara ayant déjà les deux premiers bébés dans les bras, il n'y avait personne pour contraindre la mère éplorée.

— *Mein Gott !* s'écria alors Meyer.

S'emparant du pistolet à sa ceinture, il lui tira une balle en pleine tête. Elle s'écroula aux pieds de la SS, qui libéra sa bottine des membres désormais inertes et s'en alla sans un regard en arrière.

— Nous reviendrons, dit-elle en s'arrêtant dans l'encadrement de la porte. Gardez-nous les éléments intéressants.

— Naturellement, répondit Klara en s'inclinant. Avec grand plaisir.

— Je l'espère, ajouta Wolf avant de partir à son tour.

Un lourd silence tomba sur le corps de la malheureuse mère qui avait commis le crime d'essayer de garder son bébé.

— Eh bien ? grogna Klara. Vous devriez vous réjouir, bande de crétines. Au moins, vos bébés sont entre de bonnes mains. C'est rassurant.

— Entre de bonnes mains ? dit la Russe en pleurant. Entre les mains des nazis, je n'appelle pas ça de bonnes mains, moi. Ma fille risque de devenir comme eux, d'adhérer à leurs idéaux immondes et de se retourner contre son propre peuple ! Je ne vois pas ce qu'il y a de rassurant là-dedans.

Elle courut vers la porte et toutes se précipitèrent après elle, mais les SS s'éloignaient déjà dans leur belle voiture avec les quatre infortunés bébés, croisant de gros camions qui se rendaient au bloc 25. Toutes les femmes restèrent là à regarder Rebekah Haim marcher avec dignité vers le premier camion, son enfant accroché à elle.

— Au moins, elle mourra en paix avec son bébé, sanglota la mère russe entourée des autres femmes à qui l'on venait de voler leur enfant.

Ester prit le bras d'Ana.

— Dans quel monde vivons-nous pour que ce sort-*là* paraisse enviable ? murmura-t-elle.

Ana se contenta de secouer la tête. Chaque fois qu'elle pensait avoir atteint le fond de Birkenau, un nouveau puits semblait s'ouvrir plus bas encore. Tremblante, elle s'adossa contre le baraquement, mais Irma Grese avançait maintenant à grands pas vers le groupe des mères en larmes, et Ester tira son amie par le bras.

— Rentrons, Ana. Je préfère éviter Grese. Je crois que les petits extras que Naomi nous rapporte du Kanada me tombent directement dans les seins. Regarde.

Elle se tapota nerveusement la poitrine, qui prenait en effet de l'ampleur. Ana s'empressa de la pousser vers l'intérieur, effondrée de sentir le puits se creuser inexorablement sous elles.

18

Juillet 1943

Ester

Ester était allongée dans sa couchette, caressant la précieuse feuille de papier qu'elle tenait étroitement contre son cœur.

Ma femme chérie et adorée.

C'était un miracle. Par Dieu sait quel moyen, Filip avait appris où elle se trouvait et était parvenu à faire sortir une lettre du ghetto ; et par Dieu sait quel autre moyen, sa lettre était arrivée à Birkenau, et jusqu'à elle. Elle bénirait Mala Zimetbaum jusqu'à la fin de ses jours pour lui avoir procuré une telle joie.

La journée avait été marquée par la saleté, avec une pluie continue entraînant de la boue partout dehors, et Ester avait entrepris avec Ana d'essayer de débarrasser le baraquement des diverses vermines qui se multipliaient par ce temps humide et chaud. Quand il ne s'agissait pas des rats venant les mordiller, c'étaient les puces et les poux qui mettaient leurs corps à la torture ; personne ne pouvait dormir avec ces démangeaisons constantes. Noami s'était procuré du désinfectant et elles avaient essayé de nettoyer chaque couchette. En vain. Hier, Ester s'était effondrée contre le mur de bois, vaincue, en pleurant qu'elles en étaient réduites à capituler devant des créatures aussi minuscules. C'était alors qu'elle avait entendu son nom :

— Y a-t-il une Ester Pasternak ici ?

La voix était douce et raffinée. En se tournant, Ester vit que c'était celle d'une femme postée devant la porte, élégamment vêtue – telle une vision d'un autre lieu, d'un autre temps. Elle était mince mais pas maigre comme les autres femmes, et avait de beaux cheveux épais, bruns, coupés au carré, qu'Ester avait immédiatement eu envie de toucher. Par-dessus le marché, elle tenait une petite enveloppe à la main.

— C'est moi, couina-t-elle. C'est moi, Ester.

La femme lui sourit et vint à sa rencontre.

— Bonjour, je suis Mala. Naomi m'a dit que vous espériez avoir des nouvelles de votre mari.

— Oui. Oh, mon Dieu, oui, répondit-elle dans un sanglot embarrassant.

Mala lui glissa l'enveloppe dans la main.

— Alors j'espère que cela pourra vous réconforter.

— Merci. Merci infiniment. Vous êtes un ange.

Mala lui sourit à nouveau et écarta ses beaux cheveux de son visage.

— Je n'ai rien d'un ange, Ester, je suis juste une femme normale qui fait ce qu'elle peut pour nous aider tous à survivre dans cette folie, jusqu'à ce que le monde retrouve un peu de raison. Gardez cela bien caché.

— Bien sûr. Merci. Vous ne pouvez pas savoir à quel point cela compte pour moi.

— Oh, que si, dit-elle. Nous avons tous besoin d'avoir une raison de vivre encore.

Et elle s'en était allée, aussi discrètement qu'elle était arrivée. Ester s'était alors réfugiée dans le fond de sa couchette, ignorant les rats et les puces, pour ouvrir l'enveloppe et se repaître des mots de Filip après trois interminables mois sans lui.

Ma femme chérie et adorée,

Je ne sais pas si tu recevras cette lettre, ni même si tu es encore vivante, mais si les prières peuvent protéger quelqu'un – et je crois que oui –, alors sache que j'œuvre nuit et jour à ta protection. Je demande à Dieu de veiller sur toi quand je mange, quand je travaille, quand je rentre à la maison, et même quand je dors. Tu es la chose la plus merveilleuse qui soit arrivée dans ma vie, ma belle Ester, et je refuse de croire que l'univers va t'enlever à moi. Nous sommes peut-être séparés pour le moment, mais cela ne durera pas éternellement. Je vais lutter pour rester en vie, et tu dois lutter aussi, ma chérie. La vie doit être notre seul objectif en ces temps obscurs, car si nous restons vivants, nous pourrons nous retrouver, et la vie – la vraie vie, pleine d'amour, de joie et d'attention – pourra sûrement reprendre son cours.
Je n'ai pas beaucoup de place, car le papier est dur à trouver et les gens prêts à l'acheminer le sont plus encore, mais sois rassurée : je vais bien, nos papas vont bien, et Leah se porte à merveille. J'ai entendu dire dernièrement qu'elle fréquente quelqu'un de bien, un jeune fermier ; réjouissons-nous qu'un de nos proches au moins vive en paix. Ce sera notre cas aussi, Ester. Un amour aussi fort que le nôtre est fait pour durer, et je regrette maintenant de ne pas t'avoir demandée en mariage dès le premier jour où j'ai posé les yeux sur toi – car je le savais déjà. Je savais que tu étais la femme de ma vie, et chaque jour je maudis ma timidité de m'avoir privé d'une seule minute de bonheur dans tes bras. Mais il y en aura d'autres. Tiens bon, mon Ester, résiste de toutes tes forces, car je t'aime de toute mon âme et, quoi qu'il en coûte, je serai là pour toi quand tout ça sera fini.

Ton mari qui t'aime pour toujours,

Filip

Elle avait beaucoup pleuré à la première lecture de cette lettre, et quantité de fois ensuite – des larmes de joie et d'espoir. Il allait bien, ils allaient tous bien, et il croyait encore à une vie après cet enfer. Cela l'avait emplie de bonheur et de honte en même temps : il priait pour elle à chaque instant qu'il avait à lui, quand elle passait son temps à désespérer et à s'apitoyer sur son sort. Eh bien, c'était terminé.

Dans la semaine qui avait suivi la réception de la lettre, elle avait repris ses prières avec une ferveur nouvelle, les prononçant du fond de son cœur, les murmurant du bout des lèvres et parfois même à haute voix. Son énergie était entièrement renouvelée. Elle n'avait plus de nausées et se sentait moins fatiguée. Pour tout dire, elle prenait même un peu de ventre, quoique cela fût peut-être seulement un ballonnement de malnutrition, comme on en voyait chez beaucoup de prisonnières. Cela ne faisait que trois mois qu'elle était ici, et pourtant, elle commençait à croire qu'il s'agissait de la seule vie qu'elle ait jamais connue. Les nouvelles de Filip lui avaient rappelé ce qui existait au-delà des clôtures du camp, et désormais, elle ne le revoyait pas seulement sur les marches de la cathédrale, mais aussi dans leur grenier, dans son atelier de couture, en train de déjeuner avec leurs pères – de vivre, tout simplement, comme elle-même avait fermement décidé de continuer à vivre.

— Debout ! Debout ! Debout !

Les cris de Klara ne la surprirent pas dans son sommeil, car elle rêvassait paisiblement en compagnie des mots de Filip, mais c'est tout de même à contrecœur qu'elle descendit de sa couchette. Naomi avait fait passer une balle de foin dans leur baraquement, et elles avaient pu rembourrer les fins matelas du coin maternité pour obtenir un peu plus de confort. Certes, cela offrait aussi un nouveau terrain de jeu aux puces et punaises, mais il était tout de même très appréciable de ne plus sentir les planches vous meurtrir les hanches en permanence la nuit. Elles en étaient infiniment reconnaissantes à

Naomi. Ester trouvait la jeune Grecque toujours plus habile dans l'art de se procurer des choses, et celle-ci lui rappelait de plus en plus sa sœur. À ceci près que la naïveté de Leah envers Hans avait mal tourné ; il fallait espérer que Naomi serait plus prudente.

— Tout le monde dehors, cria une voix. Les docteurs nous ont préparé une petite surprise.

Ester glissa la lettre de Filip dans une fente du tissu du matelas et alla rejoindre les autres femmes à l'extérieur pour l'appel. Juillet touchait à sa fin et le soleil dardait ses tout premiers rayons au-dessus de l'horizon, mais il y avait assez de lumière pour voir les grandes baignoires installées devant chaque baraquement. L'odeur puissante du désinfectant planait dans l'air et des SS faisaient les cent pas devant les prisonnières, talonnés de leurs chiens qui ne cessaient d'aboyer.

Le docteur Rhode était là, lui aussi.

— Déshabillez-vous ! ordonna-t-il soudain, ajoutant à la surprise générale. S'il vous plaît.

Ester le regarda, touchée par cette petite attention avant de se rappeler les propos de Naomi, selon laquelle certains SS étaient gentils. La barre était si basse à ce sujet, dans le camp, qu'un simple « s'il vous plaît » associé à un ordre humiliant provoquait en elle un sentiment de gratitude ; elle s'efforça de s'endurcir un peu tout en commençant à retirer ses vêtements. Se mettre ainsi à nu devant eux demeurait une épreuve extrêmement pénible.

Heureusement, ils ne pourraient jamais lui enlever l'amour qu'elle avait dans le cœur, et elle envoya vers le ciel une prière pour Filip tandis que ses jupes tombaient à ses pieds. La semaine précédente, on les avait envoyées se faire à nouveau tondre la tête, dans une vaine tentative pour limiter la prolifération des poux ; par chance, Naomi avait pu dégoter deux rasoirs, de sorte que tout leur baraquement avait pu se raser personnellement les parties les plus intimes. Les gardiens avaient été sidérés en découvrant ces parties glabres, et Ester s'était demandé, amusée, si cela pourrait un jour donner lieu à quelque article scientifique évoquant le lien entre la malnutrition et la perte de pilosité de la part de l'un des médecins utilisant leur camp comme un laboratoire.

— En rang, ordonna le docteur Rohe. Quand on vous appellera, vous entrerez dans le bain par ce côté, vous vous immergerez totalement pendant trente secondes, puis vous sortirez par là.

On reconnaissait bien là la volonté d'efficacité allemande, seulement, rien ne semblait pouvoir endiguer l'infestation. Janina Węgierska avança la première et Ester vit le docteur grimacer au moment où le puissant désinfectant entrait en contact avec la peau de la femme, irritée et rougie de toutes parts par les piqûres. Elle avait les yeux brillants de larmes quand elle sortit du bain, mais n'en versa pas une seule.

— Est-ce que ça va marcher ? murmura-t-elle à Ana.

— Ça va peut-être tuer les parasites qu'on a sur nous, mais il y en a plein d'autres dans les vêtements et les matelas, donc le bénéfice ne durera pas bien longtemps.

Ester pensa à la lettre de Filip, enfouie parmi les puces, et pria pour que celles-ci n'aiment pas le papier. Mais son tour arrivait déjà, et elle dut se mordre la lèvre pour ne pas crier de douleur quand elle s'allongea dans la baignoire. Le produit lui brûlait intensément la peau ; elle hésita, incapable de se résoudre à immerger sa tête dans le liquide couvert d'écume où flottaient quantité de puces agonisantes. Une main vint alors lui enfoncer la tête sous la surface avant qu'elle puisse prendre sa respiration. Maintenant, le feu qui lui brûlait les poumons par manque d'oxygène l'affolait bien plus que celui sur sa peau.

Tiens bon, mon Ester.

Les mots de Filip lui revinrent tandis qu'elle se forçait à ne pas se débattre contre la main qui lui maintenait toujours la tête sous l'eau – les SS n'aimaient rien tant qu'imposer ostensiblement leur domination. La tête lui tournait, et elle savait que, très vite, elle allait ouvrir la bouche. L'horrible liquide alcalin pénétrerait alors dans ses poumons, et c'en serait fini d'elle.

Tiens bon, mon Ester.

La main la lâcha enfin et elle remonta à la surface en prenant une grande inspiration.

— Dehors !

Maladroitement, elle chercha le bord de la baignoire. Mais le vertige qui l'étourdissait ne lui permit pas de trouver une prise, et, sans l'intervention d'Ana pour la soutenir, elle serait tombée à terre tel un poisson mort. Cela leur valut à chacune un coup de matraque, après quoi Ana s'immergea à son tour dans la baignoire cependant qu'Ester rejoignait la file des femmes trempées et tremblantes.

L'opération se répéta jusqu'à ce que la centaine de femmes du bloc 24 fussent passées par le même liquide infect et alignées dans l'atmosphère encore fraîche du petit matin. Le soleil montait doucement dans le ciel, mais les arbres du fond du camp occultaient encore ses rayons, et les femmes grelottaient. Les malades du typhus tenaient à peine debout. Celles qui s'effondraient étant immédiatement traînées en direction du redouté bloc 25, toutes faisaient de leur mieux pour tenir debout.

Ester ferma les yeux et pria pour Filip. Elle l'imagina en train de se réveiller dans leur grenier, de manger un morceau de pain dans la petite cuisine et de traverser le ghetto pour se rendre à son atelier. Elle avait beau avoir détesté cet endroit, celui-ci lui paraissait désormais idyllique comparé au camp de Birkenau. À Łódź, au moins, elle était avec sa famille et son mari. À Łódź, au moins, elle était sous les ordres d'autres Juifs – et s'ils avaient alors connu ce qu'était une authentique oppression, jamais ils ne se seraient plaints de Rumkowski !

Si nous restons vivants, nous pourrons nous retrouver, et la vie – la vraie vie, pleine d'amour, de joie et d'attention – pourra sûrement reprendre son cours.

Était-ce vrai ? Était-ce seulement possible ? Déjà, le contact physique avec la lettre de son mari lui manquait.

Un grand bruit la tira soudain de sa rêverie et elle vit que des prisonniers – des hommes – sortaient de leur baraquement en emportant leurs matelas. Ils les jetèrent en une longue rangée sur le sol puis s'emparèrent de seaux qu'ils remplirent dans la baignoire avant de verser le désinfectant sur toute leur surface.

— Non !

Si Ana ne l'avait pas retenue par le bras, Ester se serait précipitée devant eux pour leur faire barrage.

— Il ne faut pas les laisser faire ça, Ana. Les matelas vont être trempés !

— Mais ils vont sécher. Le soleil arrive et…

— Ma lettre, gémit-elle.

— Tu l'as cachée dans… ?

Elle opina avec vigueur et scruta la rangée de matelas. Ils étaient identiques ; impossible de dire lequel d'entre eux recélait son trésor. Ce qui n'importait déjà plus, puisque tous étaient trempés et que les mots chéris devaient déjà être réduits à de la pâte à papier.

— Ce n'est pas grave, murmura Ana à son oreille en lui tenant toujours le bras. Tu les connais déjà, ils sont gravés dans ton cœur.

Ester entendit à peine les paroles de réconfort de son amie. Le monde tournait autour d'elle et elle se sentit vaciller.

— Ester, souffla Ana. Ester, regarde-moi. S'il te plaît, regarde-moi. Tu dois rester debout, sinon ils t'enverront au bloc 25. Ce n'est qu'une lettre. Filip va bien. Il veut que tu restes en vie. Alors reste en vie, pour lui.

— Oui, articula-t-elle faiblement.

Mais en son for intérieur, elle avait l'impression que les mots de Filip étaient réduits à une bouillie, dans sa tête aussi bien que dans les pitoyables matelas devant elle. Elle n'y voyait plus clair et ne parvenait plus à tenir sur ses jambes.

— Ester ! fit la voix d'Ana, comme venue de loin. Ester, crois-tu qu'il est possible que tu sois enceinte ?

Elle cligna des yeux. Des fragments du monde semblèrent s'assembler à nouveau autour d'elle, et elle serra le bras d'Ana.

— Enceinte ?

Ana jeta un regard circulaire et anxieux autour d'elles ; par chance, les gardiens étaient trop occupés à harceler les pauvres hommes qui ramassaient leurs vêtements pour leur prêter attention. Ester posa une main sur son ventre et y sentit le léger gonflement qu'elle avait mis sur le compte de la malnutrition ; puis elle leva la main jusqu'à ses seins. Sans être aussi pleins qu'ils l'avaient autrefois été, ils étaient là, se préparant, peut-être, à nourrir un enfant.

— Est-ce que c'est possible ? insista Ana. Nous sommes ici depuis trois mois, Ester. As-tu couché avec ton mari peu avant notre départ ?

Ester se rappela leur petit grenier, leur lit douillet et les douces nuits dans les bras de Filip. Elle se rappela leur dernière étreinte, la nuit avant que la police ne vienne chercher sa mère et qu'elle ne se retrouve entraînée dans le wagon à destination de Birkenau.

— C'est possible, oui, reconnut-elle, quoiqu'il lui parût impossible d'établir un lien entre cette nuit de grâce et les horreurs actuelles du camp.

Les hommes s'en allaient, emportant les habits des femmes. La vapeur commençait à s'élever des matelas comme le soleil dépassait la frondaison des arbres, permettant aussi au produit désinfectant de s'évaporer de leur peau. Mais Ester ne pensait plus qu'à une seule chose : la nouvelle vie qui s'éveillait en elle. Elle avait peut-être perdu la lettre de Filip, mais elle avait son enfant. Leur enfant. Elle regarda Ana, abasourdie.

— Je vais avoir un bébé ?

— Je le crois.

Ce fut un instant de pure joie, mais soudain, une femme s'effondra à côté d'Ester et on lâcha un chien, qui vint refermer ses mâchoires sur la cheville de la malheureuse pour la tirer vers le bloc 25. La scène ramena immédiatement Ester à la dure réalité : elle était une femme juive dans un camp où une criminelle dérangée et sa prostituée d'aide de camp noyaient les bébés juifs dans un seau d'eau sale dès leur naissance. Elle aurait peut-être une merveilleuse sage-femme à ses côtés, mais à part cela, le monde qui les entourait était contre elles. L'enfant de Filip n'était pas seulement une joie, mais aussi le pire danger planant désormais sur la vie d'Ester.

19

Septembre 1943

Ana

La musique caressait Ana comme une berceuse et elle ferma les yeux et oublia un moment qu'elle se trouvait à Birkenau, entourée de malades et de mourantes, pour s'imaginer chez elle, dans son salon, à l'époque où il n'y avait ni nazis ni ghettos, quand ils vivaient leur vie normalement. Aujourd'hui, c'était la fête juive de Roch Hachana – le Nouvel An – et Alma Rosé, la cheffe de l'orchestre de Birkenau, avait suggéré que si les détenus ne pouvaient avoir droit aux gâteaux et autres spécialités traditionnelles de cette fête, on pouvait toutefois leur offrir la douceur de leurs instruments. Ana ne connaissait rien à cette cérémonie mais se délectait de la musique.

Tandis que les notes exquises d'un violon s'élevaient dans le bloc 24, elle se remémora les fois où Bartek en jouait aussi. Il n'était certes pas aussi doué qu'Alma Rosé, une musicienne autrichienne désormais prisonnière, comme elles toutes (son sang juif ayant visiblement été jugé plus important que son talent), mais il jouait avec beaucoup de cœur. Elle revoyait encore le sourire de son mari quand il faisait glisser son archet de plus en plus vite sur les cordes pour jouer son morceau favori, et que les garçons s'efforçaient de suivre cette cadence endiablée.

Ils avaient tous du talent, se dit-elle, avant de se corriger : ils *ont* tous du talent. Cela faisait maintenant huit mois qu'elle n'avait pas vu ses enfants, mais elle refusait de les croire perdus et pensait à eux avec une immense mélancolie en cet instant. Les longs doigts de Bron étaient aussi doués pour le piano que pour manier le scalpel de chirurgien ; Zander adorait sa flûte et le petit Jakub avait appris seul la guitare, sur un vieil instrument légué à Bartek par son père. Elle se morigéna intérieurement : Jakub n'était plus « petit » depuis longtemps, et Dieu merci, car il lui faudrait toute la force d'un homme adulte pour survivre à cette guerre.

Des prisonniers russes arrivés récemment prétendaient que les Allemands essuyaient de lourdes défaites sur le front est. Dans le dernier paquet envoyé par Bartek, sa lettre avait été plus censurée que jamais, mais il avait dissimulé un message à l'intérieur d'une petite pâtisserie. Si le gâteau en lui-même était moisi en arrivant, cela lui avait au moins permis d'échapper à l'avidité de la postière et de délivrer ce qu'il avait de plus doux – un message contenant des mots d'amour et d'espoir : *Tiens bon, mon amour, nous sommes en train de gagner.*

Ana n'osait se fier aux rumeurs qui circulaient dans le camp ; en revanche, elle faisait entièrement confiance à Bartek. On commençait même à voir des preuves de cette déclaration. Les Soviétiques déportés dans les camps à cet automne 1943 venaient de villes et de villages pris lors de retraites, non d'assauts, et des milliers de soldats de la Wehrmacht étaient tués chaque jour. Ana s'était réjouie de cette nouvelle avant de se réprimander : aucun bon chrétien ne devait se réjouir de la mort de quiconque. Cela dit, il était difficile de ne pas éprouver de satisfaction à l'idée des défaites des nazis, puisque c'était la seule issue qui leur permettrait de sortir de Birkenau.

Le violon chantait encore, ses notes vives et assurées se détachant au-dessus de celles des autres instruments. L'orchestre avait été créé peu de temps après l'arrivée des femmes dans le camp, mais Alma Rosé en avait pris la direction le mois précédent et, depuis lors, le groupe grandissait en quantité autant qu'en qualité. Les SS aimaient écouter un concert le dimanche après-midi, mais certains prisonniers n'appréciaient guère que des détenus jouent pour leurs bourreaux. Une violoniste yougoslave qui avait accouché la semaine précédente, avait confié à Ana que des détenues lui avaient craché dessus et l'avaient frappée pour avoir accepté de jouer pour les Allemands. Ç'avait pourtant été son seul moyen de sauver sa vie et celle de l'enfant qu'elle portait alors. Elle était rentrée au baraquement des musiciens avec le bébé caché dans son étui à violon, et Ana avait prié pour que les privilèges accordés aux musiciens lui permettent de garder l'enfant. Ce dont elle doutait fortement.

— Sainte Marie, mère de Dieu, veillez sur mes fils, où qu'ils soient.

Elle chercha ses perles du bout des doigts mais ne trouva que les plis de sa jupe crasseuse. Elle avait perdu le chapelet pendant la décontamination et, si Naomi lui avait promis de lui en trouver un autre, elle n'en avait pas encore eu l'occasion. Ana tourna les yeux vers la jeune fille, installée sur la couchette entre elle et Ester. Comme souvent le soir, elle était rentrée du Kanada et s'était faufilée dans le bloc 24. Les Juifs grecs avaient été placés dans les blocs 20 et 21, avec les russes, mais presque toutes les compatriotes de Naomi étaient mortes du typhus, de malnutrition ou de désespoir, et elle détestait rester là-bas. Mala s'efforçait de la faire réaffecter, mais cela prenait du temps et, en attendant, Naomi les rejoignait dès qu'elle le pouvait. Parfois, Mala venait également les rejoindre pour bavarder en polonais ou en allemand ; elle commençait même à apprendre le grec auprès de Naomi. Elle était fascinée par cette langue et cette culture, même si la rumeur disait qu'elle était surtout attirée par un jeune homme appelé Edek Galiński, un mécanicien qualifié qui travaillait dans les bureaux.

— C'est vrai, Mala ? lui avait demandé Naomi. Tu lui fais la cour ?

Mala avait fait claquer sa langue en secouant la tête.

— Comme si une telle chose était possible à Birkenau !

Mais son sourire et le rouge qui était venu à ses joues disaient le contraire, et toutes avaient eu un petit pincement au cœur en le constatant.

Dernièrement, Naomi semblait cependant moins se passionner pour les histoires de cœur de Mala. Ana l'observa, un peu inquiète, tandis qu'elle semblait absorbée par la musique. La jeune fille n'avait plus son énergie habituelle et avait perdu de sa gaieté. Elle posa une main sur la sienne, que Naomi étreignit de toutes ses forces.

— Ça va, Naomi ? lui demanda-t-elle dans un murmure.

Elle relâcha son étreinte.

— Ma mère jouait du violon.

— Mon mari aussi.

— Il te manque ?

— Chaque jour que Dieu fait.

— Ça doit être bien.

Ana fronça les sourcils et Naomi eut un haussement d'épaules.

— D'avoir un mari qui te manque, précisa-t-elle.

Ana sourit malgré elle ; la jeune Grecque avait une façon bien à elle de voir le monde.

— Probablement. Tu en auras un aussi un jour, Naomi.

— Oui, dit-elle tout en baissant les yeux vers le sol.

Ana voulait la questionner davantage, mais l'orchestre arrivait au final et il lui aurait paru peu correct de parler à ce moment-là. Elle laissa la musique l'envahir à nouveau, se délectant de chaque note, et lorsque le morceau s'acheva, elle se joignit à l'applaudissement général, presque surprise que ses mains sachent encore effectuer un tel geste. Elle regarda la violoniste qui croisa son regard et lui adressa un bref hochement de tête. Le bébé était encore vivant ; c'était toujours ça.

— Tout le monde devant sa couchette !

Toutes sursautèrent et tournèrent la tête vers la porte. Habituellement, les SS étaient bien au chaud dans leurs baraquements à cette heure du soir, à boire les alcools qu'ils avaient subtilisés. Même la revêche Klara avait apprécié cette parenthèse musicale. Elle se précipita pour accueillir les nouveaux venus et Ana sentit son ventre se nouer en reconnaissant Wolf et Meyer, les deux SS venus prendre des bébés pour leur programme absurdement nommé « Lebensborn ». Elle ne les avait pas revus depuis et espérait qu'ils se soient désintéressés de leur cas, mais voilà qu'ils étaient de retour.

Elle vit la violoniste s'éclipser et une jeune maman se recroqueviller dans le fond de sa couchette afin de dissimuler son nouveau-né. Pour celles qui se trouvaient plus près de la porte, aucune échappatoire de ce genre n'était possible et Klara et Pfani ne tardèrent pas à s'emparer de leurs bébés pour les mettre en évidence, tels des trophées attendant d'être attribués.

— Ils sont bien maigrichons, dit Meyer en faisant la moue.

— Ça vous étonne ? jeta une voix derrière eux.

Ana se retourna et vit Ester avancer, les poings sur ses hanches. Il y avait une étrange lueur dans ses yeux, et son corps entier irradiait la fureur. Sa grossesse était maintenant confirmée ; souvent, le soir, elle berçait son ventre dans le noir en lui adressant des promesses déchirantes : « Je vais bien m'occuper de toi, mon bébé » ; « Je vais te ramener à ton papa » ; « Je te donnerai tout, dans un monde bien meilleur que celui-ci, tu verras ». Ana ne lui avait jamais demandé comment elle pensait le faire venir au monde. Elle se contentait de serrer son amie contre elle en lui caressant le front et en priant pour qu'un miracle se produise. Mais en cet instant, elles n'étaient pas dans le noir et il aurait été beaucoup plus sage de ne pas faire de vagues.

— Ester ! siffla-t-elle entre ses dents pour la mettre en garde.

Peine perdue. La machine semblait lancée.

— Ils n'ont pas de vêtements, pas de langes et pas de lait si leur mère ne peut leur en donner, or presque aucune n'en a puisqu'elles ont dû échanger leur maigre ration contre un bout de linge ou de savon afin de ne pas mourir sur la table d'accouchement.

Le Hauptsturmführer Meyer la regarda à peine.

— Eh bien, dans ce cas, c'est une chance que nous soyons là. Je suis sûr qu'ils ne tarderont pas à engraisser, entourés des bons soins d'une mère allemande. (Il avisa toute la rangée des bébés.) Nous les prenons tous, sauf celui-là.

Il désigna un nourrisson russe à la peau sombre dont la mère exhala un vif soupir de soulagement. Sans laisser aux autres le temps de réagir, Klara, Pfani et Wolf leur prirent les bébés et les emmenèrent directement à la voiture. C'était fini. Une pauvre mère, à peine remise d'un accouchement difficile, resta plantée sur place, les yeux baissés sur ses mains désormais vides, sidérée. Une autre s'adossa contre la couchette et, lentement, méthodiquement, commença à s'arracher les cheveux. Une troisième tomba à genoux en réclamant son bébé dans un allemand approximatif :

— *Bitte. Meine kleine Infant. Mein bébé.*

— *Meine* bébé, corrigea Meyer avec un regard impitoyable.

Ester explosa soudain et marcha vers lui à grands pas pour lui sauter sur le dos en vociférant comme une furie. L'homme se retourna, d'abord surpris, puis visiblement fort irrité.

— Débarrassez-moi de cette folle ! *Mein Gott*, c'est pire qu'un zoo, ici. Plus vite on exterminera ces créatures, mieux ce sera. Mais lâche-moi, *blöde Hundin* !

Klara revint au pas de course et, de ses gros bras, écarta Ester de l'officier.

— Je veillerai personnellement à ce qu'elle soit punie, Herr Hauptsturmführer, déclara-t-elle avec une délectation évidente.

— Je l'espère. Décidément, ces femmes n'ont aucune idée de ce qui est bon pour elles.

— En tout cas, ce n'est certainement pas de leur prendre leurs enfants ! s'époumona Ester, qui se débattait toujours sous la poigne de Klara.

Pfani vint vers elle et la gifla violemment. Ana vit le sang jaillir de la bouche d'Ester, qui le cracha aussitôt sur son assaillante, projetant des perles écarlates dans la chevelure de Pfani. Meyer les toisa avec dégoût tout en tâtant son pistolet du bout des doigts ; un des bébés se mit alors à hurler dans la voiture et il cligna des yeux, eut un claquement de doigts à l'adresse de Wolf et sortit du baraquement.

— Je vous en prie, dit Ana en s'interposant entre Ester et Pfani. Reprenons notre calme.

Elle entendit la voiture des SS s'éloigner mais, à en juger par l'expression perverse dans les yeux de Klara, Ester n'était pas tirée d'affaire. Schwester Klara les haïssait toutes deux depuis qu'elles avaient mis un terme à la noyade systématique des bébés. C'était l'occasion rêvée pour se venger.

— Oh, mais je suis calme, dit-elle d'un ton plein de vice. Je suis parfaitement calme, et j'ai des ordres. Le numéro 41400 sera puni. Pfani, je vais avoir besoin de mon fouet. Le grand.

Ana vit Ester recouvrer soudain ses esprits. Elle luttait toujours contre l'étau des bras de Klara, mais elle n'avait aucune chance contre la kapo, de forte constitution et bien nourrie. Pfani apporta le fouet – un long objet de cuir avec cinq fils menaçants cousus à son extrémité. Ana n'avait vu aucune femme survivre à cette torture.

— Klara, je vous en prie. Nous devrions nous serrer les coudes.

— Oh, mais c'est bien ce qu'on fait, répondit l'intéressée en hochant la tête vers Pfani. Déshabille-la et attache-la à la couchette.

D'un geste, Pfani arracha le haut d'Ester, en faisant sauter tous les boutons sous le regard horrifié des autres femmes. Ana vit les yeux de Klara se plisser comme elle remarquait le gonflement du ventre d'Ester. Son sang se glaça dans ses veines.

— Klara, implora-t-elle.

Mais la kapo n'eut même pas un regard pour elle.

— Attache-la, ordonna-t-elle à Pfani. Non, pas comme ça.

Elle empoigna Ester et la retourna afin qu'elle soit face à elle.

— Voilà. M'est avis qu'il y a un sale petit Juif dans cette sale grande Juive, et que c'est pour ça qu'elle manque de respect aux autres. Il est temps que ça cesse.

— Non ! s'écria Ester en essayant de couvrir son ventre avec ses mains.

Mais Pfani lui tenait les poignets d'une main de fer et les lui nouait déjà au pied d'une couchette avec une cordelette. Comme Ester continuait de se débattre, Pfani serra encore plus fort.

— Tu fais moins la fière maintenant, hein, la youpine ?

— Pitié, Pfani. Imaginez que l'on vous prenne votre bébé…

L'espace d'un instant, un nuage passa dans les yeux de la prostituée, mais elle le balaya d'un geste et décocha un coup de poing à Ester pour faire bonne mesure.

— La ferme. Tu nous mets toutes en danger avec tes conneries, tu as besoin d'une bonne leçon.

Sur ce, elle recula et Klara brandit son fouet en caressant les cinq fils de cuir comme des serpents apprivoisés.

— Ça va faire mal, roucoula-t-elle.

— Non ! cria Ana en se jetant devant Ester. Arrêtez, Klara, c'est de la folie.

— La folie, ma chère, c'est que j'ai été forcée de t'écouter pendant si longtemps. Maintenant écarte-toi ou tu tâteras aussi de mon fouet.

D'un geste expert, sa main se plia vivement en arrière et le cuir vint frapper durement le bras d'Ana, déchirant son uniforme pour venir mordre sa chair. Elle poussa un cri de douleur et s'effondra. Klara rit et leva à nouveau son fouet.

— Arrêtez.

Cette fois, c'était Naomi qui venait de s'interposer devant Ana et Ester.

— T'es qui, toi ? aboya Klara.

— Peu importe qui je suis. Ce qui importe, c'est ce que j'ai.

— Pardon ?

Naomi souleva le bord de son uniforme, révélant une belle chemise en soie en dessous. Lentement, elle en défit alors l'ourlet, le tendit devant elle et passa un ongle sous la couture. Sous le regard avide de Klara, Naomi élargit un petit trou et quelque chose de minuscule et brillant tomba de l'ourlet dans sa paume. Tout en se tenant à une distance raisonnable de la kapo, elle ouvrit alors son poing pour lui montrer un diamant étincelant. Klara se passa la langue sur les lèvres.

— C'est un vrai, déclara Naomi. Je l'ai récupéré au Kanada. Je le gardais pour une occasion spéciale, mais Ester est spéciale pour moi, alors il est à vous, Klara, si vous la relâchez.

Klara posa les yeux sur Ester, sur Pfani et sur le diamant. Ana la voyait cogiter fébrilement et se redressa lentement aux côtés de Naomi. D'autres femmes s'écartèrent de leur couchette pour les rejoindre et former un rempart autour de la pierre précieuse. Klara eut un petit rire ironique et fit un geste de la main.

— C'est bon, donne-le-moi. Je suis crevée, de toute façon.

Naomi secoua la tête.

— Pas avant qu'Ester soit détachée.

La kapo poussa un grognement et fit signe à Pfani, qui poussa un grand soupir avant d'entreprendre de dénouer la cordelette. Les nœuds étaient serrés et le temps qu'il fallut pour libérer Ester parut interminable. Lorsque ce fut fait, Pfani la poussa vers Naomi, qui lui ouvrit ses bras et jeta le diamant aux pieds de Klara.

— Cette misérable pierre ne vaut pas un dixième de cette femme merveilleuse, lança-t-elle cependant que Klara se jetait à quatre pattes pour attraper son butin.

Les trois amies retournèrent vers le fond de la maternité et se blottirent ensemble dans une couchette. Ana avait mal au bras, mais Ester était saine et sauve, et c'était tout ce qui comptait.

— Naomi, tu as été incroyable, dit-elle en serrant la jeune fille contre son cœur.

Naomi se dégagea rapidement de son étreinte.

— Il n'y a rien de glorieux à faire de la corruption.

— Oh, mais si. Tu m'as sauvé la vie, Naomi. Et celle de mon bébé.

La jeune Grecque gigota entre elles, mal à l'aise.

— Il n'y a pas de quoi en faire une montagne, Ester. Peut-être qu'un jour, tu en feras autant pour moi.

— Te sauver ?

— Moi ou mon bébé, si j'en ai un…

— Ton… Oh, Naomi.

Les deux femmes regardèrent la jeune fille, qui mordait sa lèvre fardée de rouge et n'avait jamais autant ressemblé à une enfant.

— Que s'est-il passé ? lui demanda Ana.

Mais Ester avait déjà compris :

— C'est l'Allemand que tu trouvais gentil, c'est ça ?

Naomi hocha subtilement la tête.

— Il… il t'a forcée ?

— Il m'a dit que… que je n'aurais pas à le regretter. Et il a tenu parole, pas vrai ? Regardez tout ce qu'on a eu – le désinfectant, la paille, le diamant.

Ana regarda Ester et lut dans ses yeux la même horreur que celle qu'elle éprouvait.

— Tu as fait ça pour nous ?

Naomi haussa les épaules.

— Je vous ai dit, pas la peine d'en faire une montagne. Je n'avais pas tellement le choix, de toute façon, donc autant en profiter au maximum, non ? Et puis, ce n'est pas si terrible. Il n'est pas censé faire ça, alors ça va très vite à chaque fois.

Le courage qu'il y avait dans sa voix chamboula Ana. Un an plus tôt, Naomi vivait avec sa famille à Salonique et devait partir à l'école tous les matins sous un soleil radieux, avec la mer en toile de fond. Les champs de bataille étaient peut-être loin, mais cette guerre touchait toutes les familles du monde et arrachait les gens à ce qu'ils étaient.

— Tu aurais dû nous le dire, Naomi.

Nouveau haussement d'épaules.

— À quoi bon ? Qu'est-ce que vous auriez pu faire, à part vous inquiéter pour moi ?

Ana se pencha pour l'étreindre à nouveau.

— Nous inquiéter *avec* toi.

Un son étrange s'échappa de la gorge de la jeune fille, entre soupir et sanglot. Ana la sentit se blottir contre elle.

— Quel bazar, dit-elle. Quel sacré fichu bazar, je vous jure.

L'euphémisme était si ridicule qu'Ana se mit à rire malgré elle, puis Ester, et enfin Naomi, et toutes rirent en s'étreignant dans l'obscurité, encore et encore, à en pleurer.

Plus tard, ses deux jeunes amies dormaient et Ana était allongée entre elles, les bras posés sur leurs frêles épaules. Naomi aurait dû rentrer à son baraquement, mais après tout, qui allait s'en soucier ? La vie était tellement fragile, ici, qu'un corps de plus ou de moins sur une couchette n'avait guère d'importance.

Elle soupira en se rappelant le diamant étincelant sur le sol tandis que Klara se jetait dessus. *Cette misérable pierre ne vaut pas un dixième de cette femme merveilleuse*, avait dit Naomi. C'était tellement vrai. Naomi était jeune, ainsi qu'Ester, mais toutes deux faisaient preuve d'un courage stupéfiant dans cet endroit de malheur, et Ana sentit une vague de fierté parcourir son corps vieillissant. Bartek et ses fils lui manquaient chaque jour, mais ces deux filles-là, ainsi que toutes les femmes dont elle s'occupait, étaient sa famille actuellement. Allongée là, avec ses filles d'adoption lovées contre elle, elle jura devant Dieu qu'elle ferait tout ce qui était en son pouvoir, en tant que sage-femme, mère et amie, pour assurer leur sécurité.

20

Septembre 1943

Ester

Ester s'adossa dans le fond de la couchette, les mains sur son ventre, observant avec intérêt Pfani qui maniait l'aiguille pour tatouer sa cuisse pâle. Le dessin commençait à prendre forme, et Ester s'étonnait de voir qu'il s'agissait d'un arbre de vie, comme sorti d'une légende scandinave. Il y avait des écureuils et des hérissons à sa base, des oiseaux dans les branches et, si étrange qu'elle trouvât le fait d'imprimer de l'encre dans sa peau, elle devait reconnaître que c'était assez beau.

— Tu es douée, dis donc.

Pfani leva les yeux vers elle, surprise.

— Merci, grommela-t-elle. C'est une occupation comme une autre.

Ester regarda autour d'elle. C'était dimanche – leur seul jour de repos – et, avec le soleil d'automne qui brillait dehors, toutes celles capables de sortir de leur couchette en profitaient. Quelques jours plus tôt, le gel leur avait mordu les pieds quand elles étaient sorties pour l'appel du matin, et certaines des plus anciennes détenues avaient commencé à évoquer l'horreur de l'hiver à Birkenau, si bien que tout le monde voulait s'imprégner de la chaleur du soleil tant qu'il y en avait. Ester était rentrée en raison d'un léger vertige et pour avoir quelques minutes de solitude, mais elle avait vite été fascinée par l'aiguille de Pfani.

— Est-ce que tu dessinais avant de… enfin, tu vois ?

— Un peu. Je dessinais quand j'étais gamine, mais ma mère est morte, et là où on m'a casée après, je n'avais pas le droit de « perdre mon temps avec ces bêtises ».

— Oh… quel dommage.

Ester repensa avec tendresse à l'éducation que Leah et elle avaient reçue – stricte, mais pleine d'amour – et tendit une main compatissante vers la rousse devant elle, mais Pfani eut un mouvement de recul, refusant son élan de sympathie.

— C'est comme ça, c'est tout. Heureusement, Mme Lulu était plus gentille.

— Mme Lulu ?

— La patronne du bordel. J'avais quatorze ans quand je suis arrivée là-bas. J'étais du genre précoce.

Elle dit tout cela d'un ton parfaitement détaché et Ester s'efforça de masquer sa stupeur. Elle avait beau savoir que Pfani était ici en tant que prostituée, jamais elle ne s'était demandé pourquoi.

— Et, euh, tu as pu recommencer à dessiner, là-bas ?

— Sur les murs, oui. Mme Lulu aimait les couleurs, alors je lui ai peint de grands paysages. Des couchers de soleil, des arbres en automne, des scènes des tropiques. Elle adorait les tons rouges et orangés. Plutôt sensuels, quoi.

— Je comprends.

Ester regarda Pfani imprimer une feuille morte dans sa peau. De petites gouttes de sang apparaissaient quand l'aiguille s'enfonçait, sans que cela paraisse la perturber le moins du monde. Brusquement, elle releva la tête.

— Tu sais, j'ai été dans pas mal de camps différents depuis mes huit ans, mais celui-ci, c'est le pire de tous. Je serais prête à accepter les pires perversions sexuelles d'un homme pour pouvoir partir d'ici.

— Il y a un bordel à Auschwitz I, dit soudain une voix en provenance de porte.

C'était Naomi.

— Un bordel ? demanda Ester, stupéfaite.

De loin en loin, elles entendaient des histoires à propos d'Auschwitz I, le camp de concentration d'origine, installé à partir des hébergements pour les travaux agricoles d'été des Polonais. Le commandant des lieux dirigeait également Birkenau et, de temps en temps, des personnes étaient transférées d'un camp à l'autre. La prison politique se trouvait à Auschwitz I, ainsi qu'un simulacre de tribunal situé idéalement le long d'un mur d'exécution ; c'était tout ce qu'Ester savait à ce sujet.

Naomi opina du chef.

— Mala m'en a parlé, l'autre jour. Ils l'appellent le Puff, et il sert aux pauvres SS en manque de sexe, qui n'ont d'autre choix que de violer des sales Juives.

Ester s'approcha de Naomi et passa un bras autour de son épaule.

— Est-ce que ton gardien continue à… ?

— Oui. Mais il me donne à manger.

— C'est de la prostitution, dit Pfani sagement.

— Pas vraiment ! protesta Ester, mais Pfani n'écoutait plus.

Elle dessinait un deuxième écureuil sur sa cuisse et, en le regardant, Ester s'aperçut qu'il s'accouplait avec le premier.

— Pfani ! Tu auras ça sur toi toute ta vie !

— Et alors ? Ça plaira aux clients.

— Mais tu n'es pas obligée de continuer comme ça, tu sais. Il y aura de nouvelles opportunités, après la guerre.

— Après ?

Pfani pouffa et mit la touche finale à son écureuil mâle.

— Je ne pense pas à après.

Elle leva les yeux vers Naomi.

— Le Puff, tu disais ? À Auschwitz I… Très intéressant.

Elle se leva brusquement et sortit du baraquement, abandonnant derrière elle son matériel de tatouage. Ester le contempla, oubliant déjà les écureuils issus de l'imaginaire tourmenté de Pfani, pour penser plutôt à la kyrielle de numéros que celle-ci avait imprimés dans les petites cuisses d'innombrables enfants. Les bébés juifs voués à la mort n'étaient pas identifiés de la sorte, pas plus que les nourrissons destinés à la « germanisation ». Ceux-là devaient demeurer intacts, non traçables.

Une idée germa soudain dans la tête d'Ester. Elle s'approcha du matériel de tatouage, prit l'aiguille et la pressa sur le dos de sa main. Elle dut appuyer plus fort qu'elle ne le pensait et l'encre apparut alors pour déposer un petit point bleu sous sa peau.

— Ester, arrête !

Naomi se précipita et lui retira l'aiguille. Ester la regarda en souriant.

— Prions pour que Pfani puisse intégrer le Puff, Naomi, parce que j'ai un plan. Ils peuvent bien nous prendre nos bébés mais un jour, quand tout ça sera fini et que nous serons à nouveau libres, nous les retrouverons.

— Comment ?

Ester reprit l'aiguille et la remit sur la chaise. Pour la première fois depuis fort longtemps, elle éprouvait un sentiment ressemblant à de l'espoir.

— Par un marquage secret, ma chère Naomi. Un marquage secret !

— Quoi ?

Elle l'attira près d'elle et parla à voix basse :

— On prend tous les bébés de la liste pour le programme Lebensborn, et on leur tatoue le matricule de leur mère – en tout petit, dans un endroit que les SS ne remarqueront pas.

Comme ça, quand tout sera fini, on aura un moyen de les identifier, de les retrouver et de les récupérer.

Naomi posa sur Ester un regard plein d'admiration.

— Tu es très maligne, lui dit-elle.

Ester secoua la tête avec tristesse.

— Non. Juste désespérée.

21

Ester

— Qu'est-ce que tu fais ? s'écria Klara.

— Je déménage, répondit Pfani avec calme tout en roulant son matelas sur le sol de la chambre de la kapo.

— Mais… où ça ?

Klara pivota sur ses talons et essaya d'attraper Pfani par le bras, mais celle-ci l'évita et traversa à grands pas le baraquement.

Ester donna un petit coup de coude à Ana et Naomi, qui veillaient avec elle sur Zofia, une jeune Polonaise affreusement maigre entrée en travail quelques heures plus tôt. Tout l'été, les wagons à bestiaux n'avaient cessé d'amener de nouvelles femmes dans le camp, dont de nombreuses étaient enceintes. Celles dont la grossesse était déjà visible au moment de la sélection initiale se voyaient inéluctablement envoyées dans la file de la mort, mais certaines échappaient à la détection et finissaient à la maternité d'Ana, parmi les pauvres prisonnières devenues les proies des gardiens.

Elles venaient de partout, mais principalement de Russie et de Biélorussie, où elles avaient été prises en otages lors des retraites allemandes. Au moins celles-ci avaient-elles la chance de posséder encore un peu de force, mais accoucher à Auschwitz était risqué, même pour les mieux portantes. La chétive Zofia, envoyée ici suite au démantèlement du ghetto de Rejowiec quelques mois plus tôt, était en difficulté depuis le début du travail. Ester se plaça entre elle et le reste de la salle tandis que Klara marchait furieusement après Pfani.

— Où est-ce que tu vas, comme ça ? Tu ne trouveras pas d'autre kapo pour te traiter aussi bien que moi, tu sais.

— Je sais, répondit Pfani en repoussant ses cheveux avec un petit rictus. Je pars au Puff. Là-bas, il y a des lits moelleux, de beaux habits, et on peut prendre autant de bains qu'on veut.

Les femmes autour d'elle soupirèrent d'envie.

— C'est quoi, le Puff ? demanda Janina, qui revenait de l'autre bout du bloc.

— Le bordel, l'informa crûment Naomi. Pour les nazis.

— Non ! s'exclama Janina en regardant Pfani avec consternation. Vous ne pouvez pas faire ça… Vous allez avoir tous ces monstres sur vous… en vous !

— Et alors ? Vous n'avez pas entendu : des lits douillets, de beaux habits et des bains à volonté. Ça vaut bien un bout de saucisse allemande, si vous voulez mon avis.

— Non, Pfani. Et que faites-vous de votre fierté, alors ? De votre dignité ?

Pfani se gaussa sous les yeux du médecin.

— La fierté et la dignité, ça ne suffit pas pour rester en vie. Je l'ai appris il y a longtemps déjà, et c'est encore plus vrai aujourd'hui. J'y vais.

— Alors, tu me quittes ?

Klara avait l'air tellement bouleversée qu'Ester eut presque pitié d'elle avant de se rappeler la cruauté de la kapo qui l'avait menacée de son fouet.

— Bien sûr que je te quitte, répondit Pfani en riant. Qu'est-ce que tu m'as donné, en fin de compte, Klara ? À part une petite place sur ton plancher et l'occasion de faire le sale boulot à ta place ? Eh bien, merci, mais trouve-toi une autre boniche, maintenant. Je vais faire mon sale boulot moi-même.

Sur ces mots, elle agita une main pour dire adieu au bloc 24 et sortit sans se retourner. On entendit alors un moteur de voiture rugir, puis ce fut le silence.

— Aaaaah ! gémit Zofia, les rappelant à leur tâche.

— C'est bien, ça avance bien, lui assura Ana d'une voix douce.

Ester en doutait. La fragile Zofia était arrivée après avoir vu son mari tué par balle sous ses yeux, et sa sœur envoyée directement à la chambre à gaz ; elle ne s'en était jamais remise et cet accouchement pourrait être pour elle la goutte d'eau qui ferait déborder le vase. Cependant, jusqu'à présent, Ana n'avait perdu aucune mère en couches ; Ester devait donc faire confiance à son amie, d'autant plus qu'elle-même avait une autre mission en ce moment. Elle caressa le visage de la jeune femme avant de rassembler son courage pour aller voir Klara, bien décidée à profiter de l'instant de faiblesse de la kapo.

— Mon Dieu, fit-elle à mi-voix. Qui va tatouer les enfants, maintenant ?

Klara la regarda vaguement et haussa les épaules.

— Certainement pas moi. Je déteste les aiguilles.

Ester serra les poings nerveusement en priant pour que sa ruse fonctionne.

— Moi aussi. Ces pauvres bébés… Cet instrument me donne la chair de poule dès que je le vois.

— Ah, oui ? Décidément, tu es une mauviette, 41400.

— Oui, mais…

Klara prit le matériel de tatouage sur la chaise désormais vide de Pfani et le tendit à Ester.

— Tiens, tu viens de décrocher un nouveau boulot, petite youpine. Tu commences ce soir.

— Klara, je…

— Ce soir, j'ai dit. Et je ne veux pas entendre une seule plainte, pas une.

Ester prit le matériel et contint un soupir de satisfaction.

— Très bien, Klara.

Mais déjà la kapo avait tourné les talons pour rejoindre sa chambre à grands pas et claquer la porte derrière elle. Les fines planches la séparant du reste de la salle ne suffirent pas à masquer le bruit de ses sanglots et Ester sourit. Son plan avait fonctionné.

Le bébé de Zofia – une fille – vint au monde, petit mais hurlant pour deux. Ana bénit l'enfant, comme elle le faisait toujours, et Zofia lui demanda de la baptiser du nom de sa sœur, Oliwia. Les femmes se regroupèrent pour une cérémonie improvisée, lors de laquelle Zofia ne cessait d'embrasser sa fille, qui arborait de beaux cheveux blonds. Klara sortit de sa chambre en entendant les cris du nouveau-né. Elle avait les yeux rouges et gonflés et titubait sous l'effet du schnapps, dont l'odeur semblait lui sortir par tous les pores.

— Une bonne candidate pour le Lebensborn, à ce que je vois ! Excellent !

Zofia serra son bébé contre elle.

— Pitié, Klara, bredouilla-t-elle en polonais. Ne me l'enlevez pas.

— Parle allemand, pauvre pécore ! Tu devrais être contente que ses cheveux blonds sauvent ton bébé de sa misérable vie de sale Juif. Et que ça lui donne plus de chances dans la vie que toi.

— Je suis sa mère, dit Zofia dans un allemand hésitant. Je peux donner le meilleur pour sa vie.

— Pas plus qu'un jour ou deux, jubila Klara. Elle est sur ma liste. Quant à toi… (Elle pointa Ester du doigt.) Ne t'avise pas de tatouer celui-là. Il doit parvenir au Reich intact.

— Bien sûr, Klara.

La kapo étrécit les yeux et Ester eut peur que son plan ne fût percé à jour ; mais Klara avait l'esprit trop embrumé pour déceler quoi que ce soit et, d'un pas chancelant, elle retourna s'enfermer dans sa chambre.

Ester déglutit à vide et regarda Zofia.

— Il faut qu'on le fasse, lui murmura-t-elle en polonais. On doit la tatouer.

Zofia acquiesça, les larmes aux yeux, et tendit l'enfant à Ester.

— Allez-y. Marquez-la et, un jour, je la retrouverai. Je retrouverai mon Oliwia.

— Exactement.

Dit ainsi, cela paraissait assez simple. Mais lorsqu'Ester posa le bébé à côté de sa mère et leva l'aiguille, sa main se mit à trembler. Cela n'irait pas. Elles étaient convenues que le meilleur emplacement pour dissimuler la marque était le pli de l'aisselle ; seulement, il faudrait que le numéro soit assez petit pour ne pas être remarqué, et suffisamment précis pour pouvoir être lisible et donc utile, à un moment indéterminé du futur.

Toute la fin de journée, pendant qu'Ana accompagnait Zofia dans les phases de son travail, Ester s'était entraînée sur le bras d'une femme morte dont le corps gisait à l'extérieur du baraquement. La tâche avait été pénible, mais elle avait la conviction que cette pauvre âme ne lui en aurait pas voulu si elle avait eu connaissance de l'importance de cette mission, et cela lui avait donné du courage. Mais maintenant, avec un bébé bien vivant devant elle, ce n'était plus du tout la même chose.

— Je ne peux pas, murmura-t-elle.

Ana fut immédiatement à ses côtés.

— Mais si, tu peux, Ester. Tu es forte, généreuse et courageuse. Oliwia n'aura mal que quelques instants, et cela lui donnera une chance de revoir un jour sa mère, alors ça en vaut la peine.

Ester opina, déglutit avec peine et leva à nouveau son aiguille. Les yeux bleus du bébé rencontrèrent alors les siens, et elle s'imagina avoir son propre enfant face à elle.

— Je suis désolée de ce que je vais te faire, lui dit-elle tout bas, mais j'espère que tu comprendras un jour que c'était pour ton bien.

Avec douceur, Ana souleva le bras du bébé tout en maintenant fermement son petit corps, cependant qu'Ester, l'aiguille en main, vérifiait le matricule de Zofia : 58031. Convoquant tout son courage, elle se remémora la série de chiffres sur le bras de la défunte, dehors (bras désormais coupé pour éviter d'éveiller les soupçons), et se lança. La petite Oliwia poussa un cri de surprise à la première piqûre de l'aiguille, mais Ester entendit Zofia murmurer des paroles réconfortantes à son bébé et les prit aussi pour elle tandis que, la langue pointée entre les dents, elle imprimait lentement les chiffres – petits et précis – dans le pli de l'aisselle de l'enfant.

— Ça y est.

Elle recula et poussa un soupir de soulagement. Ana vérifia le numéro et acquiesça d'un hochement de tête.

— Bravo. C'est beau.

— C'est donc ça, la beauté, à Birkenau ? ironisa Ester, navrée par cette pensée.

— Pas directement, concéda Ana. Mais ça, oui.

Ester suivit le regard d'Ana. Zofia avait mis son bébé au sein et lui embrassait le front cependant qu'Oliwia cherchait le mamelon, ayant déjà oublié l'aiguille. Elle sourit en pensant à la marque minuscule, dont elles seules connaissaient l'existence, et qui constituerait un précieux fil d'Ariane dans un avenir auquel elles devaient continuer de rêver.

22

24 décembre 1943

Ana

— Tout va bien ? Bébé est toujours bien au chaud ?

Ana traversa en hâte la maternité, essayant vainement de retrouver des sensations dans ses pieds et mains gelés comme elle allait prendre des nouvelles des futures mamans. Comment pourrait-elle faire venir un enfant au monde avec des doigts engourdis ? Elle regarda avec dépit le long poêle de brique qui s'étendait sur toute la largeur du bâtiment – solide, efficace, mais privé de tout combustible. Il faisait moins de zéro depuis des semaines, et ils avaient depuis longtemps épuisé la maigre provision de charbon et de bois qui leur était accordée pour l'hiver.

Parfois, les résistants polonais du coin jetaient des bûches par-dessus les clôtures, mais il fallait pouvoir vite s'en emparer et, le bloc 24 n'abritant que des femmes malades ou enceintes, elles en avaient rarement l'occasion. Naomi en récupérait une de temps en temps, qu'elle échangeait parfois contre les allumettes vitales qu'elle pouvait se procurer au Kanada. Seulement, Ester était grosse maintenant, et Ana ne faisait pas le poids pour lutter dans le froid contre des femmes endurcies. Elle grogna en se frottant les mains, désespérant d'y ramener un peu de chaleur. Aucune femme n'était en travail pour le moment, mais au moins trois en étaient proches, et c'était toujours un grand bonheur de voir un bébé naître le jour de la naissance de Christ, alors Ana se tenait prête.

Elle regarda par la fenêtre. La neige continuait de tomber, illuminée par les projecteurs qui inondaient le camp de leur lumière jaunâtre dès la tombée de la nuit. L'heure de l'appel du soir approchait ; bientôt, elles devraient quitter la relative protection de leur baraquement de bois pour rester plantées dehors, dans un froid mordant qui transperçait immédiatement leurs maigres habits, leurs pieds nus gelés par la neige dans leurs sabots rudimentaires, frissonnant tellement fort qu'on entendait claquer les os des plus décharnées d'entre elles. Les nazis n'en avaient cure. La première qui tombait, qu'elle soit morte ou juste inconsciente, était tout de suite jetée dans la charrette, parmi les corps congelés attendant d'être emportés jusqu'aux fours.

Ana et Ester avaient de la chance : Naomi avait pu leur fournir des pulls à glisser sous leur uniforme, mais, avec le peu de gras qu'il leur restait sur les os, il leur en aurait fallu cinq pour avoir vraiment chaud. Ironie du sort, il y avait des montagnes de vêtements au Kanada, volés aux nouveaux arrivants puis triés pour être donnés aux bons citoyens du Reich. Les ouvriers travaillant dans les champs gelés vêtus d'un simple uniforme, sans manteau, bonnet ou chaussettes, voyaient chaque jour passer des camions entiers remplis de fourrures, de pull-overs en laine, de chaudes écharpes et de gants à destination de gens qui en possédaient déjà. C'était une cruauté plus dure encore à supporter que les coups de matraque, et Ana se demandait comment elles allaient pouvoir passer l'hiver.

— Tout va bien ? Bébé reste bien au chaud ?

Ces questions étaient idiotes, elle le savait, car rien n'allait bien à Birkenau et, parfois, ces derniers jours, c'est presque avec envie qu'elle contemplait la fumée qui s'échappait des fours crématoires – au moins faisait-il chaud, là-bas. Elle tenta de se ressaisir. La vie était un don de Dieu, et s'il jugeait utile de la garder en vie, c'était pour une bonne raison.

Un autre colis de Bartek lui était parvenu dernièrement ; si le lien entre eux existait encore, il lui semblait de plus en plus ténu. Le paquet contenait une saucisse, rabougrie par le temps depuis l'expédition du colis, mais ô combien appréciée en cette période où la soupe qu'on leur servait était plus claire et plus fétide que jamais, en dépit du froid. Plus réconfortant encore était le minuscule message qu'il avait glissé au centre – *Je t'aime*. Il contenait également une lettre, lourdement censurée, avec les mêmes mots barrés sans autre raison que par pure cruauté, mais Bartek avait tout de même pu les lui faire lire – ces trois petits mots possédant plus de pouvoir que des milliers d'autres. Un pouvoir que ces sadiques de nazis ne pourraient jamais comprendre.

En regardant la neige tomber, Ana repensa à la joie que lui inspirait autrefois ce spectacle une veille de Noël, à Łódź. Elle se rappela les bonshommes de neige dans les parcs avec les enfants, leurs glissades sur les ruelles en pente faisant office de toboggans, les vins chauds et les gâteaux qu'ils rentraient ensuite déguster au coin du feu. Elle avait alors conscience de son bonheur, mais, avant de connaître Birkenau, jamais elle n'aurait pu imaginer à quel point on pouvait être malheureux.

Non, malheureux n'était pas le bon mot, se dit-elle. Mais comment qualifier cette absence totale et permanente du moindre confort, avec ce froid qui vous pénétrait jusqu'aux os, cette faim si dévorante qu'il était difficile de penser à autre chose qu'au prochain morceau de pain rassis, et avec cette douleur constante dans les côtes depuis qu'elle s'était fait passer à tabac dans la salle d'interrogatoire, il y avait presque un an ? Sa famille lui manquait cruellement, mais elle avait Ester et Naomi, et toutes les femmes qui passaient un moment dans la maternité. Il y avait des instants de joie, même si tous étaient entachés par la souffrance du deuil ou de la séparation. Jusqu'à présent, elle avait fait naître plus de mille bébés au sein du camp ; exception faite de ceux qui avaient été enlevés pour être « germanisés », un seul avait survécu.

Si l'acte de création était toujours aussi beau, chaque naissance avait un goût doux-amer. Certaines femmes russes particulièrement résistantes étaient parvenues à nourrir leur bébé pendant des semaines, mais, dès qu'on les renvoyait au travail, les enfants dépérissaient. Certains jours, on les entendait hurler sans discontinuer depuis les baraquements où on les laissait pendant que leurs mères allaient construire des routes ou transporter des briques ; au bout du compte, même les plus fortes baissaient les bras.

Quantité de mères ayant survécu à l'accouchement grâce aux soins d'Ana ne supportaient pas le déchirement dû à la perte de leur enfant. La petite Oliwia de Zofia avait été emmenée deux jours après sa naissance ; après quoi, Zofia était restée couchée et avait refusé de se lever. Ester l'avait accompagnée, le temps que son âme suppliciée quitte son corps. Ana redoutait maintenant le jour de l'accouchement d'Ester. Elle se souciait de toutes ses patientes, sans distinction, mais Ester était évidemment particulière à ses yeux.

« C'est votre fille, maintenant. »

Seigneur, priait-elle, *donnez-moi la force de la soutenir dans cette épreuve.*

Mais déjà elle savait que, quelle que soit la difficulté de l'accouchement, le plus dur surviendrait après la naissance du bébé et, toutes les nuits, elle priait le ciel afin qu'un miracle de Noël ait lieu pour le bébé d'Ester. L'espoir était permis, puisqu'il y avait eu au moins un survivant. Le fils de la violoniste avait été exfiltré dans le « camp des familles » – une nouvelle zone créée pour accueillir l'afflux en provenance du ghetto de Theresienstadt, deux mois plus tôt. Mères et enfants avaient le droit d'y demeurer ensemble, parfois avec les pères. Leur travail était moins éreintant, ils bénéficiaient de meilleures rations et les enfants jouaient avec des cordes et des cerceaux. Personne ne savait pourquoi ces Juifs-là étaient favorisés de la sorte, jusqu'à ce que la cellule de publicité de Goebbels débarque un jour, appareil photo en bandoulière, afin de prendre des clichés de cette section idyllique de Birkenau. Les autres prisonniers, agglutinés derrière les clôtures de barbelés, avaient alors compris qu'il s'agissait uniquement d'une entreprise de propagande visant à présenter au monde une image acceptable des camps.

— Au moins, cela prouve que le monde s'intéresse à nous, avait dit Mala, toujours positive. Ils n'auront qu'à y regarder d'un peu plus près pour se rendre compte que nous ne vivons pas tous de cette manière.

Mais le monde était en guerre et devait probablement avoir autre chose à faire que de démontrer les mensonges d'un film réalisé par les nazis. Rien n'avait changé depuis, et les autres détenus continuaient de regarder avec envie les « privilégiés » du camp des familles. Mais si le fils de la violoniste s'y trouvait, non loin de sa mère, alors peut-être l'enfant d'Ester pourrait-il y aller aussi ? L'espoir était mince, certes, mais c'était le seul qu'avait Ana, et elle s'y raccrochait de toutes ses forces.

On cria pour lancer l'appel et un grognement collégial s'éleva dans la maternité. Les malades de l'hôpital de Janina étaient dispensées de se présenter devant les SS, mais les femmes enceintes en étaient jugées capables, et toutes durent s'extraire péniblement de leur couchette pour se mettre en une étroite file indienne, cherchant la chaleur des autres.

— *Raus, raus.* Allez, on y va, lança Irma Grese en passant sa jolie tête par la porte du bloc 24. C'est Noël ! Nous avons une surprise pour vous.

Personne n'y crut. Il n'y avait jamais de bonne surprise à Birkenau, et c'est remplie de crainte qu'Ana se traîna dehors après ses patientes. Ester passa un bras sous le sien et voulut lui sourire mais, dès que les flocons lui fouettèrent le visage, son expression tourna à la grimace.

— À ton avis, que fait Bartek, ce soir ? lui chuchota-t-elle.

C'était leur habitude, ces jours-ci. Quand elles parlaient de leur foyer, de leurs proches, de ce qu'ils pouvaient manger et faire, cela leur permettait d'oublier le présent et les aidait à ne pas devenir complètement folles.

— Il prépare des *kołaczki*, répondit Ana sans la moindre hésitation.

Elle imagina les biscuits sortis du four, brillant de confitures colorées.

— Il sait cuisiner ?

— Pas grand-chose, mais les *kołaczki*, oui. Il disait toujours que c'était sa contribution à Noël, et enfilait mon tablier pour s'y mettre. C'était un vrai désastre, je te jure. Il lui fallait des heures, et la cuisine finissait avec de la farine et de l'œuf partout – par terre, sur la table, jusque dans ses cheveux.

Elle faillit rire, mais le vent glacial transforma son rire en hoquet et elle serra plus fort le bras de son amie.

— Oh, Ester… Est-ce qu'on sortira un jour d'ici ?

— Bien sûr que oui. Ton saint Nicolas va venir dans son beau traîneau et nous emmener, tu verras.

Naomi vint se poster près d'elles.

— Formidable, dit-elle. Je m'occuperai du vin chaud.

Elle coula à Ana un sourire illuminé par le rouge à lèvres. Ana regarda ses deux amies et remercia le ciel de lui avoir envoyé ces deux jeunes femmes admirables ; sans elles, elle aurait sûrement laissé Birkenau la déposséder de son âme. Elle aurait cinquante-huit ans en mars, si elle parvenait jusque-là, et certains jours, c'est uniquement en mobilisant toute sa volonté qu'elle était capable de mouvoir son pauvre corps affaibli et vieillissant.

Notre seule arme est de rester en vie, se rappela-t-elle en frappant le sol de ses pieds.

— Tiens, lui dit Naomi en glissant quelque chose entre ses mains. Joyeux Hanouka.

Ana haussa les sourcils, se rappelant que c'était en effet la période de la Fête des lumières juive – terrible ironie du sort, dans les ténèbres de Birkenau, mais Naomi était une lumière à elle toute seule. Ana sentit la douceur typique de la soie entre ses doigts.

— C'est une combinaison, chuchota Naomi. Un truc de luxe, qui a dû coûter une fortune à son ancienne propriétaire – qui n'en a plus besoin, maintenant. La dentelle ne te servira pas à grand-chose, mais la soie tient vraiment chaud, tu verras.

— Tu es un ange, Noami, dit Ana, saisie d'émotion devant la gentillesse de son amie.

C'était à cela qu'elles devaient se raccrocher. C'était grâce à cela qu'elles survivraient ici. C'était...

— Regardez ! s'écria Grese, la tirant de ses pensées. Un magnifique cadeau de Noël !

Elle eut un grand geste et, à la stupeur générale, les femmes alignées dans la neige virent qu'on avait installé un sapin au beau milieu du camp et que des SS allumaient des bougies sur ses branches, comme si tous se rassemblaient dans un village pour entonner des chants de Noël. Les femmes échangèrent des regards, ne sachant trop quoi en penser. C'était un simulacre de cadeau, bien entendu, beaucoup moins apprécié que ne l'aurait été un petit supplément de soupe, mais le simple fait de voir ces bougies scintiller courageusement sous la neige leur rappelait à toutes le bon vieux temps.

Ana repensa à ce Noël fatidique, trois ans plus tôt, quand Bartek, les enfants et elle avaient décidé d'offrir leur repas de fête aux Juifs enfermés dans le ghetto. Ils avaient pris une décision, ce jour-là – celle de ne pas se limiter à assurer leur propre survie, mais de se lancer dans la lutte pour aider leur prochain. Tous étaient convaincus que cette lutte était juste, mais ils ignoraient alors où cela les mènerait. Auraient-ils agi différemment, s'ils l'avaient su ? Ana espérait que non ; pourtant, si elle avait alors passé une seule nuit dans ce camp, cela l'aurait sûrement ébranlée au point de faire vaciller sa détermination.

— Joyeux Noël ! cria gaiement Irma Grese en sautillant devant elles dans son gros manteau et ses bottes fourrées.

Surtout à vous, chères Juives. Vous êtes passés à côté de ça, n'est-ce pas ? Vous n'avez pas vu les signes. Eh bien, ne vous en faites pas : les chrétiens se sont trompés aussi. Vous vous êtes tous trompés. Vous croyez encore que Dieu existe ?

Elle s'arrêta et brandit sa matraque en l'air.

— Il n'y a pas de Dieu ! Nous sommes seuls sur cette terre, et ce sont les plus forts qui gagnent. Et c'est *nous* qui avons gagné !

D'un geste théâtral, elle repoussa en arrière sa chevelure blonde et éclata de rire tel un ange déchu, avant de revenir vers l'arbre et de tirer sur un drap qui en couvrait la base. Quelques femmes lorgnèrent le drap avec envie, mais elles furent vite saisies d'effroi en découvrant ce qu'il cachait : les nazis avaient disposé une pile de cadavres sous le sapin. Ceux du dessus étaient ornés de gros rubans rouges.

— Voici votre cadeau ! s'exclama Irma. De notre part à tous !

Elle rejoignit les autres SS, lesquels ricanaient de leur sinistre blague en regardant les rangées de détenues frigorifiées, qui tremblaient devant leurs amis décédés. Une rage pure et monstrueuse envahit Ana à ce spectacle. Elle se rappela la fois où Ester avait sauté sur les officiers du Lebensborn, toutes griffes dehors, et eut envie de faire la même chose à cette femme perverse qui avait tous les droits sur elles, non en raison de sa force personnelle mais parce qu'elle avait de son côté les fusils, les chars, et toute une dynastie d'êtres maléfiques. Mais peut-être que la victoire pouvait revêtir d'autres formes.

Ouvrant la bouche, Ana entonna les premières mesures de *Douce nuit*. Elle n'était pas une grande chanteuse, comme ses fils ne s'étaient jamais privés de le lui dire, mais quelle importance ? Les autres détenues la regardèrent, d'un air d'abord effrayé, puis, quelque chose se passa et, comme Ana continuait, d'autres voix vinrent se joindre à la sienne, timides au début mais gagnant rapidement en volume. Même les femmes juives se mirent à chanter. Qu'importe si elles ne connaissaient pas toutes les paroles ; l'important était de joindre leurs voix à la musique qui s'élevait maintenant au sein du camp, autour des bougies qui illuminaient l'arbre de Noël, en essayant d'ignorer les corps gisant à son pied.

Grese plissa les yeux et les SS parurent décontenancés, mais le chant choral semblait les hypnotiser et aucun ne brandit son arme. La musique s'élevait autour des femmes émaciées en un halo de buée d'haleines chaudes, exprimant leur humanité, leur solidarité, leur refus collectif de capituler et de périr dans la fange du régime nazi. Ana sentit son cœur se gonfler et faire enfin circuler son sang jusqu'au bout de ses doigts. Elle sentait aussi la soie du cadeau de Naomi, et la chaleur du bras d'Ester sous le sien. Elle sentait Bartek lui sourire, quelque part à Varsovie où, en cet instant même, il devait être en train de comploter avec d'autres pour mettre fin à cette infamie.

Notre seule arme est de rester en vie.

Le chant touchait à sa fin, et Ana s'accrocha aux dernières notes. Elle aurait voulu qu'elles durent encore, qu'elles les gardent ainsi en paix, mais Irma Grese avança soudain et se mit à secouer l'arbre. Les bougies chancelèrent, touchant les aiguilles, et le sapin commença à prendre feu. Une rumeur s'éleva parmi les prisonnières et Ester poussa un petit cri à côté d'Ana.

— Ce n'est pas grave, lui souffla Naomi. Au moins, ça fera… Oh, non !

Elle serra le bras d'Ana en lui désignant le sol ; un fluide chaud en provenance des jambes d'Ester y faisait fondre la neige.

— Chut ! fit-elle à Naomi tout en pressant davantage le bras d'Ester.

Les prisonnières furent autorisées à rallier leur baraquement et Ana et Ester s'empressèrent de rentrer au bloc 24. Les SS étant partis s'adonner à leur festin de Noël, les détenues les plus téméraires foncèrent en direction de l'arbre en feu et s'emparèrent des branches afin d'alimenter les poêles, Naomi en tête du mouvement. Plusieurs femmes enceintes lui emboîtèrent le pas et, bientôt, on put rallumer le feu dans le coin maternité du baraquement. Peu à peu, les briques du long réchaud commencèrent à dégager de la chaleur, en même temps qu'Ester ressentait les premières contractions. On posa une couverture sur les briques chaudes et Ester put s'allonger pour essayer de se détendre. Toutes les femmes se regroupèrent autour d'elle. L'une d'elles recommença à chanter, berçant la parturiente des doux accords de paix et d'amour.

Mais en dépit de sa jeunesse, la pauvre Ester était trop faible et le travail s'éternisa cependant que la dernière branche se consumait dans l'âtre et que les autres femmes sombraient dans le sommeil. Ana et Naomi restèrent éveillées, à lui parler, lui frictionner le dos et l'encourager. Ana alla extraire de sa cachette le dernier morceau de la saucisse envoyée par Bartek. Ester la mastiqua avec reconnaissance, en même temps que ses contractions gagnaient en intensité. L'heure de l'appel matinal arrivée, on les força toutes à sortir, mais c'était Noël – pour les nazis, du moins – et la jeune SS de service fit son devoir avec un zèle minuté, si bien qu'en moins d'une demi-heure, elles étaient de retour à l'intérieur.

— Ça ne va plus tarder, maintenant, promit Ana à Ester en l'aidant à se réinstaller sur le réchaud. Le col est presque entièrement dilaté. Le bébé va bientôt arriver.

— Je ne veux pas.

— Quoi ?

— Je ne veux pas qu'il sorte. Je veux qu'il reste là où il est. Je veux qu'il reste avec moi.

Ester avait les yeux écarquillés. Son corps était épuisé par l'effort, luttant contre les contractions, mais elle s'agrippait à Ana avec une force surprenante.

— Fais en sorte qu'il reste en moi, Ana. Qu'il reste en sécurité.

— C'est impossible, ma chérie. Ton bébé veut te voir et être dans tes bras.

— Mes bras ne sont pas assez forts pour ça.

— Bien sûr que si, lui assura Ana.

Ce n'étaient pas les bras de son amie qui l'inquiétaient, mais son cœur. Seulement, le moment était venu et, comme des millions de femmes avant elle et des millions après, elle n'avait d'autre choix que de travailler avec la douleur et de faire venir ce bébé au monde.

— Allez Ester, pousse. Pousse fort.

Ester ferma les yeux, sanglotant presque de peur.

— Maman, gémit-elle. Leah.

Ana avait elle aussi envie de pleurer en voyant son amie souffrir ainsi, si loin de celles qui auraient dû la soutenir en ce moment crucial ; mais Naomi, libérée de ses tâches au Kanada pour ces deux jours de fête, se planta devant elle.

— Nous sommes là, Ester, affirma-t-elle. Ana et moi sommes là pour toi.

Elle prit les mains d'Ester, les posa sur ses épaules et pressa son front contre celui de son amie.

— Vas-y, ma belle, on va le faire ensemble. Allez, pousse !

Ester ouvrit les yeux, les plongea dans ceux de Naomi et hocha la tête. Elle prit alors une longue et profonde inspiration, et poussa.

— C'est bien, l'encouragea Ana. Continue comme ça, Ester, il arrive !

Elle priait pour que cette phase ne dure pas trop longtemps, car Ester était déjà à bout de forces ; par chance, son bébé avait envie de naître et il ne fallut que deux poussées de plus pour que la tête émerge.

— Il est là, Ester, s'écria-t-elle. Une dernière poussée.

Dans un rugissement, Ester s'appuya contre Naomi et poussa tandis que les autres femmes, désormais réveillées, lui criaient leurs encouragements. L'instant d'après, une minuscule mais parfaite petite fille était entre les mains d'Ana.

— Bravo, Ester. Tu as une fille, une fille magnifique.

Ester se laissa retomber sur les briques, le bras de Naomi lui servant d'oreiller cependant qu'Ana coupait le cordon avec les ciseaux de manucure, avant de lui mettre le bébé dans les bras.

— Une fille… souffla Ester.

— Née le…

Ana s'interrompit, se rappelant que le jour de Noël ne signifiait rien pour les Juifs. En son for intérieur, elle remercia tout de même Dieu d'avoir fait naître le bébé d'Ester le jour de la naissance du Christ, et le supplia de permettre à cet enfant de vivre.

— Comment vas-tu l'appeler ? lui demanda-t-elle.

— Filipa, répondit Ester sans hésiter. Filipa Ruth.

— Parfait.

Sur ce, elle se baissa afin de s'occuper ostensiblement de la délivrance – mais en réalité, il s'agissait surtout de cacher ses larmes sous les jupes d'Ester.

Filipa Ruth. Un nom qui rendait hommage à la mère disparue d'Ester et à son mari Filip, qui devait encore se battre pour vivre quelque part, trop loin d'ici. Ana pria pour que, d'une manière ou d'une autre, tous deux entendent cet hommage. Ester caressait maintenant la tête duveteuse de son bébé en lui murmurant des mots tendres, tout entière à son émerveillement de mère, oubliant la peur et le froid, en une scène aussi merveilleuse que terrible à voir. Ces deux « jours fériés » tiendraient brièvement les SS à distance du bloc 24, mais ils reviendraient. Ils reviendraient très vite, et alors, la peur et le froid glacial n'en seraient que plus mordants.

23

27 décembre 1943

Ester

— Oui, oui mon trésor. Maman est là. Maman veille sur toi.

Ester déposa un baiser sur la petite tête de Filipa et la regarda s'éveiller et chercher les yeux de sa mère. Elle la fixa longuement, essayant de lui transmettre tout son amour, de l'en emplir pour qu'elle en soit armée au moment de…

Non, elle refusait de penser à cela. Elle venait de passer deux jours idylliques avec sa fille. Elle avait un peu de lait et, la nouvelle de son accouchement ayant circulé, de nombreuses femmes étaient venues au bloc 24 lui apporter de petits bouts de leur ration – des portions infimes, mais qui représentaient une proportion non négligeable de ce qu'elles avaient à offrir. Parmi elles, il y avait des mères à l'accouchement desquelles elle avait participé ; Ester avait eu beau tenter de refuser ces offrandes, les femmes avaient insisté pour qu'elle accepte un bout de pain rassis, un soupçon de margarine ou un morceau de betterave.

— Il faut la nourrir, Ester. Donne-lui tout ton lait et ton amour, pendant que tu le peux encore.

Ces derniers mots l'avaient forcée à voir la réalité en face : cette parenthèse enchantée ne durerait pas. Toutes ces femmes étaient désormais privées de leur enfant, mais toutes lui avaient également dit que les quelques jours passés avec leur bébé leur avaient apporté un regain d'espoir et de foi dans la bonté du monde, qui les avait aidées à tenir bon contre la peur et la haine qui régnaient dans le camp, malgré leur immense chagrin. Maintenant qu'elle avait Filipa dans ses bras, Ester comprenait cela. Le reste de sa sombre existence actuelle était tombé aux oubliettes face à la lumière étincelante de sa petite fille, et elle s'était abandonnée à ce doux sentiment, mais déjà les ombres revenaient rôder autour d'elles.

— On est ensemble, ma Pippa, murmura-t-elle en lui donnant ce petit surnom qui était un clin d'œil à son père et à sa propre identité. Quoi qu'ils nous fassent, où qu'on soit forcées d'aller, nous sommes liées comme si le cordon n'avait jamais été coupé, et nous nous retrouverons.

Les yeux de Pippa se fermaient, mais ses petits doigts se serrèrent autour d'un de ceux d'Ester, comme si elle comprenait qu'elles allaient devoir s'accrocher avec force l'une à l'autre pour survivre dans ce monde cruel. Ester la mangeait des yeux. Elle aurait juré que sa fille avait les traits de son père – avec, déjà, une petite fossette sur la joue gauche.

— Je t'aime, mon cœur, murmura-t-elle en levant des yeux anxieux vers la porte où se tenait tapie Klara, attendant l'arrivée de Wolf et de Meyer avec les cadeaux qu'ils lui réservaient pour la remercier de leur faciliter ce trafic d'enfants.

La kapo avait émergé de sa beuverie de Noël la veille, et lorgné la petite Pippa telle la méchante fée d'un conte pour enfants.

— Quel joli petit bout, 41400. Le portrait craché de son père, sans aucun doute.

La saillie avait piqué Ester au vif, ce qui était probablement le but recherché, mais elle n'avait pas bronché. Seulement, Klara s'était alors penchée tout près d'elle et lui avait postillonné des gouttes de vodka au visage pour lui susurrer en ricanant :

— Et quelle belle *blonde*… Je l'ajoute tout de suite à ma liste.

— Klara, non. Je vous en supplie.

Ana lui avait dit que le fils de la violoniste vivait correctement dans le camp des familles. Là-bas, il y avait des mères avec des bras forts et des seins gorgés de lait qui pourraient s'occuper de Pippa jusqu'à la fin de la guerre. Si Ester avait mal au cœur à l'idée qu'une autre femme nourrisse son bébé, c'était tout de même l'option la plus désirable. Mala essayait de trouver un moyen de faire passer Pippa clandestinement, mais cela ne pourrait pas aboutir si Wolf et Meyer s'en emparaient avant.

— Non ? avait fait la kapo, feignant l'étonnement. Tu préfères que je la noie tout de suite dans mon seau, alors ?

— Non !

Ester avait serré sa fille contre elle, faisant éclater Klara de rire.

— Je me disais bien. Les SS vont être ravis. Ils doivent venir d'un jour à l'autre et cette beauté fera un parfait cadeau d'étrennes pour un jeune couple, tu ne trouves pas ? Ce sera un très beau début d'année 1944 pour eux.

Si Ester n'avait pas eu Pippa dans les bras, elle se serait jetée sur l'ignoble kapo en entendant ces mots.

— N'avez-vous donc aucune compassion, Klara ?

Celle-ci s'était contentée de hausser les épaules.

— Non. J'ai pu en avoir, autrefois, mais c'est fini depuis longtemps déjà – Dieu merci. La compassion ne vaut rien, ici.

— C'est là que vous vous trompez, avait asséné Ester tandis qu'Ana et Naomi se rangeaient à ses côtés. La haine est un feu de paille, alors que l'amour brûle bien plus longtemps.

— Dans ce cas, je suppose que tu vas souffrir longtemps quand elle sera partie, elle aussi, lui avait jeté Klara en inscrivant le nom de Pippa sur sa liste, la condamnant à être arrachée aux bras d'Ester.

Pippa dormait maintenant sereinement.

— Désolée, mais il faut qu'on le fasse, mon trésor, lui dit Ester. Maman doit te faire une marque. Une marque qui lui permettra de te retrouver et de te prendre à nouveau dans ses bras, plus tard, quel que soit l'âge que tu auras à ce moment-là.

Un sanglot lui échappa en pensant aux terribles mois, peut-être même aux années qui l'attendaient sans sa fille ; mais tatouer son matricule sous l'aisselle de Pippa était le seul moyen lui permettant d'affronter l'avenir en espérant des jours meilleurs avec elle. Le moment était venu.

— Ana, dit-elle d'une voix blanche.

Ana se détourna de la femme dont elle s'occupait, qui avait sûrement dépassé le terme et devenait plus grosse de jour en jour.

— Oui ?

— Tu veux bien tenir Pippa pour moi ?

Ana la regarda longuement et opina du chef. Après un geste affectueux à sa patiente, elle vint prendre Pippa afin qu'Ester puisse descendre de sa couchette. Même ces brefs instants sans son bébé dans ses bras lui provoquaient un manque, et elle n'osait imaginer ce qu'elle éprouverait lorsque son enfant serait emportée loin du bloc 24.

Elle prit l'aiguille de tatouage, ses jambes tremblant sous elle. Elle aurait déjà dû reprendre le travail. Beaucoup de mères avaient été renvoyées dans les fermes dès le lendemain de leur accouchement, le sang leur coulant encore sur les jambes, mais Ana et Janina s'étaient organisées pour reprendre les tâches d'Ester. Il y avait un travail, en revanche, qu'elle ne pouvait leur confier.

Elle hocha la tête en regardant Ana, qui leva le petit bras de Pippa pour exposer le doux pli de son aisselle. Ester avisa le matricule grossièrement tatoué sur son avant-bras et refoula ses larmes. Elle devait faire cela le mieux possible. Se mordant la lèvre, elle trempa l'aiguille dans l'encre et la pressa sur la peau de son enfant. Les yeux de Pippa s'ouvrirent d'un coup sous le choc et elle poussa un hurlement.

— Ça va aller, ma puce, la consola-t-elle. Ce ne sera pas long, et ça en vaut la peine, tu sais. Comme ça, tu seras à moi pour toujours.

Tout cela n'avait aucun sens, bien sûr, mais elle continua de lui parler ainsi tout le temps qu'il lui fallut pour inscrire les chiffres : 41400. Lorsque ce fut fini, elle tamponna les gouttes de sang avec le coin le plus propre de sa jupe, prit Pippa dans ses bras et la serra contre son cœur.

— Pardon, mon bébé, pardon. Je suis tellement désolée, si tu savais.

Ils arrivèrent deux jours plus tard au bloc 24, dans un rugissement de moteur suivi du bruit caractéristique de leurs bottes. La femme ayant dépassé le terme était entrée en travail et se cachait au fond de sa couchette en mordant le bois de son lit pour ne pas faire de bruit et éviter ces sangsues de nazis. Ester, elle, ne pourrait pas y couper : son nom était inscrit en grand sur la liste de Klara, qui n'en comprenait que trois. Elle dut se lever et se tenir devant eux tandis que les officiers maudits examinaient les bébés comme s'il s'agissait de fruits sur un marché.

Ester pria pour qu'ils disent non et lui laissent la chance, si infime fût-elle, de faire passer Pippa dans le camp des familles. Mais Wolf fixa longuement l'enfant, un sourire insupportable plaqué sur les lèvres.

— Pas mal, commenta-t-elle.

Elle regarda Ester et, la reconnaissant, arbora un rictus sournois.

— Tiens donc. Mais c'est notre petit chat sauvage ! On va se faire un plaisir d'apprivoiser ton chaton. Donne-la-moi.

Elle posa les mains sur Pippa. Des mains à la peau souple et claire, aux veines riches de sang et aux ongles brillants de vernis ; pourtant, aux yeux d'Ester, c'étaient les plus hideuses serres de rapace que l'on puisse voir.

— Ne lui faites pas de mal, marmonna-t-elle.

— Mais pourquoi est-ce que je lui ferais du mal ? grinça Wolf. C'est une bonne fille du Reich.

— Non. C'est *ma* fille, gémit Ester. Je vous en prie, laissez-moi la garder. Laissez-moi venir avec vous. Je serai sa nourrice. Je ne dirai rien à personne, je vous le promets. Je laisserai…

— Toi ?! la coupa la SS. Pourquoi diable te laisserait-on entrer dans une bonne famille allemande, espèce de youpine hystérique ? Tu as de la chance que ton bébé ait une telle opportunité, mais si ça ne te plaît pas, on peut s'en débarrasser tout de suite. Il y en a d'autres, tu sais.

Ester tremblait de la tête aux pieds et ce furent les mains amies d'Ana venues se poser sur son épaule qui lui donnèrent le courage de lâcher son enfant. Elle se pencha pour déposer un dernier baiser sur son front mais, déjà, on lui enlevait Pippa des bras.

— Elle se portera mieux sans toi, déclara Wolf avant de disparaître subitement, en même temps que Pippa.

Ester tomba à genoux, se prit la tête entre les mains et fondit en larmes. Elle avait l'intime conviction que sa fille ne se porterait pas mieux sans elle et que, sans elle, elle risquait de s'effondrer. Des bras affectueux vinrent alors l'enlacer et quelqu'un la berça et lui caressa les cheveux en lui susurrant des mots d'amour.

— Maman, murmura-t-elle en sentant un baiser sur sa tête.

— Je suis là, Ester. Je suis là et je ne te lâcherai pas. Rappelle-toi : notre seule arme, c'est de rester en vie, et pour rester en vie, nous devons aimer, nous devons donner, et, malheureusement, nous devons souffrir.

Ester acquiesça et s'abandonna à l'étreinte d'Ana jusqu'à ce que sa souffrance se diffuse partout dans son corps et cesse de creuser un trou fatal dans son cœur. La moindre de ses cellules réclamait son bébé à corps perdu, mais elle devait lutter, elle devait prier pour être un jour réunie avec Filip, et pour qu'ils puissent alors retrouver Pippa et reformer une famille ensemble. C'était un espoir bien fragile, mais le seul qu'elle eût, et elle s'y accrocherait chaque jour de ténèbres qui l'attendait.

24

24 juin 1944

Ana

Ana souleva péniblement le seau rouillé plein d'eau et se tourna pour l'emporter au bloc 24. Habituellement, c'est Ester ou Janina qui se chargeaient de cette tâche, mais, avec la nouvelle vague de typhus qui frappait le camp, toutes deux étaient trop occupées au chevet des mourantes. Elle avisa le long chemin qu'il lui restait à parcourir sous ce soleil de plomb et sentit son corps protester d'avance. L'endurance dont une personne était capable la surprenait toutefois – elle avait découvert cela, au cours de cette année et demie à Birkenau. Une telle capacité de résilience face à autant de souffrances aurait dû l'inspirer, mais à vrai dire, Ana commençait plutôt à trouver cela absurde.

Peut-être n'avait-elle plus toute sa tête. Il faisait chaud depuis trop longtemps, et elle avait si peu de chair de reste sur les os qu'elle craignait que ses organes ne brûlent quand elle sortait par cette chaleur. Elle aurait dû s'estimer heureuse de ne pas travailler dehors, mais ce genre de sentiment lui manquait également. Chaque jour, elle aidait des femmes à mettre des enfants au monde – des enfants qui seraient chanceux s'ils passaient ne serait-ce qu'une semaine au camp. Chaque jour, elle enjambait des cadavres rien qu'en faisant son travail. Chaque jour, des trains arrivaient à Birkenau – où le nouveau quai attestait de l'efficacité de la machine de mort des Allemands –, faisant trembler les murs du bloc 24 comme en guise d'avertissement : votre abri est précaire, votre protection tout autant ; vous pourriez être la prochaine.

Serait-ce si grave, finalement ?

Ana n'avait pas reçu de colis de Bartek depuis Pâques. Il pouvait y avoir quantité de raisons à cela, mais Mala gardait l'œil sur tout et savait que les colis n'étaient pas bloqués à Birkenau. Ce qui signifiait qu'ils étaient bloqués ailleurs, ou bien que Bartek n'en envoyait plus. Et s'il n'en envoyait plus…

Elle posa le seau pour reprendre son souffle. Elle s'était toujours enorgueillie de sa force, de sa capacité à travailler dur, à dormir peu, à rester en bonne santé, mais Birkenau l'avait privée de tout cela. Elle travaillait encore dur et dormait toujours peu, du moins en comparaison de nombreuses femmes du camp en bonne santé, seulement, son corps vieillissant la trahissait lentement. Il fallait que cela cesse.

Ana s'étira le dos et leva les yeux au ciel, espérant y voir un avion. Une rumeur leur était parvenue selon laquelle les Alliés avaient débarqué en Europe. Dans le camp des hommes, quelqu'un avait installé une radio cachée et pouvait écouter la BBC. Noami en avait elle aussi entendu parler au Kanada, mais nul ne savait si c'était vrai. Nul ne savait même s'il s'agissait réellement de la BBC, mais le comportement de plus en plus nerveux des gardes tendait à suggérer que ces informations pouvaient être exactes.

Cet espoir se révélait presque insupportable. Tous les jours, les prisonniers scrutaient le ciel, espérant apercevoir un avion allié au travers de la fumée des milliers d'âmes parties en poussière quotidiennement ; espérant voir un four crématoire bombardé et s'embraser lui-même ; espérant que des parachutistes tombent du ciel et tuent tous les SS. Peut-être avaient-ils vu trop de films d'action au cinéma, à l'époque où le cinéma faisait plus partie de leur vie que les poux, les rats, et les queues interminables pour obtenir une soupe infecte.

— S'ils arrivent le mois prochain, avait dit Ester l'autre jour, Pippa n'aura que six mois. Elle se souviendra peut-être encore de moi… Dis, Ana, tu crois qu'elle s'en souviendrait ?

— Bien sûr, avait-elle répondu. Un bébé reconnaît toujours sa mère.

En vérité, elle n'en savait rien. Elle en doutait plutôt, même, mais savait qu'Ester en doutait également et ne voyait pas l'utilité de le dire. Sa jeune amie était assez intelligente pour savoir quelle vérité il fallait éviter afin de ne pas perdre tout à fait la raison. Pendant les deux premiers mois de cette épuisante année 1944, elle n'avait cessé de faire des tours du côté des clôtures près des rails – non pour y regarder le défilé des nouveaux arrivants, mais au-delà, en direction du camp des familles, où, pendant quelques jours, elles avaient espéré que Pippa serait amenée.

Et puis, en mars, lors d'un de ces cruels coups d'éclat – et de bluff – dont les nazis raffolaient, le camp entier avait été vidé et dirigé sur la route menant aux fours crématoires. Depuis leur zone, elles avaient entendu la violoniste hurler son chagrin et appris la terrible nouvelle : son fils avait survécu à Birkenau pendant neuf mois – un record –, mais c'était fini. Depuis, Ester n'allait plus du côté des clôtures et se contentait de déambuler dans le camp tel un fantôme, comme si une grande partie d'elle-même avait disparu en même temps que sa fille.

La seule chose qui la retenait du côté de la vie actuellement était le ventre de plus en plus rond de cette chère Naomi. Sa grossesse était devenue visible au moment où les premiers bourgeons apparaissaient sur les arbres en bordure de Birkenau. La jeune fille n'avait pas souffert de nausées et son énergie avait à peine faibli. À la grande honte d'Ana, elle n'avait décelé son état que lorsque la jeune Grecque avait commencé à se plaindre de mouvements dans son ventre, deux semaines auparavant. Après examen, il s'avéra qu'elle en était déjà à son cinquième mois. Le lendemain, son officier allemand l'avait laissée tomber, choqué par la nouvelle. Aux yeux d'Ana, c'était un soulagement, mais Naomi avait accusé le coup.

— Ce n'est pas que je l'aimais, avait-elle confié un soir à ses amies, car elle dormait régulièrement dans leur baraquement ces derniers temps. Simplement, c'était bien d'avoir quelqu'un à mes côtés.

— *Nous* sommes à tes côtés, avait affirmé Ana avec vigueur.

Mais Naomi était plus fragile qu'elle ne le laissait paraître et Ana était bien décidée à veiller attentivement sur elle, plus que jamais. Elle savait que la jeune fille reportait sur son bébé toute l'affection qu'elle avait eue pour le soldat allemand ; seulement, son père était un pur aryen, blond comme les blés, et Klara avait déjà fait connaître l'enfant à venir au Lebensborn, comme « apte à la germanisation ». Wolf et Meyer venaient maintenant de plus en plus souvent, parfois plus d'une fois par semaine, et Klara était devenue experte dans l'art de la flagornerie. Ana l'avait vue recevoir des bouteilles et savait que, dans le monde désaxé de Birkenau, des bébés étaient monnayés contre de la vodka. Leur unique espoir de voir l'enfant de Naomi échapper à ce sort était que le camp soit libéré avant sa naissance.

Au mois d'avril, deux Slovaques s'étaient échappés après avoir passé des mois à rassembler des preuves des massacres de Birkenau. Quelques hommes courageux du camp les avaient aidés. Le Sonderkommando des fours crématoires avait osé copier les registres des chambres à gaz et voler les étiquettes des sinistres bidons de gaz livrés par les ambulances de la Croix-Rouge, et quelqu'un avait même réussi à prendre une photo pour la transmettre aux Slovaques.

Au moment prévu, Rudolf Vrba et Alfréd Wetzler s'étaient cachés dans un tas de bois du périmètre extérieur pendant trois jours entiers – le temps habituel que les gardes passaient à chercher les évadés. Tout le camp avait retenu son souffle en attendant la nouvelle de leur fuite, et, lorsque ce fut fait – ou plutôt, comme ils n'avaient pas été ramenés pour être exécutés publiquement, à l'instar de tous ceux qui avaient essayé avant eux –, on s'était secrètement réjoui.

Dans les équipes de travail, les files d'attente pour la nourriture et les latrines, on chuchotait que, dès que les deux hommes auraient livré leurs preuves, les Alliés accourraient. Il ne s'était rien passé pendant un long moment, mais, le mois précédent, des avions avaient été repérés en train de survoler le camp. Des avions américains. Quelqu'un avait juré avoir vu un objectif de caméra et des rumeurs optimistes avaient à nouveau circulé dans Birkenau. Seulement, il ne se passait toujours rien.

Depuis, deux autres hommes s'étaient échappés et, la semaine précédente, Mala était venue au bloc 24. Là, protégée par les cris d'une mère en travail particulièrement bruyante, elle s'était ouverte de son plan audacieux. Elle devait sortir avec un lavabo en porcelaine sur la tête, déguisée en ouvrier allant l'installer sous la surveillance d'un SS – ou plutôt d'Edek, qui s'était procuré l'uniforme d'un officier et était prêt à tout pour partir de là avec elle.

— Donc, c'est bel et bien une histoire d'amour ! s'était exclamée Naomi d'un ton triomphant.

Mala avait secoué la tête timidement et concédé :

— Je suppose que oui.

Toutes les femmes du baraquement avaient ovationné la nouvelle, comme ramenées au bon vieux temps où l'amour pouvait encore éclore entre deux êtres, quand Klara était sortie de sa chambre pour voir ce qui se passait.

— Nous admirons la nouvelle coiffure de Mala, avait répondu Naomi.

— Les Juives ne devraient pas avoir de cheveux, avait grommelé la kapo. Et toi, Mala, tu n'as rien à faire ici.

— Je m'apprêtais à y aller, Klara, avait-elle répondu gentiment avant de partir en ondulant de la croupe avec un clin d'œil à toutes ses complices.

Si quelqu'un pouvait partir de Birkenau, c'était bien Mala ; peut-être même pourrait-elle mobiliser d'autres gens, de l'autre côté des clôtures, afin d'agir pour améliorer le sort des captifs. Ana repensa au rapport des résistants sur les camions à gaz qu'elle avait lu dans la cathédrale, début 1942. Elle se rappela les rumeurs au sujet d'Auschwitz qu'ils avaient évoquées, bien avant qu'elle ne soit déportée ici. C'était il y a deux ans et demi. Pourquoi est-ce que personne ne venait à leur secours ? Les gens s'en moquaient-ils désormais ? Ou bien n'y croyaient-ils plus ? Le cas échéant, elle n'aurait pu leur en vouloir car le degré d'inhumanité régnant à Birkenau défiait l'imagination ; mais il suffisait de compter les trains arrivant ici pendant quelques jours pour se rendre compte qu'il n'y avait pas de place pour héberger tout ce monde. L'imagination pouvait être remise en question ; les mathématiques, non. Donc, ces gens ne devaient plus s'intéresser au sort des déportés.

Dans un soupir, Ana reprit son seau et marcha bon an mal an jusqu'au bloc 24. Une parturiente dont le travail était déjà bien avancé l'attendait. Ana avait maintenant assisté plus de deux mille naissances dans le camp et n'avait perdu aucune mère et aucun bébé pendant l'accouchement. Fermant les yeux quelques instants, elle se rappela le jour où elle avait obtenu son diplôme de sage-femme. Elle était allée à la cathédrale Saint-Florian de Varsovie, marquée par la cérémonie, et avait cherché le sanctuaire de la chapelle de la Vierge. Là, elle avait juré à Marie, Mère de Dieu, qu'elle cesserait sa pratique si elle perdait un bébé dans l'exercice de ses fonctions. Bartek l'avait réprimandée lorsqu'elle lui en avait ensuite parlé, arguant que ce but était impossible à atteindre et que démissionner ne ferait qu'entraîner des morts supplémentaires ; mais le serment était fait et, à sa grande fierté, elle n'avait toujours pas eu d'occasion de démissionner jusqu'à présent – pas même ici.

Il lui suffisait de suivre les étapes, l'une après l'autre : suivre l'évolution des contractions, extraire le bébé, assurer un minimum de réconfort à la mère pendant qu'on prenait la vie de son nouveau-né – les Juifs sous la main impitoyable de Klara, et les non-Juifs par une mort plus lente, en raison du froid, des maladies ou de la malnutrition. Si Dieu lui demandait cela, elle devait le faire.

Mais pourquoi n'avait-elle plus de nouvelles de Bartek ?

Où était-il ? Où étaient ses fils ? Seraient-ils là pour elle si les Alliés venaient les délivrer ? Un train entra avec fracas dans le camp et s'arrêta à moins de cinquante mètres d'Ana. Les portes s'ouvrirent dans un grincement pour déverser un flot de déportés désorientés et terrorisés. Le docteur Mengele arrivait à grands pas pour se poster devant eux. Les pauvres gens... Mengele était le seul médecin à effectuer les sélections en étant sobre, et il semblait goûter cela à la manière d'un scientifique jubilant en regardant des cellules dans un microscope. Ana avait entendu de terribles rumeurs à propos des laboratoires qu'il avait installés dans le camp des Roms, sur les expériences qu'il menait sur les femmes et les enfants et sa fascination malsaine pour les jumeaux. Quelques jours auparavant, elle avait même vu une mère juive désespérée, qui venait de donner naissance à deux petits garçons, étouffer l'un des deux au cas où Mengele s'intéresserait à leur cas. Le second bébé était mort peu après mais, au moins, pas sous le scalpel du sinistre docteur.

Elle tenta de se ressaisir. Elle ne devait pas ruminer ces tragédies quotidiennes, sans quoi elle allait perdre ce qui lui restait de volonté de continuer à vivre. Elle s'empressa en direction du bloc 24, mais autre chose attira soudain son regard et elle s'arrêta une fois de plus, le cœur battant – cette fois, non en raison de l'épuisement, mais de la peur. Ou était-ce plutôt de l'excitation ?

Une silhouette se faufilait le long du chemin en direction des portes, tenant un grand lavabo sur sa tête, talonnée d'un SS de grande taille. L'homme faisait avancer le détenu en le tenant fermement par le coude, mais un je-ne-sais-quoi dans son geste retint l'attention d'Ana qui regarda plus attentivement. C'était Mala, à coup sûr. Elle portait un large uniforme d'homme et était courbée sous le poids du lavabo mais, en l'observant avec attention, on devinait la courbe de ses hanches et l'officier semblait la soutenir autant que l'encadrer. Ce devait donc être le fameux Edek ?

Ana se figea et suivit du regard le couple qui approchait maintenant des portes. Comme Mala, Edek parlait couramment l'allemand, mais son accent ne risquait-il pas de le trahir ? Le garde demanderait-il à voir le visage de l'ouvrier ? Tous deux devaient avoir le cœur battant la chamade sous leurs habits d'emprunt. Le garde sortit de sa guérite et Mala se pencha un peu plus sous son lavabo.

Les hommes échangèrent un salut, puis quelques mots. L'air très crispé, Edek reprit le bras de Mala et hocha la tête à l'adresse de l'autre homme avec qui il devait discuter du prisonnier courbé entre eux. Ana s'aperçut qu'elle retenait son souffle depuis un moment et se força à respirer mais, déjà, le garde leur faisait signe de passer et Edek le saluait à nouveau avant de pousser Mala en avant pour sortir du camp. Ana savait que Mala avait une belle robe sous l'uniforme de prisonnier fourni par Naomi. Dès qu'ils seraient suffisamment loin, le plan était qu'elle se transforme en élégante petite amie du SS qui l'accompagnait. Elle prendrait alors Edek par le bras et ils marcheraient comme n'importe quel couple, jusqu'à se trouver hors d'atteinte.

— Bonne chance, Mala, murmura Ana. Sors de là, et va chercher de l'aide.

Dieu dut l'entendre, car Mala continua de s'éloigner jusqu'à ce que le lavabo blanc disparaisse peu à peu de la vue d'Ana. Brusquement revigorée, elle reprit son seau et, ignorant le soleil, ignorant la douleur dans ses épaules, elle marcha à grands pas jusqu'au bloc 24. Là, elle avisa Klara, pelotonnée dans son lit comme elle le faisait de plus en plus souvent, et arrêta la première femme qu'elle croisa.

— Mala est sortie, chuchota-t-elle.

La femme fit des yeux ronds et se tourna vers sa voisine pour lui passer le mot, laquelle fit la même chose jusqu'à ce que tout le baraquement fût au courant de la nouvelle – et bientôt les baraquements voisins, sans aucun doute. L'évasion de Mala leur fit à toutes l'impression d'une brise de fraîcheur et d'espoir dans la touffeur malsaine du camp. Tout en apportant l'eau à sa patiente, Ana songea qu'il n'était peut-être pas si grave que Bartek ne lui envoie plus de colis ; car qui sait si, dans quelques semaines, elle ne serait pas en route pour le retrouver à Varsovie ?

— Allez, ma belle, dit-elle à la parturiente. Faisons sortir ce bébé, et espérons que ce soit le début d'un grand changement pour nous tous.

Trois jours plus tard, Mala et Edek étaient ramenés à Birkenau, entravés de lourdes chaînes. Ana les vit passer devant le bloc 24, tuméfiés et ensanglantés, et sentit son cœur se briser. Elle avait cru que Mala était enfin libre. Elle avait cru qu'elle pourrait sortir de Pologne, trouver des interlocuteurs de poids et se faire entendre d'eux. Elle avait cru qu'une fois au courant des atrocités commises à Auschwitz-Birkenau, ces hommes importants accourraient pour les sauver. Comment avait-elle pu être naïve à ce point ?

Brusquement, c'en fut trop pour elle. Saisie d'une irrépressible envie d'en finir avant que les nazis ne le fassent pour elle, elle courut à l'intérieur du baraquement et se jeta violemment contre le mur du fond de leur prétendue « maternité ». Elle entendit des voix crier, sentit des mains essayer de la retenir, mais plus rien ne pouvait l'arrêter, et elle ne cessait de se jeter contre ce mur crasseux, encore et encore, jusqu'à ce qu'elle s'écroule par terre. Lorsque le noir se fit dans ses yeux, ce fut un soulagement ; elle s'y abandonna alors que résonnait, comme lointaine, la douce voix d'Ester.

— Je suis avec toi, Ana. Ça va aller. Je suis là, tu n'as rien à craindre.

C'étaient les mots qu'Ana avait entendu Ester répéter en boucle à sa petite Pippa pendant les cinq courtes journées qu'elles avaient passées ensemble ; et ils étaient faux. Un pieux mensonge, peut-être, mais un mensonge tout de même. Personne n'était en sécurité à Birkenau – ni même par-delà ses grilles, semblait-il.

25

5 août 1944

Ester

Pippa avait sept mois et onze jours aujourd'hui, pensait Ester tout en astiquant les vitres avec un petit chiffon. Le bout de tissu avait enveloppé un bébé mort une heure plus tôt et était encore humide des larmes de sa mère, mais au moins cela permettait-il de nettoyer un peu la saleté. Avant de partir au Kanada, ce matin, Naomi avait ordonné à Ester de « faire entrer un peu de lumière dans ce maudit bloc » ; quoique ni Ana ni Ester ne fussent gênées par la pénombre enveloppante, cette dernière avait obtempéré de bonne grâce.

Prendre des décisions était une tâche épuisante. Son cerveau semblait se réduire à une sorte de brouillard où régnaient la faim, la solitude et le chagrin. Sa famille lui paraissait bien loin désormais et elle avait du mal à se représenter le visage de son père, de sa mère ou de sa sœur. La seule image qui émergeait encore clairement dans son souvenir était celle des yeux de sa petite fille posés sur elle, aussi ronds que les deux zéros tatoués au creux de son aisselle ; mais même cette image n'était déjà plus que du passé lointain. Pippa avait plus de sept mois désormais et elle devait avoir tellement changé qu'Ester ne la reconnaîtrait peut-être pas. Était-ce vraiment possible ? Ou y avait-il quelque chose en elle, de l'ordre de l'instinct, qui lui permettrait toujours de reconnaître son enfant ? Mais elle se rappela avoir autrefois cru que son âme et celle de Filip étaient si étroitement liées qu'elle sentirait s'il était mort ; elle n'aurait pu en dire autant aujourd'hui. Elle ne savait plus rien. Du tout.

Même son amour pour son mari, hier si pur, si vif, paraissait désormais aussi terni que ces vitres. Lorsqu'elle fermait les yeux et essayait de se le représenter sur les marches de la cathédrale Saint-Stanislas, elle ne parvenait plus à outrepasser les hideuses rangées de baraquements et de couchettes qui venaient contrarier sa vision. Elle avait peur que même si, par miracle, elle parvenait un jour à sortir d'ici et à le retrouver, son amour soit aussi dur à décaper que ces satanées fenêtres.

Elle frotta plus fort mais ne parvint qu'à repousser la saleté sur les contours des vitres. Il y avait eu une légère amélioration dans le baraquement depuis qu'un groupe de travailleurs avait eu pour mission de poser au sol un dallage de briques. La brique était brute et abîmée, mais au moins cela permettait-il de garder la poussière au sol et de ne plus patauger dans la boue quand il pleuvait. Ester frémit à l'idée d'un nouvel hiver à Birkenau et lâcha son chiffon. À quoi bon ? Il lui aurait fallu de l'eau et du savon mais ces deux denrées étaient strictement rationnées par cette chaleur – qui avait par ailleurs entraîné une nouvelle épidémie de typhus. L'autre jour, quand Janina et elle avaient sorti un nouveau cadavre du bloc, Ester s'était prise à souhaiter attraper cette maladie ; mais elle avait soigné tant de malades qui l'avaient, depuis un an et demi, qu'elle devait sûrement être immunisée.

— Je crois que Dieu ne veut pas de moi sur la pile des cadavres, avait-elle dit à Ana et Naomi la veille au soir.

— Tant mieux, avait répondu Naomi avec vigueur.

Ana n'avait rien dit. Elle parlait peu depuis quelque temps, sauf quand elle pratiquait un accouchement. Elle travaillait toujours avec le même calme et la même gentillesse, à ceci près que cela semblait désormais être une façade. Ester savait pourtant qu'elle ne prenait pas son métier à la légère, que chaque naissance était pour elle une mission sacrée, mais cela ne durait pas et, peu à peu, elles se rendaient compte à quel point l'affect qu'elles y mettaient pouvait se révéler dangereux. Aucun être humain ne pouvait supporter des deuils en cascade, et quelque chose semblait s'être brisé chez Ana le jour où la pauvre Mala Zimetbaum avait été ramenée au camp. Celle-ci avait désormais disparu – envoyée à la prison d'Auschwitz I, disait-on Quelqu'un avait prétendu les avoir entendus, Edek et elle, se chanter des chansons depuis leurs cellules respectives, mais ce ne devait pas être vrai. Qui pouvait avoir envie de chanter, ici ?

Un train s'engouffra dans le camp et Ester le regarda machinalement à travers les petites zones des vitres qu'elle avait pu débarrasser de leur saleté. Elle ne nettoierait pas celles donnant sur le bloc 25, préférant masquer la vue sur les pauvres femmes dans l'antichambre des fours crématoires – même si, actuellement, avec trois ou quatre convois arrivant chaque jour, l'antichambre se remplissait rarement. Les déportés qui en sortaient étaient dirigés en une longue procession en direction des cheminées, si bien que l'on n'avait pas à attendre longtemps avant qu'une « pleine fournée » ne soit prête.

Les nouveaux arrivants étaient principalement originaires de Hongrie. Personne ne savait pourquoi ce pays avait brusquement décidé de livrer ses Juifs aux nazis, mais peut-être cela avait-il un lien avec le débarquement des Alliés en France. La nouvelle de ce miracle avait soufflé tel un vent d'espoir sur le camp, où il y avait de plus en plus de radios cachées. Quelques jours auparavant, quelqu'un avait dit à Ester que Paris serait libérée d'un jour à l'autre, mais elle craignait que, comme elle, tout le monde ici ait perdu le sens commun et que la vérité ne soit plus accessible à quiconque.

Tout ce qu'elle savait, c'était que la Pologne était encore bel et bien entre les mains des nazis et que les Hongrois arrivaient ici par milliers, épuisés après des jours et des nuits dans les wagons à bestiaux, et plus que partants pour se déshabiller et aller prendre une douche. Elle avait entendu dire que les SS leur demandaient d'accrocher leurs vêtements à des patères numérotées et leur donnaient même des serviettes et du savon pour les faire entrer docilement dans les chambres à gaz. Quelle ironie de songer que ceux allant à leur mort étaient mieux traités que ceux essayant de survivre… Une serviette et du savon, voilà qui aurait été bien utile à Ester pour nettoyer ces fenêtres.

Ester posa le front contre la vitre en se maudissant pour son cynisme, son indifférence et sa léthargie. Mais il était difficile de continuer à se laisser émouvoir quand on voyait la mort en face tous les jours. Elle devenait aussi mauvaise qu'eux, se dit-elle.

« Fais entrer un peu de lumière dans ce maudit bloc. »

La voix claire et déterminée de Naomi résonna dans sa tête. Le ventre de la jeune Grecque était bien rond maintenant, et déjà Klara l'avait déjà inscrite sur sa funeste liste, ravie de pouvoir fourguer un bébé ayant du vrai sang allemand à ses supérieurs du Lebensborn. Naomi avait récemment confié à Ester que le père avait été promu. Visiblement, il s'était depuis lors radouci envers elle et, s'il n'avait pas repris ses vieilles habitudes – à vrai dire, il veillait à fournir d'autres bébés à la patrie par l'entremise d'autres malheureuses jeunes filles –, il s'arrangeait toutefois pour que Naomi ait des habits chauds et des suppléments de nourriture. Elle partageait tout, tous les soirs, mais était la seule d'elles trois à manger avec satisfaction.

« Rester en vie est notre seule arme », marmonnait encore Ana de temps en temps tout en mâchonnant un bout de saucisse hongroise. Mais Ester commençait à se demander à qui allait pouvoir servir cette arme. Et pourquoi, au bout du compte, elles s'obstinaient à rester vivantes.

Le train se vidait de son contenu. Ester regardait la scène de loin en loin, intriguée de voir que les déportés étaient presque aussi maigres que les prisonniers du camp. Ce n'étaient donc pas des Hongrois. Frottant plus fort la vitre, elle vit alors une rixe éclater au niveau du dernier wagon – et les gardes n'y étaient pour rien, il s'agissait des prisonniers entre eux. Tirée de sa léthargie, elle lâcha son chiffon et courut à la porte du bloc 24. D'autres femmes la rejoignirent, attirées par le bruit, et s'approchèrent de la clôture autant qu'elles l'osaient – mais les SS, eux aussi, n'avaient d'yeux que pour l'étrange scène se déroulant devant eux.

Un vieil homme avait été jeté du train et, à terre, se protégeait tant bien que mal des coups que ses infortunés compagnons de voyage lui décochaient tour à tour. Une femme gémissait à côté de lui ; plusieurs personnes s'en prenaient à elle également.

— Regarde-toi, encore gros et gras de notre misère !

— C'est grâce à moi que vous êtes restés en vie jusqu'ici ! se défendit l'homme avec véhémence, malgré la douleur qui déchirait sa voix.

— Pour quoi faire ? Pour mourir dans une chambre à gaz, plutôt que dans les bras de nos proches ?

— Pour survivre à la guerre.

— Pour continuer de t'habiller comme un prince, de boire de bons vins et d'avoir des chevaux, plutôt. On ne t'a pas vu brûler ton mobilier Louis XVI pour te chauffer. On ne t'a pas vu te gratter les puces ou te battre pour un navet pourri.

Ester se rapprocha de la clôture, croyant reconnaître quelqu'un.

— Oh, que non ! continua celui qui menait les hostilités. Tu nous as juste exploités, Rumkowski. Tu nous as peut-être permis de rester en vie, mais à certains bien plus qu'à d'autres !

Et les coups de pied de se remettre à pleuvoir. Tous ces hommes et ces femmes avaient beau paraître affreusement faibles, la colère leur donnait des forces et le corps de Rumkowski, chef du Conseil juif de Łódź, ployait sous les coups sur le sol de Birkenau. Un officier SS ricanait, ravi, et Ester tomba à genoux. On en était donc là : les nazis applaudissant la brutalité des Juifs entre eux. Hitler avait réellement gagné maintenant, quoi que puissent dire les nouvelles.

Et puis, lentement, en regardant cet homme déchu, un filament de pensée s'immisça dans son esprit engourdi. Si Rumkowski était ici, alors ces gens venaient de Łódź. Et s'ils venaient de Łódź…

— Filip ! s'écria-t-elle en se relevant d'un bond pour courir jusqu'aux barbelés. Filip !

Des prisonniers et des gardes se tournèrent pour la regarder, mais Ester s'en moquait. Son amour pour son mari n'avait rien de terni, il était là, vif et puissant comme au premier jour, lui donnant soudain des ailes.

— Filip ! Tu es là ? Filip !

— Ester ?

Elle se figea avant de se retourner. La voix ne ressemblait pas à celle de son mari, mais qui sait à quel point il avait pu changer, en un an et demi ? Elle scruta la foule des prisonniers et vit un homme s'en extraire pour venir vers elle.

— Tomaz ?

Le meilleur ami de Filip se tenait devant elle, terriblement amaigri et traînant la patte. Elle sonda les hommes autour de lui, mais personne ne vint le rejoindre.

— Tomaz, où est Filip ?

— Il n'est pas ici, Ester.

Derrière eux, les SS commençaient à se lasser de regarder Rumkowski mourir et poussaient maintenant les nouveaux venus afin de former des lignes.

— Où est-il, Tomaz ? Est-ce qu'il est…

— Non ! Enfin, je ne sais pas. Il a été emmené en avril, à Chelmno.

— Chelmno ?

Un voile noir tomba sur la vive lueur de son amour renouvelé. C'était à Chelmno que les camions à gaz effectuaient leur sinistre besogne. Ester sentit ses genoux céder sous elle et se laissa tomber contre les barbelés, qui entamèrent la peau de sa main.

— Alors il est mort… geignit-elle.

— Non, pas forcément, Ester. Il y est allé pour des travaux forcés. Pour construire des baraquements, à ce qu'on lui a dit, et pour… creuser.

— Creuser ?

— Toi, là ! Dans la file !

Tomaz regarda autour de lui, affolé. Un SS approchait de lui à grands pas, son fusil à la main.

— Tu ne dois surtout pas boiter, Tomaz, lui souffla-t-elle.

— Impossible.

Il souleva le bas de la jambe gauche de son pantalon, révélant son pied, dont les orteils n'étaient plus que des moignons noirs.

— Des gelures, l'hiver dernier.

— Toi, en ligne, tout de suite ! Dernier avertissement.

Tomaz regarda Ester avec une expression d'urgence.

— Filip m'a demandé de te dire qu'il t'aimait, si jamais je te voyais, et que t'avoir rencontrée était comme trouver le plus beau joyau du monde. Il m'a dit que ces quelques mois de mariage avec toi ont été les plus beaux de sa vie, même dans le ghetto. Et qu'il ne souffrirait jamais, parce que tout ce dont il avait besoin pour survivre, c'est ton amour.

— Il a toujours mon amour.

— Alors il survivra. Et tu dois survivre aussi. Ils arrivent, Ester, les Alliés arrivent. Je l'ai entendu trop de fois pour en douter.

— Dégage de là, sale youpin ! rugit le garde en brandissant son arme.

— Ils vont me tuer, n'est-ce pas ?

Ester baissa les yeux vers le pied estropié de Tomaz et hocha la tête. Pour la première fois depuis fort longtemps, elle sentit les larmes lui monter aux yeux.

— Alors j'accueille la mort ici, avec toi. Vis, Ester. Vis, aime, et…

La balle qui se ficha dans sa tête l'empêcha de finir sa phrase. Ester sursauta et recula d'un bond, les mains en l'air, tandis que le SS la dévisageait. Quelques minutes plus tôt, elle l'aurait volontiers laissé lui transpercer la peau à son tour, mais tout venait de changer. Elle sentait l'énergie l'envahir comme si la clôture avait été électrifiée et lui avait transmis son courant – un courant de vie.

Elle ignorait ce que Tomaz s'apprêtait à ajouter, mais elle en savait assez. Si l'immense ghetto de Łódź avait été démantelé, c'était que les Allemands avaient des ennuis. Ils devaient battre en retraite. Sous la pression des Alliés, certainement. Tout à coup, elle retrouva la certitude que rester en vie pouvait être une arme et, se détournant du corps du malheureux Tomaz, elle remercia Dieu de lui avoir accordé une mort aussi rapide et partit en courant – loin des cheminées, loin de la machine de mort nazie, pour revenir au bloc 24 où son métier était de faire venir la vie au monde.

Vis et aime. Ce serait à nouveau sa mission.

26

22 août 1944

Ana

— Ce sera demain soir, au moment de l'appel, claironna Irma Grese dans le bloc 24. Veillez à ce que tout le monde soit présent.

Ana s'arrêta devant la porte de la chambre de Klara et l'entendit répondre :

— Bien entendu, Aufseherin Grese, vous pouvez compter sur moi. Il faut qu'elle serve d'exemple à toutes, et… Oh.

Ana sourit intérieurement en entendant le dépit dans la voix de Klara, que Grese n'avait pas pris la peine d'écouter jusqu'au bout – cette dernière s'éloignait déjà. Depuis le départ de Pfani, la kapo avait pris l'habitude de suivre la belle SS comme un toutou. Ce qui aurait pu être drôle si ce comportement ne s'était assorti chez elle d'un regain de violence afin d'impressionner sa sadique de supérieure. En outre, rien n'était jamais drôle à Birkenau.

Ana sentit son cœur se serrer. Depuis le retour forcé de Mala Zimetbaum dans le camp, elle avait le sentiment que son pauvre organe peinait à battre et aurait juré qu'il se détériorait de jour en jour. Même son amour pour Ester, qui l'avait soutenue si longtemps, lui semblait davantage représenter un effort qu'une joie désormais – une responsabilité qu'elle n'avait plus la force d'assumer. Et puis, elle ne recevait toujours pas de colis de Bartek.

— C'est simplement que les Allemands ont bloqué le courrier, lui avait dit Ester de nombreuses fois. Ils sont en déroute, Ana. Tomaz me l'a dit.

— Tomaz était dans un ghetto, Ester, avait-elle répondu autant de fois. Il était aussi prisonnier du blocus des nouvelles par les Allemands que nous le sommes ici.

— Dans ce cas, comment aurait-il eu vent de leurs défaites ? avait objecté Ester sur un ton triomphant.

Elle n'était plus tout à fait la même depuis le jour où le convoi de Łódź avait craché Rumkovski sur le pavé du camp, où il s'était fait mettre à mort par les siens. Le fait de revoir l'ami de Filip avait ravivé des souvenirs de son mari et la léthargie qu'elle avait en commun avec Ana avait cédé le champ à une attente de libération presque obsessionnelle. Ana trouvait cela encore plus dangereux – l'espoir aussi pouvait tuer.

— Qu'est-ce que tu fiches ici, toi ? jeta Klara en surgissant de sa chambre, faisant sursauter Ana.

Elle leva un bras menaçant et Ana s'écarta par réflexe ; pourtant, si Klara n'hésitait pas à frapper de nombreuses patientes du bloc 24, jusqu'ici, elle n'avait jamais levé la main sur Ana. Peut-être parce que, avec sa parfaite maîtrise de l'allemand, la sage-femme était la seule à oser tenir tête aux nazis. L'autre jour, le docteur Mengele avait débarqué dans le baraquement en fanfare pour annoncer crânement la « dissolution » du camp des Roms et sa promotion en tant que médecin chef des femmes de Birkenau. Ana ne s'était pas montrée impressionnée.

— Je suppose que par « dissolution », vous voulez dire que ces gens ont tous été assassinés ? avait-elle lancé avec défi, tremblante de rage devant le terme employé.

Mengele s'était approché d'elle calmement, les yeux plissés.

— Pensez-vous que la sémantique soit quelque chose d'important, Madame la sage-femme ?

— Absolument, Herr Doktor. Ma formation médicale, tout comme la vôtre, sûrement, m'a appris à être précise, et je pense que nous devrions nommer les choses conformément à ce qu'elles sont.

Il avait réfléchi quelques instants.

— Je suis d'accord. Nous pourrions prendre toutes les femmes de cet hôpital et les qualifier simplement de « mourantes », mais à quoi cela servirait-il ? En quoi cela nous parlerait-il de leurs symptômes ou de leur diagnostic ?

Ana avait été contrainte d'opiner du chef cependant qu'il poursuivait :

— C'est la même chose avec le camp des Roms. Les Tziganes sont des parasites de la société. Ils vivent selon leurs propres lois, sur les terres des autres. Ils ne possèdent pas la valeur d'un véritable être humain et, à ce titre, ne peuvent donc pas être « assassinés ». CQFD, la sémantique a parlé, chère madame.

Cette logique aurait glacé le sang d'Ana si elle n'avait déjà entendu pire dans la bouche des nazis. Malgré tout, les termes employés par Mengele la démangeaient encore plus que les piqûres incessantes des puces.

— Ainsi donc, vous ne me considérez pas comme un véritable être humain, Herr Doktor ?

Il s'apprêtait à partir et se retourna, agacé.

— Ne dites pas n'importe quoi, je vous prie. Vous êtes polonaise, catholique et détenue ici, me semble-t-il, pour suspicion d'acte de résistance. Vous avez du potentiel ; ne le gâchez pas.

— Et cette femme, alors, cette infirmière…

Ana poussa devant elle une Ester affolée, mais Mengele leur tournait déjà le dos et s'en allait.

— Ana ! souffla Ester. À quoi est-ce que tu joues ? Mengele envoie des gens à la chambre à gaz pour beaucoup moins que ça. Tu aurais pu nous faire condamner !

— Quelle importance ?

— Ça en a pour moi. Je croyais que tu étais une battante, Ana. Que tu avais foi en la bonté des gens – de la plupart d'entre eux, au moins. Que tu voulais rester en vie pour prouver à tous ces fous que leurs idéaux pervers étaient absurdes et vains ?

Ana ferma les yeux, prenant soudain conscience de ce qui aurait pu leur arriver.

— Je le croyais aussi. Désolée.

Ester avait poussé un soupir et pris Ana dans ses bras en la serrant si fort que celle-ci s'était demandé qui des deux était la fille et qui était la mère. Elle se sentait si vieille, si fatiguée.

— *Toi*, tu es quelqu'un de bon, Ester, avait-elle murmuré au creux de l'épaule de son amie.

— Alors bats-toi pour moi. Et je me battrai pour toi.

Elle avait acquiescé, naturellement, mais c'était affreusement difficile. En arrivant ici, Ana avait éprouvé de la fierté à se battre pour pouvoir aider les mères à accoucher, mais depuis quelque temps, elle se demandait si cette permission durement acquise n'était pas une sorte de mauvaise plaisanterie de plus des Allemands. Elle était entrée dans le corps médical pour sauver des vies, pas pour éparpiller des vies aux quatre vents de Birkenau, vents qui ne cessaient de souffler. Et voilà qu'aujourd'hui, une autre pauvre femme allait « servir d'exemple ».

— Qu'y a-t-il demain, Klara ? demanda-t-elle à la kapo.

Klara lui coula un sourire perfide.

— Demain, votre misérable petite fuyarde va être exécutée, annonça-t-elle.

— Mala ? s'exclama Ana tandis que son cœur défaillant encaissait un choc supplémentaire.

— Elle-même. Et tu sais quoi ? Vous allez toutes assister à ça.

Les femmes étaient rassemblées en un immense groupe, cernées par les chiens qui leur aboyaient dessus. Une potence se dressait contre le gris du ciel. Il pleuvait, une petite pluie fine mais continue qui imprégnait désagréablement les vêtements, leur rappelant l'hiver à venir. Elles avaient entendu dire qu'Edek avait été pendu ce matin dans le camp des hommes ; c'était maintenant le tour de Mala. Cette idée lui était insupportable, mais Ana sentit Ester lui prendre le bras gauche, Naomi le droit, et elle se laissa guider. Elle n'avait aucune envie d'assister à cela, mais Ester estimait qu'elles devaient à Mala d'être présentes jusqu'à son dernier souffle. Et puis, elle n'avait pas vraiment le choix. Il n'y avait plus le moindre choix, ici.

— Prisonnières, garde-à-vous !

Les SS faisaient cela, parfois – ils s'amusaient à tirer sur quiconque ne se tenait pas droit comme un piquet dans son uniforme miteux et ses sabots fendus. Ce jour-là, les femmes obtempérèrent avec un zèle inhabituel, non par crainte de leurs oppresseurs, mais par respect pour la femme que l'on faisait sortir d'un camion devant elles. Les pieds nus, Mala ne portait qu'une fine combinaison blanche, mais ses épais cheveux bruns étaient relevés en un beau chignon sur le haut de sa tête, lui conférant une allure de star de cinéma plus que de prisonnière. Fascinée, Ana la regarda se dresser fièrement pour fixer l'assemblée devant elle. Maria Mandel, qui dirigeait les opérations, envoya un garde pour la faire avancer, mais Mala résista.

— Tuez-moi, jeta-t-elle à l'adresse de la Lagerführerin. Allez-y. Qu'est-ce que j'ai à perdre, de toute façon ?

Elle eut un regard moqueur en direction de la potence qui attendait d'en « faire un exemple », et le garde se contenta de lui décocher un coup de pied dans les tibias. Mala tituba mais ne tomba pas et, cependant que son regard balayait la foule des détenues, Ana se dit qu'elle était finalement heureuse d'être là. Elle n'aurait pas voulu que cette femme courageuse, admirable, périsse seule.

— On t'aime, Mala, cria-t-elle en polonais.

Les gardes se tournèrent vers le groupe sans pouvoir distinguer qui venait de parler ainsi. Pendant ce temps, Mala commença à marcher vers de la potence, un sourire sur les lèvres, captant à nouveau toute leur attention.

— Merci, dit la condamnée d'une voix claire sous le crachin du soir. Moi aussi je vous aime, toutes. Quelle belle émotion que l'amour, n'est-ce pas ? Tellement plus nourrissante que la haine.

Un garde la poussa vers les marches de la potence, mais elle les gravissait déjà de son plein gré, le regard brûlant.

— J'ai essayé de m'échapper, dit-elle d'une voix forte. J'ai essayé, et j'ai échoué.

Les gardes échangèrent un ricanement tandis qu'elle se dressait, altière, devant la foule.

— Mais d'autres ont réussi. D'autres ont réussi à franchir ces barbelés et parlent en ce moment même avec les Alliés. L'aide ne va pas tarder à arriver, camarades. L'aide est en route. Aujourd'hui, Paris a été libérée, et ce sera bientôt le cas d'autres villes, jusqu'à celle de Berlin elle-même. Les nazis vont perdre cette guerre.

Mandel poussa un grognement furieux et les gardes empoignèrent Mala pour tenter de lui faire passer la tête dans le nœud coulant, mais elle se débattit comme un diable.

— Ils vont perdre, parce que ce sont de sales ordures dénuées d'humanité, et que Dieu leur fera payer leurs crimes !

Elle s'écarta alors vivement du garde à sa droite et porta une main dans ses cheveux. L'espace d'un instant, Ana crut qu'elle allait dénouer son chignon pour laisser tomber sa chevelure en un geste théâtral, mais, au lieu de ça, elle en sortit quelque chose et, aussi vite que l'éclair, s'en griffa l'intérieur des deux bras. Aussitôt le sang jaillit, en un jet écarlate qui vint maculer sa combinaison blanche et éclabousser les gardes.

— Mala ! s'écria Ester avec compassion.

Et toutes les prisonnières de se mettre, avec elle, à scander le nom de Mala.

Sur la potence, la condamnée chancela et leva une main pour se retenir à la corde tout en leur souriant cependant que son corps se vidait de son sang.

— Résistez ! cria-t-elle. Lorsque le moment viendra, résistez ! On se soulève déjà, à Varsovie. Je l'ai entendu moi-même depuis ma prison, et de la bouche de nazis – de nazis terrifiés !

Ana la regardait, médusée, essayant d'assimiler ces mots – *soulèvement, Varsovie*… Bartek était à Varsovie. Bronislaw aussi. Ils devaient combattre. Ils devaient être en première ligne, à se battre de tout leur cœur. Pendant ce temps, les gardes s'efforçaient de recentrer Mala sur la potence.

— Ils se battent dans les rues, continua-t-elle comme si elle s'adressait directement à Ana. Les Soviétiques marchent sur l'Ouest, les Britanniques sur l'Est, et les Varsoviens leur préparent le terrain. Tout cela *va* se terminer, camarades. Vos souffrances *auront* une fin.

La foule des femmes ne cessait de scander son nom. Exaspérée, Mandel sauta sur la plateforme et tira deux coups en l'air. Le silence se fit. Elle scruta le groupe et son regard s'arrêta sur Ana.

— Toi, la sage-femme. Viens bander les blessures de cette femme, tout de suite !

Ana avança, talonnée d'Ester.

— J'ai besoin de bandages, Lagerführerin.

— Tiens.

D'un geste, Mandel arracha la combinaison de Mala et la déchira en deux.

— Fais vite.

Ana gravit les marches pour prendre le tissu et se pencha sur Mala, qui s'était laissée tomber sur le plancher de la potence. Elle n'osa pas lever la tête pour regarder la corde qui pendait au-dessus d'elles, et c'est avec des mains tremblantes qu'elle enveloppa le bras de la prisonnière de la fine étoffe de coton.

— Ne serre pas trop, lui souffla Mala.

Ana la dévisagea. Elle comprenait ce que son amie lui demandait mais était désarçonnée ; toute vie était précieuse aux yeux de Dieu.

— Mala, je…

— S'il te plaît. Laisse-moi mourir à ma manière, pas à la leur.

Ana la regardait, décontenancée, quand Ester déboula à ses côtés, s'empara des bandages et déclara à haute voix :

— Laissez-moi faire. Je suis plus qualifiée qu'une sage-femme pour faire un bandage.

Ana déglutit à vide et opina sans rien dire avant de reculer. Là, elle regarda Ester entreprendre de bander la blessure avec une efficacité apparente. Le tissu se teinta immédiatement de rouge sur le bras de Mala, qui sourit faiblement.

— Appuie ici, dit Ester assez fort pour que Mandel l'entende et croie qu'elles essayaient de contenir l'hémorragie.

En vérité, tout en parlant, penchée sur la prisonnière, elle exerçait au contraire une pression sur les veines, facilitant la sortie du sang.

— Les coupures sont trop importantes, s'écria Ana comme Mala s'effondrait devant elles.

Elle la prit dans ses bras.

— Je suis là, lui murmura-t-elle. Je suis avec toi.

Les paupières de Mala frémirent et un sourire s'esquissa au coin de ses lèvres.

— Sacré nom de nom !

D'un geste brusque, Mandel poussa Ana et Ester et saisit le poignet de Mala, cherchant son pouls. Elle posa des yeux inquiets sur la foule des femmes devant elle, d'où s'élevait une rumeur de plus en plus forte. Les SS paraissaient nerveux et Ana comprit soudain avec stupeur qu'ils redoutaient une émeute. Était-ce possible ? Elle regarda autour d'elle. Il devait y avoir là un millier de prisonnières et moins de cent gardes. Combien de balles contenait chaque fusil ? Combien de femmes devraient périr pour que les autres puissent s'enfuir ?

Mandel devait se poser les mêmes questions car elle sortit soudain son pistolet et, avec une précision glaciale, tira une balle pile entre les yeux de Mala avant de se retourner, fière de son coup. Le corps de Mala se figea, immobile pour toujours. Ana contempla sa dépouille inerte. Cela aurait aussi bien pu être elle. Cela pourrait encore être elle. Et tout à coup, elle sut avec une acuité extrême qu'elle ne voulait pas mourir.

Elle se pencha et déposa un baiser sur le front de Mala, à l'endroit où la balle l'avait transpercée, puis elle la lâcha et se redressa. Ses jambes étaient engourdies et elle eut du mal à se lever, mais Ester lui prit le bras et, ensemble, elles descendirent les marches pour regagner la relative sécurité du groupe. Les prisonnières faisaient moins de bruit maintenant, toute velléité de révolte chassée par le coup de feu mortel. Les SS les poussaient déjà à faire demi-tour pour retourner dans les baraquements, loin du spectacle de Mala, nue et rouge de son propre sang, gisant sous la corde qui était censée lui prendre la vie à la manière décidée par les Allemands.

Maria Mandel bouillait littéralement de rage. Mala avait porté atteinte à la fierté allemande en choisissant sa mort et, au passage, elle avait redonné une raison de vivre aux prisonnières de Birkenau. Ana leva les yeux vers le ciel et pria pour que Dieu accueille cet ange près de lui – cet ange qui venait de lui redonner de l'espoir. Car même si le fait de la perdre lui faisait mal comme une coupure de rasoir, au moins ne se sentirait-elle plus étranglée comme sous la corde d'une potence nazie.

— Viens, dit-elle à Ester en se dirigeant vers le bloc 24. On a des bébés à mettre au monde. Des bébés qui grandiront loin de Birkenau.

Parce qu'elle ne savait rien faire d'autre qu'être sage-femme, et qu'elle ne ferait que cela jusqu'à ce qu'elles soient toutes enfin libérées.

27

7 octobre 1944

— Pousse, Naomi. C'est bien, continue comme ça... pousse !

Ester chuchotait, essayant désespérément d'échapper à l'attention de Klara. Le travail de Naomi avait progressé si vite que même Ana avait été prise au dépourvu – elle était sortie chercher de l'eau quand il était devenu évident que tout se précipitait. Ester avait dû courir chercher Janina à l'autre bout du bâtiment pour l'aider, et jamais elle n'avait été tant soulagée qu'en voyant son amie franchir la porte du bloc 24 avec son seau.

— Grands dieux ! fit Ana en souriant presque. Tu ne perds pas de temps, dis donc, Naomi. Allez, sortons ce bébé de là, d'accord ?

— Chut ! fit Ester avec un signe de tête vers la porte.

Klara était dehors, en train de discuter avec Irma Grese, récemment promue SS-Rapportführerin. La kapo non plus ne s'attendait pas à ce que Naomi accouche si vite, et peut-être qu'avec un peu de chance, elles pourraient garder secrète l'arrivée du bébé. Ester scruta la salle, où il n'y avait rien d'autre que des couchettes, des matelas fins comme du papier à cigarette et des couvertures déchirées. On n'y trouvait aucune commode à tiroirs, aucune table de chevet, aucun panier à linge – à quoi bon, quand tout ce que les résidentes possédaient était sur leur dos ? Et pourtant...

Il y avait des coins d'ombre dans le fond des couchettes basses, si elles étaient bien gardées. Et il y avait quantité de femmes prêtes à monter la garde. Chaque jour, de nouvelles rumeurs de victoire des Alliés leur parvenaient et l'on sentait un vent de panique souffler sur les Allemands. Les convois arrivaient encore quotidiennement, mais les gardes dirigeaient presque tous les arrivants directement vers les chambres à gaz et affichaient des airs furtifs, comme s'ils savaient qu'ils risquaient de se faire prendre en flagrant délit du plus grand crime contre l'humanité jamais commis.

Ces temps-ci, dans le camp, tout le monde avait les yeux tournés vers le ciel ou au-delà des clôtures, dans l'espoir d'y voir l'avancée des troupes alliées. Les sirènes signalant des raids aériens avaient retenti, et ils avaient vu des avions survoler la zone. Si le camp n'avait pas encore été bombardé, cela pouvait arriver à n'importe quel moment, et les opérations de crémation avaient ralenti afin que les chambres souterraines puissent servir de refuge aux SS pendant les alertes. Depuis peu, chaque fois qu'un camion s'approchait des portes, tout le monde l'observait, espérant voir des GIs ou des Tommies en surgir avec leurs fusils. Ce n'était toujours pas arrivé – mais cela restait possible.

— Pousse Naomi. On y est presque.

Le bébé de Naomi était décidément très pressé. La jeune fille se courba et fournit un dernier effort, les dents serrées. L'instant d'après, Ana poussa un cri de triomphe, auquel répondit un pleur puissant. Un grand sourire aux lèvres, Naomi tendit les bras pour prendre son enfant.

— Une seconde, dit Ana en riant. Il faut que je coupe le cordon.

Naomi rit à son tour, mais Ester n'entendait plus qu'une seule chose : les cris du nouveau-né, qui la transperçaient tels des coups de poignard dans son ventre. À cet instant, elle se revit là, couchée sur le réchaud de brique, poussant pour faire sortir Pippa de son ventre, puis tenant dans ses bras cette minuscule créature rouge qui hurlait à pleins poumons. Ester chercha un appui comme sa vision se brouillait soudainement. Elle s'assit par terre, et, malgré elle, ses bras se mirent en position d'accueillir et de bercer son enfant qui n'était plus là tandis qu'elle éclatait en sanglots.

— Ester ? fit Naomi en la regardant avec inquiétude.

Ester tenta de refouler ses larmes.

— Ce sont juste des larmes de joie, Naomi, se défendit-elle.

La jeune fille n'était pas dupe et se pencha vers elle.

— Tiens. Prends-le.

Ester repoussa ses mains.

— Non. Il est à toi. Il faut que tu profites de lui, le plus possible. Tu dois profiter de la moindre minute, tant qu'il est là.

Elle jeta un regard vers la porte mais Klara n'était toujours revenue. Elle distinguait Grese de l'autre côté de la clôture, en train de tourmenter un groupe d'hommes effectuant des réparations, suivie d'une silhouette qui ressemblait fort à leur kapo. Posant les yeux sur le bébé dans les bras de son amie, elle fut prise d'un immense chagrin à l'idée que celui-ci lui soit bientôt enlevé, lui aussi, pour être confié à des parents inconnus.

— Comment vas-tu l'appeler, Naomi ? s'enquit Ana.

— Isaac, répondit-elle sans hésiter. Comme mon père. Ça lui fera plaisir, quand il le verra.

Quand. Même au bout de presque deux ans à Birkenau, Naomi n'avait pas perdu son optimisme. Ester admirait cela, mais elle savait aussi que l'optimisme avait besoin d'être nourri. Certes, elle n'avait pas pu garder son bébé dans les ténèbres de l'hiver dernier, seulement, les choses changeaient. Les Alliés arrivaient, et les Allemands avaient peur. Or cette peur les rendait moins zélés dans leurs tâches, si bien qu'il y avait désormais des failles dans la discipline autrefois irréprochable de Birkenau. Alors, d'une manière ou d'une autre, il fallait trouver le moyen de leur soustraire le petit Isaac.

Dehors, Grese s'était lassée de harceler les prisonniers et s'éloignait maintenant. Klara n'allait pas tarder à rentrer au bloc 24 ; dès qu'elle verrait Isaac, il serait sur sa liste. Il avait les cheveux châtains, mais cela ne suffirait pas. Si ce que l'on disait était vrai, avec les pertes que les Allemands essuyaient actuellement sur les fronts est et ouest, les officiers du programme Lebensborn allaient avoir besoin de beaucoup de chair fraîche pour regarnir les futurs rangs du Reich.

Ester se releva et courut jusqu'à la porte. Délaissée par Grese, Klara revenait vers le baraquement ; prendre son bébé à Naomi serait typiquement le genre de petite revanche qui lui ferait du bien.

— Il faut qu'on le cache, dit-elle en retournant en hâte auprès de ses amies.

Mais l'imposante silhouette de la kapo était déjà à quelques pas de la porte et Naomi était encore allongée sur le réchaud de brique, au beau milieu de la pièce. Ester se posta devant elle quand, soudain, un énorme *boum !* retentit dans tout le camp. Les murs de bois tremblèrent et Klara fit demi-tour pour s'enfuir, craignant que le bâtiment ne s'écroule.

— Qu'est-ce que c'est que ça ? demanda Ana.

Janina accourut de l'autre bout de la salle, et même les patientes les plus faibles sortirent de leur couchette pour la suivre. Toutes se ruèrent dehors pour lever les yeux vers le ciel – où aucun avion n'était en vue.

— Là, regardez ! s'écria Janina en désignant le fond du camp.

Des flammes s'élevaient du crématorium IV ; pas les petites flammes habituelles générées par la combustion des humains, mais de hautes flammes, furieuses et dévorantes.

— C'était une bombe ? demanda-t-elle.

Les femmes qui se trouvaient déjà dehors au moment de l'explosion secouèrent la tête.

— Non, sauf si elle a été déclenchée de l'intérieur.

Ester regarda autour d'elle. Des cris en allemand s'élevaient de toutes parts et des SS couraient dans tous les sens. Derrière le crématorium incendié, un groupe de silhouettes avait découpé un passage dans les clôtures de barbelés et s'y engouffrait pour rejoindre les bois de l'autre côté. Des gardes se lançaient déjà à leurs trousses et avaient lâché les chiens après leurs proies.

— C'est le Sonderkommando du crématorium, dit une femme. Ils préparent un coup depuis des mois… Visiblement, ça y est, ils l'ont fait.

Ester regarda l'un des premiers évadés atteindre la ligne des arbres avant les chiens, et pria pour qu'il puisse conserver son avance. *Fonce*, se dit-elle pour l'homme. *Cours, grimpe, cache-toi.* Mais elles avaient leur propre problème à régler, car d'autres gardes venaient maintenant vers elles en leur criant de retourner dans les baraquements, et rien n'empêcherait Klara de trouver le petit Isaac. Une colère aussi vive que les flammes du crématorium IV monta en elle. Elle n'avait pas pu empêcher les nazis de lui enlever Pippa, mais elle ferait l'impossible pour protéger Isaac.

Ses yeux se posèrent alors sur la sempiternelle pile de cadavres attendant d'être embarqués devant le bloc. À son sommet, telle une grotesque cerise sur le gâteau, gisait le corps d'un nouveau-né mort au petit matin. Oserait-elle ? Après tout, qu'avait-elle à perdre ? Après un furtif regard autour d'elle, elle se dirigea vers la porte du bloc et, au dernier moment, elle attrapa le petit corps. Il était froid et inerte. Ce contact la fit frémir, mais l'important était de sauver l'enfant qui était encore en vie.

Derrière elle, les gardes refoulaient toutes les femmes dans leurs baraquements et Janina s'efforçait de maintenir les patientes à distance des fouets qui claquaient de part et d'autre. Elles allaient certainement être confinées, maintenant, mais Grese avait donné hier une bouteille de schnapps à Klara pour des services qu'Ester préférait ignorer ; avec un peu de chance, il lui en restait suffisamment pour que la kapo reste à boire et à cuver dans sa chambre. Si elle parvenait à la convaincre que le pauvre bébé mort était celui de Naomi, cela pourrait fonctionner.

— Tiens.

Elle courut vers Naomi, lui prit Isaac des bras et le remplaça par le petit corps sans vie. Naomi eut d'abord un mouvement de recul, horrifiée, mais elle était futée et ne tarda pas à hocher la tête tandis que Klara entrait en leur braillant de rejoindre leurs couchettes. À quelques mètres d'elles, Ana comprit également le stratagème et vint enlacer Naomi, laquelle, avec un authentique talent de comédienne, fondit en larmes.

— Qu'est-ce qu'il y a ? aboya Klara, qui se délectait déjà du chagrin de Naomi.

Le petit Isaac serré contre sa poitrine, Ester se glissa dans la couchette basse et rampa jusqu'au fond. Le coin était étroit, sale et empestait l'odeur des fluides corporels de trop de femmes malades, mais, pour une fois, Ester se réjouit de ces conditions infâmes – au moins Klara ne risquait-elle pas de mettre son nez dans un tel endroit.

— Voyons voir ça, lança la kapo.

Elle força Naomi à ouvrir ses bras et lui arracha l'enfant. Ester retint son souffle. Klara allait-elle reconnaître le corps qu'elle avait dû jeter elle-même sur la pile, ce matin ? Apparemment, non.

— Comme il est vilain. Mais je suppose que cela n'a rien de surprenant, commenta-t-elle.

— Parce qu'il a un père allemand, vous voulez dire ? rétorqua Naomi, la voix chargée de lourds sanglots.

— Je dirais plutôt que c'est la preuve que le sang juif ne peut pas se mélanger au sang allemand. Tu ne crois pas ?

— Non. Ce sont nos ignobles conditions de vie ici qui ont tué mon fils.

— Ton fils ? fit Klara en avisant le bébé. C'est une fille !

Ester sentit son cœur chavirer. Elle n'avait pas eu le temps de prévenir Naomi. Qui n'avait pas eu le temps de vérifier elle-même.

— Pauvre Naomi, dit Ana avec douceur. Le chagrin lui fait perdre la tête. Elle était sûre qu'elle aurait un garçon. Elle l'avait promis à son père…

Klara éclata de rire.

— Eh bien, ce sera une double déception pour lui alors. Parce que c'est une fille, et qu'elle est morte !

Ester respira enfin. Le petit Isaac gigota contre elle, cherchant le sein. Brusquement, elle eut mal à la poitrine, comme si tout le lait qu'elle n'avait pas pu donner à Pippa revenait tout à coup ; sachant que ce n'était qu'une douleur fantôme, elle donna son petit doigt au bébé. Il le téta avidement tandis qu'elle se recroquevillait davantage derrière les autres femmes assises sur la couchette, en priant pour qu'il ne fasse pas de bruit. Il y avait d'autres bébés dans la salle, qui s'accrochaient tant bien que mal à la vie, mais, malgré tout, elle ne pouvait se permettre d'éveiller les soupçons de Klara.

Celle-ci avait une autre idée en tête. Laissant pendre l'enfant devant elle tel un lapin écorché, elle avança vers Ana.

— Quel malheur, numéro 41401. Si je comprends bien, ton précieux record n'est plus que de l'histoire ancienne, maintenant. Tu as enfin perdu un bébé à la naissance, et pas n'importe lequel – celui de ta chère petite morveuse grecque. Pauvre Naomi… Elle te faisait confiance, et tu l'as trahie. Toute cette expérience, toutes ces attentions, toute cette *foi* – pour rien !

— Un bébé, Klara, répliqua Ana. Je n'ai perdu qu'un bébé sur deux mille, dans ce… (Elle eut un geste désignant leur environnement sordide.) Bref, je considère qu'il y a tout de même de quoi être fière.

— Absolument, approuvèrent les autres femmes en sortant la tête de leurs couchettes.

Ester ignorait combien d'entre elles avaient compris leur stratagème, mais elle savait avec certitude qu'aucune ne les dénoncerait.

— Mais dis-moi, tu n'avais pas prononcé une sorte de vœu à ta sainte Marie mère de Dieu ? On dirait qu'elle t'a laissée tomber, Ana. À moins que ce ne soit toi qui l'aies laissée tomber. Dans un cas comme dans l'autre, c'est un échec.

Ester avait mal pour Ana, mais l'accusation était infondée et elle se sentit pleine de fierté en voyant son amie se dresser avec dignité devant la kapo.

— Je mettrai cet « échec » sur le compte de votre « réussite », Klara.

— Je crois que tu n'as pas trop le choix.

Elle agita la dépouille du bébé devant le nez d'Ana, mais Naomi bondit et s'en empara avec fougue.

— Laissez mon bébé tranquille ! J'ai besoin de lui.

Par le mince espace entre le dos de ses camarades, Ester vit Naomi prendre le petit corps au creux de ses bras et le bercer en chantonnant. Klara la considéra quelques instants, puis haussa les épaules et tourna les talons.

— Vous êtes folles, toutes autant que vous êtes, folles à lier. Je devrais te tabasser pour ça, numéro 39882. Tu as privé la patrie d'un enfant avec ton mauvais sang et ton ventre inapte.

Naomi continua de chanter sa berceuse et, après un nouveau haussement d'épaules, Klara s'en alla. La porte de sa chambre claqua derrière elle et le silence se fit dans le baraquement. Lentement, Naomi termina sa chanson et alla poser le bébé mort sur le réchaud.

— Merci, petit ange, murmura-t-elle en recouvrant le corps minuscule d'un bout de couverture.

Elle s'assit alors par terre, épuisée, et appela d'une voix ténue :

— Ester ?

Les femmes devant elles s'écartèrent et Ester sortit doucement de sa cachette cependant qu'Isaac continuait de téter son doigt, comme conscient que sa vie en dépendait. Naomi tendit les bras et Ester lui rendit son fils. L'espace d'un instant, elle eut le même sentiment que lorsqu'elle avait donné Pippa aux nazis ; sauf que Naomi n'avait rien d'une nazie, et que cet enfant avait une chance de s'en sortir. Une chance infime, certes, mais une chance tout de même. Et puisque cette guerre approchait de son terme, Ester se jura de tout faire pour sauver le petit Isaac. Pour Naomi, et pour sa propre santé mentale.

28

30 novembre 1944

Ana

Ana faisait les cent pas devant le bloc 24, essayant de se réchauffer un peu les pieds. Elle avait une vraie paire de chaussures, tendrement enlevées à une morte par une patiente reconnaissante – encore une mère privée de son enfant. Elle se demandait souvent pourquoi il n'existait pas de mot désignant une mère ayant perdu son enfant. Quand on perdait son mari ou sa femme, on était veuve ou veuf, mais comment nommer un parent qui avait perdu son enfant ? Ester les appelait les « mères perdues », et Ana comprenait cela, mais Ester, au moins, avait encore une chance de retrouver sa fille – si elles parvenaient un jour à sortir de cet enfer.

Chaque jour elles priaient pour la libération, croyant fermement que leurs prières finiraient par être entendues. Les SS étaient de moins en moins zélés et, par miracle, les fours crématoires ne fonctionnaient plus. Les chambres à gaz avaient cessé de tourner deux semaines auparavant ; depuis lors, le ciel était clair, dépourvu de fumée et de cendres humaines. Aucun convoi n'arrivait plus dans le camp, et le seul sifflement qu'on entendait encore était celui du vent glacial qui apportait de la neige en provenance de l'est – mais pas encore de soldats russes. Les gardes restaient calfeutrés dans les tours de guet, procédaient à l'appel des prisonniers plus tard en matinée et plus tôt en soirée, et avaient à peine l'énergie d'administrer des corrections à coups de matraque. Si le danger immédiat de se faire tuer semblait s'éloigner, ceux du froid, de la maladie et de la faim, eux, menaçaient encore tout le camp.

Et les bébés continuaient de naître.

Dans la masse des convois acheminés au fil de l'été, alors que les nazis avaient fait une ultime tentative afin de « nettoyer l'Europe des peuples de races inférieures », des femmes étaient arrivées, portant en elles des bourgeons de vie nouvelle, et avaient échappé à l'œil aguerri de Mengele lors de la sélection. Peut-être que les bébés dans leurs ventres leur conféraient une énergie, un rayonnement qui leur donnait l'air aptes au travail, mais, au fur et à mesure que l'hiver s'installait, de plus en plus de femmes venaient au bloc 24 afin qu'Ana les examinât. Au début, elles avaient dû continuer à travailler pour éviter Mengele et les autres médecins qui parcouraient les baraquements à la recherche de nouvelles victimes, comme si ce petit acte de cruauté pouvait les soulager de leurs propres peurs. Mais à présent, on détruisait les fours crématoires dans une ridicule tentative de dissimuler les terribles crimes commis à Auschwitz-Birkenau, si bien que les femmes craignaient moins de déclarer leur grossesse et que la maternité d'Ana était plus remplie que jamais.

Il y avait une certaine ironie à savoir que, pour la première fois de son histoire, Birkenau allait très probablement mettre au monde plus de vies qu'il n'en supprimerait. Garder les nouveaux détenus en vie demeurait toutefois un énorme défi. La nourriture se faisait plus rare que jamais, et le temps, plus rigoureux. De plus en plus de vêtements sortaient des entrepôts du Kanada dans ce qui étaient sûrement les derniers jours du camp, et la plupart des prisonniers avaient au moins un pull-over et un manteau pour renforcer leurs minces uniformes. Mais sans combustible pour allumer les poêles et avec le peu d'approvisionnement arrivant en cuisine, la bataille risquait d'être perdue d'avance.

Ana bouillait littéralement de frustration. Les radios cachées du camp rapportaient que les Alliés se trouvaient à environ cent cinquante kilomètres d'Auschwitz ; la fin de leur calvaire devait donc être proche, ce qui rendait d'autant plus insupportable l'idée de sentir leur survie leur filer entre les doigts.

— Ana !

Elle ne se retourna même pas en entendant le cri rauque et pathétique. Klara était tombée malade la semaine précédente et ne cessait de l'appeler. Elle, ou Ester.

— Aidez-moi. J'ai besoin qu'on me soigne, sauvez-moi.

— Pourquoi ferais-je cela ? lui avait demandé Ester un jour.

— Par simple humanité, avait répondu Klara, faisant rire Ester.

— L'humanité ne court pas les rues, en ce moment, et je n'en ai jamais vu la moindre trace chez vous.

— Mais pourquoi devriez-vous vous abaisser au même niveau que moi ? avait couiné la kapo en repoussant ses cheveux trempés de sueur de ses joues rougies par la fièvre.

L'argument valait ce qu'il valait, mais il avait fait mouche malgré tout et Ester avait apporté de l'eau à Klara pour apaiser sa fièvre, sans aller pour autant jusqu'à humecter son front brûlant. La sévère kapo avait la tuberculose, à un stade trop avancé pour qu'elle ait une chance de s'en remettre. Grâce à sa robuste constitution entretenue par les petits cadeaux des SS, elle mettait plus longtemps que les autres à succomber, mais elle dépérissait tout de même à petit feu.

— Ana, s'il vous plaît, gémit Klara. Je croyais que vous étiez chrétienne.

— Je *suis* chrétienne.

— Alors soyez une bonne Samaritaine et apportez-moi de la vodka, juste pour calmer la douleur.

— Nous n'avons pas de vodka, Klara.

— Moi, j'en ai.

— Cela ne vous aidera pas.

— Oh, que si.

— Dans ce cas, permettez-moi de dire les choses autrement : *je* ne vous aiderai pas. Pas de cette manière.

— Vous auriez tout intérêt à le faire.

Il y avait un accent de menace dans la voix faible de la kapo et Ana s'approcha d'elle, méfiante.

— Je *sais*, déclara la tuberculeuse. Je suis au courant pour le bébé. Le bébé caché.

Ana sentit son cœur faire un bond dans sa poitrine. Elles dissimulaient Isaac depuis un mois maintenant. Les femmes du bloc se relayaient pour s'occuper de lui et dormir à ses côtés. La nouvelle s'était répandue dans le camp, et quantité de femmes dont l'enfant avait péri au bloc 24 trouvaient le temps de venir aider, comme si le petit Isaac était devenu un symbole pour toutes les mères perdues. Une ou deux prisonnières politiques se battaient encore pour pouvoir garder leur nouveau-né, mais aucune Juive n'avait pu sauver sa progéniture jusqu'ici. Alors si, ensemble, elles pouvaient sauver un seul bébé juif de Birkenau, ce serait une petite victoire à chérir pour toutes ; seulement, si Klara l'apprenait, tous leurs efforts seraient réduits à néant. Ana s'efforça de demeurer impavide.

— De quel bébé caché parlez-vous, Klara ?

— Celui…

Une violente quinte de toux secoua Klara. Lorsqu'elle reprit enfin son souffle, elle répondit :

— Celui de Naomi.

Ana serra les dents.

— Le bébé de Naomi est mort, je ne vous apprends rien, dit-elle sèchement.

Klara se redressa sur son oreiller et essaya d'inspirer à fond.

— Je ne suis pas stupide, Ana, quoi que vous en pensiez. J'ai bien compris ce qui se passait. Je comptais le dire à Irma, mais elle ne vient plus par ici, cette espèce de *Schweinhünden*, et je suis tombée malade. Mais je peux encore vous dénoncer, même depuis mon lit.

— Les SS n'approchent pas de l'hôpital, vous le savez bien.

— En ce moment, non. Mais ils reviendront, quand… quand…

Nouvelle quinte de toux. Ana la regarda cracher ses poumons, détestant l'indifférence qu'elle éprouvait face à une mourante. Mais cette femme n'était pas comme les autres. C'était une femme capable de noyer des bébés dans un seau sans sourciller, une femme qui se moquait des mères n'ayant pas assez de lait pour nourrir leur enfant, et qui aurait pu causer une fausse couche à Ester sans l'intervention de Naomi avec son diamant.

— Quand ils nous déplaceront, dit-elle enfin.

— Comment cela ?

— C'est imminent. Aujourd'hui même, peut-être. Ils ferment cette partie du camp et vont déplacer les femmes de l'autre côté des rails pour garder ensemble les derniers Juifs et les dégénérés. Ils vont venir et, si vous ne m'aidez pas, je leur dirai.

Ana la toisa. Klara plissait les yeux en une expression de triomphe absurde. La sage-femme secoua la tête.

— Du délire, dit-elle avec un air de consternation. C'est triste, mais courant chez les malades de tuberculose, m'a dit Ester. Ma pauvre Klara, vous avez entendu tellement de bébés hurler que maintenant, vous entendez leurs cris depuis l'intérieur de votre cerveau malade.

— Pas du tout, protesta la kapo avec vigueur, provoquant une nouvelle quinte de toux, qui s'acheva avec une goutte de sang sur sa couverture. Il y a un bébé. Je le sais. Je leur dirai qu'il y a un bébé caché.

— Et comme ils ne le trouveront pas, ils sauront que vous délirez.

— Mais *si*, ils vont le trouver.

— Maintenant, non, dit Ana avant de lui adresser un clin d'œil. Merci pour l'information, Klara.

Sur ce, elle sortit de la chambre et retourna à la couchette basse où Naomi et Ester chantaient une berceuse à Isaac.

— Nous allons être déplacées, leur souffla-t-elle. Il nous faut un plan, et vite.

Ester fronça les sourcils.

— Du rouge à lèvres, dit-elle.

— Quoi, du rouge à lèvres ? C'est ça, ton plan ? demanda Naomi. Que je me maquille pour séduire les SS ?

— Non ! Jamais je ne te demanderais cela, même si c'était possible. Mais as-tu toujours ton rouge à lèvres ?

— Bien sûr que oui.

Naomi sortit le tube rose foncé de la cavité qu'elles avaient creusée sous le sol carrelé du baraquement et le brandit devant ses amies.

— Mais je ne vois pas en quoi cela pourrait nous aider.

— Donne-le-moi et enlève ton haut.

— Quoi ?

— Ce ne sera pas long.

Naomi regarda Ana, qui avait perçu la détermination et l'assurance d'Ester, et hocha la tête. Elle prit le petit Isaac des bras de sa jeune amie tandis que celle-ci, tremblante, retirait son pull, son uniforme rayé et la chemise en soie qu'elle portait en dessous. Ana savait que Naomi avait sorti d'autres bijoux depuis la fois où elles avaient dû soudoyer Klara, et elle espérait qu'elle aurait l'occasion de s'en servir. Un diamant serait fort utile à une jeune « veuve » et à son fils. Mais avant tout, il fallait partir d'ici.

— Bien, dit Ester. Maintenant, ne bouge plus.

Levant le tube de rouge tel un crayon, Ester entreprit alors de dessiner des lésions de typhus sur les épaules de Naomi, sur ses bras et dans son cou ainsi que sur le bas de sa mâchoire. Elle étala ensuite du rouge sur ses pommettes et autour de ses yeux afin de lui donner un air fiévreux, puis elle recula, visiblement satisfaite.

— Tu as une mine épouvantable, dit-elle gaiement.

— Merci !

— Avec ça, plus une respiration laborieuse, quelques toussotements et une démarche chancelante, aucun SS ne s'approchera de toi. Rhabille-toi, mais ne mets pas ton pull.

— Pourquoi ça ?

— Parce qu'il va t'en falloir un plus grand. Ana ?

Elle adressa à la sage-femme une moue d'excuse, mais celle-ci opina joyeusement. Le pull-over qu'Ana avait récupéré était celui d'un homme et tombait sur elle comme une robe. Elle passa Isaac à Ester, retira son pull et enfila celui de Naomi à la place. Il était affreusement étroit sur elle, mais quelle importance ? Personne n'avait d'allure à Birkenau, et elle aurait le temps de se remettre à la mode, après la guerre.

Après la guerre.

Tout le monde avait ces mots sur les lèvres maintenant, et pas seulement les prisonniers. L'autre jour, alors qu'elle allait chercher de l'eau, Ana avait entendu deux gardes discuter à voix basse, évoquant des moyens de fuir l'Europe. Selon l'un d'eux, des Polonais faisaient un commerce florissant de faux papiers d'identité pour aider les nazis à fuir ceux qui pourraient les traduire en justice. Ana eut mal au cœur en entendant cela. Son cher Bartek avait travaillé au péril de sa vie pour offrir la même chose à des Juifs innocents afin qu'ils échappent à une persécution bien plus terrible que tout ce qu'ils avaient pu imaginer. Maintenant, d'autres Polonais sans scrupule faisaient la même chose afin d'aider ceux qui avaient semé tant d'horreur en Pologne, juste pour de l'argent. Elle soupira en rendant sa chemise à Naomi, dont elle sentait les bijoux durs dans l'ourlet. Des diamants de sang. Étaient-elles aussi mauvaises que l'ennemi ? Cette guerre avait-elle anéanti toute morale ?

Elle essaya de se ressaisir. Il ne servait à rien de penser à cela, à ce stade. Son travail était, comme il l'avait toujours été, d'assurer la santé et la sécurité des mères et des futures mères de Birkenau, et elle continuerait à le faire jusqu'à ce que ces portes soient grandes ouvertes et que le monde réel soit de retour. Elle aurait assez de temps, alors, pour y penser.

Flottant maintenant dans son grand pull, avec ses lésions apparentes au niveau des bras et du cou et sa respiration faussement laborieuse, Naomi avait tout d'une malade du typhus. Il ne restait qu'un détail à régler.

— Et Isaac ? demanda-t-elle à Ester.

— Isaac sera sous ton pull, tu le porteras en écharpe.

— En écharpe ?

— On va t'arranger ça.

Des cris s'élevèrent soudain à l'extérieur – un appel impromptu. Ce devait être le début des opérations.

— Vite, la pressa Ester.

Elle s'empara de morceaux de tissu de leur réserve personnelle. Klara étant clouée au lit, personne ne dirigeait l'enlèvement des corps des défuntes et elles parvenaient régulièrement à prélever au moins un vêtement avant de les déposer dehors. Ces pièces pouvaient être déchirées pour en faire des langes, ou, en l'occurrence, une écharpe de fortune. Naomi souleva le grand pull et prit Isaac contre sa poitrine tandis qu'Ester et Ana nouaient la bande de tissu autour de lui, aussi étroitement que possible.

— Bloc 24 ! Au rapport ! aboya une voix à l'extérieur.

Ana se rendit à la porte.

— Un rapport, monsieur ?

— L'appel. Vous allez déménager. Immédiatement !

— Oui, tout de suite. Je vais faire sortir les détenues de leurs couchettes, mais certaines ne sont pas loin d'accoucher.

— Eh bien, elles n'auront même pas l'occasion d'accoucher si elles ne se dépêchent pas.

— Bien sûr, bien sûr. D'autres sont très malades… Le typhus est de retour.

— Quoi ? fit l'officier avec un mouvement instinctif de recul. Par ce temps ?

— Nous avons pu allumer les poêles de temps en temps. C'était appréciable, mais les poux et les puces l'ont apprécié autant que nous…

— Espèce d'imbécile !

Il leva le bras pour la frapper mais n'osa pas s'approcher suffisamment pour porter le coup. Les SS avaient toujours redouté le typhus. Même avec leur bel hôpital à Auschwitz I, les infortunés qui attrapaient la maladie vivaient comme une honte les éruptions cutanées qui entachaient leur peau d'aryen.

— On devrait peut-être envoyer les malades aux…

Il s'abstint de finir sa phrase en avisant avec dépit l'emplacement où se dressaient auparavant les cheminées.

— Ne vous en faites pas, dit Ana en se forçant à conserver ses bonnes manières face à ce monstre. Nous veillerons à les maintenir à distance de vous autres.

— Oui, j'y compte bien. Allez, tout le monde dehors, maintenant !

Derrière Ana, Ester s'employait déjà à faire sortir les femmes du bloc 24. Celles de la maternité étaient capables de marcher, mais certaines patientes de Janina étaient très faibles et les femmes enceintes durent les aider à se déplacer. Naomi jouait son rôle à la perfection ; elle boitait, la tête basse, respirait avec peine et se tenait courbée dans un grand manteau qui dissimulait le volume du bébé plaqué contre sa poitrine.

Ana la regarda sortir, entourée de leurs camarades, et vit les SS la considérer avec dégoût. On demandait aux femmes de montrer leur avant-bras afin que les Allemands puissent les répertorier sur leurs listes et Ana pria pour que le rouge à lèvres tienne bon. Si le subterfuge était découvert, elles seraient toutes tuées. Les nazis ne disposaient peut-être plus des chambres à gaz, mais il y avait bien d'autres manières d'éliminer les prisonniers – par balle, injection ou simple matraquage. Ces deux dernières années, Ana avait vu des détenus périr de bien des façons et elle ne se faisait aucune illusion sur leur sécurité à ce jour. C'était lorsqu'ils étaient acculés que les agresseurs pouvaient se révéler le plus dangereux.

Elle retint son souffle, mais l'officier chargé du contrôle des matricules ne s'approcha même pas assez de Naomi pour pouvoir lire son numéro, et la fit avancer directement. Visiblement, Klara disait juste : on les envoyait de l'autre côté des rails. Jusqu'à présent, cette partie du camp avait constitué l'horizon de leur monde minuscule et Ana fut soudain prise d'un vertige à la simple idée d'aller si loin. Elle se retourna vers le bloc 24, saisie d'un sentiment proche de l'affection.

C'est ridicule, se dit-elle. Cet endroit était un sinistre cloaque rempli de souffrance, où femmes et enfants venaient mourir. Et pourtant… Ana y avait fait naître presque trois mille bébés, sans perdre aucune mère et aucun enfant pendant l'accouchement. Le seul prétendu mort-né était un mensonge – un mensonge vertueux et magnifique. Certes, sur ces trois mille, il n'en restait que six de vivants dans le camp – cinq nés le mois précédent de femmes non juives, et un autre caché sous le pull de Naomi ; mais plus de soixante avaient été emmenés pour être « germanisés » et Ester avait réussi à tatouer la plupart d'entre eux. Ces numéros n'allaient-ils pas demeurer à vie sous la peau de ces enfants ? Un jour ou l'autre, quelqu'un allait sûrement se demander ce qu'ils signifiaient et entreprendre des recherches, avec l'aide de la Croix-Rouge, peut-être, une fois que la guerre serait finie. Et l'on ferait forcément le rapprochement entre ces numéros et le matricule des mères survivantes, n'est-ce pas ? Au moins de nombreuses mères étaient-elles encore en vie pour le moment – ce qui représentait déjà une petite victoire en soi.

Elle se retourna pour regarder toutes ces femmes dont elle avait la charge et qui se rassemblaient pour former les lignes bien droites auxquelles leurs ravisseurs tenaient toujours autant ; c'est alors que, par la porte ouverte du baraquement, elle vit Klara, toujours alitée dans sa chambre. Les deux jeunes gardes qui avaient effectué un rapide tour du bloc ne l'avaient pas remarquée.

— Ana, gémit Klara en tendant vers elle une main faible.

Elle avait une mine vraiment pitoyable et semblait vidée de sa substance, comme si la haine avait absorbé toute son énergie vitale. Si Ana se détournait, si elle montrait maintenant son matricule aux gardes et franchissait la clôture, Klara mourrait seule ici, sans eau, sans nourriture, sans soins. Ana estimait que c'était bien ce qu'elle méritait, seulement… le Christ n'avait-il pas exhorté au pardon ? N'avait-il pas appris à ses enfants à tendre l'autre joue et à traiter son prochain comme ils aimeraient eux-mêmes être traités ? C'était un des principes de base du christianisme, et Ana se trahirait si elle faisait semblant de l'oublier.

Elle retourna à l'intérieur du baraquement.

— Allez, Klara, debout.

Elle prit la kapo sous les bras et l'aida à se lever. Klara s'appuya lourdement sur elle en respirant avec peine.

— Merci, souffla-t-elle péniblement.

— Simple humanité, répondit sèchement Ana en l'emmenant dehors pour rejoindre le bout de la file.

Lentement, on les dirigea sur la route puis de l'autre côté des rails, jusqu'aux portes de leur nouveau secteur, à côté des hommes qu'il restait. C'était la première fois qu'Ana et Ester sortaient des limites de leur petite section de Birkenau depuis qu'on les avait amenées ici, tondues et dépouillées de tout ce qu'elles possédaient, deux printemps auparavant. Le simple fait d'emprunter ce chemin central leur donnait un sentiment de liberté et Ana fut presque heureuse d'avoir Klara à son bras au moment de franchir les grandes clôtures de barbelés.

Ils étaient les derniers survivants. Lorsqu'Ana était arrivée ici, il y avait plus de cent mille détenus dans le camp ; aujourd'hui, ils devaient être cinq mille, tout au plus. Cela faisait encore beaucoup de monde dans l'absolu, mais lui paraissait peu en comparaison des immenses foules qui se déplaçaient auparavant dans les lieux pour faire la queue en attendant la soupe, ou d'aller aux latrines – sans parler des chambres à gaz.

Elle contempla les immenses bâtiments désormais effondrés, où des prisonniers œuvraient à effacer les traces de la barbarie qu'ils représentaient.

— Des machines de mort, murmura-t-elle.

À côté d'elle, Klara regardait dans la même direction.

— Un jour, j'ai vu une petite fille y être emmenée, dit-elle d'une voix rauque et fatiguée. Elle était arrivée dans un convoi, cet été-là. Elle était là, debout… (Klara désigna un endroit sur le chemin.) Elle semblait tenir encore la valise qu'on venait de lui prendre. Elle avait des nattes châtain clair, nouées avec des rubans, et une jupe plissée sous un beau duffle-coat. Elle me ressemblait, quand j'étais petite… Parce que j'ai été petite moi aussi, vous savez, Ana.

— Bien sûr.

— Je l'ai regardée, et je me suis dit : et si c'était moi – et d'autres comme moi – qu'on avait envoyée à la chambre à gaz à cet âge-là ? Est-ce que tout ça existerait ? Est-ce que tout ça serait seulement arrivé ?

Ana considéra la kapo avec stupeur.

— Vous avez des regrets, Klara ?

Klara eut un petit rire amer qui tourna vite à la quinte de toux.

— À propos de ce que j'ai fait ici ? Non, j'étais déjà trop âgée pour avoir des regrets, à ce moment-là. J'ai mal tourné dès mes vingt ans, en sortant de l'école de sages-femmes. Je me suis retrouvée enceinte, on m'a abandonnée, et j'ai fini chez une faiseuse d'anges dans une ruelle obscure pour m'en débarrasser.

— J'en suis navrée.

— Pas la peine. Je ne dis pas ça pour faire pleurer dans les chaumières, Ana. Mes parents avaient payé très cher les services de cette femme et c'est là que je me suis rendu compte que tuer des bébés rapportait plus que de les faire naître. Je n'ai pas d'excuses. Mais en tout cas, s'ils m'avaient envoyée à la chambre à gaz, comme cette petite fille, ce ne serait jamais arrivé.

— Ou si vos parents vous avaient laissée garder votre bébé, peut-être.

Klara la regarda et, l'espace d'un instant, une lueur brilla dans ses yeux ; mais elle secoua la tête et son regard s'obscurcit l'instant d'après.

— Ne soyez pas sentimentale, ma chère. Ah, je crois qu'on arrive à ma dernière demeure. Comme c'est joli.

Elle eut un geste ironique en direction du baraquement devant eux, strictement identique à celui qu'elles venaient de quitter. Mais en pénétrant à l'intérieur, Ana eut la surprise de découvrir une grande salle aux murs peints en blanc où étaient épinglées des images – des dessins d'enfants aux couleurs vives, montrant des arcs-en-ciel, des balançoires, des gens jouant avec des chiens. Tout un monde oublié depuis trop longtemps.

— Où sommes-nous ? dit-elle dans un souffle stupéfait.

— Dans l'ancien camp des Roms, grogna le garde. C'était un jardin d'enfants ici, avant. Mengele a dit que ce serait bien pour votre troupeau de truies en gestation, alors voilà. Vous dormirez par terre.

— Un jardin d'enfants ?

Ana n'aurait jamais pu croire qu'une telle chose existât à Birkenau. Elle en avait pourtant la preuve sous les yeux.

— Ils étaient pas mal lotis, les Gitans, ironisa le garde. On leur gardait leurs mômes, et tout.

Ana éprouva un pincement de jalousie, mais l'homme se pencha alors vers elle avec un rictus.

— C'est comme le camp des familles… Vous vous rappelez ?

Oui, Ana s'en rappelait. Un jour qui paraissait déjà bien lointain, elles avaient espéré y faire passer la petite Pippa. Le garde eut un rire sardonique.

— Au bout du compte, ça ne leur a pas servi à grand-chose : ils ont tous fini au four crématoire ! Bon débarras… c'est rien que des voleurs de poules et compagnie, ces gens-là.

Ana se retint de répliquer que les nazis étaient les pires voleurs qui soient, après avoir volé les biens, la liberté et la vie même de tant de personnes. Mais cela n'aurait servi à rien. Sa seule arme était toujours de rester en vie.

— Merci, dit-elle à la place avant d'installer Klara par terre et d'aller chercher Naomi.

Janina et les femmes les plus souffrantes avaient été placées dans le bloc voisin, mais la docteure avait gentiment orienté Ester vers la section maternité, à la grande satisfaction d'Ana. Elle était avec Naomi, toutes deux entourées d'un groupe de femmes protecteur, quand les gardes refermèrent la porte derrière elles. Elles eurent un petit sourire tandis que Naomi retirait son grand manteau, puis son pull, avant de soulever sa chemise pour révéler Isaac ; l'enfant dormait à poings fermés contre la poitrine de sa mère, avec une trace de rouge à lèvres sur la joue pour seul témoin de son aventure.

— On a réussi, dit Naomi, les yeux brillants. Dieu soit loué, on a réussi.

Ana regarda toutes ces femmes se réjouir en silence afin de ne pas attirer l'attention de leurs ravisseurs, et elle se dit que, quoi qu'il arrive ensuite, ce moment devrait rester gravé dans sa mémoire. Parce que l'amour finirait toujours par triompher de la haine. Il ne leur restait plus qu'à patienter et à prier. Un jour, à coup sûr, ce seraient les grilles principales qui s'ouvriraient et leur permettraient d'aller rejoindre l'arc-en-ciel.

29

17 janvier 1945

Ester

— J'ai mal ! Pourquoi est-ce que ça fait tellement mal ? Ce n'était pas comme ça, les autres fois.

Ester regarda Ana à la lueur de la bougie et fut rassurée de voir que la sage-femme ne semblait pas perturbée. La mère en travail devant elle avait déjà eu deux enfants – envoyés à la chambre à gaz dès leur arrivée au camp. Le bébé qu'elle portait était la seule chose la rattachant encore à la vie, mais maintenant que l'heure était venue de l'accueillir, elle déclinait. Ana vint poser une main bienveillante sur son épaule et s'adressa à la Hongroise en parlant lentement allemand, seule langue qu'elles avaient en commun.

— Ça fait mal, Margarite, parce que je crois que le bébé est en position postérieure. Cela rend l'accouchement plus douloureux, car vos colonnes vertébrales sont l'une contre l'autre, mais cela ne signifie pas que la naissance sera problématique. Vous comprenez ?

— Le bébé va sortir ?

— Bien sûr. Je suis là pour ça.

— Vivant ?

— Je n'en ai pas perdu un seul, même ici, à Birkenau.

— Pas un ?

— Pas un, et je ne compte pas commencer maintenant.

Ester vit Margarite hocher la tête face à la calme assurance d'Ana et se préparer à endurer la prochaine contraction qui allait dévaster son corps affaibli. Elle ne l'enviait nullement, mais elle savait déjà que dès que le bébé serait né, Pippa lui manquerait encore affreusement. Sa fille avait plus d'un an maintenant. Ses nouveaux parents connaissaient-ils la date de son anniversaire, ou en avaient-ils inventé une, à une date bien allemande assortie d'un nom bien allemand et d'une identité bien allemande ?

Elle se sentait bouillir à l'idée qu'ils impriment ainsi leur marque sur son précieux bébé, mais elle s'efforçait de se rappeler que ce n'était pas nécessairement leur faute. Elle doutait que le Reich eût dit aux parents adoptifs que Pippa était née dans un camp de la mort, et encore moins d'une mère juive. On avait dû inventer une belle histoire – un père mort sur le front russe, une mère morte en couches, tout pour que les nouveaux parents se sentent parfaitement disposés envers leur enfant adoptif. C'était d'ailleurs tout ce qu'elle pouvait espérer, n'osant imaginer l'inverse – que Pippa soit tombée dans une famille indigne où elle serait exploitée et maltraitée, telle une Cendrillon. Elle ne voyait pas pourquoi l'administration ferait cela, mais, encore une fois, le Reich avait parfois une logique si tordue que l'on pouvait s'attendre à tout.

Pippa avait-elle un berceau douillet dans une chambre bien chauffée ? Sa pseudo-mère lui faisait-elle des câlins, lui chantait-elle des berceuses ? Ester pouvait supporter l'idée qu'on lui chante en allemand, à partir du moment où c'était avec amour. Mais souvent, au cœur de la nuit, elle se demandait comment cette femme inconnue avait réagi en découvrant le tatouage sous l'aisselle de son bébé – et en quoi cela avait affecté sa façon de traiter Pippa. Et si ce numéro qu'Ester avait tatoué pour sauver sa fille devenait au contraire ce qui allait la condamner à de mauvais traitements, voire pire ?

Arrête, se dit-elle en essayant de se concentrer sur la pauvre Margarite, qui souffrait le martyre sous ses contractions. Il ne servait à rien de spéculer sur ce qui pouvait se passer en dehors du camp. Voilà presque deux mois qu'on les avait transférées dans l'ancien camp des Roms. 1945 avait succédé à 1944, et personne n'était encore venu les libérer. En fin d'année passée, les nazis avaient commencé à déplacer des prisonniers dans d'autres sites, mais les voies ferrées avaient été bombardées et les manœuvres avaient été interrompues. Ceux restant à Birkenau, qu'ils fussent prisonniers ou gardes, étaient désormais coincés dans ces plaines venteuses et marécageuses jusqu'à ce que quelqu'un vienne les libérer. Mais même quand ce serait chose faite, qui savait à quoi ressemblait le monde extérieur, ravagé par la guerre ?

Les sirènes d'alerte aérienne retentissaient de plus en plus fréquemment ces derniers temps et des avions survolaient le camp, se dirigeant vers des cibles inconnues, leur ventre rempli de bombes. Les gardes ne prenaient même plus la peine de chercher les radios cachées et les hommes du camp voisin écoutaient tous les bulletins importants de la BBC, ainsi que des stations polonaises clandestines rapportant des informations plus locales. Ils communiquaient oralement les nouvelles aux femmes, et c'était ainsi qu'Ester avait entendu parler de Chelmno. Elle avait attrapé l'homme par la manche à travers le grillage.

— Que s'est-il passé à Chelmno ?

— Apparemment, le camp est totalement démantelé.

— Totalement ? Et les travailleurs ?

— C'est fini pour eux.

— Fini ?

L'homme avait passé un doigt en travers de sa gorge et Ester s'était sentie vaciller, avant qu'il n'ajoute :

— Enfin, tous sauf un groupe laissé sur place pour faire le ménage. Une cinquantaine de gars, à ce qu'on dit. Des gars de Łódź.

— Cinquante ?

Ester s'était accrochée à cela. Cinquante hommes, et de Łódź ! Il restait donc de l'espoir – et puis, chaque jour on parlait de l'avancée des Alliés en Allemagne et des Soviétiques en Pologne. Cet espoir l'avait stimulée plus encore que la nouvelle de la libération de Paris ou de Bruxelles. Elle imaginait Filip, dans la forêt de Chelmno, travaillant avec un groupe de camarades. Ce travail devait être très éprouvant, elle le savait. Elle avait appris ce que le Sonderkommando avait été contraint de faire ici, à Birkenau, et détestait l'idée que son mari, si doux, si gentil, ait été obligé de brûler des milliers de corps brisés. Mais s'il était vivant, elle réparerait le mal que cela lui avait fait, comme il réparerait le mal que Birkenau lui avait fait, à elle. Ensemble, ils nourriraient leur âme et leur corps. Ce serait long, mais ils y arriveraient.

La semaine précédente, les hommes s'étaient rués vers les clôtures en leur annonçant que les Russes avaient pris Varsovie. Ana avait pleuré en entendant cela. Aux dernières nouvelles, son mari et son fils aîné se trouvaient à Varsovie, mais elle ignorait s'ils avaient survécu aux soulèvements. On disait que certains étaient parvenus à s'enfuir en empruntant des passages souterrains et autres chemins secrets ; cela aussi lui redonnait de l'espoir.

Maintenant, l'Armée rouge marchait sur Cracovie et, de là, sur Oświęcim, à seulement trois kilomètres par la route. Les Allemands installés dans le village avaient été évacués et l'endroit était apparemment devenu une ville fantôme. Les Russes pouvaient très bien y être en ce moment même, et Ester priaient pour qu'ils ne s'arrêtent pas là, à se reposer dans les maisons confortables réquisitionnées par les Allemands, mais qu'ils viennent jusqu'ici – jusqu'aux enfers. On disait qu'un camp avait déjà été libéré à Majdanek, que les Allemands avaient mis le feu à tous les bâtiments avant de s'enfuir, même à ceux contenant des prisonniers, et qu'ils étaient tous sur les dents.

— Ce bébé est en train de me couper en deux, cria Margarite en pleurant. Je vous jure qu'il me coupe en deux, vraiment.

Elle griffa le mur, faisant tomber un joli dessin qui représentait un arbre ; Ester s'empressa de le ramasser.

— Mais non, lui assura Ana. C'est ce que vous sentez, mais ce n'est pas le cas. Si cela peut vous consoler, sachez que le bébé ne souffre probablement pas, lui.

Ester vint frictionner le bras de la parturiente tandis que la contraction passait, lui offrant un bref moment de répit.

— Peut-être que le bébé n'a pas envie de venir avant que ce monde soit en paix, dit Naomi, pensive, depuis son lit sur le sol où elle berçait Isaac au creux de ses bras.

— Dans ce cas, dites à ces maudits Soviets de se dépêcher, parce que je n'en peux plus, haleta la Hongroise, à nouveau prise par une contraction.

— Bloc maternité. Au rapport ! lança une voix à l'extérieur.

Ester regarda Ana, affolée. Il n'y avait pas eu d'appel depuis plusieurs jours. De nombreux SS étaient partis, saisissant l'occasion d'escorter des détenus vers l'ouest. Mandel avait disparu avant Noël, Grese la semaine précédente, et les gardes qui restaient n'avaient pas le zèle sadique des deux femmes. Les seuls bâtiments qui demeuraient activement surveillés étaient ceux du Kanada, où Naomi et ses collègues travaillaient toujours pour trier la montagne d'effets personnels laissés par les déportés gazés en masse en novembre, ainsi que les cuisines. Mais voilà que maintenant, elles entendaient à nouveau le bruit caractéristique des bottes sur le sol gelé, et celles qui n'avaient pas voulu se réveiller en entendant les cris d'agonie de la pauvre Margarite se redressèrent d'un bond sur leurs lits de fortune.

— Au rapport ! On s'en va, mesdames. On quitte le camp.

Quitter le camp !

Tout à coup, la lumière de torches surgit dans le baraquement, illuminant par à-coups les dessins d'enfants disparus dans les chambres à gaz et une cinquantaine de visages affolés. Ester vit Naomi se précipiter pour cacher Isaac, mais les gardes étaient trop pressés pour s'attarder sur qui que ce soit.

— On y va, dit l'un.

— Où ? demanda Ester.

— À l'ouest.

— Mais… les trains ne fonctionnent pas.

L'homme la regarda avec un rictus.

— Eh bien, tu as deux pieds, pas vrai, petite youpine ? On marche jusqu'aux gares de Gleiwitz et Wodzisław Śląski.

— Mais c'est à des kilomètres ! protesta une femme.

— Raison pour laquelle il faut y aller maintenant. Tout de suite !

Il perdait patience et saisit le fusil accroché dans son dos, mais, de l'autre côté de la porte, il faisait un noir d'encre sur la neige gelée et les femmes hésitaient encore.

— Vous n'aimez pas le froid ? aboya-t-il. Dans ce cas, vous préférez peut-être qu'on vous réchauffe, hein ? Aufseherin, donnez-moi les allumettes.

La menace fit mouche et tout le monde se précipita vers la sortie en s'enveloppant de couvertures. Si rebutante que fût la nuit glaciale, personne n'avait envie de finir brûlé vif comme les pauvres prisonniers de Majdanek. Ester regarda Ana, qui regarda Margarite, puis fit un pas vers l'officier.

— Cette femme est en travail, elle ne peut pas marcher.

L'homme l'avisa de haut en bas.

— Très bien. Qu'elle reste ici, avec toutes celles trop faibles pour se lever. Les autres, vous…

— Elles ne peuvent pas rester seules, intervint Ana. Je m'occuperai d'elles.

— Vous voulez rester ici ? Avec elles ?

— Ce sont mes patientes.

— Elles sont mortes d'avance. L'eau et l'électricité vont être coupées. Il n'y a pas de combustible, pas de nourriture, et personne pour vous protéger quand les Rouges débarqueront. Vous êtes au courant de ce qu'ils font aux femmes ? Si vous croyez qu'ils vont vous sauver en arrivant, réfléchissez-y à deux fois. Vous serez bien mieux avec nous.

Ana coula un regard à Ester et lut dans ses pensées – que pouvait-il y avoir de pire que ce qu'elles vivaient ici ? En même temps, qui aurait pu imaginer tout cela avant qu'elles le voient de leurs propres yeux, alors, comment savoir ? Un frisson lui parcourut l'échine à l'idée que leurs « libérateurs » puissent se comporter encore plus mal que les nazis, mais elle se rappela alors que c'était un nazi lui-même qui affirmait cela. Ils étaient tous façonnés dans le même moule que Goebbels, et si cet imbécile de garde pensait réellement qu'il les « protégeait », quel crédit pouvait-on lui accorder ? De toute façon, elle ne pouvait pas laisser Ana seule ici.

— Je reste aussi. Je suis responsable de plusieurs patientes qui ne peuvent pas quitter leur lit.

— Vous aussi ? Vous êtes folle. Je ne crois pas que…

À cet instant, on entendit un bruit de pas dehors et une voix brutale et autoritaire s'éleva :

— Pourquoi est-ce que ça traîne comme ça ? Ces gardes sont-ils donc tous incompétents ?

L'officier regarda autour de lui, l'air paniqué.

— Bon, fit-il. Restez avec les mourantes si ça vous chante. Les autres, dehors !

Sur ce, il attrapa Naomi par le bras. Dans un geste réflexe, Ester tira une couverture sur le petit Isaac qui, par chance, dormait encore profondément.

— Elle est infirmière, elle aussi, dit-elle.

— Pas question, objecta le garde, exaspéré. Ça suffit comme ça. Elle part avec nous. Allez, dehors !

Naomi jeta à Ester un regard désespéré mais le garde lui avait braqué son fusil dans le dos et elle n'eut d'autre choix que de suivre le mouvement. Dehors, Ester entendait des cris et des pleurs, le claquement des fouets et les aboiements des chiens. Au moment de franchir la porte, Naomi posa des yeux affolés sur la couverture. Croisant son regard, Ester hocha la tête en guise de promesse qu'elle veillerait sur Isaac, mais tout allait bien trop vite. Pourquoi n'avaient-elles pas anticipé cela ? Pourquoi n'étaient-elles pas convenues d'un plan pour se retrouver, au cas où elles seraient séparées ? Tout ce qu'Ester savait sur son amie, c'était qu'elle venait d'une ville grecque appelée Salonique. Ce ne serait pas suffisant.

— Łódź ! cria-t-elle derrière elle. Cathédrale Saint-Stanislas !

C'était tout ce qui lui était venu à l'esprit, mais elle ne savait même pas si Naomi l'avait entendue car la clameur s'élevant de la masse des prisonnières rassemblées était désormais si forte qu'elle masquait même les pleurs d'Isaac, qui venait de se réveilleur seul, par terre. Ester courut le prendre dans ses bras pour le bercer et l'aider à se rendormir, mais l'enfant semblait avoir perçu l'atmosphère de peur l'environnant et ne parvenait pas à s'apaiser.

— Emmène-le ici, dit Ana en désignant l'ancienne chambre de la kapo, dans le fond.

Klara était morte deux jours après leur arrivée dans l'ancien camp des Roms, et avait poussé son dernier souffle sans un mot, une larme roulant sur sa joue. Son départ avait été un soulagement pour toutes et personne n'avait voulu reprendre la tête du baraquement, ou l'abri de cette unique chambre individuelle.

— Et n'en ressors pas avant qu'il n'y ait plus un bruit dans le camp, ajouta Ana.

Ester s'exécuta et alla s'enfermer dans la chambre avec le bébé, qui se cabrait maintenant de colère en hurlant.

— Chut, Isaac, s'il te plaît. Ça va aller, je suis là.

Mais elle n'était pas sa mère. Elle avait beau aimer cet enfant, elle ne serait jamais sa mère. Elle n'avait pas les gestes de Naomi, la voix de Naomi, l'odeur de Naomi, et surtout, elle n'avait pas son lait – et Isaac le savait. Qu'avaient-elles fait ?

Déjà, elle entendait un mouvement de foule en direction de la sortie du camp. Discrètement, elle alla jeter un coup d'œil par la fenêtre. Le spectacle qu'elle vit alors fut l'un des pires auxquels elle ait assisté à Birkenau. Il faisait encore noir et la nuit était loin d'être finie, mais les projecteurs braquaient leurs feux cruels sur la foule amassée sur la route. Les prisonniers avançaient lentement, portant des vêtements en lambeaux et des chaussures tellement usées que beaucoup avaient les orteils à l'air. Le vent soufflait, fouettant les minces protections qu'ils avaient sur eux et projetant de la neige sur leurs visages hagards.

Les SS, vêtus d'épais manteaux, de casquettes et de gants, les dirigeaient à coups de fouet en direction des portes, après lesquelles s'étalait la campagne noire et gelée. Il devait faire moins dix degrés sous zéro et même les chiens grelottaient, mais les gardes se montraient sans merci. Toute personne qui tombait était abattue sur-le-champ, et les pauvres prisonniers se serraient les uns contre les autres, leurs souffles mêlés formant au-dessus d'eux un nuage de buée évoquant un appel à l'aide collectif.

Ester fut si choquée que le petit Isaac le sentit et se mit soudain à gémir doucement contre sa poitrine. Jusqu'où iraient-ils ? Ils n'y arriveraient jamais. Même des personnes chaudement vêtues et bien nourries n'y arriveraient pas, alors quelles chances avaient ces pauvres prisonniers n'ayant plus que la peau sur les os ? Et Naomi était avec eux…

Dans la grande salle, elle entendit Margarite atteindre le stade critique du travail mais elle ne pouvait rien faire d'autre que rester là, à bercer Isaac et prier pour Naomi tandis que le camp se vidait autour d'elles. Elle rêvait depuis longtemps de voir s'ouvrir les portes de Birkenau, mais pas ainsi, pas pour une marche forcée dans les abysses. Une fois que les dernières colonnes de prisonniers furent sorties du camp pour disparaître dans la nuit noire, elle entendit les grilles se refermer et être sécurisées par des chaînes. Il y eut ensuite un bruit sec et bref comme on coupait l'électricité, et Ester eut soudain la terrible certitude qu'elles allaient périr seules ici.

Elle retourna dans la salle et distingua à grand-peine Ana sortant un bébé d'entre les jambes de Margarite.

— C'est une fille, dit la sage-femme. Une belle petite fille, en bonne santé.

Margarite prit l'enfant dans ses bras et déposa un baiser sur sa tête avec une infinie tendresse.

— Coucou, mon bébé, dit-elle. Bienvenue parmi nous. Tu arrives juste à temps pour mourir avec maman.

— Margarite, ne dites pas ça ! protesta Ester.

La mère eut un geste vague et las avant de souffler :

— Où allons-nous trouver à manger ?

Ester emmaillota Isaac dans sa couverture et se dirigea vers la porte. Le camp était plongé dans un silence surnaturel. Les rangées de baraquements couverts de neige s'étendaient devant elle, vidés de leurs occupants. Elle aperçut les silhouettes d'une poignée de gardes dans le périmètre et de quelques travailleurs continuant de démanteler les fours crématoires dans le fond, près des arbres ; mais à part cela, Birkenau était vide.

Les bâtiments des cuisines et des latrines étaient plongés dans le noir. Le seul bruit que l'on entendait était le gémissement des mourants. De toute évidence, les Allemands avaient abandonné derrière eux tous ceux qui n'en avaient plus pour longtemps – ainsi que Margarite, Ester, Ana et Isaac. Ester regarda le petit garçon. Elle ne le laisserait pas mourir. Naomi avait peut-être disparu dans l'enfer de la nuit, mais elles étaient là, à l'abri, dans un endroit qu'elles connaissaient. Elles avaient une chance de s'en sortir.

— Le Kanada, dit-elle soudain. Nous allons entrer dans le Kanada.

— Bonne idée, dit Ana en la rejoignant sur le seuil. Dès qu'il fera jour, nous irons nous installer là-bas, en priant pour que les Russes ne soient pas loin. Ce doit bien être le cas, si les Allemands ont pris la fuite ?

Ester repensa à ce que le garde avait dit à propos des Russes mais refoula cette idée. Elles aviseraient, le moment venu – si le moment venait.

— Comment fait-on pour entrer dans cet endroit ? demanda-t-elle. Je n'y ai jamais mis les pieds.

— Nous aurions bien besoin de Naomi, soupira Ana.

Le regard perdu dans le camp désert, Ester berçait Isaac en essayant de faire cesser ses pleurs.

— Ce petit bout de chou aussi, dit-elle tristement.

— Une chance que je sois là, alors, fit soudain une voix familière.

Elles se figèrent.

— Naomi ?

— Vous voulez bien m'aider à sortir de là ?

À côté d'elles, la pile de cadavres bougea légèrement et Ester fit un bond en arrière, effrayée. Mais c'est une Naomi bien vivante qui émergea bientôt d'entre les corps squelettiques et, tout à coup, ce fut comme si le soleil venait de se lever sur Birkenau.

— Naomi !

Ester courut jusqu'à elle et la serra dans ses bras. Sentant sa mère, Isaac se mit alors à gazouiller.

— Comment as-tu… ?

La jeune Grecque haussa les épaules.

— Oh, c'est simple. Il faisait noir, c'était le chaos… Personne ne semblait tenir de comptes, alors j'ai juste pris la tangente, discrètement, et je me suis faufilée sous… sous…

Elle hésita un instant en considérant sa macabre cachette.

— Sous ces aimables dames. Qui m'ont protégée. Jusqu'à ce que je ne craigne plus rien.

— Plus rien ?

Ester balaya du regard le camp vide et sombre.

— Non, plus rien, confirma Naomi. Parce que je suis avec toi, Ana et Isaac. Que demander de plus ?

Ester avait bien quelques idées, mais, Naomi étant littéralement revenue d'entre les morts, elle retrouvait un peu d'espoir. Ce qui devrait sûrement les aider à tenir le coup.

30

20 janvier 1945

Ana

— Non !

Ana s'agrippa au bras d'Ester tandis que, derrière les clôtures, les flammes commençaient à consumer les richesses du Kanada.

— Ils ne peuvent pas faire ça !

Elle martela les portes avec fureur mais, de l'autre côté, les gardes étaient trop occupés à incendier le prochain des trente baraquements remplis de précieuses ressources. Les biens volés aux Juifs s'étaient révélés en trop grande quantité pour les nazis en fuite, qui avaient laissé quelques gardes et une collection de gros cadenas sceller leur sort. Des camions étaient déjà venus pour emporter les biens ayant le plus de valeur après le transfert des prisonniers en Allemagne. Bijoux et fourrure avaient été alors convoyés avec beaucoup plus d'égards que leurs anciens propriétaires, comme le Troisième Reich savait si bien le faire.

Pendant deux jours, Ana et Ester avaient essayé d'entrer dans les bâtiments. Elles avaient tenté d'amadouer les gardes, de creuser sous la clôture et même de se glisser entre les fils de fer barbelés, en vain. Et maintenant, les nazis brûlaient tout – les vêtements et les couvertures, alors que les prisonnières restantes étaient frigorifiées dans leurs baraquements vides, les saucisses et les biscuits alors qu'elles mouraient de faim. Le Troisième Reich savait très bien faire cela également.

Ana appuya son front contre le béton du poteau des clôtures, s'efforçant de ne pas perdre la tête. La faim était atroce. Grâce à la neige, elles avaient de l'eau pour étancher leur soif, mais leurs ventres criaient famine et Isaac avait laissé Naomi exsangue au bout d'une seule journée. Elles s'étaient rendues dans le baraquement voisin, espérant y trouver Janina ; hélas, celle-ci avait dû être forcée de partir avec ses patientes valides et son « hôpital » ne contenait plus que des cadavres. Visiblement, il ne leur restait plus qu'à attendre, résignées. Mais aujourd'hui, le terrible rugissement des flammes les avait tirées de leur torpeur.

Le dernier des trente baraquements brûlait lui aussi, maintenant, et l'incendie était énorme. Pour la première fois depuis octobre, Ana sentit la chaleur sur sa peau. Les gardes s'éloignaient, pressant le pas à mesure que les flammes gagnaient en intensité. Arrivés aux portes, ils sortirent en riant comme des déments. Ana et Ester reculèrent. S'ils partaient, elles pourraient tenter de courir jusqu'au dernier baraquement et d'extraire quelques objets du brasier avant qu'il ne consume tout, mais les gardes les regardèrent avec un rictus et s'empressèrent de verrouiller le dernier cadenas.

— Regardez, les filles, on vous a allumé un beau feu, lança l'un d'eux avant qu'ils ne s'en aillent vers les grandes portes, les bras chargés de leur ultime butin.

— Ils s'en vont, dit Ester. Ils s'en vont tous.

Cela semblait bien être le cas. Des camions stationnaient de l'autre côté de l'entrée de Birkenau, et les derniers soldats y montaient pour partir, laissant tout derrière eux comme si cela n'avait jamais existé.

— Les salauds, fulmina Ana avant de porter une main coupable devant sa bouche.

Elle ne jurait jamais, d'habitude – mais jamais on ne l'avait laissée mourir derrière une clôture avant ce jour.

Des pleurs leur parvinrent depuis leur bloc et Ester se tourna vivement dans cette direction, le regard fiévreux. Ana savait que sa jeune amie supportait mal d'entendre Isaac pleurer, que la moindre expression de sa détresse résonnait en elle comme un écho de sa fille disparue.

— Ils n'auront pas notre peau, gronda-t-elle avec force. Pas maintenant, pas après tout ce que nous avons traversé. C'est ça, partez ! hurla-t-elle vers les camions qui s'éloignaient. Dégagez, ignobles mécréants ! Les Russes arrivent, et ils nous trouveront vivantes. Ils vont…

Sa colère fut interrompue par une violente quinte de toux qui ébranla sa frêle silhouette. Ana passa un bras autour d'elle et, à ce moment-là, elles entendirent un cri paraissant leur répondre. Un cri poussé par une petite voix, ténue et très jeune.

Ester s'efforça de maîtriser sa toux et dévisagea Ana.

— Tu as entendu ?

— On dirait…

— Des enfants, non ?

D'autres cris s'élevèrent alors – des cris d'enfants, à coup sûr. Ester commença à courir, allant d'un baraquement à l'autre, suivie tant bien que mal d'Ana qui avait mal aux genoux, aux chevilles, au dos, mais partageait l'avis d'Ester – les nazis n'auraient pas leur peau maintenant.

— Ici !

Ester était devant un bloc semblable à tous les autres, à ceci près qu'un concert de cris d'enfants s'en échappait. Elle poussa la porte, qui ne bougea pas d'un pouce.

— Ils l'ont fermée. Ils l'ont fermée à clé, ces ordures !

Ester n'avait pas non plus l'habitude de jurer. Birkenau les avait changées, mais pas au point de laisser des enfants prisonniers et livrés à eux-mêmes derrière une porte.

— Aide-moi !

Ana avait rejoint Ester et cria avec elle :

— Un… Deux… Trois !

À trois, elles jetèrent toutes leurs forces, leur colère et leur désespoir contre la porte en bois. Les gonds grincèrent et des cris d'encouragement leur parvinrent depuis l'intérieur.

— Allez, on recommence !

Cette fois, les gonds du bas cédèrent sous leur poussée, fendant le bois. Ana avait le souffle coupé par l'effort, mais Ester décochait des coups de pied furieux dans la porte, qui finit par s'ouvrir avec fracas. Elles pénétrèrent alors dans le bloc où elles découvrirent, médusées, une horde d'enfants. Birkenau pouvait donc encore les choquer. Les enfants les plus proches de la porte, qui tendaient des mains implorantes vers Ester, étaient clairement les plus costauds, mais il y en avait des dizaines d'autres derrière, qui semblaient dépérir par terre. Étaient-ils là depuis deux jours déjà, sans eau ni nourriture ?

— Vous, ordonna-t-elle à ceux qui tenaient encore debout. Allez ramasser de la neige, afin que tout le monde puisse boire. Il faut qu'on travaille tous ensemble, d'accord ?

Ils la regardèrent avec un air hébété et elle reformula sa requête en allemand.

— On avait compris, dit l'un, le plus grand, qui semblait être le chef naturel du groupe. C'est juste que… enfin… (Il déglutit avec peine.) On ne risque rien, dehors ?

Ana sentit son cœur se briser. Quels sévices ces enfants avaient-ils subis ?

— Non, vous ne risquez rien, je vous le promets.

Le garçon avança alors vers elle et se jeta dans ses bras avec une telle force qu'elle faillit tomber à la renverse, puis il partit en courant et se jeta sur la neige, qu'il fourra avidement dans sa bouche.

— Ne prenez que celle qui est fraîche, dit Ana en se ruant derrière eux. Seulement celle qui est intacte, en surface.

Sous le tapis d'un blanc immaculé se cachaient des cadavres de rats et d'innombrables humains ; cette neige pouvait les tuer aussi bien que leur sauver la vie. Ester sortit à son tour pour surveiller la collecte cependant qu'Ana rentrait dans le baraquement. Il n'y avait pas autant d'enfants qu'elles l'avaient d'abord cru en entendant leurs cris, mais ils étaient tout de même une cinquantaine, dont la moitié n'étaient pas assez forts pour pouvoir crier.

Ana s'agenouilla à côté d'une petite fille et lui offrit la neige entre ses mains. L'enfant redressa la tête et la lécha délicatement, telle un chaton.

— Merci, dit-elle en polonais d'un filet de voix.

— Vas-y, prends-en encore. Doucement… Voilà, c'est bien…

La petite fille avala le reste de la neige et une ébauche de sourire se dessina sur ses lèvres gercées.

— Comment t'appelles-tu ?

— Tasha.

— Quel joli prénom. Quel âge as-tu, Tasha ?

— Seize ans.

La réponse prit Ana au dépourvu – elle lui en aurait plutôt donné douze –, mais elle s'efforça de ne pas montrer sa surprise.

— Et d'où viens-tu ?

— De Varsovie.

Le cœur d'Ana fit un bond dans sa poitrine.

— De Varsovie ?

— Ils nous ont tous jetés dehors, parce que nos parents se sont mal conduits.

— Comment ça, mal conduits ?

— Je ne sais pas, c'est ce que les Allemands disaient. Maman disait que ce qu'ils faisaient était nécessaire et courageux, mais les Allemands n'étaient pas de cet avis.

Elle posa ses yeux assoiffés sur les mains d'Ana, qui se releva péniblement pour aller chercher plus de neige. Il y avait beaucoup d'enfants à aider, mais elle voulait en savoir davantage sur celle-ci. Tasha lapa la seconde poignée de neige et se redressa un peu contre le mur.

— Ils ont tué mon père.

— Oh, je suis sincèrement désolée pour toi.

— Et ils nous ont mises dans un train, maman et moi. Et tous les autres. Toute la ville.

— Personne n'a pu s'échapper ?

— Je ne sais pas. On a essayé… Papa avait des amis qui s'étaient cachés dans les collines et il voulait nous y emmener, mais les Allemands l'ont tué. Ils nous ont trouvés dans un appentis et ils lui ont tiré dessus, juste devant nous. Après, ils nous ont mises dans le train.

Ana serra dans la sienne la main de la jeune fille.

— Je suis vraiment désolée, dit-elle, gênée d'avance de ce qu'elle allait lui demander, mais incapable d'y résister. Par hasard, connaissais-tu un homme appelé Bartek ?

Tasha haussa les épaules.

— Plusieurs, oui.

— Bien sûr, pardon… Bartek Kaminski et son fils, Bronislaw. Est-ce que tu les connaissais ?

Tasha fronça les sourcils et Ana lui pressa la main un peu plus fort.

— Est-ce que tu les aurais vus ? Est-ce que tu saurais ce qu'ils sont devenus ?

La jeune fille ouvrit la bouche mais ses paupières se refermèrent et elle se contenta de secouer la tête.

— Je ne sais pas. Je ne sais pas ce qui est arrivé à qui que ce soit. Et maintenant, maman n'est plus là non plus…

Ana la prit dans ses bras. Elle ne voulait même pas savoir ce que cette hésitation pouvait signifier, et peu importait en cet instant. La seule chose qui importait, c'était cette enfant.

— Où est passée ta maman ?

— Je ne sais pas. Ils l'ont poussée dans la neige et l'ont forcée à marcher. Elle voulait nous emmener, mais ils ont dit « pas d'enfants ». Je leur ai dit que j'avais seize ans et que je n'étais pas une enfant, mais ils ne m'ont pas crue. Ils m'ont parquée ici avec les autres, et puis ils ont fermé à clé. On a essayé de sortir, je vous assure. Georg a dit qu'il le fallait, pour les petits.

Elle eut un signe de tête en direction du premier garçon auquel Ana avait parlé, et qui apportait maintenant de la neige aux plus petits.

— On a fait tout ce qu'on a pu, mais ça n'a pas marché. C'était trop dur.

— Je comprends, dit Ana, navrée de voir Tasha culpabiliser de cet échec. Vous avez fait de votre mieux. Vous avez été très courageux.

— Mais pas assez forts, répondit-elle d'une voix triste.

— Ce n'est pas vrai. Il faut de la force pour rester en vie. Pour être encore là.

Tasha releva les yeux, posant sur elle un regard où la confiance se mêlait à l'angoisse.

— Est-ce qu'on va sortir d'ici ? demanda-t-elle.

Ana prit une grande inspiration.

— Bien sûr, répondit-elle avec assurance. Bien sûr qu'on va sortir d'ici.

La seule question maintenant était : comment ?

31

27 janvier 1945

Ana

Sept interminables journées plus tard, Ana remuait un semblant de soupe dans une marmite qu'elle tentait désespérément de faire chauffer sur le poêle de brique. Le fait d'avoir trouvé les enfants avait été le coup de fouet dont Ester, Naomi et elle avaient besoin pour se remotiver dans leur quête de nourriture, et, avec l'aide de Tasha, Georg et des plus grands, elles avaient à nouveau essayé d'entrer dans le Kanada. Georg avait fait preuve d'une certaine compétence dans l'art de crocheter les serrures, sur laquelle Ana n'avait pas posé de questions, et ils étaient parvenus à pénétrer dans l'enceinte.

La plupart des bâtiments se réduisaient à des tas de cendres, mais six d'entre eux, au fond, avaient en grande partie échappé aux flammes, qui avaient dû s'éteindre avant de pouvoir tout engloutir. Ils en avaient sorti des brassées de vêtements pour tenir chaud à tout le monde. Mieux encore, ils avaient pu récupérer des cloisons de bois à moitié brûlées et, avec des pelletées de braises encore chaudes, ils avaient pu alimenter les poêles à chaque bout de leur baraquement et y répandre une certaine chaleur.

Grandement réconforté par tout cela et par le soulagement d'une compagnie bienveillante, Georg avait donné des consignes à son groupe afin de maintenir le bon fonctionnement du poêle, et ils avaient aidé Ester et Naomi à transporter certaines malades dans une autre partie du camp – le seul bâtiment bien chauffé de Birkenau. Ils avaient du combustible pour plusieurs jours en étant raisonnables, mais la nourriture manquait encore.

La fouille du Kanada s'était avérée décevante de ce point de vue, quand Naomi et Tasha étaient soudain revenues au baraquement avec de grosses caisses entre les bras. Elles venaient de découvrir un wagon chargé au bout des voies ferrées. Il devait être destiné à être expédié dans le Reich avant que les voies ne soient endommagées et qu'on oublie son chargement. Lorsque Georg en avait fait sauter le verrou, ils avaient trouvé deux caisses de saucisses sèches et de vieux paquets de biscuits, rassis mais parfaitement comestibles. Un véritable festin.

La joie avait été intense et la lutte féroce pour un morceau de la précieuse viande. Ana avait dû intervenir en faisant preuve de toute son autorité afin d'empêcher les enfants de se battre pour une bouchée, car si la trouvaille avait été miraculeuse et salvatrice, ils étaient fort nombreux dans le baraquement et le stock ne les emmènerait toutefois pas bien loin. Elle avait géré la distribution des biscuits en s'asseyant sur les caisses avec Ester afin de mettre un terme aux disputes, et avait envoyé le groupe des grands en mission d'effraction dans les cuisines. Ils en avaient rapporté un petit stock d'oignons, de pommes de terre et de navets – tous défraîchis, mais suffisants, avec quelques seaux de neige, pour faire une soupe qui les calerait un peu plus que quelques morceaux de saucisse, et serait plus digeste pour leurs ventres vides.

Ils vivaient depuis lors sur ces réserves, qui commençaient maintenant à s'épuiser dangereusement. Une semaine s'était écoulée depuis que les derniers gardes avaient abandonné Birkenau, mais tout ce qui leur était venu de l'Est n'était jusqu'ici qu'un vent glacial. Pourquoi diable personne ne venait-il les libérer ?

Ana remua la soupe, encore et encore, en regardant les minuscules bouts de saucisse flottant dans le liquide. À sa gauche, une pauvre femme entamait la phase de travail ; bientôt, elle aurait besoin des soins de la sage-femme, mais, pour l'heure, Ana se contentait de rêvasser en contemplant sa soupe. Ces derniers jours avaient été les premiers depuis deux ans où elle avait pu « cuisiner », tâche qui se révélait à la fois gratifiante et étrangement fatigante. En imaginant que l'on finisse par venir les secourir, seraient-elles capables de se réadapter à une vie normale ?

Elle repensa à l'hésitation de Tasha lorsqu'elle l'avait questionnée à propos de Bartek et de Bron, et se mit à touiller la soupe plus rapidement. L'effort de mémoire était-il excessif à ce moment-là pour la jeune fille, ou bien savait-elle quelque chose qu'elle n'avait pas voulu dire ? Mais quelle importance cela aurait-il, de toute façon, si elles ne pouvaient partir d'ici ? À plusieurs reprises, Ana, Ester et Naomi avaient discuté de l'éventualité d'essayer de s'échapper de l'enceinte principale ; seulement, la neige continuait de tomber, et elles ignoraient ce qui les attendait par-delà les clôtures. Cela pourrait leur prendre des jours avant de rejoindre la civilisation et elles avaient de nombreux malades avec elles. Toute la journée, Ester essayait de soulager les souffrances des malades de la tuberculose et, même avec la relative chaleur du poêle, beaucoup mouraient encore. Elles n'avaient d'autre choix que de déposer les corps dans la neige, derrière le baraquement, et il était impossible de ne pas regarder cette pile qui ne cessait de croître sans se demander dans combien de temps elles s'y retrouveraient toutes.

Un cri de la parturiente tira Ana de sa rêverie mélancolique et elle se releva péniblement pour aller s'occuper d'elle. Le travail avançait plus vite qu'elle ne l'aurait cru. Elle se pencha pour frictionner le dos de la femme.

— C'est bien, Justyna. Venez, allongez-vous là, sur les briques du poêle.

Elle repoussa quelques enfants pour faire de la place. Ils se postèrent autour d'elle, intrigués par le halètement de Justyna luttant contre la douleur des contractions, mais Ana les ignora et se concentra sur ce qu'elle savait faire le mieux – aider les enfants à venir au monde. Ce serait au moins le trois millième bébé qu'elle aurait aidé à naître à Birkenau ; même maintenant que les Allemands étaient partis, elle ne savait pas quelles chances celui-ci aurait de survivre. À quoi bon se donner tant de mal ? se disait-elle souvent. Et pourtant, le miracle de la naissance l'éblouissait à chaque fois, projetant toujours un flot de lumière et d'espoir dans les ténèbres qui l'entouraient. Tant que des bébés naissaient, il y avait un avenir. Elle s'attela donc à aider la future mère à mettre une nouvelle vie au monde dans leur baraquement surpeuplé et abandonné au milieu de nulle part.

— C'est très bien, Justyna. On va bientôt commencer à pousser, c'est promis.

Elle vit Naomi aller s'occuper de la soupe, Isaac accroché à sa poitrine, et cela lui réchauffa le cœur. Isaac aurait bientôt quatre mois. Il avait survécu et se portait même très bien, avec toutes ces « mères perdues » pour veiller sur lui ; le bébé à venir vivrait, lui aussi.

— Ça ne va pas être long, Justyna, lui assura-t-elle. On va accueillir ce bébé, et ensuite, les secours arriveront et…

Un grand cri se fit soudain entendre depuis l'extérieur, et tout le monde sursauta. Georg déboula dans le baraquement, talonné par Tasha, laissant tomber le bois qu'ils portaient sous le coup de l'excitation.

— Ils sont là ! Les soldats sont là !

Justyna regarda Ana.

— Eh bien, ça n'a pas tardé, en effet, dit-elle avec un petit sourire.

Mais une nouvelle contraction monta et Ana dut se consacrer à elle cependant que tous ceux qui le pouvaient suivaient Georg, déjà retourné dehors.

Naomi le suivit, mais Ester s'arrêta près d'Ana.

— Ça y est ? Tu crois que c'est la libération ?

Ana inclina la tête, tendant l'oreille.

— On le dirait bien.

— J'ai peur, avoua son amie. Et si leurs intentions étaient… enfin…

Ana lui pressa la main.

— S'ils ont de mauvaises intentions envers nous, dit-elle avec un geste en direction des femmes émaciées et à bout de forces, alors c'est que le monde sera pourri jusqu'à la moelle et qu'il vaudra mieux le quitter. Viens, allons voir.

Elle se redressa. Justyna pouvait rester seule quelques minutes et elle voulait voir de quoi il retournait. Prenant Ester par le bras, elle l'entraîna jusqu'à la porte et les deux femmes firent quelques pas dehors pour regarder autour d'elles.

Les grandes portes principales avaient été ouvertes et des soldats entraient dans le camp par dizaines, vêtus de l'uniforme festonné de rouge des Soviétiques. C'était la redoutée Armée rouge, mais les hommes et les femmes avançant sur l'allée centrale semblaient moins féroces que terrifiés eux-mêmes. Ils avaient les yeux écarquillés comme des enfants en regardant tout autour d'eux, avisant l'étendue de Birkenau, les rangées interminables de baraquements, les différentes zones délimitées par les cruels fils barbelés, les piles de cadavres squelettiques et les hommes et femmes tout aussi squelettiques les appelant à l'aide.

— Tu te souviens du jour où nous sommes arrivées ? murmura Ester à Ana. Je ne pouvais pas en croire mes yeux moi non plus.

Ana s'en souvenait fort bien. Elle se souvenait de la façon dont elle avait été poussée dans ce wagon à bestiaux, encore meurtrie et choquée après son interrogatoire. Elle se souvenait très bien de la quantité de gens qu'on avait poussés derrière elle, et de son sentiment d'horreur en voyant apparaître le doux visage d'Ester dans cette foule accablée. Elle se souvenait parfaitement du moment où Ruth était morte dans les bras de sa fille, et de ce long voyage sans eau ni nourriture, pour finir ici. En enfer.

— C'est la libération ?

Elle répéta la question posée peu avant par Ester, ne parvenant pas à y croire.

Les soldats étaient maintenant proches de leur section du camp, attirés par les cris de Naomi, de Georg et de Tasha. Ana lut l'horreur sur leurs visages et bientôt, elle vit aussi leurs sourires comme ils se penchaient vers les plus jeunes et pêchaient dans leurs poches ce qu'ils avaient à manger pour le leur donner, posant sur les femmes des regards tendres de pères ou de frères. Apparemment, le monde n'était pas pourri jusqu'à la moelle. La gentillesse existait encore.

— Oui, c'est bel et bien la libération, confirma Ester.

Toutes deux tournèrent les yeux vers les portes de Birkenau, qui restaient grandes ouvertes pour la première fois depuis six ans.

— On a réussi, souffla Ana en pressant le bras d'Ester. On a tenu jusqu'au bout.

Ester acquiesça et serra Ana dans ses bras. Les deux amies s'étreignirent avec tant de force que, l'espace d'un instant, Ana crut qu'elle allait se briser une côte – sans que cela lui importe.

À travers la neige, le vent et les cris de liesse des enfants, elle entendit soudain la voix de Ruth : *C'est votre fille, maintenant*. Elle tomba à genoux.

— J'ai réussi, Ruth, murmura-t-elle. J'ai veillé sur Ester. Pour vous.

— Ana ? fit Ester en la tirant par le bras. Ana, regarde !

Ana releva les yeux. Ester avait le bras tendu en direction des camions qui franchissaient les portes. Derrière eux roulait une ambulance – une vraie ambulance de la Croix-Rouge, qui apportait de l'aide médicale et non du gaz létal. Ester se mit à pleurer. Ana se redressa tant bien que mal et la serra de nouveau contre son cœur, mais un cri s'échappa soudain du baraquement, venant rompre leur étreinte.

— Justyna ! s'écria-t-elle.

Toutes deux se ruèrent à l'intérieur du baraquement, où elles trouvèrent la parturiente écarlate et hurlant sa douleur.

— Je crois que je dois pousser, grinça-t-elle entre ses dents serrées.

— Je le crois aussi, approuva Ana en se précipitant à ses côtés, ivre de joie. Parce que la libération est arrivée, et que votre bébé doit voir ça.

32

28 février 1945

Ester

Ester regarda la salle autour d'elle, n'arrivant pas à croire qu'elle travaillait à nouveau dans un hôpital digne de ce nom. Elles avaient été transférées au camp principal d'Auschwitz I la semaine précédente et avaient été stupéfaites d'y trouver un beau bâtiment de brique, désormais occupé par la Croix-Rouge polonaise, qui se remplissait rapidement de petits luxes tels que des couvertures, des matelas et des médicaments. C'était encore spartiate, mais royal en comparaison de la vie au camp de Birkenau. Ester passa une main attendrie sur les boîtes d'antibiotiques qui venaient d'être livrées ; elle avait l'impression d'avoir changé de siècle.

Deux années durant, elle avait vécu une existence des plus rudimentaires, à peine meilleure que celle d'un animal en cage, exception faite de la camaraderie et du soutien trouvés parmi les femmes qui l'entouraient. Le retour à la civilisation lui faisait l'effet de plonger des mains gelées dans l'eau chaude – une impression délicieuse et douloureuse à la fois. Petit à petit, elle prenait pleinement conscience de ce dont elle avait été privée au cours de ces deux dernières années. Et cette prise de conscience avait pour corollaire une puissante colère.

Serrant les poings pour s'empêcher de frapper contre les murs, elle regarda par la fenêtre l'ancien camp, en contrebas.

Les Russes étaient repartis vers l'est afin de s'assurer de la totale reddition des Allemands, passant le relais sur place aux associations polonaises. De plus en plus de volontaires et de professionnels de la médecine arrivaient chaque jour et, pour la première fois depuis bien longtemps, Ester pouvait à nouveau parler sa langue natale à longueur de journée. Les ordres aboyés en allemand avaient cédé le champ à la douceur des soins prodigués en polonais. C'était pour elle un immense réconfort, mais qui lui donnait en même temps le mal du pays. De son foyer.

Son foyer ! En avait-elle seulement un, maintenant ?

Elle avait appris que Łódź avait été libérée et que les murs du ghetto avaient été abattus. Les gens essayaient de retourner dans leurs logements d'avant guerre ou dans ceux repris aux Allemands en fuite. La ville n'était qu'un flux incessant d'habitants en quête d'un toit. Son père et celui de Filip étaient-ils de retour là-bas ? Si oui, où habitaient-ils ? Leah était-elle revenue de la campagne ? Avait-elle épousé le fermier dont elle était amoureuse ? Elle se remémora l'unique lettre de Filip, avec les nouvelles de sa sœur, et eut encore mal en se rappelant l'avoir perdue à cause du produit désinfectant des nazis. Était-il vivant ? Était-il revenu chez eux ? S'y trouvait-il actuellement, menant des recherches pour la retrouver ? Comment saurait-il où la trouver ?

Elle eut un bref sourire. Il saurait – sur les marches de Saint-Stanislas, là où ils s'étaient connus. Dès la première fois qu'elle l'avait vu assis là, ses longs doigts jouant avec la pâte friable du *pasztecik* qu'il mangeait, son beau visage concentré sur le journal qu'il lisait, elle avait senti que quelque chose d'important était en train de se passer dans sa vie. Seulement, d'autres forces différentes, bien plus sombres et très puissantes, agissaient en même temps dans le monde et avaient tout fait basculer.

Elle savait au moins une chose : leur amour, ainsi que l'enfant née de cet amour, était tout ce qu'elle avait, et elle allait se battre pour le retrouver. Si seulement elle pouvait revenir en arrière… Chaque fois qu'une bribe d'information lui parvenait, elle se rendait compte à quel point elle avait été coupée de tout dans le camp, et son besoin d'avoir des nouvelles de ses proches la tenaillait plus encore que la faim dont elle avait souffert il y a peu de temps.

Et puis, il y avait Pippa.

Le simple prénom de sa fille lui faisait chaud au cœur, comme toujours, et elle s'approcha de la vitre pour regarder le monde extérieur, de l'autre côté des portes. Elle n'avait parcouru que trois kilomètres entre Birkenau et Auschwitz I ; le fait de quitter le camp des femmes avait beau avoir été presque magique, en vérité, elle n'avait accompli que peu de progrès. Sa fille était quelque part, dehors. Chaque fois qu'Ester se demandait comment elle allait pouvoir procéder pour la retrouver, elle éprouvait un manque physique difficile à supporter.

— Infirmière, pouvez-vous m'aider ?

Elle se retourna, délaissant ses soucis personnels pour s'occuper de la femme malade dans le lit voisin. Il y avait tellement de gens dans une situation pire que la sienne ; pour le moment, elle devait s'occuper d'eux avant tout. Seulement, son désir de partir d'ici croissait avec chaque personne qu'elle voyait quitter les lieux. L'autre jour, elle avait vu Pfani, tout en froufrous et fourrure, sortir de l'arrière de la voiture d'un officier polonais. Le prix qu'elle avait dû payer semblait clair, mais malgré cela, Ester l'avait enviée. Pfani l'avait vue et, passé la première surprise, lui avait adressé de grands signes de la main, comme si elles étaient de vieilles amies. Bêtement, Ester lui avait rendu son salut enthousiaste. Mais au bout du compte, qui était-elle pour juger la façon que chacun avait choisie pour pouvoir sortir de cet endroit ? Tous les soirs, Ana et elle échangeaient des souvenirs de Łódź et se promettaient d'y retourner aussi vite que possible mais, le monde entier étant en transit, il était presque impossible de se procurer des places dans un train, un autocar ou même une simple charrette.

— Ester !

Naomi arriva en courant, Isaac calé sur sa hanche et riant aux éclats à chacun de ses pas. Ester alla à leur rencontre et attrapa le petit garçon qu'elle leva dans les airs, le faisant rire de plus belle.

— Coucou Isaac ! Comment vas-tu, petit trésor ?

En manière de réponse, l'enfant rit encore et lui tira les cheveux. Il avait presque cinq mois maintenant et commençait à tester le fonctionnement de ses membres. Il gigota bientôt pour redescendre et Ester le posa par terre avant de s'accroupir devant lui pour le regarder se tortiller.

— Il ne va pas tarder à faire du quatre-pattes, dit-elle.

— Oui.

Elle vit alors que son amie la considérait avec une expression étrange.

— Est-ce que tout va bien, Naomi ?

— Oui, tout va bien, mais…

Naomi traîna des pieds par terre. Attiré par le mouvement, Isaac se tourna et essaya d'approcher de sa mère. Ester se redressa.

— Qu'y a-t-il ? Il s'est passé quelque chose ?

Naomi déglutit avec peine et baissa les yeux vers son fils, qui tirait sur les lacets de ses nouvelles chaussures.

— Nous avons un train.

Elle dit cela si bas qu'Ester ne fut pas sûre d'avoir bien entendu.

— Un train ?

Ester lui prit brusquement les mains.

— Oui, un train, Ester, pour partir d'ici. Pas encore jusqu'à Salonique, mais jusqu'à Budapest. Les Hongrois font tout pour rapatrier leurs citoyens et il y a une place pour Isaac et moi également. De là, nous pourrons redescendre jusqu'en Grèce, jusque… chez nous.

— C'est formidable, Naomi, parvint à dire Ester d'une voix légèrement étranglée.

Elle regarda de nouveau Isaac, qui essayait de manger les lacets de sa mère, et sentit les larmes lui monter aux paupières. Naomi allait partir, emmenant Isaac avec elle. Depuis qu'il était né, Ester avait tout fait pour assurer sa sécurité. Et elle avait réussi. Alors pourquoi se sentait-elle aussi triste ?

— Je n'ai pas envie de te quitter, Ester, déclara Naomi.

Ester la regarda à travers ses larmes et vit que son amie pleurait, elle aussi.

— Ne dis pas de bêtises, Naomi. Tu dois profiter de cette chance. Il faut que tu rentres chez toi.

— J'ai peur.

— Nous avons tous peur. Nous avons été coupés de tout ce qui est réel et vital pendant trop longtemps, alors il est normal que le monde nous effraie, mais nous ne pouvons pas les laisser nous faire ça. Tu te rappelles que nous disions que notre seule arme était de rester en vie ? Eh bien, c'est au-delà de ça maintenant : désormais, nous devons retrouver notre vie, notre vraie vie.

Naomi se jeta dans ses bras, faisant basculer Isaac à ses pieds. L'expression de surprise qu'il eut en roulant sur le côté était si drôle que toutes deux éclatèrent de rire tout en continuant de pleurer. Ester se pencha et prit l'enfant dans ses bras pour le serrer contre son cœur.

— Tu lui manqueras, dit Naomi en les étreignant tous deux.

— Il me manquera aussi. Comme il manquera à Ana. Mais nous pourrons nous écrire, Naomi. Nous pouvons – nous *devons* – garder le contact, et quand nous aurons retrouvé nos familles, quand j'aurai retrouvé…

Les mots se coincèrent dans sa gorge.

— Quand tu auras retrouvé Pippa, dit Naomi à sa place, on se reverra.

— Oh, Naomi, fit Ester en la serrant très fort. Comment fais-tu pour être aussi optimiste ?

La jeune Grecque haussa les épaules et Ester s'imprégna de ce geste familier afin de graver ce souvenir de Naomi dans sa mémoire. Birkenau avait été une horreur absolue, mais elle y avait trouvé des amies merveilleuses et sentait déjà le vide que leur départ allait laisser en elle.

— C'est simple, répondit Naomi avec décontraction. J'y arrive parce que, sans ça, je m'effondrerais. Le monde est un endroit terrifiant. Il l'est devenu le jour où les nazis ont commencé à nous piétiner, et il l'est encore, même si c'est nous qui commençons à les piétiner maintenant. Ils nous ont volé notre passé, ils dominent encore notre présent, et qui sait dans quelle mesure ils n'ont pas déjà dévasté notre avenir… C'est affreusement injuste, et si j'y pense trop, j'ai envie de piquer une crise, de hurler et de me rouler par terre comme un gamin. Mais à quoi est-ce que ça servirait ? On n'a qu'une vie, et les nazis l'ont déjà suffisamment gâchée.

Ester essuya ses yeux.

— Tu as entièrement raison, Naomi. Et tu es tellement forte… Je sais que tout ira bien pour Isaac et toi. Quand est-ce que tu pars ?

Naomi baissa les yeux et Ester sentit son cœur se serrer.

— Ce soir.

— Ce soir ?!

— Désolée… Ils ont obtenu un wagon supplémentaire dans le train, c'est ce qui a permis d'avoir des places. On m'a demandé si j'en voulais une et je me suis sentie obligée de dire oui.

Ester s'efforça de maîtriser son émotion.

— Tu as bien fait. Évidemment qu'il fallait dire oui. Oh, Naomi…

Elles s'écartèrent pour se regarder dans les yeux. Ester voulait se repaître de la vue de sa jeune amie, de cette sœur avec qui elle avait traversé ce cauchemar ; elle n'arrivait pas à croire que, demain, elle ne serait plus là. Il fallait qu'Ana et elle trouvent un moyen de rentrer à Łódź. Au plus vite, à tout prix.

C'est deux jours plus tard que l'homme arriva au camp. Il avait trois grandes voitures attelées tirées par des chevaux massifs et s'engagea dans les allées du camp médical en criant un unique mot : « Łódź ». Ester l'entendit à travers les fenêtres et courut le voir.

— Je vais à Łódź, dit-il. J'ai fait le tour des villages du coin, j'ai ces hommes et ces voitures avec moi et je serais heureux d'emmener qui voudra.

— Pour quel tarif ?

Il parut vexé.

— Il n'y a pas de tarif. Je veux juste aider les gens à sortir de ce trou maudit et je veux avoir de la compagnie en route, c'est tout. Je m'appelle Frank.

Il lui tendit la main et Ester la serra, tout en se disant que c'était la première fois qu'elle touchait un homme depuis deux ans.

— Enchantée, Frank. C'est très gentil de votre part.

Il grimaça.

— Ça, je ne sais pas. Le voyage ne sera pas facile. Il y a deux cent cinquante kilomètres jusqu'à Łódź et on n'avancera pas vite, donc ça risque de prendre des semaines. Mais j'en ai assez d'attendre des trains et je me suis dit que les gens nous aideraient sûrement sur la route, alors… Je prends le risque. (Il la dévisagea.) Vous êtes de Łódź ?

— Oui.

— Et vous voulez rentrer chez vous ?

— Oh, oui ! Si vous saviez.

Il eut un haussement d'épaules avant d'arborer un grand sourire.

— Dans ce cas, qu'est-ce que vous attendez ?

C'était une bonne question. Ester s'imagina sa ville natale et, pour la première fois, celle-ci lui parut à portée de main. Elle jeta un coup d'œil vers l'hôpital derrière elle et pensa à Ana. La sage-femme y travaillait d'arrache-pied pour donner naissance aux bébés qui venaient d'échapper à l'enfer de Birkenau, mais Ester savait que son amie se languissait autant qu'elle de sa ville et de sa famille.

— Je peux emmener une amie avec moi ?

— Bien sûr, répondit Frank en lui souriant. Je pars demain matin, à l'aube. Si Dieu le veut, nous serons à Łódź pour voir les premiers bourgeons apparaître sur les arbres.

Ester ferma les yeux et visualisa les cerisiers en fleur près de la cathédrale Saint-Stanislas. Il pleuvait des pétales sur elle et sur Filip au tout début de leur idylle ; si ce brave homme disait juste, elle pourrait se retrouver dans le même décor pour le retrouver. Filip était vivant, elle en avait l'intime conviction. Le trajet serait long et éprouvant, mais il était déjà pavé d'amour et d'espoir. Oui, elle allait partir d'ici pour retourner à Łódź. Elle allait retrouver Filip et, Dieu sait comment, ils retrouveraient Pippa, et formeraient à nouveau une famille.

— Alors, demanda Frank, vous êtes partante ?

— Je suis partante, affirma-t-elle avec détermination avant de courir trouver Ana.

Le lendemain matin, aux premières lueurs de l'aube, elles étaient prêtes, chaudement vêtues, munies de bonnes chaussures et de sacs à dos de la Croix-Rouge remplis de nourriture. Une trentaine de personnes s'étaient rassemblées là pour leur petite expédition, et toutes avaient spontanément formé les lignes auxquelles ils étaient habitués en tant que prisonniers avant de se mettre à rire pour les rompre comme Frank les embarquait sur la route quittant Auschwitz.

Au bout de quelques minutes, un silence se fit et tous se retournèrent pour regarder derrière eux. Ester exhala un soupir. Le sinistre camp de Birkenau, où Ana et elle avaient passé deux terribles années, était déjà hors de leur vue, mais les lignes droites du camp principal étaient tout aussi évocatrices de l'horreur qui y avait régné, et elle savait que certaines parties d'elle-même étaient irrémédiablement abîmées par tout ce qu'elle avait vécu dans ces lieux. On leur avait dit qu'elles avaient de la chance d'être vivantes, ce qui était vrai, naturellement, mais elle n'avait pas le sentiment que ce fût une chance. À vrai dire, elle ne se sentait même pas réellement vivante ; elle avait plutôt l'impression d'être une sorte de coquille vide.

— Adieu, lieu maudit ! s'écria Frank en direction des bâtiments sombres et bas.

Et tous d'approuver faiblement, avant de tourner le dos pour toujours à cet enfer. Une longue et pénible route les attendait encore.

ŁÓDŹ

33

Mars 1945

Ana

— Łódź !

Ana entendit ce cri s'élever à la tête de leur caravane et leva le visage depuis la charrette dans laquelle Ester avait fini par la convaincre de monter, quelques jours plus tôt. Elle était parvenue à marcher pendant la majeure partie des seize premiers jours, mais ses pauvres vieux os n'en pouvaient plus, et Ester avait réussi à la persuader. Elle avait demandé à Frank de la laisser s'installer dans la voiture des bagages, avec les maigres possessions de chacun et les provisions de la Croix-Rouge. Si honteuse qu'elle ait d'abord pu être de baisser ainsi les bras, l'expérience s'était révélée merveilleuse. Elle avait beaucoup dormi, pelotonnée entre les couvertures et bercée par le mouvement régulier de la marche des chevaux, et avait éprouvé un délicieux sentiment enfantin à se faire ainsi transporter. Elle aurait presque voulu ne jamais arriver, redoutant ce qu'elle allait découvrir une fois parvenue à destination.

— On arrive, Ana ! On est chez nous, lui dit une Ester tout excitée.

Ana se redressa pour s'asseoir et regarda autour d'elle, stupéfaite. Elle avait oublié comme Łódź était grande – et belle. Jamais elle n'avait trouvé sa ville particulièrement marquante, surtout comparée à Varsovie, mais après deux ans passés à ne voir que des baraquements identiques et des clôtures de fils barbelés, elle eut l'impression de pénétrer dans un univers somptueux. Lorsqu'ils tournèrent au coin de la rue Piotrkowska, elle admira les magnifiques palais des pionniers de l'industrie du siècle passé, qui se dressaient fièrement de chaque côté, avec leurs élégants portiques et leurs hautes fenêtres. Elle voyait du monde à l'intérieur – ici une femme de ménage faisant les poussières, là un homme assis à son bureau, ici encore une jeune fille plongée dans un livre. Autant d'activités qui lui paraissaient désormais presque exotiques.

— C'est tellement… tellement…

— Normal, dit Ester, finissant à sa place. Tellement merveilleusement, extraordinairement normal.

Elle tendit une main, qu'Ester saisit tout en marchant à côté, leur caravane progressant encore plus lentement que lors de leur long et pénible trajet à travers la campagne polonaise. À un moment, elles avaient eu l'impression que ce voyage ne finirait jamais. Et pourtant, elles étaient là maintenant, et soudain, c'était comme si elles n'étaient jamais parties. La ville avait dû échapper aux bombardements car elle se révélait intacte, et même améliorée par endroits. À en juger par plusieurs nouveaux édifices flambant neufs, les nazis étaient clairement capables de créer de magnifiques bâtiments quand ils le voulaient. En les voyant, Ana fut prise d'une brusque envie de sauter de sa voiture pour asperger ces murs de peinture rouge sang, avant de se rappeler qu'ils leur appartenaient désormais.

La pauvre Pologne avait plié sous le joug de l'oppresseur mais ne s'était pas brisée. En chemin, ils avaient entendu de nombreux récits. De généreuses femmes leur avaient offert du pain et de la soupe, et même des pâtisseries – une incroyable extase pour leurs papilles. Ces femmes avaient pris leur repas avec les déplacés et les avaient questionnés sur les camps tout en leur parlant de leurs hommes, qui étaient partis se battre dans les régiments polonais sous tutelle britannique, ou avec les Soviétiques. Tous étaient encore mobilisés pour enserrer Berlin, où Hitler s'évertuait toujours à diriger ses forces alors que les armées alliées resserraient chaque jour leur étau sur l'Allemagne.

— On l'aura, disaient-elles toutes au moment où les voyageurs s'apprêtaient à reprendre la route. On l'aura, pour vous.

Ana et Ester les avaient chaudement remerciées, s'efforçant de sourire de leur mieux, mais, à chaque rencontre avec ces familles si accueillantes, il était devenu clair que jamais elles ne parviendraient vraiment à partager leur propre expérience de la guerre. Elles avaient raconté qu'elles dormaient sur des planches de bois, parfois à quinze dans une seule couchette. Elles avaient décrit la faim, le froid pénétrant, l'humiliation des appels incessants, la brutalité des gardes et, bien sûr, l'horreur des immenses chambres à gaz qui recrachaient sur elles de la fumée d'humains, jour et nuit, telle une malédiction sans fin. Et les gens avaient écouté et s'étaient émus de tout cela, avec sincérité, mais ils ne pouvaient pas réellement comprendre. Ce qui était peut-être mieux.

Mais cela faisait tout de même mal.

— Vous n'êtes même pas juive, avaient dit certains à Ana, comme si cela changeait quoi que ce fût à l'affaire, comme si les Juifs, eux, étaient peut-être plus durs au mal.

Mais personne ne serait jamais assez dur au mal pour supporter les atrocités commises dans les camps, et, en regardant la ville pleine d'activité et de gens qui trouvaient qu'attendre un tram vingt minutes sous la neige était une épreuve, Ana se demanda si elle pourrait jamais se réadapter à une vie normale. S'il existait même une vie normale pour elle, ici.

Quelques jours auparavant, ils avaient rencontré un couple échappé de Varsovie. Ana avait sauté sur l'occasion pour tenter d'obtenir des informations, mais tous deux s'étaient immédiatement fermés en disant qu'ils ne supportaient pas d'en parler. Du peu qu'ils avaient dit, Ana avait cru comprendre que les habitants de la ville avaient été manipulés par les Russes afin de se soulever contre les Allemands pour aller à la rencontre de troupes qui n'avaient, en fait, jamais été envoyées. L'assaut initial avait été un franc succès, qui avait rendu une grande partie de la ville aux Polonais et permis de faire tomber les murs du ghetto ; seulement, le siège qui ne devait durer que quelques jours avait finalement duré des semaines, jusqu'à ce que les Varsoviens, affamés et dévastés par les maladies, fussent forcés de se rendre aux Allemands une fois encore.

Ç'avait été la double peine, et l'ennemi s'était alors montré particulièrement sadique, en déportant toute la population civile, Juifs et non-Juifs, dans les camps de concentration. Cette famille était parvenue à s'enfuir, avec quelques autres, quand leur train était resté coincé sur une voie jonchée de feuilles et qu'ils avaient pu s'échapper de leur wagon. Ils n'avaient jamais entendu parler de Bartek et de Bronislaw et avaient reconnu que les pertes étaient lourdes ; mais le simple fait qu'ils aient réussi à s'enfuir avait donné à Ana un semblant d'espoir, auquel elle essayait de se raccrocher.

— Comment allons-nous retrouver nos proches ? demanda-t-elle à Ester en contemplant les rues d'un air abattu.

— Nous allons vous aider.

Ana sursauta et vit un petit groupe d'hommes approcher. Ils portaient l'habit noir des Juifs hassidiques ; avec leurs chapeaux à larges bords et les boucles encadrant leurs visages barbus, on aurait dit une vision d'un autre temps.

— Comment ? s'enquit-elle prudemment.

— Oh, de beaucoup de façons, dit leur chef. Nous ne faisons que ça depuis la libération. Le CCJP – le Comité central des Juifs polonais – ne lésine pas sur les moyens pour aider ceux qui rentrent chez eux. Vous étiez dans les camps ?

— Oui, à Auschwitz, répondit Ester.

Ils grimacèrent avec compassion.

— Dans ce cas, vous êtes des miraculées, dit le chef en s'inclinant.

Ana perçut la gêne sur le visage de son amie.

— Vous aussi ? leur demanda-t-elle.

Ils secouèrent la tête.

— Non, nous nous sommes cachés. Dans les montagnes. C'était très dur.

— Ah, oui ? fit Ester avec un brin de provocation.

Ana pressa sa main.

— Et comment pouvez-vous nous aider ? demanda-t-elle gentiment.

Ils la scrutèrent tout en continuant de marcher à côté de la charrette.

— Vous êtes juive ?

— Non.

— Mais elle a vécu la même chose que nous dans le camp, intervint Ester. Elle nous a aidées de toutes les manières possibles, et a été d'un secours incommensurable.

— Ce dont nous vous remercions, dit l'homme en s'inclinant à nouveau. Hélas, nous ne pourrons pas vous aider, nous n'avons simplement pas les contacts pour cela. Vous, par contre, dit-il en regardant Ester, vous êtes juive ?

— Oui.

— Alors venez nous voir rue Śródmiejska. Le Comité d'assistance juif attribue des logements aux Juifs qui reviennent, et il y a de nombreux emplacements pour laisser un mot à votre famille et trouver des informations.

Ana vit les yeux d'Ester s'illuminer, avant de se rembrunir comme elle les posait sur elle.

— Et mon amie, que peut-elle faire ?

L'homme haussa les épaules.

— Je ne sais pas… Allez voir à votre église, peut-être ?

Il fit un geste en direction de l'autre côté de la rue, et Ana vit qu'ils approchaient de la cathédrale Saint-Stanislas. Immédiatement, des visions de son intérieur richement orné lui revinrent, et quelque chose en elle frémit de joie. Elle pouvait presque sentir l'odeur de l'encens, entendre le doux chant des prêtres et voir le Christ en croix, qui l'invitaient à revenir chez elle. Elle revoyait presque les jeunes gens dans la chapelle de la Vierge, ce jour de 1941 où elle y était entrée pour apaiser sa colère contre les nazis, et était tombée sur ce groupe de résistants qui l'avaient aidée à se battre contre l'ennemi – ce qui avait fini par la conduire à Birkenau.

Ana frissonna. Pas un instant elle ne regrettait son engagement, mais Dieu savait à quel point cela lui avait coûté cher – et ce n'était peut-être pas fini. Elle chercha le regard d'Ester, mais celle-ci fixait les marches de l'église, comme médusée, et Ana se rappela que cet endroit recélait de poignants souvenirs pour elle aussi. Apparemment, leurs religions et destins respectifs étaient étroitement et étrangement mêlés. Elle contempla la cathédrale, priant pour y voir Filip, comme Ester le faisait aussi sûrement de son côté. Mais il n'y avait personne sur les marches.

Ana repoussa les couvertures de ses jambes et agrippa le bord de la charrette.

— Il faut que je descende. Merci, Frank, lança-t-elle.

Mais leur conducteur avait arrêté les chevaux et était descendu discuter avec les Hassidiques, comme le reste du groupe, pour leur poser des questions sur la marche à suivre. Ana admira l'énergie et la solidarité de la communauté juive. Avec un soupçon d'envie, même. Et elle, comment allait-elle faire pour trouver un toit ?

— Attends, je vais t'aider, dit Ester, la tirant de ses pensées.

— Merci, ma chérie.

Ana posa les mains sur les épaules de son amie pour descendre, et eut soudain du mal à la lâcher.

— Tu vas me manquer.

— Mais… Je ne pars pas.

— Je sais. Cette ville est la nôtre à toutes deux, et j'espère que nous continuerons de nous voir souvent, mais ce ne sera plus pareil maintenant. Ce…

— Je veux dire, je ne vais nulle part maintenant, à part peut-être dans l'église, avec toi.

— Non ! Il faut que tu ailles au centre juif, pour retrouver ta famille.

— J'irai. Mais j'ai le temps pour ça. Je suis sur les routes depuis tellement longtemps qu'une journée de plus ou de moins n'y changera pas grand-chose. Je viens avec toi.

Ana sentit les larmes lui monter aux yeux et se pencha vers Ester, qui lui ouvrit ses bras.

— Je n'aurais jamais tenu le coup sans toi, Ana. Tu n'es pas juive, ce n'était pas ton combat, et pourtant tu l'as fait tien. Tu nous as aidés sans relâche, dans le ghetto comme dans le camp. Je ne l'oublierai jamais, et en retour, je tiens à te voir retrouver la sécurité de ton foyer.

— Oh, Ester…

Submergée par l'émotion, Ana ne put en dire davantage. Elle dut se contenter d'étreindre son amie – sa fille par procuration –, en essayant de ne pas sangloter trop fort dans ses bras. Elle entendit Ester étouffer un petit rire ému et ce son vibra et ricocha en elle, plus fort que le bruit soudain des cloches de l'église retentissant autour d'elles.

— Allez, viens, Ana. On va essayer de retrouver tes fils.

De longues heures plus tard, c'est avec anxiété qu'elles approchèrent de la rue Zgierska. Elles s'étaient d'abord rendues à l'appartement sur Bednarska assigné aux Kaminski par les Allemands, mais l'avaient trouvé occupé par une autre famille. Elles se dirigeaient donc maintenant vers la maison d'origine d'Ana – celle où elle avait autrefois vécu avec sa famille. Les barrières du ghetto avaient disparu, mais une affreuse cicatrice marquait la terre à leur ancien emplacement, et elles l'enjambèrent avec une prudence excessive. Toutes deux étaient désormais conditionnées par le marquage des limites et avaient encore du mal à les franchir ou à les ignorer. Elles s'arrêtèrent de l'autre côté, et, comme rien de spécial ne se passait, elles poursuivirent leur chemin. Le quartier était délabré mais bouillonnant de vie. Partout, on débarrassait les maisons, on rénovait les rues, on transportait peinture, meubles et tapis. Elles passèrent devant un groupe de jeunes hommes qui peignaient l'extérieur d'une enfilade de maison et chantaient à tue-tête une chanson traditionnelle polonaise.

— Bonjour, mesdames, lancèrent-ils depuis leurs échelles en tirant leur chapeau à Ana et Ester, avant de se remettre à chanter.

Ana sentit son cœur se gonfler de joie, mais la prochaine rue était la sienne et ses jambes mollirent subitement. À son côté, Ester noua fermement son bras à celui de son amie, et elles continuèrent d'avancer. Toutes les maisons étaient désormais familières à Ana. Derrière quantité de ces portes closes, elle avait jadis fait venir au monde des bébés, en des temps plus heureux, ou dîné avec des amis, ou emmené jouer Bronislaw, Zander et Jakub. Au tournant suivant se trouvait l'école où les garçons s'étaient rendus pendant des années, et, quelques mètres plus loin, l'église où ils allaient tous les dimanches. Celle-ci avait été enfermée dans le ghetto en même temps que les Juifs. Ana avait entendu dire qu'on l'avait transformée en une usine de fabrication de matelas.

— Sainte Marie, mère de Dieu.

Elle porta la main à sa taille et palpa le chapelet que Georg lui avait déniché dans les restes brûlants du Kanada. Elle avait été infiniment touchée quand le jeune garçon le lui avait donné. « Ester m'a dit que ces perles pourraient vous plaire, m'dame. » Où était-il, lui, maintenant ? Les enfants avaient été emmenés de Birkenau presque immédiatement. L'une des infirmières lui avait dit que l'on créait des orphelinats un peu partout en Pologne et qu'une « opération de sauvetage » avait été lancée pour essayer de retrouver leurs familles. La Croix-Rouge polonaise coopérait avec d'autres organisations caritatives ou gouvernementales. Ana espérait que cette opération d'envergure puisse les aider à retrouver Pippa, mais elle n'avait pas encore osé en parler à son amie, craignant de lui donner de faux espoirs avant d'en savoir davantage. Une seule chose était certaine : elle ferait tout ce qui était en son pouvoir pour retrouver la petite fille. Mais pour l'heure, c'était à ses propres enfants qu'elle devait penser.

Elles s'arrêtèrent bientôt devant son ancienne maison et Ana fut submergée par une nouvelle vague de souvenirs, si puissante que même les sons et les odeurs de trente ans de vie de famille lui revinrent en même temps. La maison était encore debout, avec ses deux marches menant à la porte vert foncé. Les marches étaient abîmées et la peinture écaillée, mais la seule chose qui comptait, c'était les gens qui pouvaient se trouver à l'intérieur. Ester la guidait vers la porte quand Ana se sentit trembler de la tête aux pieds et recula. De ce côté-ci, il y avait de l'espoir ; de l'autre, il n'y aurait peut-être que du chagrin.

— Je ne peux pas, souffla-t-elle.

— Alors j'y vais, moi.

— Non, je…

Mais Ester frappait déjà avec le heurtoir que Bartek avait installé avec soin il y avait vingt-neuf ans, quand ils avaient emménagé ici après leur mariage. Ana entendit le bruit résonner de l'autre côté et imagina le couloir de l'entrée, leurs manteaux près de la porte, sa sacoche de sage-femme juste en dessous, toujours prête en cas d'urgence. Rien ne se passait. Peut-être étaient-ils sortis, se dit-elle. À moins qu'ils ne vivent ailleurs. Ou qu'ils ne vivent plus du tout. Si cette porte ne s'ouvrait pas, où irait-elle ensuite ? Et si…

Ana se figea. On entendait des bruits de pas. Ils approchaient dans le couloir, un peu lents, un peu incertains peut-être, mais quelqu'un arrivait. Ester lui reprit le bras et, quand Ana la regarda, elle entendit une fois de plus les mots de Ruth : *C'est votre fille, maintenant.* Elle avait au moins cela. Quoi qu'il ait pu arriver à ses fils, elle avait Ester. Mais elle avait tellement besoin de…

— Maman ?

Le monde s'arrêta. Un homme avait ouvert la porte. Il était mince, échevelé et entre deux âges, mais le doux son du mot sortant de sa bouche la força à le reconsidérer et, en voyant ses yeux bleus, elle le reconnut enfin.

— Bron !

Il se jeta sur elle, et Ester recula pour le laisser étreindre sa mère à loisir. Ana fut soulevée de terre comme une enfant tandis qu'il la faisait tournoyer en répétant encore et encore :

— Maman, maman, maman !

Lorsqu'il la reposa enfin à terre, elle caressa ce visage chéri ; mais deux autres hommes sortaient maintenant précipitamment de la maison pour les rejoindre, et, en voyant leurs yeux pleins d'amour et de joie, elle eut l'impression de redevenir une jeune mère, avec des petits accrochés à ses jupes.

— Zander, Jakub ! Vous êtes là. Vous êtes vivants.

La joie déferlait maintenant dans son corps harassé avec une telle puissance qu'elle avait l'impression que ses veines allaient éclater. Elle étreignit ses trois fils tour à tour.

— Que vous est-il arrivé ? Où étiez-vous, pendant tout ce temps ?

— Jakub et moi avons été envoyés dans un camp de travail à Mauthausen-Gusen, lui dit Zander. On a porté des pierres pendant deux ans. Regarde un peu comme on est forts !

Il plia le bras, exhibant son biceps sous une peau ultra-fine où saillaient ses tendons. Elle savait qu'il ne lui disait pas tout, mais c'était bien normal. Ils avaient le temps. Tellement de temps, désormais.

— Et toi, Bron ?

— J'étais à Varsovie, avec… avec…

Il baissa les yeux sans finir sa phrase et Ana comprit tout de suite. Elle regarda son fils aîné dans les yeux, ces yeux qu'il avait si semblables à ceux de son père, et n'y lut que du chagrin. Sa joie se mua brutalement en une peine infinie.

— Votre père ne s'en est pas sorti ?

— Je suis désolé, maman. J'ai tout fait pour veiller sur lui, je te le promets. Mais il était tellement courageux, parfois téméraire, même. Un vrai leader, tu sais. Il était de toutes les réunions, au cœur de tous les projets de la rébellion. C'est lui qui a mené la première charge, et il a fait partie du groupe qui a pris le bureau de poste principal pour en faire un quartier général. Il était fou de joie, comme nous tous. On croyait avoir réussi… avoir gagné Varsovie. Que nous n'avions plus qu'à attendre que l'armée soviétique revienne et nous soutienne, et qu'alors, nous serions à nouveau libres. Tu aurais dû le voir, maman… Il dansait sur les tables ce soir-là, comme il le faisait pour le Nouvel An… Tu le grondais, et il se mettait à rire et finissait par t'entraîner à danser avec lui, tu te souviens ?

Les larmes ruisselaient maintenant sur le visage de Bronislaw. Ses frères l'entourèrent et posèrent leurs bras sur ses épaules.

— Ce n'est pas ta faute, Bron. Tu n'aurais rien pu faire.

Jakub se tourna vers Ana.

— Les Soviétiques ne sont jamais entrés dans la ville. Ils ont établi leur camp en banlieue et ont laissé les rebelles affronter seuls les Allemands. Pas vrai, Bron ?

Bronislaw acquiesça gravement.

— Papa y est resté presque jusqu'à la fin. Il a refusé de laisser les nazis prendre l'avenue de Jérusalem, il disait qu'il préférait mourir plutôt que de se rendre encore, et puis les Allemands ont commencé à aller de maison en maison, à en expulser les civils et à les tuer – hommes, femmes et enfants. Ils ne faisaient aucune distinction. Ils en abattaient des milliers, alors notre petite armée amateur devait faire quelque chose. Passer à l'attaque.

— Comment est-il mort ? demanda Ana d'une voix étranglée.

— Ils l'ont tué par balle dès la première charge. C'était facile pour eux : papa était en première ligne, et ils avaient des fusils-mitrailleurs. Il y a eu énormément de morts ce jour-là. J'aurais dû mourir moi aussi, je…

— Non, ne dis pas ça, Bron. La plus grande joie de ton père aurait été de savoir que tu as survécu.

— Mais j'ai réussi à le rejoindre. J'ai fait le mort pendant un moment et, quand les Allemands sont passés à leur cible d'après, j'ai rampé entre les corps pour rejoindre le sien. Il… est mort dans mes bras.

— Oh, Bron…

Elle lui ouvrit ses bras et il s'y réfugia pour se serrer contre elle avec force, avant de reprendre :

— Il était calme. Il a dit que Dieu l'appelait et qu'il allait le rejoindre. Il m'a dit qu'il m'aimait, et qu'il aimait tous ses fils. (Bronislaw regarda ses frères, qui lui sourirent.) Ensuite, il a ajouté que, si fort que soit son amour pour nous, il t'aimait, toi, plus que tout au monde. Que tu étais la femme la plus généreuse, la plus courageuse, la plus magnifique qu'il ait jamais connue, et que t'épouser avait été la plus belle chose de sa vie. Il a dit qu'un seul jour passé auprès de toi aurait déjà été une chance, et qu'il avait eu droit à de nombreuses années de cette bénédiction. Après, il m'a imploré de te retrouver et de prendre soin de toi, sauf que je ne savais absolument pas comment faire, et maintenant… maintenant, tu es là. Je suis désolé de ne pas être lui, maman, mais sache que je compte bien prendre soin de toi. Que nous le ferons tous.

Ils s'étreignirent à nouveau tandis qu'Ana ne retenait plus ses larmes. Bartek, son cher Bartek n'était plus. Il était avec Dieu, en paix, mais, par miracle, tous ses fils étaient là. Elle n'aurait su dire lequel, du chagrin ou de la joie, l'emportait en elle, mais ce qu'elle savait, c'était qu'elle aussi était là. Elle était libre et, comme tout un chacun, elle devait une partie de cette liberté à son cher mari et à ses camarades, et elle devait maintenant se relever et vivre une vie qui fasse honneur à leur sacrifice.

— Viens, maman, dit Jakub en l'entraînant vers la porte.

Elle s'apprêtait à le suivre quand elle se rappela.

— Ester.

Son amie était restée en retrait et lui souriait, en dépit des larmes qui zébraient encore ses joues.

— Viens, viens avec nous, Ester.

Elle lui tendit la main. Ester la regarda sans bouger.

— Je t'en prie, insista Ana. Entre et reste avec nous, le temps qu'il te faudra pour retrouver ta famille.

— Oh, non, je…

Elle commençait à reculer, mais Ana ne pouvait pas la laisser partir. Si Ester lui avait dit qu'elle n'aurait pas tenu le coup dans le camp sans elle, la réciproque était tout aussi vraie, et Ana ne comptait pas l'abandonner. Elle s'écarta de ses fils et alla prendre la main d'Ester pour l'emmener dans la maison.

— Tu m'as aidée, Ester, et je t'aiderai à mon tour. Les garçons, dit-elle en faisant passer son amie devant elle, je vous présente votre nouvelle sœur, Ester Pasternak. La femme qui m'a permis de revenir vers vous.

Ester eut encore une hésitation, mais les trois garçons lui ouvrirent immédiatement leurs bras et lui dirent :

— Sois la bienvenue.

34

Avril 1945

Ester

Ester tourna à l'angle de la rue Śródmiejska et ralentit en approchant de la longue queue de gens qui attendaient de se faire enregistrer au Comité de secours juif. Elle scrutait chaque visage, comme elle le faisait tous les jours depuis deux semaines, espérant reconnaître quelqu'un. Il y avait peu de personnes âgées et elle avait peu d'espoir de revoir son père ou son beau-père, mais son regard s'arrêtait fébrilement sur tous les hommes de haute taille, au cas où ce pût être Filip. Jusqu'ici, elle était allée de déception en déception, mais elle continuait tout de même.

Les jeunes femmes blondes retenaient aussi toute son attention. Le lendemain de leur retour, Ana avait envoyé Jakub à la campagne afin de trouver sa cousine Krystyna, chez qui Leah s'était réfugiée ; mais toutes deux avaient disparu et la maison était fermée. Les Allemands avaient dû les trouver et soit les tuer sur place, soit les faire prisonnières. Ester pensait parfois que sa sœur avait très bien pu être déportée et exterminée à Auschwitz, à quelques dizaines de mètres d'elle, sans qu'elle en sache rien.

Mais elle pouvait aussi s'être enfuie.

Ester commençait à envisager qu'elle pourrait passer le reste de sa vie sans savoir ce qui était arrivé à ceux qu'elle aimait, et cette pensée était presque la pire entre toutes. Alors, chaque jour, elle venait ici faire la queue, observer les gens et attendre dans la cour avec tant d'autres, cherchant une connaissance dans la foule. Elle avait de la chance, dans son malheur : Ana avait insisté pour qu'elle habite avec elle et ses enfants, afin qu'elle n'ait pas à se soucier de trouver un logement ; mais Ester se sentait déracinée malgré tout.

Le printemps avait éclos sur Łódź. Ils étaient arrivés à temps pour voir les bourgeons, comme Frank l'avait promis. Tous les matins, la cour du Comité de secours était baignée de soleil, mais cela ne suffisait pas à illuminer l'existence de ceux qui espéraient retrouver leurs proches. Ester devait souvent jouer des coudes pour avancer dans le long couloir menant au service des rapatriements, qui était tapissé de panneaux de liège couvert de notes rédigées sur toutes sortes de bouts de papier :

Cherche Moishe Lieberman – ta femme Rachael et ton fils Ishmael sont sains et saufs et ont hâte de te retrouver. Nous sommes au 18 de Szklana.

Mon Abel chéri. Je prie pour que tu lises ceci et que tu viennes me retrouver au 21 de la rue Przelotna. Ta femme qui t'aime, Ruthie.

Mon mari bien-aimé et qui me manque tant. Je suis désolée qu'on se soit disputés la veille de l'arrivée des Allemands, mon doux Caleb Cohen. Je pense à toi chaque jour depuis. Je suis au Grand Hôtel et il me tarde de te serrer à nouveau dans mes bras.

De loin en loin, un message était arraché du mur avec un cri de joie et tous les autres jalousaient ce chanceux, mais l'immense majorité des petits mots jaunissaient déjà sans être vus. Ester avait placé le sien sur le panneau, écrit sur un bout de papier rose que Jakub avait déniché dans ce qu'il restait de l'imprimerie :

Cherche désespérément mon bien-aimé mari Filip Pasternak et ma chère sœur Leah Abrams. Vous me trouverez chez Ana Kaminski au 99 rue Zgierska. Je vous aime, Ester.

Même du bout du couloir, elle pouvait voir que son papier était toujours là. Aucune main avide de retrouvailles ne l'avait enlevé, aucun mari bien-aimé ou chère sœur n'avait pris connaissance de son adresse, et le message restait planté là, aussi désespérément qu'elle. Elle s'en approcha tout de même, et c'est alors qu'elle vit un homme qui tendait une main vers le coin du papier rose. Son cœur fit un bond dans sa poitrine et elle essaya de se frayer un chemin à travers la foule pour se rapprocher de lui.

Mais le couloir était bondé ; elle n'y arriverait pas. Il allait partir. Elle voyait déjà qu'il ne s'agissait pas de Filip – cet homme était moins grand et plus large d'épaules –, mais son intérêt pour le message devait sûrement vouloir dire quelque chose.

— S'il vous plaît, laissez-moi passer !

Une gentille dame devant elle l'aida à passer et, bon an mal an, Ester parvint à se faufiler et à poser une main sur le bras de l'homme.

— Bonjour. Vous connaissez Filip ?

L'homme se retourna, la regarda, et ses yeux s'écarquillèrent. Il avait tellement maigri qu'il était presque méconnaissable, mais la tignasse bouclée qu'il arborait ne laissait aucun doute.

— Noah ? Noah Broder ?

Il prit ses mains dans les siennes, et elle sentit à ses paumes calleuses qu'il avait durement travaillé ces dernières années.

— Madame Pasternak ! Vous êtes vivante ! Vous êtes un miracle.

Elle sourit à ces mots.

— Appelez-moi Ester, s'il vous plaît. Et je ne suis probablement pas un miracle, mais j'ai eu de la chance, en effet.

Il retourna les mains d'Ester entre les siennes, comme pour s'assurer qu'il ne rêvait pas.

— Martha n'a pas survécu. Mes enfants non plus. Quelqu'un dans la Résistance a pu se procurer une liste en provenance de Chelmno, et leurs noms figurent sur la liste des morts.

Sa voix grave se brisa et il lâcha Ester pour se passer une main sur les yeux.

— Je suis vraiment navrée, Noah.

Il s'efforça de se ressaisir.

— Merci. Il y a quelque temps encore, je regrettais de ne pas être mort avec eux, mais plus maintenant. Aujourd'hui, je veux vivre et faire de bonnes actions dans le monde, afin de montrer à ces fumiers de nazis qu'ils ne nous ont pas tous détruits, malgré tous leurs efforts.

— Bravo, Noah. Vous êtes toujours le bienvenu chez…

Elle s'arrêta avant de dire « chez nous ». Elle n'aurait pas de « chez nous » avant de retrouver son mari. Tentant de déloger la boule qui s'était formée dans sa gorge, elle se força à demander :

— Savez-vous ce qui est arrivé à Filip ?

— Oui, j'étais avec lui, répondit Noah.

Voyant qu'Ester était à deux doigts de défaillir, il la prit par le bras et l'entraîna dans la cour, plus au calme.

— J'étais avec lui à Chelmno, expliqua-t-il alors. Nous nous sommes enfuis ensemble.

— Enfuis ?

Le visage d'Ester s'illumina d'un coup, mais il leva une main avant de préciser :

— Plus exactement, je me suis enfui en même temps que lui. Par contre, je ne sais pas où il est maintenant, désolé.

La déception était amère. Mais l'idée de cette fuite trottait activement dans la tête d'Ester, et elle invita Naoh à s'asseoir avec elle afin qu'il puisse lui dire tout ce qu'il savait.

— C'était en avril, l'année dernière. Un jour, il y a eu une rafle dans le ghetto. On nous a assignés à un nouveau Sonderkommando et envoyés à Chelmno. On était terrifiés, je peux vous le dire – on pensait aller directement à la mort. J'ai entendu Filip prier pendant tout le trajet, et c'est seulement quand je me suis rapproché de lui que je l'ai entendu dire « Dieu bénisse Ester », encore et encore. « Dieu bénisse et protège Ester. »

Noah la regarda et un grand sourire se dessina soudain sur ses traits ravagés.

— Apparemment, Dieu l'a entendu. Filip va être fou de joie.

— Vous pensez qu'il est en vie ? demanda-t-elle avec fougue.

— C'est fort possible. En fait, on ne nous envoyait pas à la mort, mais dans une maison délabrée dans un village normal. Vous auriez vu les têtes horrifiées des habitants à notre arrivée ! Ces pauvres gens pensaient que c'en était fini des tueries des Allemands, et voilà que les nazis revenaient chez eux, avec nous pour effectuer leur sale besogne. On nous a contraints à construire deux immenses hangars dans les bois, dont nous savions qu'ils serviraient à accueillir nos semblables en attente d'exécution. Nous aurions voulu ne pas le faire, sincèrement, mais que voulez-vous ? On travaillait avec des fusils pointés sur nous en permanence.

— Je comprends, le rassura Ester. C'était la même chose dans les camps.

Il lui coula un regard reconnaissant et poursuivit son récit :

— Quand les premiers camions sont arrivés, ç'a été terrible. On devait rester plantés là, à regarder ces pauvres gens se faire bousculer pour entrer dans le hangar et s'y déshabiller, avant d'être poussés dans les camions comme du bétail. Tout le monde savait ce qui leur arrivait. On en parlait déjà dans le ghetto, à l'époque, et je vous jure que leurs cris hanteront mes nuits jusqu'à la fin de ma vie. Mais le pire était encore devant nous. On nous a ensuite forcés à jeter leurs cadavres dans des fours enterrés, puis à… briser tous les os qu'il restait à coups de masse sur une grande dalle de béton. Quand la nuit tombait, on devait jeter leurs restes dans la rivière Ner avant d'être autorisés à aller nous coucher.

— Mon Dieu, quelle horreur, fit Ester. Pauvre de vous. Et pauvre Filip.

Elle crut que son cœur allait se briser une fois de plus en imaginant son doux Filip contraint de réduire des ossements en poussière, mais Noah secoua la tête.

— Filip a eu plus de chance : il ne faisait pas cela. Les Allemands avaient monté une grande tente dans une ferme du village, où des prisonniers triaient les vêtements les plus intéressants. C'était sa tâche au début, et puis, un jour, un officier SS a emmené sa femme visiter la tente, et elle s'est intéressée à une belle robe qu'elle a vue là. Elle grommelait en maudissant ces « maigrichonnes de Juives » quand Filip s'est levé pour lui dire qu'il pouvait arranger ça.

« Elle ne l'a pas cru tout de suite – comment peut-on *ajouter* une taille à une robe ? –, mais l'officier a dégoté une machine à coudre et Filip l'a fait. Je ne sais pas comment il s'y est pris. Il a essayé de me l'expliquer ce soir-là, mais c'était trop technique, je n'ai rien compris. En tout cas, la femme était ravie et, en un rien de temps, Filip et quelques autres tailleurs ont été installés dans un coin de la tente, où ils retouchaient les plus beaux vêtements pour les familles des officiers. Ça ne leur plaisait pas particulièrement, vous l'imaginez bien, mais…

— Nous avons tous fait ce que nous pouvions pour survivre.

— Exactement. Et votre mari était un tailleur de talent.

— *Est* un tailleur de talent, rectifia tout de suite Ester.

— Pardon, dit Noah en hochant la tête. Je suis sûr que vous avez raison.

— J'en suis sûre, moi aussi. Sans quoi, je ne serais plus capable de voir les couleurs du monde. Mais continuez, je vous en prie. Que s'est-il passé ensuite ?

— Ensuite… (Il frémit.) Ensuite, il y a eu tout un mois d'exécutions. C'était horrible, Ester. Ils venaient tous de Łódź, si bien qu'à chaque nouveau convoi, des gars de nos équipes voyaient débarquer des membres de leur famille ou des amis.

Il posa une main sur ses paupières et Ester se sentit coupable de le faire parler de la sorte, mais il s'essuya les yeux et releva vite la tête, désireux de témoigner :

— Finalement, vers la mi-juillet de l'an dernier, les camions ont cessé d'arriver. Comme ça. Un jour ils brûlaient des tonnes de cadavres, et le lendemain, plus rien. Plus de camions. Les SS nous ont dit qu'ils ne servaient à rien, parce que les ingénieux nazis avaient trouvé une méthode d'extermination bien plus efficace.

— Auschwitz, murmura Ester en se rappelant l'arrivée du pauvre Tomaz, qui était mort sous ses yeux.

— Certainement, sauf que nous n'en savions rien, sur le moment. Nous étions terrorisés, convaincus d'être les prochains à y passer, mais avec l'avancée des Russes, les Allemands ont commencé à paniquer. Ils voulaient que les charniers des premières opérations, en 1942, soient exhumés et brûlés. Alors, c'est ce qu'on a fait. C'était un travail épouvantable, mais au moins, ces pauvres squelettes n'avaient plus de traits identifiables.

— Et Filip ?

— Il continuait ses travaux de couture avec les autres tailleurs. On dormait tous ensemble, parqués dans un hangar en brique derrière la grande tente, et les tailleurs faisaient de leur mieux pour rendre nos vies plus supportables. Ils volaient des habits pour nous et nous donnaient les friandises que les dames allemandes leur offraient. Filip a même essayé de m'apprendre à coudre afin que je puisse rejoindre leurs rangs, mais je n'ai pas ce talent et j'étais trop épuisé chaque soir pour apprendre un travail aussi exigeant. J'ai dû rester avec les cadavres.

« Malgré cela, je m'estimais chanceux, parce que j'étais encore en vie. On travaillait en deux groupes, un groupe par four ; à l'automne, ils ont emmené ceux de l'autre four et les ont abattus un à un, au bord du trou où ils travaillaient. Les Allemands étaient vraiment nerveux à ce moment-là, et on devait faire toujours plus de crémations, toujours plus vite, sauf que ces rats voulaient toujours récupérer les vêtements. On n'arrivait plus à faire le travail dans les temps imposés, et c'est là que Filip m'a trouvé un poste dans la tente – je devais couper les ourlets et doublures des vêtements pour en sortir les pièces et bijoux cachés. C'est arrivé juste à temps. Le deuxième four a été démantelé en fin d'année 1944, et la tente en janvier. Nous n'étions plus que quarante à rester pour tout nettoyer, et puis, la nuit du 17 janvier, les gardes qu'il restait ont voulu partir. Seulement, ils ne voulaient pas nous laisser là.

Ester cogita quelques instants. Elle ignorait la date, sur le moment, car on perdait la notion du calendrier à Birkenau, mais elle avait appris depuis que le 17 janvier était le jour où les Allemands avaient lancé leurs marches de la mort hors de Birkenau. Pendant qu'elle luttait pour garder Naomi et Isaac dans le baraquement, Filip se battait pour sauver sa propre vie dans les bois de Chelmno.

— Racontez-moi, demanda-t-elle à Noah, qui se frottait le front comme si l'évocation de ces souvenirs lui donnait mal à la tête.

— Nous étions dans le hangar pour la nuit quand les gardes sont venus frapper à la porte en nous disant de nous regrouper par cinq. Comme nous savions exactement quelles étaient leurs intentions, nous avons décidé de nous défendre. Environ la moitié de notre groupe dormait au rez-de-chaussée, mais Filip et moi étions à l'étage, Dieu soit loué. Ils ont embarqué ces pauvres gars *manu militari* et les ont abattus dans la foulée.

On a entendu les coups de feu – pan, pan, pan, pan, pan. Et cinq de plus – pan, pan, pan, pan, pan. Froid, efficace.

« On savait qu'on serait les prochains, seulement, ils ne pouvaient nous atteindre qu'en passant par une trappe, alors on a mis tout ce qu'on pouvait dessus pour les empêcher de la soulever. Ils ont envoyé le chef local, mais on a réussi à l'attraper et à s'emparer de son fusil. Franchement, Ester, jamais je n'ai éprouvé une telle peur de toute ma vie – et une telle exaltation, je dois le dire. Après des mois de routine dévastatrice, j'étais enchanté de pouvoir enfin faire quelque chose contre eux. Ils étaient fous de rage et n'arrêtaient pas de tirer sur le bâtiment, mais on se tenait à l'écart des fenêtres et les murs étaient en solide brique polonaise et tenaient le coup. À un moment, j'ai cru qu'on allait s'en sortir, qu'ils allaient se lasser et s'en aller… mais c'est à ce moment-là qu'ils ont sorti les balles incendiaires.

« Ils les ont tirées droit dans les fenêtres et elles ont atterri dans la paille sur laquelle on dormait. Ça a pris feu immédiatement, et les flammes ont vite attaqué les poutres et le plancher. On suffoquait dans la fumée. On était cuits. On entendait ces salauds de SS qui rigolaient dehors – excusez mon langage. Moi, j'étais prêt à me laisser mourir sur place, mais Filip, non. Les Allemands étaient postés à l'avant, parce qu'ils croyaient qu'on sortirait par les portes, sauf qu'il y avait une fenêtre à l'arrière. Elle était haute et donnait sur un champ, puis les bois, plus loin. Il nous suffisait de sauter…

Ester retint son souffle, imaginant la scène.

— Et… ?

— Et on a sauté. Filip, moi et peut-être six autres gars. On a sauté, et couru. Comme il avait neigé, ça a amorti notre chute, mais ça a aussi compliqué notre fuite, parce qu'il est difficile de courir dans la neige, qu'on laisse des traces et qu'on se fait facilement repérer sur le blanc. On s'est précipités vers les arbres, et on y était presque quand ils nous ont vus. Ils ont commencé à tirer. À partir de là, c'était chacun pour soi.

J'ai slalomé comme un fou entre les arbres, en me frayant un chemin dans les fourrés. J'étais écorché de partout, mais au bout d'un moment je suis tombé sur un vieux terrier de blaireau. Grâce au régime que m'avaient imposé les nazis, je suis parvenu à m'y glisser et j'y suis resté deux jours. J'en sortais seulement la nuit pour sucer un peu de neige, jusqu'à ce que je sois sûr qu'ils étaient tous partis. Une fois rassuré, j'ai quitté mon abri, j'ai suivi le cours de la rivière dans les bois et j'ai marché jusqu'à Grudziądz.

— Et les autres ?

Il eut un petit sourire triste.

— Je ne sais pas. Je suis désolé, Ester, mais je n'en sais rien. Je prie pour qu'ils s'en soient sortis eux aussi, mais je n'en ai revu aucun depuis. Je regarde tous les jours, au cas où il y aurait un nouveau message, mais le vôtre est le premier que j'aie vu.

Il lui prit les mains.

— Je suis navré de ne rien pouvoir vous dire de mieux, mais je peux vous assurer que Filip vous aimait de tout son cœur. S'il est vivant et valide, il viendra vous chercher. Priez et gardez la foi.

— Merci, Noah. Merci infiniment. Est-ce que vous habitez à Łódź ?

— Pour l'instant, oui. J'étais comédien avant la guerre, et, croyez-le ou non, on m'a demandé de rejoindre une troupe qui monte un théâtre juif.

— Du beau et du positif, enfin ? suggéra Ester.

— Exactement. L'art bouillonne dans la ville en ce moment, vous savez. Varsovie est en ruines, ce qui est infiniment triste, mais la conséquence, c'est que beaucoup de gens s'installent à Łódź. Nous avons l'opportunité de faire renaître la création sur les cendres de la destruction, et je suis heureux de faire partie de ce projet. Ce n'est pas tout à fait comme une famille, mais c'est une forme de création assez similaire, et il faut bien trouver des moyens de se reconstruire.

— C'est bien vrai, Noah. Et je suis sûre qu'avec vous dans l'équipe, ce sera formidable. Il me tarde d'assister à votre première représentation.

— Avec Filip.

— Avec Filip, confirma-t-elle avec vigueur, même si le doute s'immisçait à nouveau.

Par quel prodige d'arrogance s'autorisait-elle à croire que son mari était encore vivant, quand tant d'autres étaient brisés par l'idée que leurs proches ne reviendraient jamais ? Noah était la dernière personne à avoir vu Filip, exception faite, peut-être, de l'Allemand qui avait fini par l'abattre – ou des braves gens qui avaient pu l'accueillir. Il fallait qu'elle continue d'y croire.

Ester nota l'adresse de Noah, lui dit au revoir puis fit demi-tour en direction de la cathédrale Saint-Stanislas. Si Filip était en vie, il viendrait ici pour midi, comme au temps où ils s'étaient connus.

— Oh, Filip, comme tu me manques, dit-elle aux vieilles pierres tout en s'asseyant à l'endroit exact où elle passait autrefois sa demi-heure de déjeuner en sortant de l'hôpital.

Elle savait qu'elle devait reprendre le travail. Il y avait beaucoup de malades. Ils avaient besoin d'elle, et elle se devait de s'occuper d'eux, mais le moment n'était pas encore venu. Pas avant qu'elle ait retrouvé Filip. Il finirait bien par venir ?

Elle tourna les yeux vers l'endroit où il s'asseyait avant, s'efforçant de ne plus y voir apparaître sa silhouette ; mais elle ne l'avait pas vu depuis deux longues années, et, à sa grande honte, elle s'aperçut qu'elle ne parvenait plus à retrouver les détails de son corps et de son visage. L'énergie de son amour était en revanche intacte, et elle s'efforça de s'y plonger et de le rendre à l'univers en retour, dans l'espoir que cela le ramène à elle.

Il fallait qu'il revienne. Sans quoi, elle risquait de passer le reste de sa vie à s'asseoir sur ces marches tous les midis, telle une aliénée attendant quelqu'un qui ne reviendrait jamais.

Cette pensée lui donna le frisson, mais elle se dit qu'à tout prendre, elle préférait encore faire cela plutôt que de risquer de perdre la moindre chance de retrouver Filip – la vraie folie serait celle-là.

— Ester ? Oh, mon Dieu… Ester !

Elle se redressa d'un bond et pivota dans tous les sens pour voir qui l'appelait.

— Filip ?

Les passants de la rue Piotrkowska s'écartèrent pour laisser passer une jeune femme arborant un gros manteau, un immense sourire et un ruban chic dans sa chevelure blonde.

— Leah !

Elle descendit les marches quatre à quatre et se jeta dans les bras de sa sœur. Ce n'était peut-être pas Filip, mais elle avait cru Leah morte, elle aussi, et le fait de la tenir maintenant contre son cœur lui semblait relever du miracle. Et si l'un de ses proches avait survécu à cet enfer, pourquoi pas un autre ? Elle l'étreignit avec fougue.

— On est allés à la maison de Krystyna, haleta-t-elle contre la poitrine étonnamment ronde de sa sœur. Il n'y avait personne. J'ai cru qu'ils t'avaient emmenée. Qu'ils t'avaient…

— Gazée ? Certainement pas. Je me doutais qu'ils viendraient, alors on a déménagé et je me suis fait, euh… une nouvelle identité.

— Une de plus ?

Leah eut un petit rire.

— Oui ! C'est toute une histoire, mais je te raconterai ça plus tard. C'est toi qui comptes, pour le moment. Je viens à Łódź aussi souvent que je peux, dans l'espoir de te trouver, Ester.

Ester fronça les sourcils.

— Pourquoi est-ce que tu n'es pas allée chez Ana ?

Leah fit une petite grimace, si familière à Ester qu'elle faillit fondre en larmes en la voyant. Sa sœur était une femme maintenant, mais, l'espace d'un instant, on aurait à nouveau cru voir une petite fille.

— Krystyna n'a jamais pu se souvenir de l'adresse ! Tu imagines ? Elle n'est pas venue souvent à Łódź, parce qu'elle déteste la ville. J'avais l'adresse de leur appartement de Bednarska, mais d'autres gens y habitent maintenant, alors tout ce que je pouvais faire, c'était aller au Comité de secours consulter les messages des panneaux. Et aujourd'hui…

— Tu as vu le mien.

— Oui, et je l'ai copié. Je ne voulais pas le prendre, au cas où Filip… (Elle déglutit avec peine.) Tu n'as toujours pas retrouvé Filip ?

Ester secoua la tête et sa sœur la serra dans ses bras.

— Ne perds pas espoir. Nous avons le temps. Les gens sont éparpillés partout en Pologne et ailleurs. Certains ont rejoint l'armée, d'autres sont dans des hôpitaux, et d'autres encore se cachent ou sont en chemin pour rentrer. Il reviendra, je le sais.

— Le ciel t'entende, dit Ester en hochant la tête. As-tu des nouvelles de papa ? Ou de Benjamin ?

Leah baissa les yeux.

— Ils sont morts.

Ester ploya la nuque, acceptant d'entendre cette dure réalité en dépit de la douleur. Mais elle releva brusquement la tête, choquée, quand Leah ajouta :

— Ils ont été pendus.

— Pendus ? Tous les deux ? Pourquoi ?

Leah essuya une larme au coin de ses yeux.

— Pour avoir tué un officier allemand. Ils l'ont attendu à l'extérieur des bureaux du marché de Baluty et l'ont attaqué avec des bouteilles brisées. On les a repoussés, bien sûr, mais ils avaient eu le temps d'infliger une blessure fatale à l'homme. Ils ont été pendus l'après-midi même. L'un des hommes resté nettoyer le ghetto m'a dit que tout le monde était venu les voir, et qu'on parlait d'eux comme de héros ayant osé rendre les coups aux Allemands. Il a dit qu'ils avaient levé en l'air leurs mains jointes au moment où on leur passait la corde au cou, et que toute la foule leur avait souhaité de monter au ciel.

Ester avait les jambes tremblantes et préféra s'asseoir sur les marches, essayant de digérer l'information.

— Mais… pourquoi ont-ils fait ça ? demanda-t-elle.

Leah s'assit à côté d'elle.

— L'officier s'appelait Hans Greisman.

— Hans ? répéta Ester en regardant sa sœur. Tu veux dire que…

— Papa n'a pas été transporté comme du bétail ou abattu comme un animal. Il est mort glorieusement, en se vengeant de l'homme qui avait essayé de me violer.

— Et le père de Filip avec lui. En un ultime acte de défi ?

— Exactement.

Ester vit Leah déglutir à vide et la regarda plus attentivement.

— Il y a autre chose ?

— Il m'a écrit. Il a dû le faire la veille de sa mort et s'est arrangé pour que quelqu'un me fasse parvenir la lettre. Elle était courte – tu le connais, il n'a jamais été du genre bavard –, mais magnifique. Il disait combien il était fier de nous deux, qu'il priait chaque jour pour que Dieu nous protège et nous réserve un bel avenir. Que toi et moi, nous les avions lui et maman dans nos cœurs et dans nos veines, et qu'il espérait que nous ayons un jour des enfants afin de perpétuer notre belle famille.

Les larmes montèrent aux yeux d'Ester, qui ne se soucia pas de les cacher. Ce n'était pas seulement à elle qu'on avait enlevé Pippa, mais aussi à Filip et à ses grands-parents, tous morts désormais. Il *fallait* qu'elle la retrouve.

— Leah… commença-t-elle alors que sa sœur levait une main pour repousser une mèche de cheveux du visage d'Ester.

Elle vit alors quelque chose briller à son doigt et lui prit la main pour y admirer un anneau doré.

— Tu es mariée ?

Leah s'empourpra.

— Oui.

— Voilà donc ta nouvelle identité !

Elle opina du chef.

— Adam possède une ferme à côté de celle de Krystyna. Il est juif par son père mais sa mère est prussienne et lui a fourni des papiers bien avant la guerre, pour qu'il ne craigne rien. Du coup, en l'épousant… j'étais protégée également.

— C'est merveilleux, Leah. Quand est-ce que je pourrai le rencontrer ?

Leah parut soudain intimidée.

— Pourquoi pas… maintenant ?

— Maintenant ?!

Sa sœur se tourna alors et fit de grands signes vers la rue ; immédiatement, un jeune homme au visage rubicond vint vers elles à grands pas.

— Voici Adam Wójcik, mon mari.

Elle rit à nouveau et Ester remercia le ciel qu'une personne au moins semblât ne pas avoir été changée par la guerre.

— Enchantée, Adam, bredouilla-t-elle tout en s'efforçant d'assimiler la nouvelle.

— Moi également, Ester.

Il lui serra la main et passa un bras autour de la taille de Leah.

— Je suis vraiment heureux que vous soyez revenue saine et sauve. Leah parle tout le temps de vous. Elle vous adore.

Ester sourit, goûtant la louange. Mais au même instant, le manteau de sa sœur s'ouvrit et elle aperçut son ventre – un ventre rond, qui étirait le tissu de sa robe.

— Leah… Tu es enceinte !

Leah posa les mains sur son ventre et se pencha vers Adam.

— Oui. Papa serait content, n'est-ce pas ?

— Très ! C'est pour quand ?

— Bientôt, j'en suis à presque huit mois. Dieu merci, Ana est revenue. Elle est toujours sage-femme ?

Ester acquiesça, incapable de parler. Le souvenir de Pippa lui revint de plein fouet et elle chancela avant de s'asseoir lourdement sur les marches.

— J'espère qu'elle n'est pas trop rouillée, disait gaiement Leah. On ne devait pas tellement avoir besoin des services d'une sage-femme dans le camp, j'imagine ?

Ester se prit la tête entre les mains.

— Non, tu ne peux pas imaginer, souffla-t-elle.

Brusquement submergée par l'énormité de tout ce qu'elle avait traversé, de tout ce qu'elle avait perdu, elle se sentit défaillir et s'effondra sur les marches de la cathédrale Saint-Stanislas.

35

Juin 1945

Ana

— Reposez-vous avec le bébé, maintenant.

Ana sourit à la mère, installée dans un lit bien chaud avec son nouveau-né ; elle ne se lassait pas de prononcer ces mots. Elle avait toujours pensé que chaque naissance était un miracle et un bonheur, mais, avant Birkenau, jamais elle n'avait pensé que c'était également un miracle d'être au chaud et au calme après un accouchement. Dans le cas présent, on avait soupçonné une naissance par le siège, si bien que la mère avait été emmenée à l'hôpital par sécurité. Le bébé s'était finalement retourné à la dernière minute et l'accouchement s'était bien passé, ne nécessitant aucune intervention chirurgicale, mais le simple fait que cette précaution eût été prise ravissait Ana.

Les quelque trois mille bébés qu'elle avait fait venir au monde à Birkenau la hanteraient pour toujours. Il y avait les innombrables petits Juifs noyés dans le seau de Klara ou qu'on avait simplement laissés dépérir dans les bras de leur mère. Il y avait ceux qui avaient eu le droit de téter leur mère, mais qui étaient morts tout de même, celles-ci étant trop mal nourries pour avoir du lait. Et puis, il y avait ceux qu'on avait enlevés…

Ana sourit à sa patiente et alla annoncer la bonne nouvelle au père qui patientait dehors. Le regard de celui-ci s'illumina et il alla rejoindre sa femme pour l'embrasser tendrement et effleurer du bout des doigts, émerveillé, la tête de son fils. Voilà comment les choses étaient censées se passer – Marie et l'enfant dans la mangeoire, sous le regard bienveillant de Joseph. Ana avait eu cette chance par trois fois, et, si Bartek lui manquait chaque jour affreusement, la présence de ses trois fils lui était d'une immense consolation. Malheureusement, la pauvre Ester, elle, n'avait plus ni bébé ni mari, et Ana avait le cœur brisé de voir son amie s'étioler de jour en jour. Elle ne pouvait rien faire concernant Filip, à part continuer de croire qu'il finirait par trouver le moyen de revenir, s'il était encore vivant. Concernant Pippa, en revanche…

Alors qu'elle sortait de la salle de la maternité, elle vit un homme d'âge moyen en uniforme kaki de l'armée polonaise, tenant poliment sa casquette entre ses mains, qui posait sur elle son regard doux.

— Rabbi !

Elle courut vers lui et lui prit les mains.

— Quelle joie de vous revoir.

Isaiah Drucker était rabbin et aumônier dans l'armée polonaise. Il s'était assigné la tâche presque impossible de retrouver les orphelins juifs ayant échappé à la guerre en se cachant, afin de les ramener à la foi et à la communauté. Un docteur de l'hôpital avait entendu Ana s'enquérir des recherches possibles concernant les enfants perdus et il lui avait suggéré que l'homme serait un bon contact pour rechercher les bébés « germanisés » de Birkenau.

Ana lui avait été présentée le jour même où la Victoire avait été annoncée en Europe, deux semaines plus tôt. Ils s'étaient rencontrés dans un café du centre de Łódź, tandis que les rues grouillaient d'une foule en liesse à l'annonce officielle de la capitulation de l'Allemagne. Tous deux s'en étaient aussi réjouis, naturellement, mais ils étaient là pour parler d'une affaire sérieuse. La guerre avait beau être finie, le chaos qui s'ensuivait allait durer longtemps, y compris pour les nombreux enfants enlevés à leurs parents biologiques et éparpillés partout en Europe. Comme Pippa.

— Avez-vous des nouvelles ? lui demanda-t-elle sans détour.

Le rabbin leva une main devant lui.

— Peut-être pas exactement la nouvelle que vous attendez, madame Kaminski, mais j'ai trouvé trois enfants avec les marques que vous m'avez évoquées.

— Des matricules tatoués sous l'aisselle ?

— Précisément.

— Quels sont les numéros ?

— 57892, 51294 et 47400.

— 47400, répéta Ana – le numéro était presque similaire à celui d'Ester. Vous êtes sûr qu'il s'agit d'un sept ?

— J'ai une photo.

Il sortit un carré de papier sépia et le lui tendit. Ana le plaça à la lumière directe du soleil. Sa vue baissait avant Birkenau et la malnutrition n'avait fait qu'aggraver le mal, mais elle distinguait tout de même clairement la barre caractéristique du chiffre sept, gravée dans la peau tendre avec la même précision que celle déployée par Ester quand elle avait tatoué les bébés, y compris le sien.

— Les autorités polonaises ont les registres, poursuivit Drucker, donc on peut retrouver le nom des mères, mais… (Il eut un bref haussement d'épaules.) Bref, j'ai fait venir les enfants à l'orphelinat de Łódź. Quand les registres arriveront, nous pourrons essayer de retrouver les mères.

— Et si on ne les trouve pas ?

— Si les registres attestent que la mère était juive, je pourrai les emmener à mon nouveau foyer pour enfants à Zabrze, où ils seront élevés dans la foi.

— Et ceux sans mère connue ?

Il baissa la tête.

— Je peux passer le mot dans les synagogues et mettre des annonces au Comité de secours, en espérant qu'un parent se manifestera, mais à part ça…

Ana hocha la tête. Elle irait visiter l'orphelinat plus tard, voir ces bébés nés entre ses mains au bloc 24 et qui, Dieu sait comment, s'en étaient sortis. Il lui suffisait de fermer les yeux pour revoir le réchaud de brique sur lequel les femmes se couchaient pendant le travail, l'expression de plénitude dans leurs yeux quand elles prenaient le bébé dans leurs bras, ou la souffrance de celles auxquelles Wolf et Meyer les arrachaient. Elle connaissait des gens à la Croix-Rouge et à l'UNRRA américaine, et ses fils étaient toujours prêts à aider également.

Bronislaw et Zander travaillaient maintenant dans des hôpitaux et avaient des contacts avec les réseaux polonais œuvrant à restaurer la fierté nationale. Jakub, lui, se formait dans l'imprimerie de son père mais passait beaucoup de temps dans des meetings politiques. Elle savait qu'ils s'inquiétaient de l'avenir du pays sous l'autorité des Russes, et à juste titre ; pour sa part, son cerveau recru de fatigue ne pouvait plus se concentrer que sur une seule chose : réunir des enfants et des mères. Elle était lasse de la politique, lasse d'être ballottée par les vagues qui agitaient le vaste monde, mais elle savait une chose : si elle parvenait à réunir ne serait-ce qu'une mère et son enfant, elle aurait le sentiment d'avoir réparé une infime partie du mal commis à Birkenau et dans tous ces autres camps abjects. Si seulement cette mère pouvait être Ester…

Ana consulta sa montre : presque midi.

— Venez, je vous prie.

Elle prit le bras du rabbin et l'entraîna dans le couloir jusqu'à une grande fenêtre. Le soleil brillait et, sur la rue Piotrkowska, les gens arboraient des tenues estivales aux couleurs vives, assis aux terrasses des cafés, portant des sacs de courses ou s'arrêtant pour bavarder avec des amis. Mais en face de l'hôpital, sur les marches de la cathédrale, il y avait une femme seule assise là. Ester. Immobile, elle sondait la foule du regard, incapable de cesser d'espérer. Elle avait un bagel sur les genoux, que ses doigts émiettaient en petits morceaux sans que jamais une bouchée franchisse sa bouche. Ana la montra du doigt au rabbin.

— Elle est ici tous les jours, à attendre le retour de son mari. C'est ici qu'ils se sont rencontrés, et qu'il lui a fait sa demande en mariage.

— Pensez-vous qu'il viendra ?

Ana soupira.

— Dieu seul le sait. Il était à Chelmno et s'est échappé d'une grange en feu à la fin de la guerre, mais nous n'en savons pas plus. Nous avons emmené Ester fouiller les bois, au cas où le corps de son mari s'y trouverait encore, mais nous n'avons rien trouvé.

Ana regarda son amie en se remémorant cette sinistre expédition. Ils avaient vu les traces de pas autour des baraquements en bois, le site des immenses fours enterrés qui avaient incinéré les corps de tant d'habitants de Łódź, et les vestiges carbonisés du hangar de brique dont Filip avait dû s'échapper. Ils avaient passé au peigne fin les bois alentour et Jakub avait même emprunté le chien d'un ami pour la journée, mais personne n'avait trouvé autre chose que des jacinthes des bois ou des lapins.

— Il n'est pas là, avait gentiment dit Ana à Ester quand la nuit approchait, voyant que son amie ne voulait pas cesser de chercher.

— Je suppose que c'est une bonne nouvelle, avait répondu Ester sans grande conviction.

Ana craignait que son amie ne commence à croire que Filip était mort. Et comment lui en vouloir ? Chelmno n'était pas bien loin de Łódź – beaucoup moins loin qu'Auschwitz, en tout cas –, alors si elles avaient réussi à faire le chemin, trois mois auparavant, pourquoi n'y arriverait-il pas, lui aussi ?

— Il est peut-être hospitalisé quelque part, disait toujours Ana à Ester quand celle-ci s'interrogeait de la sorte.

Mais cette idée commençait à faire long feu. La guerre était finie. Les hôpitaux étaient ouverts et accueillaient des réfugiés.

Si Filip avait encore besoin de soins, quelqu'un avait dû l'emmener dans une structure ou une autre, auquel cas son nom figurerait sur les registres – à condition qu'il s'en souvienne, naturellement.

Ana appuya son front contre la vitre. Elles faisaient constamment le tour de toutes les possibilités, mais, quelles que soient leurs conjectures, la seule chose qu'elles savaient, c'était que Filip n'était pas avec Ester. Et cela la détruisait à petit feu.

— J'ai contacté tous les hôpitaux pour qu'ils me fassent savoir si un Filip Pasternak se présente, mais je ne peux pas faire grand-chose de plus, dit-elle au rabbin. Par contre, si je pouvais retrouver sa fille…

Le rabbin fixa Ester avec gravité et hocha la tête.

— Je ferai tout qui est en mon pouvoir, je vous le promets.

— Merci. Vous êtes un homme bon.

Il se tourna vers elle.

— Oh, je n'en suis pas si sûr, madame Kaminski. Je crains plutôt que la barre de la bonté n'ait été placée à un niveau particulièrement bas, ces derniers temps.

Ana posa une main sur la sienne.

— Ce n'est pas vrai. Les nazis ont eu beau essayer de nous étouffer sous une bâche de haine, dès qu'on la soulève un peu, on trouve d'innombrables exemples de courage et de gentillesse gratuite. Les enfants que vous recherchez ont reçu abri et protection. De nombreux Juifs ont survécu grâce à de braves citoyens qui les ont cachés ; c'est cette capacité à prendre soin de notre prochain qui nous permettra de nous relever.

Il lui adressa un grand sourire.

— J'aime le monde dans lequel vous faites venir nos enfants, Ana Kaminski.

Elle lui rendit son sourire, mais son regard revint vite vers Ester, toujours figée sur les marches de la cathédrale.

— J'aimerais tellement pouvoir faire revenir *le sien*, à elle.

— Le numéro 41400, c'est bien cela ?

— Oui.

Il pressa sa main.

— Je m'y emploie.

Sur ce, il s'en alla. Ana resta devant la fenêtre jusqu'à ce que l'horloge sonne la demi-heure. Ester se força alors à se lever et à quitter les marches pour repartir, tête basse, abandonnant aux oiseaux les miettes de son bagel.

36

1er septembre 1945

Ester

Ester s'assit sur les marches de la cathédrale et regarda les oiseaux se disputer les miettes de son *pasztecik*. Ana avait préparé ces gâteaux à son intention ce matin, afin de stimuler son appétit, mais Ester avait beau s'efforcer de manger, son estomac semblait noué, que ce soit à cause des privations de Birkenau ou du sentiment de vide croissant qui l'étreignait depuis qu'elle avait échappé à ses barrières. Elle était consciente d'être chanceuse d'avoir un endroit sûr et agréable où vivre avec Ana et ses fils, et elle les aimait tendrement ; mais ce n'était pas chez elle.

Chacun reprenait le cours de sa vie, ce qui était bien naturel. Bronislaw allait partir à Varsovie pour y diriger un service de l'hôpital, Zander venait d'obtenir son diplôme de médecin et Jakub se débrouillait très bien à l'imprimerie et courtisait une jeune femme. Même Ana allait de l'avant, travaillant d'arrache-pied et mettant au monde de nouveaux enfants chaque jour. Ester s'était sentie privilégiée d'être auprès d'eux lors de la petite cérémonie d'hommage à Bartek qu'ils avaient organisée dans leur église, restaurée après avoir servi d'usine de fabrication de matelas ; elle avait aussi prié pour Sarah, forcée de travailler ici pendant les années du ghetto, et pour Ruth. Comme les synagogues commençaient à rouvrir, Leah et elle envisageaient d'organiser à leur tour une cérémonie à la mémoire de Mordecai et de Benjamin, qui avaient péri dans un ultime acte de bravoure, mais elle tenait à attendre le retour de Filip pour cela.

L'horloge sonna midi. Ester leva les yeux vers elle et vers le bleu du ciel, en toile de fond. En ce 1er septembre, cela faisait six ans pile que l'Allemagne avait envahi la Pologne, précipitant les féroces chars d'assaut et les fusils-mitrailleurs du Troisième Reich dans leurs existences. Six ans pile que Filip s'était agenouillé devant elle pour lui demander sa main, et qu'elle lui avait dit oui en une explosion de joie dont elle avait du mal à se souvenir aujourd'hui. Chaque jour qui passait sans nouvelle de lui érodait un peu plus les contours de leur trop bref mariage, au point qu'elle se demandait parfois si cela n'avait pas été qu'un rêve.

Elle posa une main sur son ventre. Elle y sentait des plis, gravés dans sa peau ravagée par le camp, marquée par l'enfant qu'elle avait porté, ce bébé qu'elle n'avait tenu dans ses bras que quatre merveilleuses journées avant qu'il fût emmené pour être « germanisé ». Ester n'avait aucune envie de se laisser aller à la haine, mais, Dieu lui pardonne, il était affreusement difficile de résister à cette tentation.

Elle s'efforça de refouler ces sombres pensées pour en privilégier d'autres, plus douces. Elle avait reçu une lettre de Naomi, transmise par le Comité de secours juif. Son amie était parvenue à prendre trois trains différents vers le sud et était de retour chez elle, à Salonique, où elle avait retrouvé son père et ses sœurs, tous miraculeusement vivants. Ils avaient été fous de joie de faire la connaissance du petit Isaac, écrivait-elle, et avaient donné son nom au restaurant qu'ils étaient en train d'ouvrir. Ester devait venir les voir, ainsi qu'elles l'avaient évoqué à Birkenau.

« Il faudra que tu viennes nous voir, quand tout ça sera fini », avait dit la jeune Grecque le jour de leur première rencontre dans le camp. Ester avait été sidérée par son optimisme.

« Tu crois que ça arrivera ? » avait-elle répondu.

« Il le faudra bien, d'une manière ou d'une autre. Et à quoi bon imaginer le pire ? »

Eh bien, Naomi avait raison. Maintenant, la guerre était finie, elle était rentrée chez elle et elle invitait Ester à venir lui rendre visite. Sauf que jamais Ester n'irait en Grèce sans son mari. Elle suivit des yeux un nuage blanc qui dérivait paresseusement au-dessus du clocher. Il faisait presque le même temps ce jour de 1939, mais à peine Filip et elle avaient-ils échangé leur premier baiser que des avions avaient fendu le ciel bleu de leur silhouette sombre et menaçante.

« Vite ! » avait dit Filip en la prenant par la main pour l'entraîner dans l'église, et Ester s'était demandé si ce jour était le plus beau ou le plus horrible de sa vie. Cette question sans réponse lui était revenue d'innombrables fois au cours des terribles années qui avaient suivi, et elle craignait maintenant que celle-ci ne demeure posée à tout jamais. Était-ce une bonne chose que d'avoir connu un tel bonheur, si l'absence de son mari devait ensuite la faire souffrir à ce point ? Dans le camp, au moins, ses émotions avaient été mises en sourdine par la nécessité quotidienne de la survie du corps ; mais ici, à Łódź, où Filip et elle avaient vécu ensemble, la souffrance ne lui laissait aucun répit.

Ester sortit de sa poche la copie d'une lettre qu'elle avait trouvée dans la chambre d'Ana la semaine précédente. Elle était tombée dessus par hasard en cherchant un ruban noir pour attacher ses cheveux, quand elle avait vu ce courrier, posé sur la coiffeuse, près de la brosse à cheveux d'Ana. C'était le tampon apposé sur l'enveloppe qui l'avait poussée à l'ouvrir : « Association de recherche des orphelins juifs ». Lisant ces mots, elle n'avait pu résister à la tentation et, en dépit de sa culpabilité, avait ouvert le pli.

La lettre venait d'un certain Rabbi Isaiah Drucker, qui revenait d'un voyage en Allemagne en quête d'enfants juifs. Apparemment, Ana lui avait demandé de chercher de jeunes enfants ayant un tatouage sous l'aisselle et il en avait trouvé. Cinq, exactement, en plus de trois autres lors d'un précédent voyage – mais aucun avec le matricule 41400. Il avait joint des photos où l'on voyait clairement le tatouage soigneux qu'Ester avait effectué sur les peaux délicates.

Elle les avait longuement contemplées, essayant de se rappeler les mères qui avaient tenu leur bébé, le temps qu'Ester leur appose la marque indélébile dans l'espoir qu'ils refassent surface après la guerre et puissent être retrouvés. Ce qui était visiblement le cas pour certains. D'après la lettre, il semblait clair qu'Ana avait écrit au rabbin pour lui annoncer qu'un bébé – le 51294 – avait été rendu à sa mère en Biélorussie. Ester avait tenté de se réjouir pour celle-ci. Mais parfois, sa seule émotion n'était que rage et jalousie.

— Je suis désolée, murmura-t-elle en regardant le ciel.

Un autre nuage passa et elle s'efforça d'y voir la grandeur de Dieu. Les nazis n'étaient plus là. Elle avait appris qu'Irma Grese et Maria Mandel avaient été capturées et seraient jugées pour leurs crimes, ainsi que beaucoup d'autres, et seraient probablement pendues. Selon elle, elles méritaient pire, mais l'important était que la paix fût de retour et que les familles fussent réunies. Autant de raisons de se réjouir, mais comment y parvenir quand elle crevait littéralement d'envie de sentir les bras de Filip autour d'elle, de lui dire qu'ils avaient une fille, et de chercher Pippa avec lui ? Tout lui paraissait tellement vain, sans lui.

Elle baissa les yeux vers l'hôpital devant elle. Non, tout n'était pas vain. Elle avait un travail, des patients, des collègues. Elle avait Ana, ses nouveaux « frères », et puis Leah. Celle-ci avait accouché d'un petit garçon deux jours après la capitulation officielle de l'armée allemande, comme si le bébé avait été rassuré par cette nouvelle. Leah était repartie vivre dans la ferme d'Adam et avait fait appeler Ana, mais le temps que la sage-femme et Ester arrivent, l'enfant était né et Leah bien bordée dans son lit, un Adam fier comme un paon à ses côtés.

— Regardez ! avait-il dit, tout excité. Regardez ce qu'elle a fait.

La scène était si touchante qu'Ester avait fondu en larmes sur-le-champ. Leah l'avait prise dans ses bras en lui disant qu'elle serait une tante formidable, et Ester n'avait pas voulu gâcher ce moment en lui parlant de sa fille perdue, si bien qu'elle s'était contentée d'acquiescer bêtement. Elle le regrettait maintenant. Avoir perdu Pippa était une tragédie, pas un secret honteux. Elle n'y était pour rien et n'avait fait que subir ce que le sort lui imposait. Mais malgré tout… Comment quelqu'un qui n'était pas allé là-bas pourrait-il comprendre ? Et pourquoi ternir la joie de Leah avec son propre chagrin ?

Elle revoyait encore la funeste soirée ou Ruth et elle s'étaient cachées pour regarder partir la charrette dans laquelle Leah s'apprêtait à s'échapper du ghetto, dissimulée sous des uniformes de la Wehrmacht. Elle revoyait surtout le moment où le soldat avait sorti sa baïonnette, et elle entendait encore les cris de sa mère qui avait simulé une attaque pour détourner l'attention. Les coups que le SS lui avait portés lui avaient laissé peu de chances de survivre, mais Ruth s'était sacrifiée afin de sauver sa fille, de garantir à Leah sa liberté, sa sécurité et son innocence, et elle avait atteint son but. Il fallait se réjouir de la naïveté persistante de Leah sur les ravages de la guerre, pas la déplorer. Même si, parfois, Ester ne se sentait plus assez forte pour porter ce fardeau.

Un coup de cloche dans les airs signala la demi-heure. Sa pause était terminée, elle devait retourner au travail. Elle sentit le froid des pierres sous ses jambes, comme le jour où Filip avait déboulé là pour lui demander de l'épouser. Il n'y avait pas d'avions dans le ciel aujourd'hui, mais pas de mari à ses côtés non plus. Elle éparpilla les miettes de gâteau sur les marches et regarda les pigeons se poser pour venir les picorer en roucoulant autour de ses pieds. Combien de temps encore allait-elle faire cela ? Combien de jours encore viendrait-elle s'asseoir ici, à ressasser son passé ? Peut-être était-il temps de mettre un terme à cet espoir absurde ? Seulement, si elle arrêtait, quelle bonne raison de vivre aurait-elle encore ? Quelle…

— Ester ?

Elle cligna des yeux et regarda les pigeons comme si c'étaient eux qui venaient de lui parler.

— Ester, c'est bien toi ?

Des chaussures apparurent dans son champ de vision tandis que les pigeons s'écartaient, contrariés. Elle n'osait pas relever les yeux. Trop de fois ses espoirs avaient été déçus – elle ne supporterait pas un nouveau revers. C'est alors qu'une main délicate vint se glisser sous son menton et, tout doucement, l'invita à relever la tête, jusqu'à ce qu'elle pose les yeux sur le visage le plus doux, le plus gentil, le plus chéri au monde.

— Filip, dit-elle d'abord dans un souffle, puis plus fort : Filip !

Elle s'agrippa à lui, cramponnant ses vêtements pour l'attirer vers elle et s'assurer que c'était vrai, qu'il était bien là, devant elle.

— Ester, répéta-t-il avant de se pencher sur elle.

Il l'embrassa alors, et le monde se para subitement de mille couleurs éclatantes.

— Tu es là, haleta-t-elle contre ses lèvres. Tu es vivant… Tu es là…

Les larmes roulaient maintenant sur ses joues, se mêlant à celles de Filip. Il l'enlaçait, il lui caressait le dos, il embrassait tout son visage et, brusquement, toute la souffrance s'évanouit. Les ténèbres de Birkenau disparurent aux oubliettes et la lumière de l'amour se mit à irradier si fort qu'elle aurait pu chanceler s'il ne la tenait pas aussi fermement dans ses bras.

— Où… où étais-tu ? balbutia-t-elle lorsqu'ils s'écartèrent enfin un peu pour pouvoir se regarder dans les yeux.

— Partout. Je me suis enfui de Chelmno. Mon Dieu, c'était horrible…

— Je sais, dit-elle en passant une main tendre et tremblante sur le bas de son visage. Noah m'a raconté.

— Noah ? Il s'en est sorti aussi ? Il est ici ?

— Ici même, à Łódź. Il m'a raconté votre fuite du hangar en feu, mais il ne savait pas si tu avais échappé aux balles des Allemands.

— De justesse. J'en ai pris une dans la jambe, mais ça ne m'a pas empêché de continuer à courir. Je suis passé de l'autre côté de la rivière, en aval, et je me suis caché dans des buissons près de l'eau avant d'avancer dans les bois.

— Et ensuite ?

Il exhala un soupir et s'assit sur les marches en attirant Ester contre lui.

— J'étais faible, Ester, tellement faible… Je serais mort si des gars de la Résistance ne m'avaient pas trouvé. Ils ont bandé ma blessure et m'ont donné à manger. Ils m'ont gardé avec eux jusqu'à ce que j'aille suffisamment bien pour pouvoir marcher à nouveau, puis un recruteur de l'armée polonaise est arrivé et nous a demandé de nous joindre à eux pour l'assaut final contre l'Allemagne. Ce que nous avons fait. Nous nous sommes battus pendant tout le trajet jusqu'à Berlin, et jusque dans ses rues. C'était exaltant, tu sais, mais au cours de la dernière bataille pour prendre le Reichstag, j'ai reçu une balle.

— Encore.

— Eh, oui. Désolé.

Il lui coula un petit sourire navré et elle prit son visage en coupe entre ses mains en riant.

— Ne t'excuse pas, mon chéri. Mon mari. Mon Filip.

Il prit sa bouche et l'embrassa à lui donner le vertige, avant de rompre le baiser.

— Je suis resté dans un hôpital de la Croix-Rouge un certain temps, inconscient. Même une fois revenu à moi, ça n'a pas été simple de les convaincre de me laisser partir pour aller te retrouver.

D’un geste nerveux, il repoussa ses cheveux en arrière. Elle vit alors qu’il lui manquait la moitié supérieure du pavillon de l’oreille, et qu’une cicatrice en zigzag s’enfonçait dans ses cheveux.

— Ce n’est pas aussi méchant que ça en a l’air, dit-il.

— Je l’espère, parce que c’est impressionnant !

— Je sais. Pourras-tu m’aimer encore avec ça, Ester ?

Elle lui donna une petite tape sur le bras.

— T’aimer est la seule chose qui m’a permis de tenir le coup pendant ces horribles années, imbécile. Ça, et… (Elle s’interrompit avant de reprendre.) Bref, ce n’est pas une petite cicatrice qui va m’arrêter.

Elle parcourut la ligne de sa blessure du bout du doigt. Un millimètre de plus en profondeur et elle aurait perdu Filip, elle le savait. C’était de ce genre de marge minuscule qu’avait dépendu la vie des uns et des autres pendant cette guerre ; apparemment, le destin avait voulu que les leurs soient épargnées. Ils avaient survécu, et avaient de nouveau la vie devant eux.

— Et toi, alors, demanda-t-il avec beaucoup de tendresse. Que t’est-il arrivé ?

— J’étais à Auschwitz-Birkenau.

Les yeux de Filip s’emplirent de compassion.

— Tout ce temps ? Et tu as survécu ?

Elle lui sourit.

— Oui. Et Ana aussi. Ainsi que, peut-être… Écoute, Filip… J’ai quelque chose à te dire.

Il la regarda avec intensité, et elle cligna des yeux une nouvelle fois pour s’assurer qu’elle ne rêvait pas.

— Oui, je t’écoute, ma chérie.

Elle déglutit avec peine.

— Nous avons une fille.

— Une fille ? Mon Dieu, Ester, c’est vrai ? s’écria-t-il en regardant autour de lui. Où est-elle ?

Les larmes eurent à nouveau raison d'Ester, qui enfouit son visage contre l'épaule de son mari, laissant enfin son chagrin s'exprimer pleinement.

— Je ne sais pas, Filip. Je suis désolée, mais je ne sais pas… On me l'a enlevée quand elle n'avait que quatre jours.

Les yeux de Filip s'embuèrent et il voulut attirer Ester contre lui, mais elle résista pour le regarder en face :

— Il y a moyen de la retrouver, tu sais. Ana a lancé des recherches, mais je n'étais pas assez forte pour l'aider… jusqu'ici.

Cette fois, elle n'opposa aucune résistance quand il la serra contre son cœur.

— Nous sommes ensemble maintenant, Ester. Nous nous sommes retrouvés, et bientôt, nous allons retrouver notre fille.

Épilogue

Avril 1946

Il y a des petits lits partout. Ils remplissent tout l'espace de cette salle bruyante, et chacun contient un bébé aux yeux grands ouverts. Ce n'est pas de l'espoir que l'on lit dans leurs yeux, ils sont encore trop petits pour ça, mais une sorte de besoin qui me va droit au cœur, et même plus profondément encore – jusque dans mon ventre. Voilà longtemps que je n'ai pas porté d'enfant, mais peut-être cette sensation ne nous quitte-t-elle jamais vraiment. Peut-être que tous les enfants que j'ai mis au monde ont laissé derrière eux un petit fragment de cordon ombilical qui me rend plus sensible au regard des bébés. Et peut-être que tous les enfants que j'ai aidés à venir au monde au cours de mes vingt-sept années en tant que sage-femme m'ont influencée de la même manière.

J'avance de quelques pas dans la pièce. Les lits d'enfant sont vieux et sommaires mais propres et faits avec soin. Dans l'un d'eux, un bébé pleure, et j'entends une voix de femme entonner une berceuse d'une voix douce et apaisante. Les pleurs s'arrêtent bientôt, ne laissant plus que la musique. Comme tout dans cette pièce, elle n'a rien de grandiose, mais elle est pleine d'amour. Je souris et prie pour que cet endroit soit celui que nous cherchions.

— Es-tu prête ?

Je me tourne vers Ester qui se tient près de la porte ; elle en cramponne l'encadrement, et ses yeux sont aussi écarquillés que ceux des petits orphelins.

— Je ne suis pas sûre…

Je lui tends la main.

— Pardon, c'était une question idiote. Tu ne seras jamais prête, mais le moment est venu.

— Et si ce n'était pas… ?

— Dans ce cas, nous continuerons de chercher. Viens.

Je la prends par le bras tandis que l'infirmière en chef avance entre les petits lits, sourire aux lèvres.

— Vous êtes là. Quelle joie de vous voir. J'espère que le voyage n'a pas été trop pénible ?

Je réprime un petit rictus amer. Le trajet de ce matin a été simple, mais les années l'ayant précédé n'ont été qu'horreur et souffrance. Nul ne devrait avoir à emprunter un chemin aussi éprouvant pour parvenir dans ce lieu délabré où brille faiblement notre unique espoir. Nous y avons laissé toutes deux beaucoup de nos forces et, quoi que j'aie pu dire, je ne sais pas si elle ou moi aurions l'énergie d'aller plus loin.

L'infirmière semble comprendre. Elle hoche la tête en posant une main sur mon bras.

— Les années noires sont derrière nous, maintenant.

— Je l'espère.

— Nous avons tous beaucoup trop souffert.

Je tourne les yeux vers Ester, qui s'est approchée du berceau le plus proche de la fenêtre. Il abrite une petite fille dont les cheveux blonds encadrent un visage grave, illuminé par le soleil. Voyant qu'Ester s'approche d'elle, l'enfant se redresse tant bien que mal sur ses petites jambes tremblantes mais déterminées. Les jambes d'Ester semblent trembler elles aussi, mais elle presse le pas vers elle et tend une main à travers les barreaux du lit. La petite effectue le même geste, et l'émotion me submerge ; il y a eu trop de barreaux, trop de barrières, trop de ségrégation et de division.

— C'est elle ? dis-je dans un souffle.

— Son tatouage ressemble à ce que vous avez décrit, répond l'infirmière en haussant les épaules.

Ressembler… ce n'est pas suffisant. Je sens mon cœur chavirer et, soudain, c'est moi qui ne suis pas prête, et je voudrais à nouveau me retrouver sur ce chemin noir et âpre, car au moins, tant que nous marchons, l'espoir est encore permis.

Arrête ! Je suis à deux doigts de crier, mais le mot reste coincé dans ma gorge car Ester se penche déjà pour prendre l'enfant dans ses bras, et son visage est empreint de plus de détresse, d'envie et de besoin d'amour que tous ceux de ces petits orphelins réunis. L'heure est venue de connaître la vérité. Et de voir si ce voyage en valait la peine.

— Laisse-moi t'aider.

J'avance, et Ester et moi prenons la petite fille avec une infinie douceur pour l'allonger sur la table à langer, au centre de la pièce. Un mobile en bois est suspendu au-dessus ; l'enfant sourit et tend ses petites mains vers les formes animales. J'aperçois quelque chose de noir sous son bras et mon cœur s'accélère brusquement. Nous cherchons depuis tellement longtemps, Rabbi Drucker, Ester, Filip et moi. Il y a eu tellement de fausses pistes et d'espoir déçus, mais cette petite fille nous donne toutes les raisons d'espérer.

— Est-ce que je peux ?

Ester se mord la lèvre. Elle jette un regard à l'autre bout de la salle, où Filip est resté près de la porte, à torturer son chapeau entre ses mains tremblantes, puis elle se tourne vers moi et acquiesce d'un hochement de tête. Lentement, je prends le bras de l'enfant et le lève au-dessus de sa tête. Elle gigote, mais les petits animaux en bois la captivent et nous pouvons relever son maillot et découvrir clairement le numéro.

Ester reste bouche bée. Mes yeux fatigués luttent pour faire la mise au point mais, très vite, je lis clairement : 58031.

Ester me regarde, les yeux brillants.

— C'est elle. C'est Oliwia.

Je fais le signe de croix. Il y a un mois, une charmante Américaine de l'UNRRA a contacté le rabbin Drucker pour lui dire qu'ils avaient trouvé une petite fille blonde, d'environ deux ans, avec un tatouage sous l'aisselle. Le message avait rempli Ester d'espoir mais, lorsqu'on nous avait fait parvenir son numéro d'identification, nous avons tout de suite su que ce n'était pas Pippa. Malgré tout, le numéro 58031 nous a tout de suite parlé – c'était Oliwia, le tout premier bébé qu'Ester avait tatoué. Je me rappelle encore sa main tremblante quand elle maniait l'aiguille sur cette peau toute fraîche. Je me rappelle la façon dont elle se mordait la lèvre et prenait sur elle pour imprimer à tout jamais le matricule de Zofia sur cette minuscule aisselle, avec une précision farouche et déterminée. C'est à ce moment-là que tout avait commencé, que nous nous étions lancées dans cette quête visant à réunir les enfants et ceux qui les aiment. Ce n'est pas encore fini, loin de là, mais les choses sont en route.

Les larmes me montent aux yeux comme Ester prend la petite dans ses bras.

— Oliwia ! lâche-t-elle en pleurant, tout en enfouissant son visage dans les cheveux de l'enfant.

Elle me regarde et, l'espace d'un instant, nous nous retrouvons soudain dans le bloc 24, entre les couchettes bondées, les rats voraces et les poux vecteurs de maladies. L'espace d'un instant, nous sommes accroupies autour d'un nouveau-né, l'aiguille d'une prostituée entre nos mains, dans une mission désespérée pour lier à tout jamais une mère et son bébé – une mission désespérée qui a abouti.

Zofia est morte et, en regardant Oliwia, j'ai envie de pleurer encore pour tout ce que ces deux-là ont manqué ensemble, mais cette fille aura une mère. Le jour où ce numéro nous est parvenu, j'ai vu le léger tremblement de la lèvre d'Ester comme elle se souvenait de ce bébé, arraché aux bras de sa mère par Wolf et Meyer, comme Pippa lui a été arrachée. J'ai vu les larmes briller dans ses yeux comme elle me parlait de Zofia, à qui l'on avait d'abord pris son mari, puis son enfant, et qui s'était laissée mourir de chagrin. Et j'ai vu le hochement de tête déterminé qu'elle a eu en disant : « Nous devons aller la chercher. Oliwia n'a pas de parents. »

Et en effet, elle n'en avait pas, jusqu'à aujourd'hui. Les papiers pour l'adoption sont prêts.

— Je t'emmène à la maison, Oliwia, lui dit Ester en polonais.

La petite fille semble attentive à ces mots.

Ester m'adresse un bref mais éloquent signe de tête avant de se diriger à grands pas vers la porte, où Filip attend en nous regardant nerveusement.

— Filip, dit-elle d'une voix claire et affirmée, voici Oliwia, notre nouvelle fille.

Elle lui présente l'enfant et, pendant quelques instants, le couple se regarde au-dessus de la petite tête blonde. Je sens la tension qui circule. Je vois leur douleur qu'il ne s'agisse pas de Pippa – pas encore. Ils vont continuer de chercher, nous allons tous continuer, mais pour l'heure, Oliwia a besoin de parents et ces adultes ont besoin d'elle. Il y a de multiples façons de soigner les blessures, et cette adoption du tout premier bébé qu'Ester a contribué à sauver en est une. La tension disparaît au moment où Filip tend la main vers la petite fille pour caresser ses boucles blondes.

— Bonjour, Oliwia, dit-il. Je vais être ton papa.

— Papa ? répète alors l'enfant de sa petite voix, et ses nouveaux parents éclatent de rire et s'étreignent autour d'elle.

Je m'appuie contre la table à langer, soulagée et brusquement épuisée à la fois, et je prie le Ciel en le remerciant. Cette magnifique enfant est née à Birkenau, l'endroit le plus ténébreux de toute la terre, et a été enlevée aux bras squelettiques de sa mère après seulement deux jours d'amour. Mais l'amour ne peut pas être anéanti par les fusils, les chars et les idéologies abjectes. L'amour ne peut pas mourir à cause de la distance ou de l'absence, de la faim ou du froid, des coups ou des humiliations. Et, quoi qu'en aient pensé les nazis, l'amour a le pouvoir de transcender le sang et de créer des liens mille fois plus forts qu'une idéologie malsaine.

Je souris, me rappelant Bartek avec nos fils, et j'adresse une prière à ce cher mari que j'ai perdu et qui me manque chaque jour que Dieu fait. Je suis tellement heureuse qu'Ester n'ait pas eu à subir une telle peine, et je bénis cette enfant qui est venue entre mes mains au cœur des horreurs de la guerre. Ruth n'est plus là pour prendre sa place de grand-mère dans notre famille bancale mais heureuse, mais moi, je suis là.

L'infirmière en chef tourne autour de nous. J'essuie une larme au coin de mes yeux et invite Filip et Ester à avancer. Les doigts tremblants, ils signent les papiers d'adoption qui feront d'eux une famille – famille qui s'agrandira encore un jour pour accueillir Pippa, je l'espère, ainsi que d'autres beaux bébés. Je les regarde signer, embrasser Oliwia, remercier l'infirmière. Ils lui donnent de l'argent – de l'argent donné par l'église et la synagogue afin d'aider d'autres petits orphelins à retrouver leur foyer –, puis ils lui tendent un autre papier.

Un chiffre y est inscrit en gros caractères : *41400. Pippa Pasternak.*

Elle est là, quelque part, et nous continuerons à la chercher aussi longtemps que nous vivrons. L'infirmière leur serre la main chaleureusement puis épingle le papier sur le mur à côté d'elle. Ester vient l'effleurer du bout des doigts ; Oliwia imite son geste et, réprimant un petit rire, Ester prend la main potelée de sa fille et se tourne pour me regarder.

— Merci, Ana. Nous sommes prêts, maintenant. Prêts à rentrer chez nous.

Je hoche la tête, boutonne mon manteau et attrape ma sacoche. Je vais raccompagner cette famille à son domicile, où tous trois apprendront peu à peu à vivre ensemble ; après quoi, je retournerai au travail. Des bébés attendent de venir au monde, et ce monde est enfin redevenu digne de les accueillir comme il se doit.

Notes historiques

Écrire sur l'Holocauste est un honneur qui implique un grand sentiment de responsabilité envers la vérité des faits. Ce roman a beau être une fiction, j'ai fait en sorte que les détails qu'il contient soient aussi proches que possible de la réalité, afin de représenter fidèlement les terribles souffrances endurées par ceux qui, comme mes personnages, ont été internés dans les ghettos et les camps du régime nazi.

Les personnages du roman ayant réellement existé

Plusieurs des personnages étant authentiques, je pense utile de fournir plus d'informations sur les véritables histoires qui ont inspiré la mienne :

Stanisława Leszczyńska a été ma première inspiration pour écrire ce roman. Si *La Sage-femme d'Auschwitz* ne relate pas sa véritable histoire, de multiples détails de son incroyable vie ont inspiré des scènes importantes de ce livre.

Stanisława était sage-femme à Łódź quand la guerre a éclaté. Sa famille et elle ont aidé les Juifs reclus dans le ghetto, ce qui leur a valu d'être envoyés dans les camps. Son mari et son fils aîné, appelé Bronislaw, ont échappé à la capture et sont partis à Varsovie, où le mari est mort au combat lors de la tragique insurrection vers la fin de la guerre (voir ci-dessous).

Stanisława a été envoyée à Auschwitz où elle a tenu tête à Sœur Klara et à Pfani, refusant de les laisser assassiner les bébés qu'elle pouvait sauver. Il est établi qu'elle a mis au monde environ trois mille bébés à Birkenau et qu'aucun d'entre eux n'est mort pendant l'accouchement. Malheureusement, considérant les terribles conditions de vie et le fait que les nazis ne prévoyaient aucune nourriture pour les bébés, très peu ont survécu longtemps. Stanisława est connue pour avoir pris soin de toutes les mères avec calme et professionnalisme, et pour avoir tenu tête aux autorités du camp, y compris au redoutable Josef Mengele, afin de pouvoir exercer son travail au mieux dans ces terribles circonstances.

Rentrée à Łódź après la guerre, où elle a travaillé comme sage-femme jusqu'en 1958, Stanisława a très peu parlé de son expérience à Auschwitz-Birkenau ; jusqu'à ce que son fils cadet la persuade de rédiger un bref rapport sur son séjour là-bas (que l'on peut trouver dans son intégralité sur Internet). Elle y décrit en détail le calvaire des mères et des bébés, et déclare qu'à partir de mai 1943, les enfants aux cheveux blonds et aux yeux bleus étaient régulièrement pris pour le programme « Lebensborn » (voir ci-dessous). Elle a alors trouvé un moyen de les tatouer secrètement, dans l'espoir de les réunir un jour avec leur mère. Ce fut pour moi la graine d'inspiration de l'histoire fictive d'Ester.

Comme je l'ai dit, de nombreux détails de ce roman sont basés sur ce que nous savons de la vie de Stanisława, mais mon personnage, Ana, est fictif. Certains éléments de son histoire diffèrent, notamment les suivants :

Stanisława avait une fille, Sylwia, qui a été capturée et envoyée à Auschwitz avec elle. Cette jeune femme était médecin stagiaire et travaillait avec sa mère pour assister l'accouchement des bébés, ainsi qu'en tant qu'infirmière à l'hôpital. Elle m'a inspiré le personnage d'Ester, et j'espère que la relation entre Ester et Ana démontre dans une certaine mesure l'affection que Stanisława portait à sa vraie fille. Le récit d'un survivant rapporte qu'à un moment donné, Sylwia était si affaiblie par la tuberculose qu'elle a été « sélectionnée » pour la chambre à gaz. Elle a alors été sauvée par sa mère qui s'est accrochée à elle, refusant de la laisser partir si on ne l'emmenait pas aussi. Le fait que Sylwia ait été épargnée et ait survécu atteste de la considération que les médecins de Birkenau devaient avoir pour cette femme remarquable.

Les détails concernant les blocs dans lesquels Stanisława a travaillé ne sont pas clairs, mais j'ai trouvé des témoignages indiquant qu'elle a travaillé dans les blocs 17 et 24 ; j'ai donc choisi d'utiliser ces deux blocs, par souci de simplicité. Il est intéressant de noter qu'il existe encore à Birkenau un baraquement dont on dit aux visiteurs qu'il était la maternité du camp, mais celui-ci ne contient pas de poêle en brique et Stanisława a témoigné elle-même que c'était ce poêle qu'elle utilisait comme lit d'accouchement. J'ai donc utilisé ce baraquement du bloc 17 comme le premier pour Ana et Ester, puis je les ai fait déménager dans la « section maternité » plus complète du bloc 24, peu après leur arrivée.

Le numéro de prisonnière de Stanisława était 41355. J'ai choisi de ne pas utiliser ce matricule par respect pour son identité propre, en comparaison de ma sage-femme fictive ; à la place, j'ai utilisé le 41401 pour Ana et le 41400 pour Ester. Ces numéros, comme la plupart, sont ceux d'autres Polonais juifs – Mayer Szac et Abraham Sukerman –, qui ont malheureusement tous deux été assassinés à Auschwitz. J'espère que l'utilisation de leurs matricules pour raconter cette histoire essentielle mettra en lumière la bravoure de ceux qui ont enduré l'horreur des camps de concentration.

Stanisława Leszczyńska était une femme véritablement inspirante. Elle est honorée en Pologne – la route qui longe l'entrée de Birkenau porte son nom –, et est candidate à la canonisation dans l'Église catholique. Cette femme représente un merveilleux exemple de bonté, de professionnalisme, d'abnégation et de courage.

Irma Grese : Arrivée à Birkenau en provenance du camp de femmes de Ravensbrück en mars 1943, à l'âge de 20 ans seulement, Irma Grese était une femme aussi belle que sadique. Les rapports font état de son extrême vanité, de sa légèreté de mœurs avec divers médecins du camp et du plaisir qu'elle prenait à tourmenter les prisonnières. Une survivante a dit l'avoir vue fendre les seins des prisonnières avec son fouet, ce que j'ai cité dans le roman afin d'illustrer le terrible sadisme de cette jeune femme et de ses semblables. Elle a quitté Birkenau avec les marches de la mort, mais a été capturée par les Britanniques, puis jugée et exécutée pour crimes de guerre en décembre 1945.

Le **docteur Josef Mengele** est connu pour avoir été particulièrement maléfique dans un domaine qui intéressait beaucoup les nazis, en raison de l'utilisation froidement scientifique des Juifs dont il avait la charge, et dont il se servait comme de rats de laboratoire. Surnommé « l'ange de la mort », il est tristement célèbre pour ses expériences cruelles, notamment sur les jumeaux. Il était également réputé pour être le seul médecin capable d'effectuer les sélections de prisonniers à jeun et paraissait même y prendre plaisir. Il semble avoir eu plusieurs démêlés avec Stanisława et l'a peut-être respectée (autant qu'il en était capable) pour lui avoir tenu tête. Contrairement à la perception populaire, il n'était pas le seul, ni même le principal médecin d'Auschwitz-Birkenau. Il était initialement le médecin chef (si l'on peut admettre ce terme) du camp des Roms et n'a été chargé de l'ensemble du camp des femmes que lorsque les Roms ont tous été envoyés à la mort, en août 1944.

Mengele a vécu jusqu'à la fin de sa vie au Brésil, où il est mort d'une attaque cérébrale lors d'une baignade en 1979, à l'âge de soixante-huit ans – une mort bien plus douce que celle qu'il a infligée à tant de ses malheureuses victimes.

Mala Zimetbaum était une Juive belge, déportée à Auschwitz en septembre 1942 sous le matricule de prisonnière numéro 19880. Linguiste de talent, elle travaillait comme interprète et messagère, ce qui lui conférait des privilèges tels que porter ses propres vêtements, conserver ses cheveux et être relativement bien nourrie. Malgré cela, elle se dévouait pour aider les autres détenues en les faisant affecter à des travaux plus faciles, en les avertissant des sélections à venir ou en faisant passer sous le manteau des courriers que les proches des prisonnières leur avaient envoyés – ainsi que je le montre avec la lettre de Filip à Ester.

Elle a eu une « relation » (dans le sens où ils ont suffisamment parlé pour tomber amoureux) avec **Edek Galiński**, un mécanicien du camp des femmes. L'histoire de leur évasion est fidèlement relatée dans le roman. Ils ont réellement réussi à s'enfuir, Edek habillé en garde SS et Mala en prisonnier allant installer un lavabo, avant de se faire passer pour un garde SS et sa petite amie en promenade. Le plan a fonctionné pendant trois jours, jusqu'à ce que Mala soit surprise en train d'essayer d'acheter du pain et arrêtée. Edek, qui l'observait de loin, s'est alors rendu, les amoureux s'étant promis de ne pas se séparer ; on raconte que, comme dans le roman, ils chantaient l'un pour l'autre depuis leurs cellules du camp principal d'Auschwitz.

Edek fut pendu en criant « Vive la Pologne ! » et, le même après-midi, Mala fut emmenée pour être pendue devant le reste du camp. Refusant de se laisser exécuter de la sorte, elle a sorti une lame de rasoir dissimulée dans ses cheveux et s'est ouvert les veines des avant-bras. Alors qu'un semblant d'émeute éclatait dans le camp, il semble qu'on l'ait ensuite mise dans une brouette pour l'emmener au crématorium, peut-être pour la brûler vive. Les infirmières présentes lui auraient bandé les bras lentement afin de lui permettre de mourir comme elle le désirait. Certains ont rapporté qu'elle s'est vidée de son sang sur la brouette, d'autres qu'elle avait également pris du poison, et d'autres encore qu'un garde l'a abattue par balle. J'ai choisi de synthétiser ces différents récits d'une manière qui me semblait correspondre à son caractère, et qui ne prolongeait pas trop l'action ; j'espère que cela représente bien le courage et la détermination de cette femme à la noblesse hors du commun.

Auschwitz-Birkenau

C'est avec une certaine appréhension que j'ai abordé le fait d'écrire à propos d'Auschwitz, consciente qu'il est presque impossible de retranscrire véritablement l'horreur de la vie des prisonniers – il n'y a simplement pas de mots pour ça. À la place, je me suis efforcée de montrer aux lecteurs ce qui se passait là-bas, et je tiens à vous assurer que, si certains personnages et tous les dialogues sont fictifs, chaque élément de ce roman est le fruit de recherches sérieuses. Il est peut-être utile d'en citer quelques-uns afin de montrer que je n'ai nullement exagéré la cruauté et la barbarie qui régnaient à Auschwitz-Birkenau.

La nourriture fournie était, comme de nombreux témoins l'ont affirmé, aussi limitée et mauvaise que je l'ai décrite – un ersatz de café au petit déjeuner, une maigre soupe au déjeuner et une tranche de pain sec au dîner. Il est difficile de concevoir comment quelqu'un pouvait survivre avec si peu tout en étant contraint à de longues heures de travail physique.

Les conditions dans les baraquements étaient aussi déplorables que je l'ai montré. Les prisonniers dormaient entassés, souvent à dix par couchette, sur des planches de bois avec seulement un bout de couverture chacun. Les uniformes n'étaient pas adaptés aux conditions glaciales de l'hiver et une cruauté particulière consistait à confisquer les chaussettes et les chaussures des prisonniers et à les forcer à porter des sabots en bois. À l'instar des matricules et du rasage des têtes, il s'agissait d'un moyen de plus de les déshumaniser, et il n'est pas étonnant qu'un marché noir effréné, concernant principalement des marchandises « récupérées » dans les entrepôts du Kanada, se soit vite développé.

La situation dans **les hôpitaux** était encore pire. Compte tenu de la recrudescence de maladies et de diarrhées ainsi que du manque de latrines, d'eau et de produits d'hygiène, les patients étaient souvent laissés à croupir dans leurs déjections ; ceux des couchettes inférieures voyaient celles des occupants du dessus leur couler dessus. D'énormes rats proliféraient et venaient mordre les malades, les vivants comme les morts, et il était impossible de se débarrasser des puces et des poux.

Un sapin de Noël a bel et bien été installé par des SS, qui ont ordonné aux prisonniers de se rassembler devant lui avant de leur révéler une pile de cadavres entassés au pied de l'arbre, en guise de « cadeaux ». Le chant de Noël entonné par les prisonnières relève cependant de mon imagination.

La « sélection » est une autre vérité bien documentée. Birkenau ayant été conçu comme un camp d'extermination, les nouveaux arrivants étaient immédiatement aiguillés en deux colonnes : les mieux portants étaient mis au travail, et les plus faibles, envoyés directement aux chambres à gaz. On leur faisait généralement croire qu'ils partaient aux douches collectives (par souci d'efficacité, non par gentillesse), mais ceux qui travaillaient dans les camps savaient très bien ce qu'il en était. Des « sélections » aléatoires et plus ou moins hasardeuses pouvaient avoir lieu à tout moment ; tout prisonnier ainsi choisi savait qu'il allait à la mort.

Les trains. Lorsque mes personnages Ana et Ester arrivent au camp, en avril 1943, les trains déposaient les déportés à l'extérieur de l'enceinte de Birkenau. À partir de mai 1944, les voies ont été prolongées jusqu'à l'intérieur du camp – comme on le voit à l'arrivée de Tomaz dans mon récit –, afin d'accélérer le processus. On peut encore en voir le quai principal aujourd'hui.

Les marches de la mort sont l'une des dernières horreurs bien connues de l'histoire d'Auschwitz, et démontrent l'ampleur de la cruauté et du délire des nazis à la fin de la guerre. Les malades les plus graves allaient être abandonnés sur place, mais Stanisława, ainsi que quelques autres, parvinrent à convaincre les nazis de les laisser rester à leur chevet – ce qui n'empêcha pas ces derniers de couper l'électricité, de verrouiller les cuisines et d'incendier les entrepôts du Kanada afin de priver du moindre confort ceux qui demeuraient sur place. Il restait aussi des enfants, sans que l'on sache vraiment combien de mères étaient à leurs côtés. Des témoignages rapportent que certains ont échappé à ces marches de la mort en se cachant sous des piles de cadavres, comme le fait Naomi dans le roman. La seule chose que j'aie légèrement modifiée est la temporalité des faits : il fallut en réalité deux jours entiers pour lancer l'ensemble des prisonniers sur les routes gelées.

Les dimanches. Il semble avéré que les prisonniers ne travaillaient pas dans le camp le dimanche, dans le sens où on ne les envoyait pas effectuer leurs tâches habituelles.

La révélation de l'existence des camps. Lorsque les deux fugitifs évoqués dans le roman atteignirent la Slovaquie au printemps 1944, ils révélèrent au Conseil juif toute la vérité sur Auschwitz-Birkenau. Leur rapport fut envoyé au Congrès juif mondial mais resta sans réponse, alors même que d'autres informations rapportées par deux Slovaques s'étant échappés en mai venaient corroborer les faits. Le dossier parvint aux Alliés à la mi-juin 1944, ainsi qu'à la Suède (pays neutre) et au Vatican. La BBC, la presse suisse, les journaux américains et les stations de radio commencèrent à divulguer les atrocités commises dans les camps à partir de la seconde moitié de 1944, et des avions de surveillance américains photographièrent Auschwitz, mais les Alliés ne prirent aucune mesure directe.

Le camp ne fut pas bombardé, pas plus que les voies ferrées qui y menaient. Pourquoi ? Je ne suis pas là pour répondre à cette question, mais on ne peut que regretter que les exterminations de masse n'aient pas pu être arrêtées plus vite. En dépit des preuves, peut-être que les crimes perpétrés à Auschwitz et dans les autres camps de la mort étaient trop terribles pour que l'on puisse y croire avant de le voir de ses propres yeux.

Au-delà d'Auschwitz-Birkenau

Au-delà des sinistres confins d'Auschwitz-Birkenau, d'autres aspects du monde que j'ai décrit à cette période méritent quelques développements.

Le ghetto de Łódź. Je dois avouer qu'avant de me lancer dans mes recherches pour ce roman, je ne savais pas grand-chose des ghettos dans lesquels les Juifs de nombreuses villes d'Europe ont été enfermés, particulièrement en Pologne. Celui de Łódź a été l'un des plus gros, et de ceux qui auront duré le plus longtemps – en grande partie à cause de la politique de travail effréné de son chef, Chaim Rumkowski. Il a existé de février 1940 à août 1944. La vie qu'on y menait est bien documentée grâce à un registre officiel du ghetto ainsi qu'à plusieurs journaux intimes personnels, des interviews de survivants et quelques photographies incroyables. Je vous invite tous à consulter ces sources, qui sont plus éloquentes qu'aucun roman ne le sera jamais.

Si la plupart de mes personnages du ghetto sont fictifs, j'ai là aussi fait tout mon possible pour que les faits soient au plus près de la vérité historique. La nourriture y était rare et de mauvaise qualité, le combustible, plus rare encore, au point que beaucoup devaient brûler leurs meubles pour cuisiner et se chauffer un peu. La surpopulation initiale s'aggrava considérablement lorsqu'on y ajouta les populations en provenance de ghettos plus petits, moins rentables. Les écoles étaient fermées, les gens forcés de travailler en usine et, à partir de la fin 1941, quantité de Juifs commencèrent à être déportés, d'abord vers les camions à gaz de Chelmno, puis vers Auschwitz – quelques-uns pour travailler, mais la plupart pour y être exterminés.

Seul point positif : comme dans mon roman, de nombreuses personnes se sont mobilisées et ont eu le courage d'entrer en résistance contre les nazis – parmi lesquelles Stanisława et sa famille.

Le programme Lebensborn. Ce programme brutal visait à placer des enfants aux traits aryens dans des foyers allemands afin qu'ils soient élevés dans l'idéologie nazie. Des milliers d'enfants ont été enlevés à leurs parents, notamment en Pologne, et impitoyablement expédiés dans la patrie pour être remis à des couples allemands ou placés dans des foyers spéciaux. Beaucoup d'entre eux étaient si jeunes qu'ils n'avaient, après la guerre, aucun souvenir de leurs vrais parents ou du début de leur vie.

De plus, dans le cadre d'un étonnant programme de prostitution promu par l'État, les jeunes femmes aryennes des pays occupés par l'Allemagne étaient attirées dans de grandes maisons, où on les incitait à coucher avec de « bons » Aryens (généralement des soldats) afin de donner des enfants à la patrie. Elles y restaient le plus souvent jusqu'à ce qu'elles accouchent, parfois même après, et les enfants étaient soit élevés dans les maisons, soit donnés en adoption à des couples mariés. Un nombre tragique de ces enfants ont été rejetés et affreusement stigmatisés après la guerre, notamment en Norvège, où ils étaient considérés comme la preuve vivante d'une collaboration honteuse et ont eu une existence peu enviable.

Le fait de prendre des bébés « valables » dans les camps de concentration ne représentait qu'une partie relativement modeste du programme Lebensborn, mais n'en restait pas moins bouleversant pour les mères concernées. À l'origine, seuls les bébés non juifs étaient sélectionnés, mais il apparaît clairement que, les autorités allemandes s'inquiétant de plus en plus du nombre de jeunes hommes massacrés sur le front de l'est, les conditions de sélection se firent plus souples, considérant notamment que toute personne blonde ne pouvait être tout à fait juive.

Il est difficile de retracer le destin de beaucoup d'adultes qui ont survécu à Auschwitz-Birkenau, et encore plus difficile avec les enfants. Malgré tous mes efforts, je n'ai pas trouvé de témoignage solide où l'un des bébés tatoués par Stanisława et ses aides aurait retrouvé sa mère biologique. Il y a, heureusement, des histoires touchantes d'autres bébés du programme Lebensborn qui ont retrouvé leurs parents ; il n'est donc pas impossible que cela se soit produit. Toutefois, si forte qu'ait été mon envie de réunir Ester et Pippa à la fin de ce roman, cela ne correspondait pas à la véritable histoire des mères de Birkenau. Raison pour laquelle j'ai choisi de retrouver Oliwia à la place. Dans mon cœur, j'espère que mon personnage aura fini par retrouver sa fille… mais c'est peut-être au lecteur d'en décider par lui-même.

L'insurrection de Varsovie. Ce courageux soulèvement polonais a commencé le 1er août 1944, l'objectif étant que les rebelles locaux prennent le centre de Varsovie afin de préparer le terrain pour l'entrée des troupes soviétiques par l'est. Les Polonais ont fait leur part, mais les Soviétiques ont ignoré leurs tentatives de contact radio et n'ont pas dépassé les limites de la ville. On ne sait pas exactement pourquoi. Certaines théories disent que les Soviétiques ont été déconcertés par l'action polonaise ; d'autres, qu'il s'agissait d'une volonté délibérée de laisser les Polonais se faire massacrer afin de permettre à la Russie de prendre le pays après la guerre. Quelles que soient les raisons, le siège se prolonge pour les Varsoviens, le manque de nourriture et d'eau devenant rapidement un grave problème, et, en septembre, les Allemands reprennent la ville avec de terribles pertes.

Toute la population civile de Varsovie est expulsée, la plupart vers des camps de travail à travers le Reich, et la ville est décimée. Les vaillants rebelles, parmi lesquels le mari et le fils aîné de Stanisława se trouvaient réellement, ont été lâchement abandonnés par leurs prétendus alliés. Cette insurrection courageuse, et finalement infructueuse, est l'une des trop nombreuses tragédies de la Seconde Guerre mondiale.

Le retour chez soi. En terminant mes recherches pour ce livre, j'ai été frappée d'apprendre le nombre de personnes perdues qui ont voyagé à travers toute l'Europe pendant des mois, voire des années après la guerre. Il y avait des millions de réfugiés, d'évacués, de prisonniers de guerre, de détenus et de soldats qui essayaient de rentrer chez eux, dont une bonne partie ne savaient même pas s'ils avaient encore une maison ou une famille à retrouver.

J'ai aussi eu la joie de découvrir que de nombreuses organisations caritatives faisaient un travail formidable pour essayer de réunir tous ces gens. Une particularité – cette fois bienvenue – de l'odieux régime nazi était de tout consigner dans des registres, ce qui signifiait que l'on pouvait retrouver la trace de tous ceux envoyés dans les camps de concentration. Certains de ces registres ont été détruits au moment de la défaite des Allemands, mais beaucoup sont restés et ont aidé des organisations comme la Croix-Rouge, le Secours juif mondial et l'United Nations Relief and Rehabilitation Administration américain (UNRRA) à effectuer leur travail.

La plupart des villes avaient des bureaux de rapatriement et les groupes juifs étaient très actifs dans ce domaine. Łódź était une ville bouillonnante au cours des mois suivant la guerre – faisant office de capitale de remplacement pour Varsovie, détruite. J'ai été surprise d'apprendre que, dès mai 1945, des structures telles que les théâtres se préparaient déjà à rouvrir. La fin de la guerre arriva plus vite en Pologne qu'en Grande-Bretagne, mais le pays en avait cruellement besoin. Les Polonais ont terriblement souffert et les histoires que j'ai pu lire à propos des notes laissées sur les murs des bureaux du Comité de secours juif à Łódź m'ont littéralement brisé le cœur. Trop de gens n'ont pu se retrouver et sont restés séparés pour toujours.

Il me semblait important que les lecteurs puissent découvrir le destin de divers personnages, et peut-être particulièrement celui de Filip. Comme Ester, c'est un personnage fictif, mais ce qu'il vit à Chelmno vers la fin de la guerre est basé sur des faits connus. Un certain nombre d'hommes y ont été emmenés lors de la reprise des opérations d'extermination en avril 1944, et y ont été gardés pour brûler les cadavres. Il est également vrai qu'une tente a été installée pour trier les affaires des prisonniers et qu'une poignée de tailleurs talentueux ont été engagés pour retoucher les vêtements qui plaisaient aux familles des officiers SS. Cela a permis à quelques hommes de rester en vie jusqu'à ce que Chelmno soit fermé face à l'avancée des troupes russes.

L'histoire de l'évasion du hangar de Filip et Noah est également basée sur des témoignages de survivants : les prisonniers du rez-de-chaussée ont été abattus, et ceux de l'étage ont défié les nazis avant de s'échapper dans les bois. C'est une petite histoire d'espoir parmi tant de grandes tragédies, que j'ai été heureuse d'emprunter afin que Filip puisse retrouver les bras d'Ester à la fin du roman.

Remerciements

Ce livre n'a pas été facile à écrire. À certains moments, je me suis demandé si c'était mon rôle de m'y atteler, mais je savais que cette histoire devait être racontée et je tiens à remercier toutes les personnes extraordinaires qui m'ont aidée à le faire.
Les premières sur cette longue liste sont mon éditrice, Natasha Harding, et mon agente, Kate Shaw. Ces deux femmes fantastiques m'ont aidée à développer le concept de *La Sage-femme d'Auschwitz* et à façonner le récit de manière à témoigner de la terrible souffrance endurée par tant de personnes pendant l'Holocauste, tout en racontant une histoire individuelle. Bien que ce roman soit inspiré de la vie de Stanislawa Leszczyńska, Natasha et Kate m'ont aidée à trouver une interprétation personnelle de ce qu'elle a vécu, qui lui rendrait hommage sans prétendre être une biographie, ainsi qu'à créer Ester, pour qu'elle puisse évoluer à ses côtés et raconter l'incroyable histoire vraie du tatouage secret des bébés. Je vous remercie toutes deux du fond du cœur – sans vous, ce roman ne serait pas le même.
Je tiens également à remercier de tout cœur le reste de la talentueuse équipe de Bookouture, qui a participé à l'édition, à la lecture sensible et à la conception de la couverture, ce qui a également permis de présenter cette histoire aux lecteurs dans sa meilleure version possible. Je suis très heureuse et fière de travailler avec vous tous.
Un grand merci à mon « équipe » d'écriture, en particulier Tracy Bloom et Julie Houston, pour tous les conseils, les encouragements et le vin… Nous avons effectué notre première retraite d'écriture l'année dernière, avec l'adorable Debbie Rayner, et ces quelques jours ont été une véritable source d'inspiration. C'est incroyable, tout ce qu'on peut faire en travaillant à

plusieurs et en ayant des personnes sages à consulter quand on se tape la tête contre les murs ! Merci, mesdames, et au plaisir de remettre ça !

Un grand merci à mes « assistants de recherche », Brenda et Jamie Goth, qui ont eu la gentillesse de venir à Cracovie avec mon mari et moi. Ils nous ont été d'une aide précieuse dans nos découvertes sur les bières polonaises, la nourriture locale et, surtout, les scooters électriques ! Plus sérieusement, ils nous ont accompagnés à Auschwitz et nous avons parcouru ensemble le camp où tant de souffrances ont eu lieu. Nous sommes revenus à la fois attristés et enrichis de cette expérience. Espérons que rien de tel ne puisse plus jamais se produire sur cette terre – et que personne ne l'oublie jamais, au moment même où de terribles événements se déroulent en Ukraine.

Nous avons été choyés par notre guide à Auschwitz, David Kennedy. Parfaitement bien informé, il a eu la gentillesse de répondre à toutes mes questions le jour même et par messagerie après la visite, ainsi que de m'indiquer d'excellentes sources. Il m'a vraiment aidée à me mettre dans la peau des milliers de femmes enfermées à Auschwitz-Birkenau, et je l'en remercie.

Enfin, mon dernier et plus grand merci ira à mon mari, Stuart, qui m'a soutenue tout au long de ce projet et des autres livres que j'ai écrits. Lui seul connaît et comprend mes soirées dévorées par le doute, mes frustrations liées à la recherche et mes incessants « Je peux te demander ton avis ? ». C'est lui qui m'écoute constamment déblatérer sur de nouvelles idées, sur des choses « fascinantes » que j'ai lues ou sur des problèmes d'intrigue dans lesquels je me suis fourrée, et il le fait toujours avec bonne humeur et une patience infinie. Il est ma caisse de résonance, mon contrôleur de réalité, mon roc. Merci, Stuart.

Achevé d'imprimer en avril 2023
sur les presses de la Nouvelle Imprimerie Laballery
58500 Clamecy
Numéro d'impression : 304311

Imprimé en France

La Nouvelle Imprimerie Laballery est titulaire de la marque Imprim' Vert®